Copyright © 2024 Ler Editorial

Texto de acordo com as normas do novo acordo ortográfico da língua portuguesa (Decreto Legislativo Nº54 de 1995).

Todos os direitos reservados. Proibida a reprodução total ou parcial, de qualquer forma ou por qualquer meio, mecânico ou eletrônico, incluindo fotocópia e gravação, sem a expressa permissão da editora.

Editora – Catia Mourão
Capa – Joice Dias
Diagramação – Catia Mourão
Revisão – Halice FRS

CIP-BRASIL. CATALOGAÇÃO NA PUBLICAÇÃO
SINDICATO NACIONAL DOS EDITORES DE LIVROS, RJ

S235a

Santos, Jéssia D.
   Axl / Jéssia D. Santos. - 1. ed. - Rio de Janeiro : Ler, 2024.
   288 p. ; 16 cm. (Herdeiros da máfia ; 2)

ISBN 978-65-5055-075-2

1. Romance brasileiro. 2. Literatura erótica brasileira. I. Título. II. Série.

24-92666   CDD: 869.3
                      CDU: 82-31(81)

Gabriela Faray Ferreira Lopes - Bibliotecária - CRB-7/6643
04/07/2024   09/07/2024

Foi feito o depósito legal.
Direitos de edição:

AXL

HERDEIROS DA MÁFIA - 02

JESSICA D. SANTOS

1ª edição
Rio de Janeiro – Brasil

SUMÁRIO

005	NOTA DA AUTORA	148	CAPÍTULO 31
007	CAPÍTULO 1	154	CAPÍTULO 32
013	CAPÍTULO 2	163	CAPÍTULO 33
018	CAPÍTULO 3	172	CAPÍTULO 34
021	CAPÍTULO 4	177	CAPÍTULO 35
026	CAPÍTULO 5	183	CAPÍTULO 36
030	CAPÍTULO 6	189	CAPÍTULO 37
032	CAPÍTULO 7	194	CAPÍTULO 38
036	CAPÍTULO 8	199	CAPÍTULO 39
042	CAPÍTULO 9	205	CAPÍTULO 40
048	CAPÍTULO 10	209	CAPÍTULO 41
052	CAPÍTULO 11	212	CAPÍTULO 42
057	CAPÍTULO 12	216	CAPÍTULO 43
061	CAPÍTULO 13	223	CAPÍTULO 44
067	CAPÍTULO 14	227	CAPÍTULO 45
072	CAPÍTULO 15	230	CAPÍTULO 46
076	CAPÍTULO 16	232	CAPÍTULO 47
081	CAPÍTULO 17	236	CAPÍTULO 48
085	CAPÍTULO 18	240	CAPÍTULO 49
090	CAPÍTULO 19	247	CAPÍTULO 50
096	CAPÍTULO 20	253	CAPÍTULO 51
100	CAPÍTULO 21	256	CAPÍTULO 52
102	CAPÍTULO 22	265	CAPÍTULO 53
108	CAPÍTULO 23	276	EPÍLOGO
112	CAPÍTULO 24	285	AGRADECIMENTOS
116	CAPÍTULO 25		
120	CAPÍTULO 26		
125	CAPÍTULO 27		
131	CAPÍTULO 28		
137	CAPÍTULO 29		
142	CAPÍTULO 30		

NOTA DA AUTORA

Máfia é uma organização criminosa cujas atividades estão submetidas a uma direção de membros, que sempre ocorre de forma oculta e que repousa numa estratégia de infiltração da sociedade civil e das instituições. Os membros são chamados mafiosos.

Quando se fala de máfia, as pessoas relacionam o tema a Cosa Nostra, a máfia italiana que se desenvolveu na Sicília e, mais tarde, surgiu nos Estados Unidos. Com o tempo, o termo deixou de se relacionar apenas a estrutura da máfia siciliana e passou a abranger qualquer organização ou associação criminosa que usa métodos inescrupulosos para fazer prevalecer seus interesses ou para controlar uma atividade.

Desta forma, a série Herdeiros da Máfia aborda sua própria máfia, com leis, códigos e condutas próprias, criadas por mim, utilizando-me de licença poética. Não espere ler este livro e ver nele qualquer estrutura verídica, real ou influenciada pela Cosa Nostra, Yakuza ou qualquer outra organização mafiosa conhecida.

CAPÍTULO 1

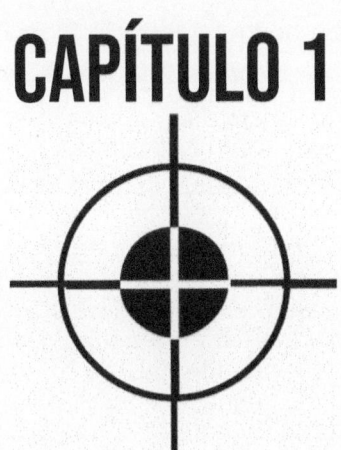

ALESSA

Passou-se um bom tempo e eu cresci. Sou filha de Castiel Russell, irmão de Conan Russell, o homem que desde pequena passei a considerar como pai por ter me doado amor e uma família. Há dois anos, conheci Axl James Knight, o cara mais lindo que já tinha visto. Fiquei encantada quando nos trombamos no corredor do hospital St. Mary, onde eu estava estagiando como enfermeira, mas com o tempo eu acabei me arrependendo. Se fosse possível, eu voltaria no tempo, com toda a certeza do mundo, só para não ter conhecido o homem que amo e odeio.

Bem, nunca imaginei estar aqui agora, dividindo o mesmo teto com Axl. Ele será meu marido em alguns dias, e estamos morando juntos há um mês. Falta pouco para oficializar o acordo entre nossas famílias, que por sinal me deixou estática quando foi revelado. Andei me perguntando o que eu tinha a ver com isso, já que Brey é a herdeira de tio Conan, não eu.

— Temos de adiantar esse Bife Wellington para o jantar. Killz está em uma reunião com Markos Zabik, que veio ontem da Venezuela para tratar de negócios com ele — diz Aubrey, pigarreando.

Naquela época, Axl fora como água e fogo, apagava e acendia, no entanto, seu irmão mais velho mexeu em sua maior ferida; casar-se comigo.

— As crianças ficaram com quem? — Killz e Aubrey trabalharam legal na parte da paternidade, eles têm dois filhos lindos, Katherine e Austen, gêmeos amáveis.

— Com Celeste. Ela chegou de Chicago ontem e já está hospedada em um apartamento alugado.

— Estou com saudades, talvez eu vá vê-la amanhã — aviso.

— Como anda o seu relacionamento? — minha prima pergunta e dá uma risada baixa.

— Não existe essa de relacionamento, Brey — afirmo, enquanto a encaro.

— Vocês devem ter uma boa relação, isso foi tratado no conselho — diz, tentando me convencer.

— Como meu tio pôde fazer isso comigo? Eu só aceitei aquele anel, porque Axl mencionou a mulher que ele amava.

— Papai errou, sabemos — concorda —, mas talvez ele saiba o que está fazendo. Você se lembra de que papai sempre diz que tem grandes planos para nós?

— Como esquecer? — Dou uma risada amarga. — Mas você e Killz já estão juntos, então, por que não consideram isso como uma união? — Por um momento, desconfio das intenções do meu tio, porém, percebo que é paranoia minha, ele nunca faria nada para nos machucar.

— Minha história com Killz foi diferente, a de vocês é outra coisa — ela tenta justificar.

— Nem temos uma história, que dirá "outra coisa" — alfineto.

— Eu sei que sente algo pelo meu cunhado, só o odeia porque descobriu que ele não aceitou terminar tudo com a tal da Melissa — Brey declara.

— E qual mulher aceitaria dividir seu homem? Me diz uma! Porque se existe, ela é muito imbecil! — Tento explicar como me sinto, magoada com suas palavras.

— Mas admita que gosta dele.

A insistência da minha prima me deixa irritada.

— Ele é lindo e tem um sorriso cativante, mas não presta — argumento.

— Nenhum dos Knight presta, Lessa, apenas temos de saber lidar com eles.

— Killz anda te envenenando? — indago.

— Isso é amor. Um amor em chamas, entende? Killz é algo que sempre será novo para mim — expõe e sorri de orelha a orelha.

Eu realmente não entendo o amor cativante deles, mesmo depois de tudo.

— Me convenceu — minto e suspiro, frustrada.

— Vamos adiantar o jantar, Lessa.

— Só vim fazer porque você disse que apareceria.

— Ele não te avisou? — indaga Brey.

— O quê? — pergunto, confusa.

— Todos os irmãos Knight vêm jantar. Carter vai trazer uma amiga, Ezra, uma funcionária dele, e Spencer anda ocupado demais com essa nova vida de homem sério. Acredita que ele está superando Carter?

— O idiota do Axl simplesmente chegou e foi direto para o quarto, depois apareceu de banho tomando dizendo que voltaria mais tarde. Não falou mais nada!

— Ainda bem que eu vim visitá-la, caso contrário, iríamos morrer de fome — brinca.

— Brey, pode terminar de preparar a massa? Vou tentar falar com aquele idiota — peço, com a intenção de ligar para Axl e xingá-lo de todas as coisas horríveis que eu me lembrar.

— Claro.

Sigo até o meu quarto, e logo avisto o do desgraçado à direita, com a porta entreaberta.

— Cadê meu celular?

Avisto o maldito celular em cima da cama e, rapidamente, o pego.

Axl e eu não dormimos juntos, só nos beijamos duas vezes desde que o conheço, e me arrependi amargamente. O idiota havia acabado de me beijar, e quando estávamos recuperando o fôlego, ele recebeu uma mensagem da *Melzinha*. Axl simplesmente correu atrás dela e me deixou para trás. Mais um motivo para não confiar nos homens, claro que nem todos são iguais, e no mundo em que vivo, são os menos indicados para se confiar.

Ligo ou não ligo?

Desgraçado.

Maldito Knight.

Digito seu contato e sem demora a ligação é aceita.

— Por que não me falou do jantar? Seu filho da...

— *Quem é?* — pergunta a voz feminina.

— Eu quem deveria perguntar isso, mas tudo bem.

— *Meu bem, alguém quer falar com você, só não sei quem é!* — a Barbie grita do outro lado.

— *Já vou, amor. Pode perguntar quem é? Preciso me vestir para ir embora, porque Killz me mata se souber que eu deixei a chata da prima da esposa dele me esperando.*

As palavras dele me fazem recuar e desligar o telefone. Respiro profundamente e me jogo na cama, enfiando o rosto no travesseiro para tentar raciocinar. Por que Axl se prestou a isso? Ele também é um herdeiro, poderia recusar essa porcaria de bolha ilusória que estamos vivendo.

— Lessa, Killz me ligou e disse que houve um imprevisto e não poderão vir. — A voz da minha prima se aproxima no corredor.

— Já vai? — pergunto, disfarçando o tom choroso.

— Sim, ele está precisando de mim e... Você está bem? Conseguiu falar com Axl? — pergunta quando nota o meu desânimo.

— Pode ir, estou bem. E não consegui falar com ele. — Engulo o soluço e tento demonstrar que estou bem.

— Espero que esteja mesmo — Brey diz, não parecendo acreditar em mim.

— Vamos? Vou abrir a porta para você. — Levanto-me e começo a sair do quarto.

— Guardei as coisas na geladeira, já que não iremos usar mais — diz, envergonhada.

— Obrigada pela ajuda, prima. Você é um anjo — agradeço antes de sair pelo corredor.

Por fim, fecho a porta quando vejo Brey sumir do meu campo de visão. Inesperadamente, as palavras daquele imbecil vêm à tona e fico analisando cuidadosamente a frase toda, prometendo guardá-las para mim. As horas passam como se não houvesse amanhã, e, num piscar de olhos, o relógio marca que são 2h15 da madrugada.

Cansada, decido ir dormir. Não ficarei esperando meu futuro marido delinquente chegar da casa da amante sonsa a hora que quiser.

Levanto-me em um sobressalto um tempo depois quando escuto um estrondo vindo da sala. Na ponta dos pés, sigo até o corredor que dá acesso aos cômodos do apartamento e, sem demora, vejo Axl sentado na poltrona com um copo de uísque na mão. Eu o repreendo com um som estridente após ver o seu sorriso dando contorno àqueles lábios lindos.

Consigo ver a porta do nosso apartamento, aberta, ou melhor, arrombada.

— Olá, futura esposa! — Sorri e levanta o copo de vidro, como que para brindar.

— Por que não mandou uma mensagem me pedindo para abrir a porta? Precisava arrombar? Onde estão suas chaves? — pergunto, já cansada dessa situação e magoada com a falta de consideração dele.

— Esqueci as chaves no apartamento da Mel. Da próxima vez, eu me lembrarei de trazer.

Cada palavra que sai dos seus lábios me machuca, e sei que não aguentarei isso por muito tempo.

— Já que está bem acomodado, vou voltar para cama. — Suspiro e me viro para sair o mais rápido possível de perto dele.

— O que aquele empreguinho do seu tio estava fazendo aqui? Ele apareceu aqui duas horas depois que saí, eu sei de tudo. O que Enrique queria?

A possessividade em sua voz é clara, mas eu não me deixo intimidar.

— Se sabe de tudo, está perguntando por quê? — Eu o enfrento, mas decido que sair daqui é mais urgente que começar uma discussão, então respondo: — Rique é o meu guarda-costas, está bem claro no nosso contrato de casamento, está em uma das cláusulas. Agora não tenho culpa se não foi capaz de lê-las, meu bem.

— Pouco me importo com o que tem naquela merda de papel. Só não aceitarei que outro homem fique embaixo do meu teto de conversinha com a minha mulher. Isso já é demais! — diz, entredentes, parecendo perto de perder o controle.

— Sinto muito por você, querido, mas é melhor aceitar. Nem sei por que se importa com isso, já que passa a maior parte do tempo com a amante.

Dou as costas para ele e começo a seguir para o quarto.

— Alessa Russell, volte aqui, não terminei de falar! — grita e joga o copo no chão, espatifando-o.

— Você ainda não é nada meu, Sr. Knight. Por enquanto, é apenas um contrato em aberto, então espero que consiga engolir Enrique.

— O que ele quer é entrar na sua calcinha — debocha.

Eu me viro para enfrentá-lo. Quem ele acha que é para falar assim de Enrique.

— Sabe que não é uma má ideia? — afirmo, olhando em seus olhos. — Talvez ele consiga, se tentar — completo e dou um sorrisinho.

Axl se levanta e para na minha frente. Com seus olhos refletindo o ódio que sente no momento, ele leva uma das mãos ao meu queixo delicadamente.

— Você vai para a cama com ele, minha menina? Você não era assim. Quando se tornou tão ousada?

— A vida nos dá a chance de nos tornarmos o que quisermos, é questão de escolha — rebato, batendo em sua mão que está em meu pescoço.

— Se você se deitar com Enrique ou ele ousar tocar em você, eu o matarei. Está me ouvindo? — sussurra bem perto da minha orelha.

— Não pode cobrar nada de mim, não significamos nada um para o outro. Quem você pensa que é para me julgar? Querido, nem tente se achar o meu dono, porque não sou seu objeto. — Dou as costas, pronta para sair, mas me viro novamente. — E quando quiser cobrar fidelidade, pense em sua amante.

— Mel não é a minha amante, quem tem esse posto aqui é você, docinho. Muito antes de você aparecer, Melissa já fazia parte da minha vida, então se acostume a ser a última opção — diz com o desgosto escorrendo em sua voz.

— Você é um nojento. Esses olhares doces são tão enganadores, seu... Seu... Eu te odeio! — declaro e corro para longe dele, mas ouço seus passos pesados me seguindo.

— Gosta de ser iludida, é isso?

— Me deixe em paz! — grito, descontrolada.

Quando chego ao meu quarto, suas mãos me envolvem por trás, e ele puxa meu corpo de encontro ao dele tão rápido, que não percebo o quanto o nosso contato é perigoso.

Cheirando as pontas do meu cabelo, Axl leva uma das mãos para a alça da minha camisola e a desliza pelo meu braço, deixando o meu ombro totalmente exposto.

— Gosto do seu cheiro, da sua ousadia. Você é o oposto dela — sussurra antes de tocar o meu ombro nu com seus lábios.

Fecho meus olhos, tentando encontrar forças para empurrá-lo e me afastar o mais rápido possível.

— Me solte — digo entredentes.

— Logo iremos nos casar.

— E daí? — indago, sentindo o maldito levantar meu cabelo da nuca e depositar um beijo ali.

— Você vai ter de se entregar para mim, querida. Temos de consumar a nossa união — murmura.

— Está muito enganado, você não pode me obrigar a isso.

— Me deve respeito, Alessa! Eu sou o seu marido! — vocifera e agarra os meus pulsos quase a ponto de doer.

— Ainda não estamos casados, então me deixe em paz. Vá procurar a sua querida Melzinha...

— Mas vou mesmo. Ela é a mulher que eu amo, vou continuar na cama dela.
— Seu filho da puta! — grito, tentando me livrar das suas mãos.
— Você é apenas um acordo — diz e me joga contra a cama.
A dor se abriga em meu peito e começo a chorar silenciosamente. Sem se importar, Axl sai do quarto e me deixa derrotada.
— Te odeio. Eu te odeio, Axl James Knight!

CAPÍTULO 2

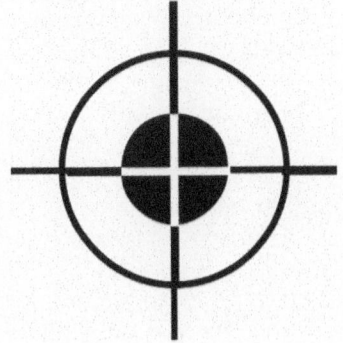

ALESSA

Depois do episódio da madrugada, evito Axl o máximo possível. Se ele acha que irei me submeter aos seus desejos, está muito enganado. Posso até parecer fraca, mas isso sei que não sou. Se acha que vou me deitar com ele só porque acredita que tem esse direito, está muito enganado. Sem contar que sou virgem e não vou ser louca de me entregar a um ser inescrupuloso como ele, que me deixará para trás num piscar de olhos, para se jogar na cama da amante.

— Está tão pensativa. O que houve? — indaga meu amigo enquanto acompanha meus passos na calçada.

— Ele tentou. Você sabe... — murmuro baixinho.
— Uhum. Ele te machucou?
— Não deixei que me tocasse.

Enrique suspira, parece até aliviado com a notícia.

— Quando vocês se casarem, terá de consumar o acordo, Alessa — alerta Enrique.

— Darei um jeito. Eu não quero que ele me toque, não depois das suas palavras duras.

Sei que é estranho estar me abrindo com Rique, mas ele é meu amigo e gosto da nossa relação.

— Faça o que achar melhor — Enrique aconselha.
— Sim, eu sei. Vamos entrar nesta livraria, quero comprar alguns livros de Shakespeare.
— Claro. — Enrique sorri e segura a minha mão.

Franzo o cenho, mas depois deixo para lá, só permito que ele me conduza. Fico encantada com a beleza do lugar, com paredes cobertas por madeira brilhante e o cheirinho de livro pairando no ar.

— Bom dia, pombinhos! Estão à procura de algo especial? Desejam ver os lançamentos desta semana? — indaga a senhora com um sorriso acolhedor.

Fico sem reação novamente. Ela é a décima pessoa no dia que acha que somos um casal.

— Hummm... Nós somos amigos — murmuro, envergonhada.

— Oh, me perdoem. É que vocês estão tão lindos juntos! — diz com sinceridade. — Gostariam de conhecer o local?

— Se não for um incômodo, queremos, sim — concordo e Enrique solta a minha mão.

— Incômodo nenhum. Sejam bem-vindos!

— Obrigada, senhora — Enrique agradece e coloca uma das mãos na parte baixa das minhas costas.

— Espero que aguente peso — digo ao me virar para ele —, porque estou disposta a levar a livraria inteira — completo, sorrindo.

— Esqueceu que sou ex-soldado, Alessa? — Sorri e pisca para mim.

— Às vezes eu me esqueço disso. Você é sempre tão dócil comigo — declaro e sigo na direção de uma prateleira cheia de livros de Shakespeare.

— Porque você é especial, Alessa. Essa é a diferença. — Ele passa o braço pelos meus ombros e me dá um ligeiro aperto, fazendo-me encará-lo.

— Vou aproveitar que sou VIP para te explorar — brinco, fazendo-o gargalhar.

— Como queira, chefe.

Fico com pena do Enrique quando saímos da livraria, só percebo que exagerei nas compras ao ouvir seu suspiro cansado. Rio baixinho, disfarçando meu constrangimento.

— Você ri, não é? — Gargalha, apertando mais os livros contra o peito.

— Desculpe, Rique. Mas cada suspiro que você dá é engraçado. — Olho para os dois lados da rua em que o carro dele está estacionado e, sem demora, noto o pouco movimento de pessoas.

— Tudo bem, te perdoo — diz. — Agora pegue estas duas caixas aqui, vou abrir o porta-malas.

Assinto, pegando as caixas e dando um espaço para meu o "guarda-costas", como diz meu tio, passar.

— Pode me esperar um pouquinho? Vou comprar um doce ali. — Aponto para a pequena barraca de lona azul do outro lado da rua.

Com a metade do corpo dentro do porta-malas, meu segurança, numa rapidez impressionante, coloca tudo lá dentro e o fecha antes de me olhar.

— Sr. Russell me falou para ficar de olho em você, então fique aqui que eu vou comprar o que você quiser.

Ele abre a porta do carro para que eu entre.

Não gosto da ideia de Enrique estar sempre fazendo algo que eu mesma posso fazer.

— Eu posso ir, Enrique, é logo ali — afirmo.

— São ordens do seu tio, Alessa.
— Por favor, Enrique. — Faço uma carinha de cachorrinho pidão. — Por favor!
— Não posso, Alessa. Devo cumprir as ordens que me foram dadas.
— Me deixe ir junto, então?
— Não, fique aqui no carro — ordena enquanto segura os meus braços.
— Vou ficar chateada com você — declaro, fazendo um biquinho.
— É o meu trabalho, Alessa, e na hora certa você vai saber o motivo desse cuidado todo.
Inesperadamente, sinto seus braços musculosos rodearem minha cintura, então solto um grito de surpresa.
— O que vai fazer? — pergunto, assustada.
— Trancá-la no carro.
Ele simplesmente ignora meu pedido quando meu corpo é empurrado para dentro do automóvel.
— Rique, pode me dizer o que está acontecendo?
Algo está errado, ele nunca agiria assim comigo.
— Tudo bem, não vou mentir. Alguns homens estão nos seguindo desde a hora que chegamos — revela, fazendo-me estremecer.
Mil coisas vêm à minha mente e quase desmaio de medo. Será que são os russos ou algum outro inimigo? É tão injusto, não tenho nada a ver com essa história, nem mesmo sou uma mafiosa. Com o peito subindo e descendo, mordo os lábios para tentar me acalmar.
— Me deixe ir com você, não quero ficar sozinha — murmuro, olhando em seus olhos.
— É melhor você ficar aqui, irei despistá-los — diz, por fim travando as portas do carro.
Arrasto-me até a janela de vidro blindado e olho de relance para Enrique, que atravessa a rua.
— Merda! Mil vezes, merda! Essa coisa de máfia não poderia ser apenas um pesadelo e quando eu acordasse tudo voltasse ao normal?
Por longos dez minutos, espero Rique retornar, mas isso não acontece. Assustada, eu me encolho no banco enquanto tento afastar os pensamentos de possíveis perseguidores. No mesmo instante em que penso que devo tentar sair do carro, ouço disparos e abafo um grito.
— Senhor, o que está acontecendo?
Eu me jogo no chão do carro e cubro a cabeça com os braços.
Minutos depois, abro apenas um olho e percebo que a troca de tiros acabou.
— Alessa, se afaste!
Arregalo os olhos quando vejo Axl com um pé de cabra em uma das mãos e uma arma na outra. Eu me jogo para o banco do motorista e pressiono meu corpo contra a porta. A do passageiro é violada, mas não abre depois do grande esforço feito por Axl.
— Cadê Enrique? — grito, assustada.

— Seu cãozinho está ocupado agora — Axl responde e faz pressão na porta, provavelmente se sentindo o Super-Homem.
— Não fale assim dele — recrimino.
— Tente fazer força com os pés para que a maldita porta destrave — diz o idiota, puxando-a por fora.
— Acha mesmo que vou danificar ainda mais o carro do meu amigo? Eu me recuso a seguir suas ordens sem saber o motivo de tudo isso.
— Porra! Quer ficar aí sozinha? Então fique, mas quando os caras voltarem e te pegarem, não lamente, será tarde demais — rosna Axl, dando as costas para mim.

Agora mais assustada, começo a chorar. Estou sozinha dentro de um carro/monstro blindado, com um louco que diz ser meu noivo gritando do lado de fora, enquanto tenta arrombar a porta. Somente abaixo a cabeça e fecho os olhos, tentando me recompor para começar a agir.

— Merda! Alessa, você está bem? O que fizeram com você? O que aconteceu com a porta? Você está machucada?

Nunca fiquei tão feliz por ouvir a voz de Enrique.
— É, foi o...
— Vou tirá-la daí — promete Enrique, destravando as portas. — Venha. Me desculpe por tê-la deixado aqui, mas é meu trabalho te proteger — murmura, engolindo em seco.
— Tudo bem, Rique. — Corro para os seus braços e o abraço fortemente, chorando. — Só fiquei com medo do que poderia acontecer.
— Shhhh... Estou aqui agora. — Enrique beija meu rosto, tentando me acalmar.

Levanto a cabeça quando ouço alguém batendo palmas. Meu futuro marido está nos encarando, com um sorriso debochado.
— Que coisa linda é esse casal — diz cinicamente enquanto coloca a mão em sua arma no cós da calça.
— Está agindo como um louco, homem — Enrique nos defende.
— Tire a porra das suas mãos de cima dela, seu protetor de merda! — Axl ruge.
— Knight, pare com isso. Cresça um pouco — exclamo, cansada de seus joguinhos.
— Ele é o motivo de você não me deixar te tocar, Alessa? Vocês estão transando? — Axl começa a rir como o louco que é, enquanto seus olhos nos fulminam.
— Como pode pensar isso de mim? Seu filho da...
— Vamos, vou levá-la para casa — diz meu protetor, tocando meu ombro.

Sem esperar, sinto meu corpo se chocar contra o chão.
Axl e Enrique se esmurram, sem se importarem que alguém esteja assistindo. Meu noivo dá três murros no maxilar de Enrique, que revida, dando dois no canto do olho de Axl. Prevejo uma marca roxa no dia seguinte.

— Parem, por favor! Irão se machucar! — Eu me levanto e tento entrar no meio dos dois, mas sou impedida por outro empurrão. — O que você fez?

Meu corpo começa a tremer, tamanha é a carga emocional que me atinge. Meus olhos começam a arder e uma dor comprime o meu peito. É a segunda vez que Axl me joga no chão, e eu nem sei o motivo disso.

— Droga! Não foi a minha intenção. — Axl toca meus braços com suas mãos ásperas para me ajudar a levantar parecendo realmente arrependido. — Alessa, me desculpe!

Eu o ignoro e me desvencilho de suas mãos.

— Rique, vamos embora.

Viro-me para Enrique ao dar as costas para Axl.

— Você não vai a lugar algum com ele. Os filhos do nosso inimigo estão andando pelas ruas de Londres, Alessa. — Axl tenta me impedir, com a preocupação estampada em seu rosto.

— Estou pouco me lixando para o que você quer. Só sairei daqui com meu amigo, que por acaso é o meu guarda-costas.

Vou até Enrique, que limpa o sangue dos lábios, e seguro em sua mão.

— Lessa...

— Saia da nossa frente, seu bruto.

Sem me importar com a presença do indivíduo que logo será meu marido, arrasto Enrique em direção ao carro e deixo Axl para trás, ignorando suas ordens descabidas.

CAPÍTULO 3

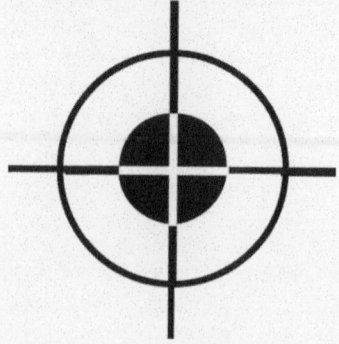

ALESSA

É inaceitável o comportamento de Axl. Ele age como um moleque, pelo menos comigo. Quando chego ao apartamento com Rique, peço que tome cuidado, pois senti a ira do meu noivo ao nos ver juntos. Axl não tem ciúmes de mim ou coisa do tipo, afinal, ele ama outra mulher.

Faz quase duas horas que estou sentada na ponta da cama, analisando as ações sem sentido de Axl e me perguntando por que ele é assim.

Eu era muito nova quando meu pai morreu, ele nem teve a chance de me ver crescer. A dor da perda foi imensa e quem me amparou durante todo esse tempo foi meu tio. Tenho Conan e Celeste como se fossem meus pais, porque foram eles que me educaram, que me deram um lar e muito amor. Tentei ser forte a cada aniversário que eu fazia, o mês sempre me fazia lembrar que eu não tinha pai e mãe; seria completamente sozinha se não fosse por eles.

Nunca soube quem era a mulher que me trouxe ao mundo, sempre tive dúvidas e elas nunca foram esclarecidas. Conan fazia questão de mudar de assunto quando eu perguntava o nome da minha mãe e o que ela fazia.

— Alessa, vou sair com Spencer, qualquer coisa ligue para Ezra — diz Axl do lado de fora do meu quarto. — Está me ouvindo?

Permaneço em silêncio, então ouço os passos se distanciando por alguns segundos.

Não seja fraca e inútil, erga essa cabeça.

Corro a mão pelo meu rosto e limpo os vestígios do choro, escondendo as lágrimas que jamais deveriam ter descido. Arregalo os olhos quando vejo Axl invadindo meu espaço sem a minha permissão.

— Como conseguiu entrar? — pergunto, uma vez que tranquei a porta assim que entrei.

— O apartamento é meu, tenho a chave de cada buraco daqui.

— Você é desprezível.

Eu me levanto e sigo até o guarda-roupa para pegar uma roupa para me vestir depois do banho.

— Quem deveria estar te ignorando aqui sou eu, agora deixe de se comportar como pobre coitada e olhe para mim.
— Já deu seu recado, pode sair.
Permaneço de costas enquanto procuro minhas roupas.
— Quero que olhe para mim, Alessa Russell — ordena com amargura.
— Para que ficar mendigando minha atenção? Você já não disse o que tinha para dizer? — pergunto, na mesma posição.
— Por que sua voz está embargada? Estava chorando?
Eu o ouço se movimentar e, de repente, fico ereta.
— Não é da sua conta. Agora, saia do meu quarto — peço bruscamente.
— Tão delicada quanto um cavalo.
Solto um grito quando as mãos dele agarram a minha cintura. Ele me vira tão violentamente, que acabo chocando o meu nariz em seu tórax.
— Meu nariz — gemo baixinho enquanto levo a mão ao rosto.
— Ei, olhe para mim — pede gentilmente.
Levanto o meu rosto e o vejo me analisando cuidadosamente.
— Estudando os meus movimentos, amor? — falo debochadamente
— Engraçadinha. Você andou chorando — afirma, não pergunta.
— Não fale besteira.
Desvio o olhar para o lado, não querendo dar o braço a torcer.
— Não minta para mim. — Ele segura meu queixo e levanta meu rosto para poder ver melhor. — Basta ouvir sua voz ou olhar para você para perceber que chorou.
— Tire suas mãos de cima de mim!
— Não quero ser um idiota o tempo todo. Nós somos adultos, Alessa, devemos nos comportar como tais. — Suspira, parecendo cansado.
— Eu nunca te tratei como você me trata.
Faço questão de encará-lo intensamente, é bom intimidá-lo com o olhar.
— Sua ousadia é grande para uma mulher tão pequena. — Um pequeno sorriso aparece em seu rosto.
— É a minha proteção contra homens como você.
Desvio o rosto novamente.
— O que acha de fazermos um acordo? — Axl propõe.
— Que tipo de acordo? — questiono, desconfiada.
Seu toque continua firme em minha cintura e isso me incomoda.
— Um acordo de paz. — Ele sorri.
— Proposta tentadora... — Reflito, balançando a cabeça.
— Vamos brigar menos e sair juntos mais vezes. O que me diz?
— Tudo bem. Fechado. Agora pode sair. — Concordo com qualquer coisa para ele sair daqui.
— Pequena — diz e tira as mãos da minha cintura —, poderíamos selar esse acordo de uma maneira melhor.
Volto meu olhar para ele, sem entender ao que se refere.
— Como? — indago, curiosa.
— Assim.

Meu noivo cola os nossos corpos, então eu me perco em seus olhos enquanto espero que diga algo. Mas, sou pega de surpresa quando sua mão vai para meu queixo e ele desliza os dedos para cima e para baixo, fazendo com que eu feche meus olhos.

— O que pretende? — pergunto.
— Te beijar.
Era isso que eu temia.

Abro os olhos ao sentir o impacto da sua boca contra a minha, mas dessa vez eu não ignoro. Se Melissa não se importa com meus sentimentos, por que eu me importaria com os delas?

Eu também sei jogar, e quando entro em um jogo é para ganhar. Levanto meus braços e os entrelaço no pescoço de Axl enquanto ele pede passagem para enfiar a língua na minha boca. No mesmo instante eu cedo, mas antes acrescento uma pequena dose de provocação ao morder seu lábio. Estamos perdidos um no outro quando ele me joga na cama. Enroscando o corpo ao meu, ele inicia uma trilha de beijos nas laterais do meu pescoço, deixando-me trêmula quando começa a chupar a ponto de deixar marca.

— Estamos indo longe demais. — Puxo o seu cabelo e o faço me encarar.
— Qual o problema em adiantar a nossa lua de mel? Acho que o conselho não se importaria com isso — pergunta descaradamente.
— Não vou transar com você, nada além de beijos e amassos — afirmo, convicta.
— Se quiser, podemos pular essa parte e ir para o momento em que eu te faço gozar — sugere.
— Você é muito cara de pau!

Empurro seu corpo para trás enquanto tento sair debaixo dele.

— Você me causa esse efeito. — Ele sorri e me pega desprevenida ao passar a língua na ponta do meu nariz.
— Nojento. — Rolo para o lado e me afasto dele.
— Levante-se, vou te levar para ver a sua prima e aproveito para visitar os pestinhas dos meus sobrinhos. — Axl se levanta e me encara.
— Não chame meus bebês de pestinhas — eu o recrimino.
— Antes passaremos em uma loja de brinquedos, quero comprar alguns presentes para eles — diz e estende sua mão em minha direção.
— Tudo bem. — Seguro sua mão, então ele me puxa para ficar em pé.
— Vou tomar banho, com licença.
— Não quer companhia? Posso te ajudar a lavar o cabelo ou passar sabonete pelo corpo — provoca com malícia.

Caminho até a porta do banheiro e me viro só para olhar para Axl e mostrar meu dedo do meio.

— Você é tão infantil — diz e sorri.
— Impressão sua, meu amor. — Dou um sorriso falso para ele.
— Nem parece que vai fazer vinte e um anos.

Paro ao me lembrar de que amanhã é meu aniversário.

20

CAPÍTULO 4

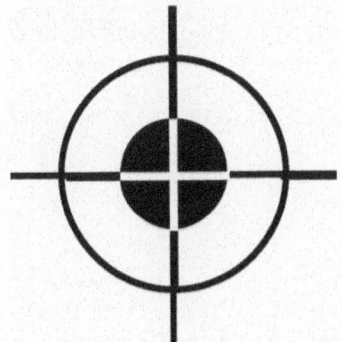

ALESSA

A faculdade está me cansando, mas não me arrependo de fazer o que amo. Estou feliz por ter deixado o curso de Enfermagem há dois anos, e iniciado Medicina, pois é a realização do meu sonho. Frequentei por pouco tempo o curso em Chicago, porque tive de me mudar para Londres. Axl me apoiou na troca de curso e disse que não era bom percorrer esse trajeto sozinha todos os dias. Meu futuro marido fez questão de me matricular na universidade em que se formou. Desde que moro aqui em Londres, só fiz amizade com duas pessoas, Claire e Gwen, que namoram há cinco anos e cursam Moda.

— Quem vem te buscar? — Claire pergunta enquanto andamos pelo corredor. — Se quiser, podemos te dar carona. Estamos indo para o ateliê, mas é coisa rápida — completa, entrelaçando a mão na de Gwen.

— Vocês são uns amores, meninas, mas meu segurança vem me buscar. Sorrio, mesmo chateada por ter que recusar. Só quero uma vida normal.

— Aquele alto, que parece um soldado? — Claire ri e dá uma piscadela.

— Sim, Enrique — afirmo, enquanto ajeito a minha bolsa no ombro.

— Vamos para o estacionamento, quem sabe ele não aparece? — sugere Gwen.

— Claro.

Eu as sigo até a pequena escadaria e logo estamos perto do estacionamento da universidade. O jardim bem cuidado dá vida ao local, as rosas brancas e vermelhas alegram o gramado verdinho.

— Alessa, amanhã teremos uma festa na casa do Kevin, não quer ir? Vai ser uma festa na piscina — diz Claire, sorrindo.

— Não posso, Claire, tenho algumas coisas para arrumar em casa, estou de mudança. Na verdade, tenho que comprar algumas coisas para renovar o apartamento. — Suspiro, pensando no trabalhão que vou ter.

— Você é nova e nunca a vi em festa alguma. Não curte? — questiona Gwen, parecendo intrigada.

— A minha vida já é agitada demais. Se eu parasse para ir a festas, poderia dizer que o fim do mundo chegou.
Finalmente estamos no estacionamento. Não gosto dessa agitação dos estudantes gritando, conversando, rindo e até brigando; isso me deixa estressada.
— Sei. E se Claire e eu fizéssemos uma festinha, você recusaria nosso convite? — Gwen faz biquinho e eu rio com a sua atitude.
— Posso até pens...
De repente, sinto braços masculinos me agarrarem por trás. Estou a ponto de gritar quando vejo a marca de uma mordida na mão, então rapidamente percebo que é Axl.

Noite passada...

Aproveitando o clima de paz e amor, depois de vermos as crianças e a minha prima, acabamos tendo um jantar muito agradável até o ponto alto da noite.
O safado estava animado, ficava beijando meus lábios a todo instante e fazia trilhas de beijos pelo meu pescoço. Quando o bastardo levou a mão ao meu rosto e mordeu a ponta do meu nariz, devolvi a mordida em sua mão com mais força que o necessário.

Presente...

— Olá, amor! — Axl dá um beijo no topo da minha cabeça antes de reparar nas garotas ao meu lado. — Não vai me apresentar às suas amigas, querida?
Congelo quando vejo algumas meninas da sala olharem em minha direção. Meu noivo está atrás de mim, seu corpo colado ao meu enquanto puxa delicadamente parte do meu cabelo para trás e aproveita a situação para beijar meu pescoço exposto.
— É... Meninas, esse é Axl James Knight — gaguejo, envergonhada.
Gwen e Claire parecem querer rir de mim, tenho certeza de que irão me perturbar depois.
— Olá, lindo. Sou Claire Turner e essa é a Gwen Miller, minha namorada — Claire se apresenta.
— Prazer em conhecê-las — Axl diz educadamente —, mas agora tenho de roubar a minha esposa.
Ele conclui com um tom de voz um pouco alto demais.
Axl quer que toda a faculdade saiba disso? Parabéns! Conseguiu, pois ouço os cochichos vindos de todos os lados.
— Lessa, você não disse que era casada — exclama Gwen, sorrindo de maneira maliciosa.
— É uma longa história, meninas...
— Pode roubá-la — Claire me interrompe —, ela é toda sua.

Ela dá dois beijos em minha bochecha e se afasta com a namorada, deixando-nos sozinhos.

— O que você quer? — grunho quando ele puxa a mochila dos meus braços para carregá-la e entrelaça sua mão na minha.

— Fizemos um acordo de paz, só estou sendo doce, amor. — Faz uma expressão convencida ao me arrastar para o seu carro.

— Havia até me esquecido... Cadê Rique? — pergunto quando não vejo Enrique em lugar nenhum.

— Seu cachorro está em uma missão em Chicago. Seu tio que deu as ordens, então vim fazer meu papel de marido.

— Você não é meu marido! — exclamo, soltando minha mão da dele.

— Ainda não, boneca — lembra-me e me prende contra a porta do carro. Levantando a mão que tem a aliança de noivado no dedo, sussurra: — Falta bem pouco para você ser oficialmente minha.

— Você é insuportável!

Tento me livrar dos seus braços, mas sou impedida com o toque brusco dos seus lábios nos meus.

Axl se afasta um pouco para jogar a minha mochila dentro do carro pela janela ainda com os lábios nos meus, mas acabo puxando-o pelo pescoço e retribuindo o beijo. Aproximo mais meu corpo do de Knight segundos antes de ele descer uma das mãos e apertar meu traseiro, fazendo-me sorrir.

— Linda... — murmura ao segurar todo meu cabelo com uma só mão.

Enterro meus dedos em seu cabelo macio e volto a beijá-lo, então o ouço gemer ao permitir que sua língua invada minha boca.

— Vão para o mato! Ou melhor, para casa! — alguém grita enquanto outros riem.

Rapidamente eu me afasto e noto que seus lábios estão inchados e vermelhos.

— Universidade é uma merda — murmura o homem enquanto tenta abrir a porta do carro.

— Conta aí qual o feitiço que você usou — fala Heide, um aluno de outra sala, fazendo Axl parar seus movimentos. — Porque essa gostosa não dá mole para ninguém. Os caras estão loucos para colocar o pau nessa boquinha gostosa e carnuda.

Lentamente Axl tira a mão da maçaneta, solta o relógio de ouro do seu pulso e o joga dentro do carro pela janela antes de caminhar na direção do grupinho de Heide, sorrindo a todo momento.

— Querida, venha aqui — Axl me chama gentilmente.

Assinto e sigo até ele, com medo do que pode acontecer a seguir.

— Vamos, gracinhas, repitam o que disseram — pede Axl assim que me coloco ao lado dele.

Assim que Heide e mais três caras se levantam da grama, fico trêmula com a confusão que sei que virá a seguir.

— Fala, cara, o que fez pra pegar a gostosa? — Heide se aproxima de Axl, ficando cara a cara com ele.

— Quer saber mesmo? — indaga meu noivo com uma calma absurda. — Isto!

Ele puxa o babaca pela gola da camisa e dá um murro nele.

Reprimo o grito e arregalo os olhos quando vejo o nariz de Heide sangrar e seu corpo ficar mole.

— O que você fez? — grito ao ver uma multidão se aproximar e nos rodear.

— Quero ver quem vai ter coragem de insultar a minha mulher agora.

— Seu maluco, eu estava brincando! — meu colega grita, com as mãos no nariz.

— Não tenho tempo para ouvir merda de moleques como vocês. Da próxima vez, pense melhor antes de brincar desse jeito. Se eu souber que você falou o nome dela ou olhou para ela, pode se considerar um homem morto — Axl avisa.

— Srta. Russell — Alfred, o coordenador do meu curso, se aproxima enquanto diz o meu nome. — O que está acontecendo aqui? Acho melhor irmos para a minha sala.

— Ela não vai a lugar algum. Não pago essa merda para a minha mulher ser insultada por moleques que ainda nem saíram das fraldas! — Axl me puxa do meio da multidão, empurrando as pessoas que atravessam o nosso caminho. — Dê um jeito nesse lixo ou terei de dar um jeito em você — diz ameaçadoramente para o coordenador antes de abrir a porta do banco traseiro e me colocar para dentro.

— Não deveria ter tratado o coordenador assim. Quer que ele me ferre? — pergunto enquanto olho pela janela e vejo as pessoas rindo e cochichando. — Posso me defender sozinha.

— Pode mesmo? O imbecil estava imaginando o pau na sua boca. — Ele esmurra o volante antes de pisar fundo no acelerador, cantando pneu ao colocar o carro em movimento.

— Imaginem o que quiserem, não vai acontecer. Você poderia ser menos esquentado, Axl — afirmo e olho para ele, inconformada com a cena que ele fez minutos atrás.

— Se ele voltar a te perturbar, a única coisa que a boca dele vai foder é a minha arma.

Olho para o seu perfil e vejo que ele está realmente com raiva, muita raiva.

— Você não pode fazer isso, acabou de ameaçar o cara na frente de todo mundo.

— Os Knights não medem esforços quando se trata das suas mulheres, boneca. Agora afivele o cinto, vamos passar na casa do Killz para entregar alguns relatórios.

— Estou cansada, entregue amanhã. Eu preciso de um banho — murmuro ao olhar para fora e constatar que já está anoitecendo.

— Trouxe algumas roupas para você — diz e vira rapidamente o rosto em minha direção, dando um sorriso safado.

— E por acaso você sabe o tamanho das roupas que visto?

— Medi cada centímetro do seu corpo, bebê, só você não percebeu.
— O que voc...?
— Sou detalhista, linda, enquanto se distrai, eu marco seus passos e movimentos. Sei mais sobre você do que imagina — revela, dando-me uma olhada pelo retrovisor.

Assinto, deito-me no banco e acabo pegando no sono quando me dou conta que ele nem se lembrou de que hoje é meu aniversário.

CAPÍTULO 5

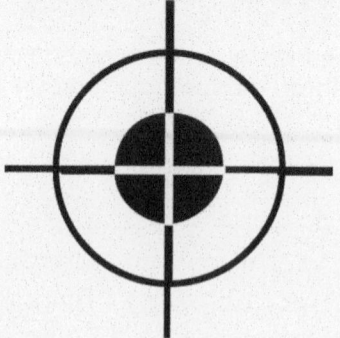

AXL

Q uando a vi dormindo no banco do carro, fiquei com dó de acordá-la e decidi que a levaria para a casa e que entregaria toda a papelada para Killz amanhã. Suspiro, angustiado, quando vejo que já são mais de 11h da noite e tenho quinze ligações da Melissa em meu celular.

Eu havia prometido dormir na casa dela esta noite, mas mudei de ideia quando Conan me disse que Enrique tinha ido para uma missão. Querendo ou não, o filho da mãe protege Alessa muito bem, e eu não correria o risco de deixá-la sozinha em nosso apartamento.

Ela é tão mais nova que eu, sou um homem feito com meus vinte e nove anos, mas ao lado dela me comporto como um moleque. Ela incendeia meus neurônios, simplesmente me tira dos trilhos. A garota é explosiva, doce, envolvente, carinhosa, tudo ao mesmo tempo, e suas ações me deixam dividido.

— Preciso ligar para Melissa — murmuro e tiro Alessa dos meus pensamentos enquanto sigo na direção da varanda do meu quarto.

— *Amor, onde você está?* — Melissa atende ao primeiro toque, com a voz manhosa. — *Estou na banheira, te esperando.*

— Oi, Mel... Desculpe, mas não poderei ir — falo de uma vez, esperando suas críticas.

— *Se tivesse me falado antes da sua vida dupla...*

Há alguns meses, contei a Melissa que meu sobrenome é Knight e não Smith. Ela olhou para mim, assustada e um pouco pálida, mas não me criticou. Até estranhei quando ela me abraçou e falou que me amava e que independentemente das minhas escolhas, estaria ao meu lado.

— Linda, a Al... Ela está dormindo e o segurança dela viajou, não posso deixá-la sozinha. Você entende, certo? — falo, receoso.

— *Amor, por que não a deixa aí? Aproveita que ela está dormindo e vem me ver, por favor?* — pede com a voz embargada.

— Mel... Poxa, você sabe que nem sempre posso fazer o que quero. A garota fica sob meus cuidados quando Enrique está fora da cidade.

Volto para meu quarto e vejo uma deusa deitada em minha cama. Quando chegamos, eu a peguei no colo e a coloquei em meu quarto, logo decidi tirar suas roupas e deixá-la somente com as peças íntimas. Estava tão cansada, que somente reclamou um pouco e se virou para o lado, pegando no sono novamente.

— *Axl, está me ouvindo?* — Mel pergunta, irritada.

— O quê, Alessa? — Engulo as palavras atravessadas quando noto que troquei os nomes.

— *Você me chamou do quê? A vagabunda está dormindo com você?* — Ela começa a chorar do outro lado da linha.

— Amanhã resolvemos isso.

Sem saber mais o que fazer, desligo a chamada, sem esperar que ela me retorne.

É a primeira vez que eu ignoro Mel, nem mesmo pelos meus irmãos eu a deixei em segundo plano na minha vida.

Jogo o celular em cima da poltrona marrom e me deito na cama ao lado de uma linda mulher adormecida. Encosto meu corpo ao dela e passo a ponta do meu nariz em seu pescoço exposto. Ela é tão linda, tão jovem. Abraço a cintura de Lessa e fecho os olhos, tentando esquecer os problemas que virão.

Começo a sorrir quando sinto algo macio fazendo cócegas na ponta do meu nariz. Sorrio ao abrir os olhos e ver uma princesa sentada em cima de mim. Não ignorando o que meus olhos veem, foco na imagem para ter certeza de que não se trata de uma miragem, o cabelo achocolatados soltos caindo sobre o rosto de Alessa.

— O que está fazendo? — indago e coloco as mãos em seus quadris.

— Acordando você... — diz e sorri.

Olho bem para ela e vejo que já tomou banho e agora está com um short tão curto, que nunca irei deixá-la sair de casa desse jeito de casa.

— Fazendo cócegas? Imagine se eu estivesse armado agora? — brinco.

— Aquela ali? — Ela aponta para o que ela colocou na mesa de cabeceira. — Eu a tirei de você enquanto dormia. Aliás, por que dormir com a arma no cós da calça?

Franze o nariz.

— Por segurança — afirmo o óbvio.

— Dentro de casa? — pergunta, saindo do meu colo, mas sou mais rápido e dou dois tapas em sua bunda.

— Vai para onde? — Coloco a mão em sua nuca e puxo seu rosto para perto do meu.

— Estou com fome, Axl. Acordei e queria tanto tomar um banho, que nem tive cabeça para comer.

— Preciso fazer isso antes que saia — sussurro e deslizo minha língua para dentro da sua boca entreaberta.

Entrelaçando as pernas em meu tronco, Lessa desce a mão até meu peito e me acaricia com as unhas enquanto nos beijamos.

— Preciso colocar algo no meu estômago. — Ri contra a minha boca.

— Tão formal.

Alessa revira os olhos ao ouvir meu comentário.

— As meninas me convidaram para uma festa na casa de um colega da faculdade.

— Pretende ir? — pergunto, ansiando a sua resposta.

— Eu sou jovem, preciso me divertir um pouco. Pelo menos um pouquinho. Passei a vida toda estudando, nunca fui a uma festa com meus amigos, tio Conan sempre mandava seus seguranças atrás de mim — explica, deitando-se ao meu lado.

— Está me pedindo permissão, é isso? — Rio e me viro de costas para ela ao me sentar na beirada da cama.

— Não mesmo! Você é meu noivo, não meu dono. Tenho livre arbítrio! — afirma, parecendo irritada.

— Então, por que está me "comunicando"? Além de sair com seus amiguinhos universitários, quer arrumar um namoradinho também?

Olho para o chão enquanto penso onde essa conversa vai dar.

— Claro que não. Eu sou adulta, quero me aventurar um pouco. — Alessa suspira.

— Faça como quiser, querida, a vida é sua.

Eu me levanto da cama e pego a minha arma, guardando-a no cós da calça, furioso com essa história de ela sair por aí para se divertir.

— Precisa ficar com essa cara? — Alessa me olha, parecendo desapontada.

— Estarei no meu escritório até às quatro da manhã, prefiro não ser incomodado — aviso ao caminhar até a porta do quarto.

— Por que ficou assim? Ficou estranho só porque informei da festa, mas quando você sai e me deixa com esses seguranças estranhos para ir dormir com sua mulherzinha eu não falo nada! Sabe de uma coisa? Você não manda em mim e vou sair porque eu mereço!

Viro-me para encará-la.

— A vida é sua, faça o que quiser — digo, transparecendo uma calma que não sinto.

— Você é tão desprezível!

Seus olhos ficam cheios de lágrimas, mas finjo não notar.

— Arrume um namoradinho também, quem sabe ele não tira um empecilho da minha vida? — digo, mas logo me arrependo.

Ela arregala seus grandes olhos âmbar no momento em que as lágrimas silenciosas deslizam por suas bochechas.

— Se eu quisesse um moleque, já teria arrumado. Pretendentes é o que não faltam — diz enquanto se senta na cama.

— Não me importo com o que faz, doce — provoco, com o corpo trêmulo tamanho é o meu ódio.

— Saia daqui! — grita ela.

— Saia você, o quarto é meu.

Alessa pega dois travesseiros da cama e lança em minha direção.

— Só não coloco um homem de verdade aqui dentro porque te respeito. Mesmo sem que mereça, eu te respeito. Mas não abuse da minha boa vontade, *docinho*! Um dia sua cara vai bater à porta.

— Palavras bonitas, querida, mas isso não me atinge.

— Não atinge agora, mas um dia você vai entrar em casa e ouvir meus gemidos de prazer que um homem de verdade estará me proporcionando. — Travo à porta antes que saia, assim que a ouvi dizer isso. — Tenho certeza de que você será mais do que atingido, *amor*.

Ela pisca e passa ao meu lado.

Apresso os passos para segui-la, no entanto, dou de cara com a porta fechada.

Maldita! Agora que não posso mesmo tirar os olhos de cima dela.

CAPÍTULO 6

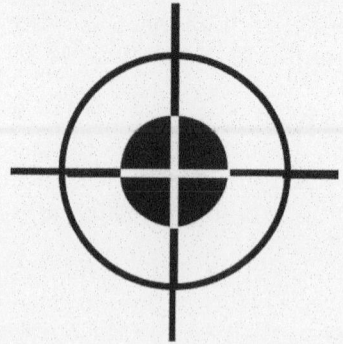

MELISSA JONES

Sinto que o tempo está passando rápido demais, e tenho de começar a agir de uma maneira mais direta. Preciso disso, estive tão perto, mas algumas coisas me fizeram voltar atrás, e tenho certeza de que ninguém vai conseguir me parar, porque sou inabalável. Quando quero algo, sempre consigo.

Destilo veneno quando mostro um sorriso falso para as pessoas ao meu redor que acham que inspiro bondade. Desde a minha adolescência estou à procura da minha irmã perdida, a bastarda Dillinger, fruto de uma traição. A causadora da desgraça da minha família que era tão unida, mas que foi dilacerada por um maldito homem aventureiro com quem minha mãe teve a coragem de se deitar e acabou engravidando, deixando a sua família em segundo plano.

Tiro meu celular do bolso e clico na galeria de fotos para ver algumas que tenho com Axl. Ele está sendo meu porto seguro, mas sinto que depois tantos anos, a nossa relação esfriou. Suas palavras são mais secas, cruas. Estamos sem nos ver, sem nos beijar, e não é ruim estar ao lado dele, aliás, não é sacrifício algum. O problema surgiu com a sua revelação que seria feito um acordo de paz entre as duas máfias, casando dois herdeiros. Facilitará muito a vida deles, mas irá atrapalhar a minha e também meus planos de encontrar novas pistas da minha "irmãzinha".

Mas preciso continuar sendo a vítima aos olhos dele, porque meu alvo está próximo. Estou determinada, e meu foco agora é Alessa Russell. A mulher que tomou meu espaço na vida de Axl James Knight, e mexeu comigo de uma forma, que suas investidas me deixaram com um ódio absurdo. Um ódio impossível de varrer para debaixo do tapete, como sempre faço. Guardo minhas frustrações, pois não posso perder o foco do meu objetivo.

Preciso ter calma e continuar fingindo ser essa pessoa dócil e gentil. Paciência nunca foi uma virtude da minha família, e tenho que desempenhar muito bem essa tarefa para manter minha sanidade e não colocar a perder toda a investigação sobre a minha irmã. Tenho menos de uma semana para obter o resultado que preciso, por ora tenho de me concentrar.

Assusto-me com o toque do celular em minhas mãos, então olho para a tela e vejo que é meu irmão.

— Olá, Lucke. — Sorrio.
— *Como está, maninha? Faz dias que não consigo falar com você.*
— Estou bem, só preocupada com meu namoro — murmuro, encostando a cabeça à porta da varanda.
— *Eu já te falei sobre isso* — ele avisa. — *Sei que esse cara é a sua única estratégia no momento e também o seu "porto seguro", mas deveria voltar para casa. Nós sentimos sua falta, Arl... Melissa.*

Por pouco meu irmão fala o que não deve.
— É, também sinto, mas preciso, entende?
— *Tudo bem, querida. Você é a mais velha, sabe o que faz.*

Lucke é muito apegado a mim, eu o amo demais.
— Preciso desligar, tenho de resolver algumas coisas na loja. Meu patrão me mudou de departamento, trabalharei na parte de baixo, onde ficam as roupas de grifes.
— *Hum... Bom trabalho, mana* — desdenha, porque sabe a verdade e as minhas intenções. — *Também tenho de resolver algumas coisas pendentes, até breve.*
— Tenha cuidado, irmão.
— *Sempre, irmã.*
— Até mais. Em breve estarei de volta.
— *Espero que sim, te amo.*
— Também.

Encerro a chamada, jogo o celular em cima da cama e vou até o guarda-roupa. Preciso de uma roupa adequada para uma reunião com o proprietário da loja. No mesmo dia que Axl me contou que é herdeiro de Kurtz James Knight, ele arrumou esse emprego para mim. Pedi que não me escondesse mais nada, e sendo tão amável, ele me contou todos os detalhes da sua vida.

CAPÍTULO 7

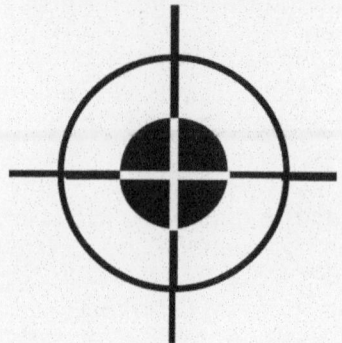

AXL

E la me provoca e parece que ama me desafiar, a garota que faz meu sangue ferver é a distração que eu não preciso em minha vida. Há três dias, Killz me pôs numa missão, estou tão cansado ultimamente que não tenho tempo para Melissa. Ela chamou minha atenção por estar ausente, mas devo atingir meu objetivo e ainda tenho minha noiva, que, querendo ou não, é o fator principal.

— Axl, temos três corpos no canto do galpão. Onde devemos desovar? — pergunta Pietro, o capanga do Alec, que está trabalhando para mim desde o ano passado.

— No mesmo lugar que descartamos o lixo — falo, limpando o sangue das minhas mãos.

— Se quiser ir para casa, pode ir — ele sugere e eu nego. — Seus ferimentos estão bem ferrados. Eu avisei que os Malvks eram uns filhos da puta.

Há uma hora encontramos cinco integrantes da máfia Malvk no galpão. Os indivíduos apareceram logo após o vazamento de alguns arquivos da empresa de Killz, e desconfiamos que tenha sido feito por algum *hacker*.

— Vou limpar a sujeira, não podemos deixar nenhum rastro, não agora quando a polícia está rondando a área.

— Está certo, vou alertar os outros homens. Nós iremos para o outro lado da cidade, talvez devêssemos enterrar os corpos em uma fazenda abandonada perto daquelas casas de campo — diz Pietro, saindo pelos fundos do galpão.

— Quem diria que Axl James Knight faria o trabalho sujo.

Viro-me bruscamente quando ouço a voz que conheço muito bem. Blood, irmão de Blitz, o homem que fez Scarlet nos trair.

Blood é apelido, nós sabemos perfeitamente disso, mas fazemos questão de entrar no jogo dele e passar despercebidos. Nunca conseguimos descobrir o verdadeiro nome do miserável russo, e até desconfiamos que exista alguém maior no comando.

— O que quer? — Observo a ousadia dele cautelosamente.

Não temos reforços suficientes para lidar com o chefe da máfia russa.

— Vim dar um recado para seu irmão. Há anos estamos em silêncio, e ficar de boca fechada não é o nosso forte.

— Pode ser mais rápido? — Ignoro sua cerimônia.

— O recado será você e seus companheiros.

Assim que entendo o recado, começo a ouvir uma troca intensa de tiros e me preparo para o pior quando Blood aponta sua arma.

— Seu filho da puta! Como conseguiu invadir o nosso território?

Tento sacar a minha arma, mas o homem é mais rápido. Repreendo-me por não ter percebido suas intenções antes.

— Os Malvks foram apenas uma distração para darmos código vermelho na porcaria que vocês chamam de máfia. Agora cale a boca e jogue a arma no chão.

— Vai pro inferno! — brado, mesmo sabendo que ele pode tirar minha vida a qualquer momento.

— Você é um cara de sorte com duas gostosas, mas eu prefiro a morena. Aqueles lábios dela dariam um belo contorno ao meu pau — o asqueroso me provoca ao mencionar Alessa.

Travo o maxilar e mordo a língua para não mandar o filho da puta se foder.

— O que procura em Londres? — rosno.

— Conan Russell nunca foi nosso inimigo, acredita? Ele é um homem que o nosso território admira e respeita muito — diz Blood com desdém.

— Aonde quer chegar? — grito, enfurecido.

— Seria mais produtivo se ele tivesse feito a proposta de casamento para um dos meus homens ou até mesmo para mim. Quem não sonharia com uma Russell em sua cama? Alessa parece ser tão quente quanto o inferno — provoca, sorrindo para mim.

— Vai se ferrar, Blood! — grito, tentando pegar a outra arma no cós da minha calça.

De repente, sinto o impacto atrás de mim e gemo de frustração quando sou derrubado.

— Não fique tão nervoso por causa da boceta da Alessa.

— Tire o nome dela da sua boca imunda, seu idiota! — grito, enquanto dois homens me imobilizam no chão, impedindo-me de reagir.

— Seus pais não te ensinaram que nunca deve trocar o certo pelo duvidoso, Axl? — ele indaga e fico sem entender o que quer dizer.

— Esse galpão é monitorado, meus irmãos irão te achar e você vai implorar para não morrer — ameaço, mas sou ignorado.

— Esqueci que vocês são bastardos, é uma pena! — Blood gargalha ao se aproximar de mim.

O desgraçado tem o cabelo ruivo e se veste com roupas justas demais.

— Não use pessoas que morreram há anos. — Estou queimando de tanto ódio.

— Sethy, coloque as algemas nele.

O tal Sethy aperta meus pulsos enquanto outro homem empurra a minha cabeça contra o chão sujo, cheio de britas.
— Pronto, Blood.
— Gregg, ligue para este número aqui.
Paraliso, querendo entender o que ele vai fazer.
— E o que falo? — Pela primeira vez, Gregg se pronuncia.
— Peça que Alessa Russell faça uma chamada de vídeo. Diga que sua prima Aubrey não está bem e que você está com ela neste momento.
Tento entender a sua estratégia, mas não faço ideia do que ele quer.
— As garotas não têm nada a ver com isso, deixe-as em paz!
— Amarre-o naquela barra ali, a que atravessa o tanque.
O miserável me pega pela gola da camisa e me arrasta. Engulo o gemido de dor, não irei demonstrar fraqueza, não para eles. Um dos Malvks havia me dado uma facada no abdômen, e o outro, esmurrado meu maxilar.
— O que vai fazer? — grito ao ver Sethy arrastando uma mesa com equipamentos eletrônicos, os mesmos que usamos para torturar nossos inimigos para fazê-los falar.
— Iremos mandar um aviso para seu irmão, simples assim. Mas vamos esquentar mais um pouco as coisas. O que acha da sua cadela assistir ao seu sofrimento?
Um grito agudo preenche os fundos do galpão, tenho certeza de que é Pietro gritando. Minha mandíbula se aperta e solto um palavrão.
— Chefe, consegui entrar em contato com a garota. Logo ela irá fazer a chamada de vídeo para ver a prima — diz Gregg, entregando o celular para Blood.
— Não deveria fazer isso, seu filho da puta! Elas não sabem de nada!
— Sethy, ligue na tomada. — Ignorando-me, Blood sorri enquanto olha para a tela do celular.
— *Quem é? Onde está a minha prima?*
Não consigo ver seu rosto, mas reconheceria a sua voz a mil quilômetros de distância.
— Alessa... — Tento gritar, mas Sethy enfia um pedaço de pano dentro da minha boca.
— Olá! Você é mais linda do que eu pensava. — O desgraçado sorri para ela de uma maneira nojenta.
— *Onde está Aubrey? Que lugar é esse? Oh, céus!*
— Cale a boca, vagabunda, e se concentre aqui — diz Blood, virando a tela do celular em minha direção.
O miserável se aproxima com um sorriso indecifrável e eu só consigo ver o rosto pálido da minha garota.
— *Que brincadeira é essa, Axl?* — grita quando me vê pendurado na barra de ferro que atravessa o tanque.
— Ele não pode dar um piu, docinho. Agora, fique calada observando o que iremos fazer com o seu futuro marido.
Arregalo os olhos quando vejo Sethy segurando dois alicates grandes com as pontas cobertas por fios descascados, mas não demonstro medo.

— O que irão fazer com ele? — questiona desesperadamente.
— Vou dar um zoom, docinho, assim você poderá ver melhor.
— Axl... — Lessa chora, mas eu não posso responder, o maldito pano me impede.
— Está chorando, boneca? Esse cara não merece as suas lágrimas, ou já se esqueceu de que ele te larga sozinha para foder com outra, te humilha esfregando a amante na sua cara e nem se lembrou do seu aniversário? — provoca Blood, deixando Alessa chocada.
Merda! Eu esqueci o aniversário dela?
— *Eu vou desligar* — diz, trêmula.
— Se você avisar a alguém sobre isso ele morre, está me ouvindo?
Eu a ouço murmurar que sim.
— Boa garota!
Inesperadamente, Blood joga o celular no chão e saca a arma, estraçalhando o dispositivo em segundos.
Temo o que pode acontecer com Alessa, nem tanto por Melissa, pois ela não é nenhuma herdeira da máfia, nem se mete com coisas sujas.
— Chefe, pode ligar?
Grito ao sentir a descarga elétrica dominar as minhas costas, o ardor que sobe me faz arregalar os olhos quando um dos homens joga um balde de água em mim. Eles querem me matar eletrocutado?
Meus olhos se enchem de lágrimas, é a única maneira de expressar a dor no momento.
Uma. Duas. Três. Quatro.
Meu corpo não aguenta mais a tortura, as pálpebras ficam pesadas, os braços se tornam flácidos, então apago de repente, rendendo-me à escuridão.

CAPÍTULO 8

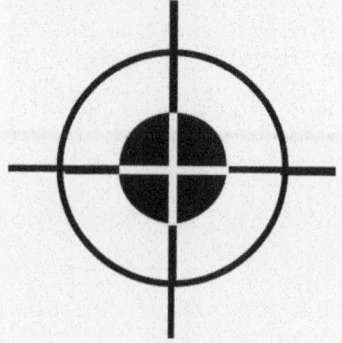

ALESSA

A noite havia chegado e nada de Axl aparecer. Nem tenho coragem de sair de casa, preciso esperar por ele aqui. Passei mal depois do que vi com meus próprios olhos. Estou sufocada com tudo que aconteceu e preciso desabafar com alguém, mas realmente não posso.

E se eles o matarem?

Ando e um lado para o outro em nosso apartamento e olho para o grande relógio na parede que está marcando 11h.

Será que Alec ou algum capanga notou o sumiço dele?

Não importa, Killz pode dar um jeito nisso. Pego meu celular e desbloqueio a tela, selecionando o número de Aubrey. Coloco o celular no ouvido, mas desligo assim que ouço alguém bater à porta.

— Deve ser ele. Talvez tenha sido uma brincadeira. É isso... — sussurro para mim.

Com as mãos trêmulas, pego a chave para abrir a porta e engulo em seco ao abri-la e não ver ninguém.

— Hummm...

Escuto um gemido baixinho e quando olho para o lado vejo Axl sentado, com as costas apoiadas na parede. Seu rosto está desfigurado; os lábios estão inchados, as sobrancelhas têm cortes profundos, e no queixo um corte pequeno.

— Ei... — sussurro e me pergunto como o deixaram aqui se há seguranças lá embaixo.

Os capangas também eram inimigos? Ou fizeram algo para distraí-los?

MELISSA JONES

Quando passa das 11h da noite, recebo uma ligação de um número desconhecido. Atendo na esperança de ser meu amor.

— Baby, é você?

— Não, docinho, quem está falando é um amigo. Só liguei para informar que seu homenzinho está muito mal, prestes a ser enterrado a sete palmos embaixo da terra.

Antes mesmo que eu possa responder, a ligação é finalizada. Grunho, nervosa e revoltada com a situação. Quem deveria ser... Uhum, acho que não. Ele está bem, está sim!

Tento ligar para meu homem, mas cai direto na caixa postal. Minha única saída é ir até o apartamento dele, mas será que ele está lá?

Ultimamente ele tem mais tempo para a sua noiva do que para mim, isso é bem mais que lógico. Por vezes fui orientada para não ir até a casa dele, mas preciso saber o que aconteceu e me certificar que ele está bem e vivo. Não vou conseguir dormir sem descobrir seu paradeiro. Gosto dele da minha maneira e jamais o deixaria de lado.

Cheguei exausta da reunião com o dono da loja, aquilo levou horas. Estou esgotada, esse emprego de gerente me deixa sem energia. Queria apenas uma noite completa de sono, ainda mais agora, que não tenho meu bebê ao meu lado.

Rapidamente pego o elevador para a garagem, e assim que ele abre as portas, eu corro até meu carro para ir ao meu destino. Sigo para a casa de Axl, a que ele divide com Alessa.

Tenho certeza de que se ele estiver bem, irá me recriminar por ter aparecido por lá. Quase discutimos uma vez, no entanto, controlei meu gênio para não entrarmos em confronto.

ALESSA

— Está doendo. Minhas costas estão ardendo. — Ele cospe um pouco de sangue e eu entro em desespero.

— Vou cuidar de você. Vou te ajudar a se levantar, calma — gaguejo, sentindo as pernas tremerem.

Eu me ajoelho à sua frente e coloco meus braços debaixo dos seus para que ele possa ter um apoio, ou pelo menos tentar.

— Tente se apoiar em mim, ok? No três você impulsiona seu corpo.

Ainda trêmula, eu o vejo balançar a cabeça lentamente.

— Um... Dois... Três! Venha — eu o encorajo.

Axl não tem força para se levantar, então começo a chorar por ser incapaz de fazer o que preciso, porém, começo a sorrir quando me lembro da cadeira de rodas que Aubrey usou no dia do nascimento dos bebês.

— N... Não consigo — grunhe, a voz um pouco mais firme.

— Já volto — comunico e saio correndo para pegar a cadeira de rodas.

Empurro a porta do meu quarto e meus olhos caem diretamente no objeto que me ajudará nessa tarefa. Eu a empurro para fora do cômodo, apressando os passos para chegar mais rápido ao corredor do prédio.

— Merda... — ele resmunga.

Agacho-me ao seu lado e toco em seu ombro.

— Venha, achei algo lá dentro.

— Como... Vim parar aqui?

— Não sei. Bateram à porta e, quando abri, você estava aqui. — Coloco a cadeira de frente para nós, depois volto a minha atenção para o homem todo machucado.

— Pode me ajudar? — pede, confuso.

— Claro, mas tente me dar uma forcinha. — Posiciono os braços em suas axilas e coloco minha perna na parede para me dar um impulso. Consigo levantá-lo, mas quase caio para trás com o seu peso. — Vou te colocar na cadeira agora.

Dou dois passos apoiando-o em meu corpo e finalmente o sento.

— Obrigado... — murmura, gemendo baixinho.

— Tudo bem. — Giro a cadeira de rodas e nos levo de volta ao apartamento, fechando a porta atrás de mim. — Vou preparar um banho para você, depois algo para se alimentar. Quando estiver um pouco melhor farei os curativos.

— Não precisa. Eu não mereço — Axl fala mais firme, de vez em quando solta um gemido de dor.

— O que houve? — Não espero por respostas, vou empurrando a cadeira até o quarto dele para que possa se deitar enquanto preparo um banho.

— Falta de atenção. Merda! Minhas costas estão ardendo.

— Hummm... Consegue se deitar na cama?

Chuto a porta com um pé e sem demora estamos dentro do seu quarto.

— Só preciso de um apoio — diz, suspirando.

— Tudo bem. Vem aqui... — Agacho-me e sinto suas mãos em meus ombros. — Vou pegar uma tesoura no banheiro para cortar as suas roupas.

Vagarosamente eu o ajudo a deitar na cama

Assim que ouço outra batida à porta xingo mentalmente.

Quem será?

Deixo-o na cama se lamentando das dores e sigo até a sala para ver quem é a essa hora. Antes de abrir a porta, pego um taco de beisebol que sempre deixo por perto para me proteger.

— Cadê? Onde meu amor está?

Comprimo os lábios quando vejo uma mulher loira toda coberta de joias entrar com tudo em meu apartamento, quase me derrubando. Vadia!

— Quem é você? — indago, arqueando a sobrancelha.

— Melissa, a namorada de Axl.

Namorada? Ela se apresenta como se fosse a coisa mais normal do mundo invadir a minha casa e de Axl a essa hora.

— Hummm... Você quer dizer amante, não é? Mesmo que ele te coma, faça juras de amor e diga que você é a mulher da vida dele, eu sempre estarei em primeiro lugar. É para o *nosso* apartamento que ele sempre volta. Consegue entender, Margarida?

— É Melissa! — exclama, olhando para todos os cantos do apartamento.

— É a mesma merda, tudo são flores de quinta categoria, assim como você — falo, furiosa com a sua presença em minha casa.

— Suas ofensas não me atingem, querida. Diga onde meu homem está, preciso vê-lo — diz com os olhos marejados.

— Te darei três segundos para sair daqui. Caso contrário, vou apelar com você. — Minha paciência está por um fio. — Dormir com ele não é o bastante? Quem te deu a liberdade de vir até a minha casa atrás do *meu* futuro marido?

Abro toda a porta para que a mulher se ligue que não é bem-vinda.

— Desculpe, Alexis, mas vou ver meu homem. Se quiser, me tire daqui à força.

Antes que eu possa abrir a boca, a vaca sai em disparada para o corredor que dá acesso aos quartos. Corro atrás dela e a vejo entrar no quarto dele. A vadia sabe onde é. Claro que ela conhece o apartamento, afinal, eles estão juntos há anos.

Com amargura, eu me aproximo e me encosto na parede do outro lado do corredor, suspirando ao ver a vagabunda se agachando ao lado cama. Quero ver até onde eles serão capazes de ir.

— Amor, quem te machucou? — Melissa sussurra, soluçando.

Calado, ele apenas olha para ela. Sei que ainda não me viu.

— O que faz aqui, Melissa? — grunhe.

— Vim vê-lo, soube que te machucaram. Fiquei desesperada e disseram que só i...

O que a louca quer dizer? Como assim "disseram"? Ligaram para ela também?

— Melissa, espera! Ninguém além da Alessa sabe sobre mim. — Seu questionamento soa um tanto desconfiado.

— É, não sei quem foi. Me ligaram e pressenti que você estivesse aqui. É isso, amor. — A mulher quase se afunda na cama para beijá-lo.

Arregalo os olhos quando o vejo virar o rosto.

— Melissa, saia. É uma falta de respeito aparecer na minha casa e de Alessa. Eu não tolero isso — declara com a voz bem mais firme.

Será que ele me viu e está encenando? Não, é impossível ser vista daqui.

— Está me rejeitando, é isso? Faz dias que não me procura, só vive para seu trabalho e para a mulherzinha que seu irmão arrumou — reclama, sem se importar com o estado em que ele se encontra.

— Ando ocupado, você sabe disso. Agora vá embora. Como entrou aqui, aliás? Cadê Alessa? — murmura. — Desde que comecei a morar com Alessa, combinamos que em hipótese alguma você deveria bater de frente com ela ou invadir o espaço dela, Mel.

Que conversa louca é essa?

— Quer mesmo que eu vá embora? Posso cuidar melhor de você do que... Olhe para esses ferimentos — diz a vaca enquanto acaricia o rosto dele.

Fico surpresa quando ele agarra o pulso dela, nem sei onde arrumou força para isso.

— O que há com você? Nunca fez isso, por que agora? — pergunta, a incerteza presente em sua voz. — Amor, eu te amo! Não conseguimos morar juntos antes por culpa do seu irmão e agora não podemos por causa dessa bastarda.

— Melissa, saia do apartamento agora. Nunca dei liberdade a você para invadir o espaço da minha noiva — ruge, raivoso.

— É assim agora? Ela se tornou sua primeira opção?

Ela se afasta e começa a chorar.

— Estou machucado, com dor em todo corpo. Quero um banho e estou muito irritado, por favor, saia. Depois resolvemos isso. — Ele continua com a postura firme.

— Então é assim? — A mulher funga e passa a mão no cabelo, nervosa.

— Eu nunca disse que seria fácil — diz, fechando os olhos.

— Quando estiver melhor, você vai me procurar?

Caramba, ela sabe se humilhar.

— Vá embora. Agora não é hora de termos essa conversa.

— Já estão transando?

Deixo escapar um "nem nos seus sonhos" pela minha boca grande e acabo sendo descoberta. Decido sair do meu esconderijo, dou um passo à frente e me deixo ser vista.

— Está aí o tempo todo? Rindo de mim? — A vadia vem a passos largos em minha direção. Vejo sua mão pronta para me atacar, e assim que seu punho baixa para me atingir, eu o seguro no ar. — Ele nunca vai te amar.

— Saia daqui, agora — ordeno, com fúria. — Não se cansa da humilha...

Solto um grito quando sua outra mão agarra meu cabelo e começa a puxá-lo.

Axl grunhe e ela olha para trás, então aproveito este momento para dar uma rasteira nela. Melissa cai no chão, com os olhos arregalados, e passa as mãos na cabeça, grunhindo enquanto se arrasta para tentar se recuperar da pancada.

— Vocês estão brigando. Que merda é essa?

Nem me importo com a reclamação de Axl. Vou até a sua cômoda e abro a segunda gaveta, pegando sua arma e mirando na testa de Melissa.

— Eu disse para sair da minha casa — digo absurdamente calma. — E nunca mais apareça aqui.

Deslizo o dedo para o gatilho e ouço um riso amargo sair da boca da insolente que teve a coragem de invadir meu apartamento.

— Você não tem coragem, sugiro que abaixe essa arma. Você não é uma assassina, é só uma mosca morta. — Ri alto ao mesmo tempo em que a minha atenção se volta para o idiota tentando se levantar. — Querido. Está vendo isso? Ela quer me machucar.

Melissa começa a chorar e a maquiagem toda borrada escorre de tantas lágrimas encenadas, mas a única coisa que quero ver escorrer agora é seu sangue.

— Saia daqui, Melissa. Vá embora. — Ele insiste.

— Tudo bem, amor. Eu vou, sim, por você, pelos nossos anos juntos. Porque se fosse por *"essazinha"* aí, eu não iria. Sou a mulher que vai estar ao seu lado. — A fingida se levanta do chão, desvia os olhos de Axl e se vira para mim com um sorriso de lado, como se estivesse escondendo algo, para só então olhar para ele novamente. — Amor, não tente se levantar, você está machucado. Vou procurar um médico para você.

— Eu vou cuidar dele, agora suma daqui e não volte nunca mais! — grito, enquanto ela passa ao meu lado com um sorriso indecifrável. Meu corpo se arrepia por inteiro e quase congelo tamanha a frieza que vejo em seus olhos. Vendo a megera sair, exclamo: — A porta está aberta!

Olho para Axl, mas ele não me encara.

— Alessa, me desculpe...

— Cala a boca! — eu o interrompo enquanto baixo a arma e a coloco sobre a cômoda. — Cale a porra da sua boca! Estou farta de tudo isso. Agora vou pegar a porcaria da tesoura e preparar o seu banho.

— Alessa... — grunhe baixinho.

— Não! Não quero ouvir a sua voz. Fique quieto antes que eu desista de cuidar de você.

Ele não diz mais uma palavra, somente assente.

— Ótimo!

Irritada, saio do quarto e tento encontrar uma maneira de sair dessa confusão sem quebrar meu coração no processo.

CAPÍTULO 9

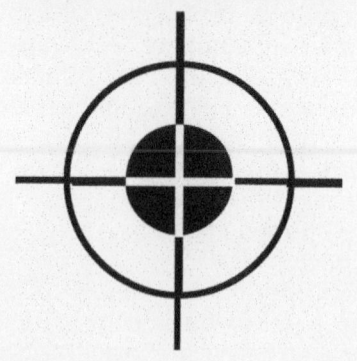

AXL

Quatro dias se passaram e ainda estou na cama. Alessa passou o tempo todo comigo. Pedi que fosse para a faculdade, mas ela se recusou. Não quis insistir, porque da última vez fui ameaçado com uma faca enorme que ela pegou alegando que faria um pouco de sopa para nós.

Meus irmãos apareceram naquela madrugada. Assim que Melissa saiu, não demorou nada para Killz, Brey e os pestinhas que amo, mais Carter, Spencer e Ezra chegarem. Acredito que a minha enfermeira os deixou a par de tudo.

Killz surtou, assustando as crianças. Ele disse que recebeu um telefonema, mas imaginou que fosse uma brincadeira, afinal, ninguém além de Alec, meus outros irmãos e eu tínhamos aquele número. Ainda me lembro dos olhares da minha família. Aubrey disse que não permitiria que seus filhos me vissem, não no estado em que eu me encontrava, e claro que concordei, pois não queria que eles ficassem com aquela imagem do tio deles.

Killz disse que não me levaria ao hospital para que um médico me examinasse, porque o assunto era delicado demais e nós não poderíamos envolver a polícia. A direção do hospital exigiria satisfações do que havia acontecido, por isso meu irmão preferiu evitar.

Ainda não consegui organizar as ideias que romperam em meu cérebro, fiquei puto com Melissa por ela ter ultrapassado os limites. Real ou não, infelizmente a minha namorada está se tornando amante.

— Preparei seu banho. Aubrey ligou e disse que o doutor está vindo até aqui para examiná-lo — avisa a minha garota ao entrar no meu quarto com uma bandeja nas mãos. — Trouxe algo para você comer.

Logo a deposita em meu colo.

Arregalo os olhos quando vejo mingau de aveia e sopa.

— Eu odeio aveia — murmuro, sentindo o ardor começar no canto do meu lábio. — A sopa, as frutas e o suco tudo bem.

— Deixe de frescura, você não é criança.

Alessa está linda com seu cabelo achocolatado preso em um rabo de cavalo firme no alto da cabeça. Ela é tão perfeccionista, que não há um fio fora do lugar. Sua roupa justa — um short curto preto e uma blusa branca fina que marca com perfeição o bico dos seus seios — se molda ao seu corpo com tanta perfeição, que tenho de disfarçar o meu olhar de cobiça.

— Você me dá isso dia e noite. Por favor, abre uma exceção.

Ela gargalha e esconde o rosto com as mãos, então acabo sorrindo também. De repente, eu me vejo em um mundo paralelo e me surpreendo ao admirá-la, tão jovem e certa do que quer.

— Você realmente está mal. Pedindo algo "por favor", Sr. Knight?

Ri, pegando o prato de mingau da bandeja. Alessa é tão doce e venenosa ao mesmo tempo, que toda vez que me lembro de que ela apontou a minha arma para Mel fico chocado.

Em momento algum o medo me tomou, porque sei que Alessa não é uma assassina e jamais faria mal a alguém, nem mesmo para mulher que a considera uma inimiga.

— Pequena, há cinco dias que seu a... — Xingo baixinho quando ouço a campainha tocar. — Quem será?

— Deve ser o médico que seu irmão enviou. Killz avisou que não é Dr. Mason Williams, porque ele está fora da cidade, mas que esse também é de confiança — diz e sai do meu quarto.

— Para onde você vai?

— Abrir a porta? — fala, arqueando a sobrancelha.

— Assim? — Engasgo com o suco que estou tomando. — A-Alessa...

Começo a tossir, sentindo meu pulmão arder.

— Relaxa, meu bem — diz ao me deixar tossindo com o líquido preso na garganta.

Ela vai atender o tal Dr. Evans com aquela roupa?

Solto um suspiro frustrado e irritado ao me lembrar do episódio no galpão. Com uma grande tristeza, a máfia Knight se despediu de Pietro. Killz informou sua morte ontem à noite e a notícia me desestabilizou demais. Por pouco não morri, e isso me deixa intrigado.

Por que não me mataram?

Era uma oportunidade única. Um Knight morto significaria uma grande vitória para os russos. Ainda não entendo. Agoniado com as teorias, coloco a bandeja na cama ao meu lado e me encosto à cabeceira.

— É por aqui... — A voz de Alessa vem do corredor.

Ainda não conheço esse Dr. Evans. Será um velho decrépito?

Novamente esse nome soa conhecido, mas não consigo associar a ninguém.

— Bom dia, Sra. Russell! O paciente está se alimentando bem?

Reconheço essa voz.

Ouço os passos se aproximarem e fico alerta.

— Sim, nossa cozinheira prepara todas as refeições para ele.

Ela ri. Ri? Sério? Ri do quê? Ri para um maldito desconhecido e para mim é um sacrifício?

Claro, seu idiota, você já a magoou tantas vezes.

— Então, ele está em boas mãos.

— Axl, esse é o Dr. Evans — diz, sorridente, ao entrar no quarto.

— Bom dia, Sr. Knight!

Não pode ser! O que esse homem faz na minha casa? Charlie Evans, meu professor do último período na faculdade. Ainda me pergunto como alguém tão jovem dava aula.

— Vocês se conhecem? — indaga minha noiva seminua, constrangida.

— Sim — murmuro a contragosto.

— Interessante. Então, Dr. Evans, pode examiná-lo?

— Claro, estou aqui para isso.

O filho da mãe sorri para minha mulher, que me olha envergonhada.

Oh, merda! Ele só pode estar brincando. Onde Killz arrumou esse médico de quinta categoria?

— Para você é...

— Tinha me esquecido de que Aubrey está vindo — dispara ela, sei que fez isso para me interromper.

— Então, posso examiná-lo, Sr. Knight? — Evans se aproxima, totalmente profissional, e a minha garota quase pelada continua ali de pé, encarando-me. — Você deve ficar sem camisa, apesar de ter sido apenas choque, a pele do seu corpo está sensível, mas não foi tão grave a ponto de causar queimaduras.

— É, Dr. Evans, Axl ainda sente muita dor e já se passaram dias. É normal?

— Infelizmente, sim. As lesões são feias. Pelo que o Sr. James disse, seu marido estava inconsciente quando foi agredido, o que impossibilitou que ele se protegesse. Por sorte não bateram na cabeça dele. Um traumatismo craniano poderia ser fatal.

Assim que Evans fala para Alessa, mesmo sabendo que é mentira da parte dele, não o desminto.

— Tenho um corte na lateral do corpo, mas ela já limpou e fez um curativo.

— Estou certo de que está em excelentes mãos, enfim, a mocinha fez um belo trabalho com o senhor. Só irei examiná-lo e darei algumas instruções.

— Vou fazer uma ligação e já volto — avisa Alessa antes de me deixar a sós com o professor, que agora é meu médico.

※━━━━━━※

Eu já estou impaciente com a demora de Alessa. Ela sumiu depois que mencionou a tal ligação. O médico me examinou, prescreveu medicamentos e deixou algumas orientações, mas nada de ela retornar. Fico preocupado, agora que os russos tiveram a ousadia de me caçar em nosso território.

— Hummm... Não seguiu com a Medicina?

Levanto os olhos e vejo Evans guardando suas coisas na maleta.
— Não, houve imprevistos. Tive de ajudar meus irmãos nos negócios.
Negócios sujos.
— Entendo. Conseguiu se formar, pelo menos?
Que merda é essa? O que ele quer?
— Sim, mas não exerço — respondo, desconfiado do interrogatório.
— Aquela mulher que abriu a porta é a sua namorada?
Respiro profundamente para não falar besteira.
— Minha mulher.
— Mulher? Que avanço, galã!
Assusto-me com a voz de Brey preenchendo meu quarto. A esposa do meu irmão, depois que se enturmou com a família, ficou muito intrometida.
— Olá, cunhadinha.
— Como vai, Dr. Evans?
Até Aubrey o conhece? Por quanto tempo fiquei afastado?
— Estou bem, Sra. Knight.
— Cunhadinho, vou ficar com você enquanto Alessa vai ver Enrique. Ele chegou de viagem hoje.
— Onde estão as crianças? — pergunto pelos meus sobrinhos, fingindo não ter ouvido sobre o "cachorro" da Alessa.

Não quero demonstrar, no entanto, sinto ciúme, revolta, e raiva por Alessa ter me deixado sozinho para visitar o amigo. Agora que Enrique voltou, ficarei em segundo plano em sua vida. Só que não tenho o direito de cobrar nada, porque desde o início agi como um babaca, um verdadeiro moleque.

Minha mãe dizia que nós, homens, deveríamos honrar nossa palavra, sermos dignos de orgulho e respeitar as mulheres. No momento, não sou digno de nada. Vou encontrar uma forma de me entender com a minha futura esposa e respeitar suas atitudes.

— Estão com o pai, no escritório.
— Coitado do meu irmão, agora é babá — brinco, fazendo minha cunhada sorrir.
— Desculpe interromper, mas preciso ir — diz o médico. — Amanhã você já pode ficar de pé e recomendo que siga com suas atividades, mas tenha cuidado com o corte, apesar de não ter sido profundo, pode infeccionar.
— Pelo menos uma notícia boa. Obrigado!
Dr. Evans assente e segue para a porta do quarto.
— As receitas estão ali em cima — avisa, apontando para a cômoda onde costumo guardar a minha arma.
Pensando bem, é melhor mudar de lugar, vai que a doidinha se irrite e tente me matar?
Rio do meu próprio pensamento.
— Fiquei sabendo que sua amante esteve aqui. Que falta de respeito, Axl! Agradeço todos os dias por ter o Knight certinho, porque o resto não vale nada. Tirando Ezra, que é razoável — dispara assim que percebe que estamos sozinhos.

Minha cunhada queria tanto me recriminar, que nem mesmo foi com Evans até a saída.

— Que educação, nem se ofereceu para acompanhar o médico.

— Ele sabe o caminho. Agora cale a boca e foque aqui — diz, apontando para si mesma.

— Diga tudo de uma vez e acabe com isso, Brey. — Suspiro, já pronto para ganhar um sermão.

— A minha prima cresceu, não é mais uma garotinha. Como todas as Russells, Alessa se tornou uma grande mulher.

— Aonde quer chegar? — Ajeito-me na cama.

— Acha que eu não sei o que faz com ela? Não vou me meter na sua vida, Axl, mas acho melhor você pensar bem no que vai fazer daqui em diante. Lessa é geniosa e tem um limite, como todo mundo. Assim que eles forem ultrapassados é um caminho sem volta. Não tem perdão.

Avalio suas palavras atentamente em silêncio por alguns segundos.

— Aubrey, olh...

— Você já não viveu sua aventura com Melissa? — ela me interrompe. — Então, por que não tentar se dedicar ao casamento agora? Você sabe o que um é para o outro desde que meu pai e seu irmão fecharam o acordo, não sei como a minha prima ainda não descobriu, mas prefiro que continue assim.

— Realmente, não sei o que dizer.

— Palavras são apenas palavras. Eu quero que você comece a agir, entende? Lessa é jovem, tem apenas... Merda! O aniversário dela passou e acabei me esquecendo, com tanta coisa acontecendo. Ela deve estar triste.

— De verdade, eu não sei ao certo o dia... — Lembro-me das palavras de Blood, mas depois de tudo o que aconteceu, esse fato caiu no esquecimento.

— Estou me sentindo péssima, como pude esquecer o aniversário da minha prima? — Brey grunhe.

— Podemos reverter isso.

Uma ideia louca surge na minha mente.

— Como? — Minha cunhada parece muito interessada.

— Uma festa surpresa. Mesmo com alguns dias de atraso... — digo enquanto um plano toma forma em minha mente.

— Finalmente seu cérebro pensou em algo produtivo depois de ter feito tantas merdas — Brey alfineta mais uma vez.

— Posso começar a preparar isso amanhã, preciso de uma semana fora dos negócios — afirmo, um sorriso esperançoso aparecendo em meu rosto.

— Você...

— Pode deixar comigo, Brey — declaro, sem deixar margem para questionamentos.

— Sinceramente, gosto muito de você e o trato como um irmão, mas se machucar minha prima de novo, vou riscar seu nome da minha vida e da vida dos meus filhos. Espero que assuma uma postura de homem, porque você não tem mais idade para ser cafajeste.

Definitivamente, eu amo essa cunhada rabugenta.

— Prometo que vou tratar a minha noiva do jeito que ela merece.

— Estarei de olho em você. E avise a sua cadela para não pisar no território que não é dela, porque da próxima vez, Alessa vai atirar. Onde já se viu uma coisa dessas? Aquela mulher não me engana.

— Aubrey, por favor! — Quase imploro que encerre esse assunto.

— Por favor? Tudo isso adiou seu casamento. Killz e meu pai cismaram que caçariam a máfia russa. Depois de dois anos de paz, uma guerra está para começar. Sugiro que proteja a minha prima.

— Que guerra vai começar? — pergunto, confuso, nem imagino sobre o que ela está falando.

— Na última corrida do Spencer, ele descobriu que a máfia russa tem muitos aliados espalhados por Londres, todos disfarçados. Killz está passando seu último tempo com as crianças, porque nós teremos de ir para a mansão. Até meu pai trouxe seus melhores homens para reforçar a segurança.

— E sua prima? — A preocupação me domina.

— O dever de protegê-la é seu. Dê o seu melhor e deixe sua família orgulhosa, porque agora, mais do que nunca, nós travaremos uma guerra que só terá fim quando um dos lados se render — Brey meio que pede e ordena com seriedade.

— Merda! Preciso ver meus irmãos, conversar com eles. — Tento me levantar da cama enquanto falo.

— Fique aí, as coisas estão sendo resolvidas.

— Voltei! — A voz de Alessa vem do corredor.

— Lembre-se da sua promessa. — Aubrey me cobra.

— Brey, desculpe a demora, estava tão distraída com Enrique, que perdi a hora.

Seus olhos brilham enquanto seu sorriso dá mais vida ao seu rosto.

— Tudo bem, Lessa. Venha aqui, quero te abraçar e pedir desculpas pelo meu esquecimento.

— Sobre? — murmura.

— Seu aniversário — Aubrey elucida, abraçando a prima. — Desejo que todos os seus sonhos possam ser realizados, querida.

— Obrigada! E, não precisa ficar preocupada, é besteira.

— Não é, meu amor... — Brey diz carinhosamente.

— Feliz aniversário atrasado, pequena! — Tento parecer o mais calmo possível.

Lessa se solta dos braços da prima e me olha.

— Obrigada, Axl — agradece e dá um sorrisinho.

Eu serei alguém melhor por ela, por nós, e pelo acordo entre nossas famílias. Vou honrar minha palavra e tentar expressar meus sentimentos por essa mulher linda.

CAPÍTULO 10

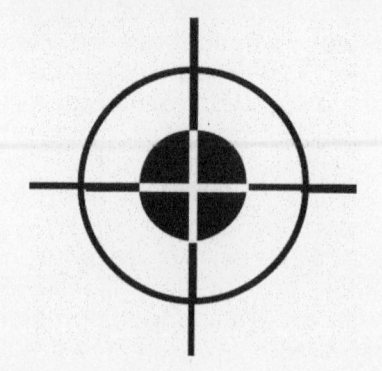

ALESSA

Desde que Aubrey veio nos visitar, Axl está muito calado e desconfio de que minha prima tenha falado alguma coisa para ele. Quase chorei quando os dois me desejaram feliz aniversário, apesar de ter sido atrasado. Não posso negar que fiquei triste por ninguém ter se lembrado.

— Alessa, onde está minha camisa?

Giro a cadeira e vejo Axl de pé à porta do meu quarto, com o tronco nu. Fico estática ao passar os olhos por seu peito musculoso. Depois de quase babar, xingo-me mentalmente ao notar que fui pega assim ao olhar para seu rosto e notar seu sorriso.

— Você tem tantas camisas, várias foram lavadas nos últimos dias.

— Não vai para a faculdade hoje? Posso levá-la — diz, entrando no quarto.

— Não. Vai sair?

Como agora está melhor, tenho certeza de que ele vai ver Melissa.

— Sim, vou — afirma enquanto se aproxima.

— Certo. Vi que trocou o curativo. Que bom que está melhor, até os machucados do rosto e do corpo estão cicatrizando. — Sorrio, sem saber o que fazer ao certo.

— Quero agradecer pelos dias que cuidou de mim, mesmo que eu não tenha merecido. E desculpa por Melissa ter vindo até aqui.

Desvio o olhar quando meus olhos se enchem de lágrimas, não pelo pedido de desculpas que pode ser só da boca para fora, mas pelo fato de ter mencionado a megera loira.

— Tudo bem, não foi sacrifício algum. Fazer o bem me traz paz.

— Ei, olhe para mim.

Suspiro pesadamente quando sinto meu rosto ser levantado por dois dedos.

— O que quer?

— Podemos começar de novo?

— Não entendi — murmuro, vendo seus lindos olhos.
— Fique pronta antes das seis, não precisa chamar Enrique — dispara, sorrindo.
Qual é a intenção dele? Seu sorriso doce, seu olhar fascinante...
— Tudo bem, mas não precisa se preocupar em retribuir o que fiz por você.
— Longe disso. — Seus dedos descem pelos meus braços e fico arrepiada, então tento me afastar do seu toque, entretanto, sou impedida. Ele roça o nariz no meu e sussurra: — Quero te fazer bem e mostrar que também tenho um lado bom.
Ao descer meu olhar para seus lábios, sinto minha garganta queimar.
— Você é tão imprevisível.
— Alessa, você é uma boa garota, é jovem e eu sou tão quebrado.
Seu hálito quente contra a minha boca faz meu corpo estremecer.
— É quebrado porque quer, meu bem — declaro, enquanto miro seus olhos.
— Ainda está magoada com o que Melissa fez?
— É imperdoável. Que mulher aceitaria isso?
Ele beija a minha bochecha e só consigo fechar os olhos. Seu toque me intoxica.
— Podemos recomeçar, agora é para valer — diz contra a pele do meu pescoço.
— Recomeçar não mudará nada, Axl. Eu preciso que *você* mude, sua mudança é a chave para tudo.
— Antes de conhecê-la eu já tinha Melissa na minha vida, Alessa. Eu não te odeio, eu só odeio a ideia do meu irmão ter fechado um contrato de casamento. Quem não ficaria com raiva de uma situação como essa? — Ele se afasta e se senta na beirada da minha cama. — Naquela época, éramos só Melissa e eu. Ela apareceu no momento mais difícil da minha vida, eu estava desnorteado, sem esperança. Ezra já havia tomado seu posto na máfia, em seguida seria a minha vez. Era difícil aceitar, eu queria ter uma merda de vida normal, mas o nome que carrego na minha carteira identidade me impediu...
— Por que está me contando isso? — pergunto, confusa.
— Nos encontramos por acaso. Melissa tinha sido assaltada e eu havia acabado de sair de um bar com alguns amigos. Ela estava chorando na calçada, fiquei interessado na situação e me perguntei o que uma mulher fazia em plena madrugada, sozinha, numa rua tão perigosa de Londres — ele narra a sua versão, enquanto observo seus movimentos inquietos.
— Pare, por favor! Não quero ouvir sua história de amor.
É torturante. Acho que me apaixonei no dia em que nos trombamos naquele hospital, foi amor à primeira vista, e com o passar dos anos tive certeza de que não era uma simples atração. Por pior que possa parecer, eu amo esse idiota.
— Ei, preciso que me escute. — Sento-me ao seu lado e espero que continue. — Melissa tinha uma mala nas mãos, disse que o bandido roubou

seu celular e que a deixou somente com as roupas. Ela se assustou ao me ver diante dela e eu sorri quando quis correr de mim. Fui insistente, até demais, e fiquei surpreso porque nenhuma mulher era boa suficiente para que eu pudesse correr atrás. Minha vida era estar enfiado na casa noturna da Dayse.

Ele dormia com prostitutas? Não me surpreende, é típico de mafiosos fazerem isso.

— É-é... E como Melissa conseguiu sobreviver?

— Não me olhe assim. — Ri, encarando-me. — Eu só dormi com cinco garotas da Dayse — revela, como se isso mudasse alguma coisa.

— Só? Foram cinco!

— Sim, só elas. — Gargalha. — Continuando, Melissa disse que esperava uma amiga, contou que era nova na cidade e não conhecia ninguém. Fiquei preocupado, não sei por quê, mas fiquei. Talvez por saber que homens de algumas facções pegam garotas para forçá-las a se prostituírem e lucrarem com isso. Eu conheço esse mundo.

— Pode ir mais rápido? — Não estou nem um pouco a fim de ouvir a história da pobre Melzinha.

— Hum-hum, claro. Então a levei para meu apartamento, mesmo estranhando por ela não ter ido contra isso, afinal, a mulher tinha acabado de ser assaltada, deveria estar assustada. Como confiar em um estranho?

— Muito estranho mesmo, ela tem família? — indago.

— Um irmão que vive viajando, nunca o conheci. — Tento ligar as coisas, mas nada me ocorre. — Melissa só passou a noite no apartamento...

Fico inquieta quando escuto "no apartamento". Então é por isso que a intrometida sabe onde fica o quarto dele.

— E-ela... Vocês... Dormiam aqui? — pergunto mesmo não querendo saber a resposta.

— Ela conhece meu endereço, mas nunca dormiu aqui. Sempre separei as coisas, eu mencionei o outro apartamento. O que nós... Você sabe.

— Não, não sei.

— Cada um tem seu canto, ela tem o dela e eu tenho o meu.

Quero sorrir com essa revelação, mas não darei esse gostinho a ele. Apesar de tudo, está sendo bom conhecer a fragilidade desse homem.

— Historinha longa demais, está quase na hora do almoço. — É muita tortura escutar o relato todo.

— Mas, Lessa, você não quer saber tudo para entender melhor?

— Não, não quero saber. Não há nada para entender.

— Ok. Quanto ao almoço, hoje será só para você, estou de saída.

— Você vai se encontrar com ela? — Me atrevo a perguntar, mesmo receosa.

— Eu não vou me encontrar com Melissa, Alessa. Às vezes posso ser um verdadeiro idiota com você, mas decidi que vou recomeçar e hoje darei o primeiro passo — fala e desliza a mão em cima da minha, acariciando-a.

Eu o encaro e sorrio, ainda duvidando da sua capacidade de ser alguém melhor.

— Tudo bem.
— Antes das quatro te envio uma mensagem, tenho uma surpresa para você. — Ele beija meu rosto e se levanta da cama.
— Está me deixando curiosa, Knight.
— Não fique, Russell. — Sorri antes de me deixar sozinha no quarto.
Eu me jogo na cama, imaginando o que ele estará aprontando.

CAPÍTULO 11

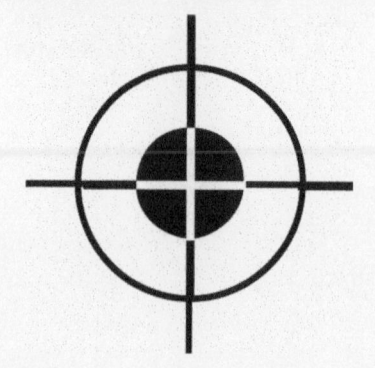

AXL

Está quase tudo pronto. Comecei a preparar bem cedo as coisas, tenho certeza de que Alessa vai gostar do que planejei para nós, principalmente para ela. Antes de deixar nosso apartamento, liguei para Ezra e pedi que ele fizesse uma reserva no restaurante *Coppa Club*, localizado perto da *Tower Bridge*; um lugar interessante onde tem algumas mesas dentro de iglus, no terraço. Eles sempre fazem isso na chegada do inverno para proteger os clientes do frio e terem a melhor visão do Rio Tâmisa. Acredito que a experiência dessa noite será incrível ao lado dela. Alessa ficará encantada.

Aubrey que aceite a mudança de planos, mas isso será melhor do que uma festa surpresa.

— Vai mesmo levar a garota para jantar? — indaga Alec, colocando as armas dentro das caixas que serão exportadas essa madrugada. — Alessa parece ser uma boa pessoa, espero que não faça merda. Ela é uma herdeira também, e se o conselho sonhar que você mantém contato com outra mulher, pode ter certeza de que você estará bem ferrado.

— Vou, sim. Preciso fazer isso, cara.

Meu corpo vai demorar alguns dias para se recuperar totalmente, mesmo que os ferimentos estejam cicatrizados, não devo arriscar muito, caso contrário posso ficar com sequelas.

— Pensa bem, é sério. O conselho está de olho em você e em seus irmãos, por sorte Killz conseguiu despistá-los — Alec aconselha mais uma vez.

— Eu não vou estragar tudo — afirmo, convicto.

— Pagarei para ver. Agora saia daí, você não pode erguer peso. Se morrer vai fazer falta.

— Vá à merda! Eu já disse que não vou fazer merda, quero recomeçar.

Os outros homens que estão ao nosso redor param de colocar as cargas dentro das vans para nos observar.

— O que estão olhando? — grito, fazendo-os gargalhar.

— Está nervoso?
— Já vou. — Tiro o celular do bolso da calça quando o sinto vibrar contra minha coxa.
— Temos um trabalho para você na Itália.
Ignoro as palavras de Alec quando vejo o nome e a foto de Melissa brilhar na tela do meu dispositivo.
— *Amor, finalmente você me atendeu. Faz dias que não me vê, não me toca.* — Dispara sem ao menos me deixar responder.
— Olá.
— *Está tão distante. O que houve com nossos planos? Vai mesmo me deixar para trás?* — fala quase chorando, noto a voz embargada.
— Mel, tomei uma decisão e preciso seguir com isso. — Viro o rosto e vejo Alec me encarando, então volto minha atenção para a ligação novamente.
— *O que é?*
— Quero conhecer Alessa melhor. É uma boa garota, não merece o que fiz com ela.
Aperto a mandíbula e fecho os olhos quando ouço seu choro. Odeio ter de fazer isso.
— *Então é isso? Vai me deixar por ela? Por uma garota? Tínhamos planos, amor. Parei de tomar anticoncepcional por você, porque anos atrás você me disse que adoraria ser pai, mas nunca entendi por que sempre usou preservativo. Era isso, já planejava me deixar?* — grita do outro lado da linha.
— Se contenha. Alessa é minha desde que as nossas famílias decidiram isso. Não posso simplesmente quebrar um acordo, entende? Sinto muito, mas percebi que a minha família é mais importante.
Nunca me imaginei dizendo essas palavras para ela. Mel sempre veio em primeiro lugar para mim.
— *Vai fazer igual ao seu irmão? A vida toda ele foi chato, cruel, não deixava vocês viverem em paz por conta da família perfeita que sempre idealizou. Amor, não faça isso comigo.* — A sua voz está nitidamente triste.
— Estou confuso, acho que ainda te amo, mas está na hora de crescer, assumir verdadeiramente a minha função — digo, decidido.
— *Formar uma família com outra mulher e transar com ela é exercer função de herdeiro?* — diz com desgosto.
— Seja como for... Se for necessário, vou aprender a amar Alessa.
Até mesmo eu fico chocado com o que acabei de dizer.
— *Amar? Você está esfaqueando meu coração, Axl.*
— Me perdoe, Mel. Nosso relacionamento é longo, eu sei, porém devo cumprir com as minhas obrigações de maneira nobre.
— *Quer um tempo? Podemos nos dar um tempo, amor. Aproveito para ver meu irmão, estou com saudades dele.*
Meu peito se aperta com sua insistência, mas estou decidido. Sei que não voltarei atrás.

— Tudo bem, podemos dar esse tempo. Mas fique ciente de que farei de tudo para agir certo com Alessa — aviso.

— *Eu te amo demais* — sussurra, soluçando.

— Eu... Estou confuso, Mel.

Passo o dedo no teclado e encerro a ligação na cara dela.

Merda! Mil vezes merda!

— Era a outra?

— Você é bem intrometido, vai trabalhar. — Afasto-me de Alec e percebo que está segurando o riso.

— Me respeite, garoto, sou como um irmão mais velho para você — debocha.

— Sou seu chefe.

— Herdeiro, isso é muito diferente.

— Me deixe em paz, você já me encheu o saco.

Saio do galpão sem olhar para trás, não duvido nada que o babaca tenha ficado se divertindo à minha custa.

Tudo está como planejado, só falta finalizar algumas coisas para ficarem em seus devidos lugares.

※━━━━━━━━※

Peço a Spencer que me deixe me arrumar no apartamento dele, não quis incomodar Ezra, ele faria muitas perguntas que não quero responder. Daqui a algumas horas vou buscar Alessa para fazermos nosso passeio.

— Cara, sério que você vai usar gravata? — indaga, terminando de tomar seu vinho. — Típico do novo Knight adulto.

— Sim, Spencer, a ocasião é para isso.

Termino de ajustar a gravata na frente do espelho, pego os sapatos da caixa e me sento na cama para calçá-los.

— Esses sapatos estão mais brilhantes que meus dentes — brinca o bastardo, colocando a taça de vinho em cima da cômoda.

— Por que não vai procurar uma namorada? Que milagre aconteceu para você não trazer mais as suas amiguinhas para seu apartamento?

— A última vez que fui moleque, foi quando a vadia da Scarlet me chamou de bastardo.

Meu irmão realmente levou a sério as palavras da vagabunda, aliás, até hoje não sabemos o paradeiro dela.

— Falando em Scarlet. Os anos passaram, não era para nós estarmos em um conselho fazendo o julgamento dela? Ela morreu mesmo?

Killz não nos informou mais nada sobre Scarlet e o pai dela desde que foram exilados. Meu irmão quase foi a julgamento quando descobriram que ele havia prendido a traidora no depósito sem cumprir com seu dever, que era ter matado a traidora. Por sorte, Conan agiu mais rápido e conseguiu interceder.

— Talvez Ezra saiba, mas é claro que não nos contará — murmura, dando de ombros.

— Já tenho problemas demais para me preocupar com a vida imortal da Scarlet.

— Como anda a vida dupla? Já decidiu com qual vai ficar?

— Você também, Spencer? Por favor... — falo, sem paciência para esse assunto.

— Você sabe a merda em que está metido? O conselho está de olho em nós desde que me denunciaram sobre o uso de drogas. Não sei como consegui me safar, nosso irmão mais velho é bem eficiente e realmente sabe o que faz, no final, nada é por acaso.

As palavras dele me fazem refletir sobre Alessa e Melissa. Qual das duas é a ideal? Eu só saberei se tentar com minha pequena.

— É, Killz é bom no que faz — concordo, pensando no acordo.

— Vou sair, tenho de encontrar alguns caras da nova equipe de *hackers* — avisa o caçula, pegando a taça novamente e tomando o resto do vinho.

— O que vocês querem com esses *hackers*?

— Há dois anos tento invadir o sistema da Rússia, mas sem sucesso. Esses dias, os caras encontraram uma brecha, algo interessante e muito chocante, então preciso me aprofundar para ter certeza. Só então passarei tudo para Killz, então ele e Conan darão início a uma pequena guerra contra Blood.

— Pequena? Spencer, os Knights não nasceram para coisas pequenas, nós somos um estrago. Tenho certeza de que Killz estará com tudo pronto antes mesmo de piscarmos.

— Belo ponto, só que agora tenho de ir. Boa sorte com a sua garota! E vê se não faz besteira — avisa novamente.

— Olha quem fala... O cara que vivia drogado em qualquer bordel que entrava.

— Vou ignorar o elogio, irmão.

— Bom trabalho, moleque.

— Bom encontro, bastardo.

Termino de me arrumar e respiro profundamente, ficando mais calmo. Tiro o celular da calça social e digito o número de Ezra.

— *E aí, irmão.* — Ele atende ao segundo toque.

— Ezra, prepare uma equipe de oito homens, quero quatro em cada carro. Preciso de segurança para Alessa, mas não quero que ela note os caras para não ficar assustada.

— *Farei isso agora mesmo. Você sabe que não podem ir longe demais, não é? Desconfiamos de que os russos estão em nosso território.*

— Eu sei, por isso estou pedindo a equipe. Fale para Alec mandar os melhores, de preferência aqueles que serviram o exército. A única coisa que Alessa pode sentir hoje é o vento batendo em seu cabelo, nada mais.

— *Tudo bem, irmão, você está certo. Cuide dela e veja bem o que vai fazer, lembre-se de como Killz ficou quando Aubrey sumiu* — alerta meu irmão do outro lado da linha.

— Vou andar na linha, Ezra. Pela primeira vez, tentarei.

— *Os homens estarão disfarçados e em lugares estratégicos para terem maior visibilidade da rua, caso alguém tente algo.*
— Obrigado pelo apoio, irmão!
— *Conte sempre comigo, Axl.*
— Você também, estou aqui para o que precisar.
— *Tudo por nós, irmão.*
— Tudo pela família. — Sorrio antes de finalizar a chamada.

Caminho até a porta do quarto do pequeno ex-rebelde com a intenção de fazer minha garota feliz, nem que seja só por uma noite.

CAPÍTULO 12

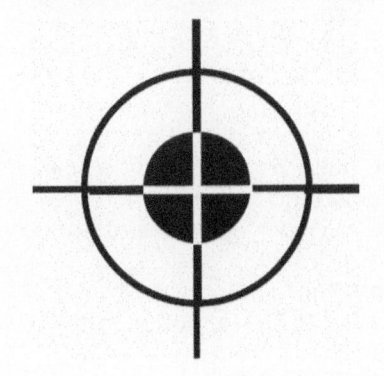

ALESSA

E stou terminando de ajeitar as alças do vestido preto quando Enrique aparece à porta do quarto. Encostado no batente, meu amigo me olha com simpatia e um sorriso no rosto.

— Você está linda como sempre, Lessa — elogia, enfiando as mãos nos bolsos da calça social.

A ansiedade paira ao meu redor. Rique notou isso desde que chegou, há duas horas, e me aconselhou a ficar relaxada.

— Axl realmente não quer que eu faça sua segurança? — insiste e seu sorriso aumenta.

— Alguma coisa em você não o agrada muito. — Alcanço o colar de esmeraldas que papai deixou para mim, de acordo com tio Conan. — Pode me ajudar?

Fico na frente do espelho para ter uma visão melhor do vestido preto e longo que escolhi. Tiras fininhas cruzam o decote profundo nas costas, enquanto na frente este é mais discreto.

— Claro. — Enrique se aproxima e retira a joia da minha mão antes de se posicionar às minhas costas. — Você é uma pessoa rara, sabia?

— Por quê? Não entendi o que quer dizer. — Encaro-o pelo reflexo do espelho.

— Notei que não está usando saltos... E o jeito simples que se arrumou... Alessa, você sabe fazer com que as coisas fiquem lindas com apenas um sorriso.

Engulo em seco ao ouvir suas palavras, elas me atingem em cheio.

— Bobagem, Rique. Odeio estar sempre de saltos, eles são traiçoeiros.

Quase dou uma risada ao me lembrar da rasteira que dei em Melissa.

— Os saltos são os maiores inimigos de algumas mulheres na hora da briga, você é a prova disso — diz, enquanto prende o colar.

— Eu? — Finjo inocência e gargalho em seguida.

— Todos sabem que você quase deu uma surra na Melissa.

— Tem alguma câmera aqui que eu não sei? — Respiro fundo e olho para os lados ao pensar nessa possibilidade.

— Câmera não, mas olhe para o outro lado do prédio, e se prestar muita atenção, verá um homem com um binóculo.

Temos seguranças vinte quatro horas e eu não sabia disso?

— Como assim? E ele me vê nua?

Horrorizada, eu foco em seus olhos pelo espelho.

— Calma, Alessa. Eles nunca olham dentro do seu quarto, fiscalizam mais a entrada do prédio para ver se não há suspeitos.

— E como você ficou sabendo da confusão toda? — pergunto, curiosa.

— Seu noivo e seu tio estavam conversando sobre isso...

Fico aborrecida com essa revelação.

— Conseguiu fechar o colar?

— Sim... Ficou chateada? — Ele desvia o olhar.

— Como meu tio soube?

Viro o corpo para poder encará-lo.

— Um dos homens viu Melissa chegando.

— Se viram, por que a deixaram entrar?

— Ryan não tem permissão para se aproximar do espaço de vocês, eu sou o único que pode ter contato. Os seguranças devem ser invisíveis para você.

— Essa coisa toda de segurança para todo o lado me deixa assustada! — exclamo, tremendo.

— Ei, é para sua segurança.

Inesperadamente, sinto seus braços em volta do meu corpo, e a única reação que tenho é abraçá-lo.

— Tenho medo... Não quero me ferir.

Olho em seus olhos e ele dá um sorriso fraco.

— Sou seu guarda-costas, nada irá acontecer com você. Está me ouvindo?

Balanço a cabeça contra seu peito.

— Alessa?

Eu me afasto do abraço quando escuto a voz de Axl.

— Sr. Knight — meu segurança o cumprimenta.

— Olá, Enrique. Pelo visto, já está pronta — diz enquanto seus olhos analisam meu corpo. — Como. Você. Está. Linda — o safado fala pausadamente.

— Obrigada! Podemos ir? — murmuro, constrangida.

— Sim, claro. Só vou pegar algo no meu quarto e já volto — responde e sai.

— Ele está com ciúmes — diz Rique assim que Axl desaparece.

— Ciúmes, logo ele? Duvido muito.

Será?

— Alessa, às vezes você é tão inocente — Enrique declara e abre um leve sorriso.

— E você, um chato.

Rio com o olhar feio que recebo dele.

— Agora que está em boas mãos eu vou embora, preciso passar em um lugar ainda.

— Namorada? — brinco.

— Quem dera... Vou buscar alguns documentos para seu tio no galpão dezesseis do Killz. — Suspira pesadamente.

— Cuidado, amigo — peço.

Sempre fico apreensiva com Enrique quando não está fazendo minha segurança.

— Não se preocupe, sei me cuidar muito bem. Tenha uma boa noite, gatinha — deseja e me dá um beijo na bochecha antes de ir.

Sinto um aperto no peito quando Rique sai, deixando-me sozinha no apartamento com um safado. Saio do quarto e fecho a porta no mesmo momento em que Axl surge.

— Vamos? — Assinto com a cabeça e adianto meus passos. — Seu cabelo ficou lindo solto.

Penso em agradecer, porém, decido ficar calada.

— Teremos motorista ou irá dirigir? — indago.

— Irei dirigir. Alessa, seu segurança sabe que não precisaremos dos serviços dele esta noite?

— Sim.

Muitas vezes desejei perguntar onde estão meus vizinhos, nunca vi ninguém no corredor.

— Isso me agrada — diz e um sorriso safado aparece em seu rosto.

— Por quê?

Ele realmente não gosta do Enrique.

— Quero ficar sozinho com você, só isso — sussurra e vem em minha direção enquanto caminhamos até o elevador.

— Esteve fora o dia todo. O que aprontou? — Rapidamente tento mudar de assunto.

— Algo que irá gostar.

O maldito sorri e me faz querer cair em seus braços, mas não será tão fácil assim, não da maneira que ele pensa.

Posso até deixá-lo tocar em algumas partes do meu corpo, no entanto, terá muito trabalho para ir além.

— Brey não me ligou hoje. Sabe se está tudo bem com ela e meus sobrinhos? — pergunto ao entrarmos no elevador.

— Killz os levou até a mansão, ficarão lá por alguns dias.

— Por quê? O que está acontecendo?

Nunca sei de nada, sou sempre a última a ser avisada das mudanças.

— Assuntos delicados, Alessa — Axl me olha ao afirmar, parecendo estar escondendo algo.

— Ok...

— Tenho algo para você, mas só darei depois que tudo estiver bem. — Ele pisca para mim e começo a odiar essa ideia de surpresa.

Olhando para a rua movimentada, mordo os lábios quando o nervosismo que se iniciou misteriosamente me domina. Ainda não entendo o motivo de estar assim, afinal, é só Axl, meu "futuro marido".

— Alessa, você está bem? — indaga Axl, tocando em meu pulso.

— Estou... É... Só o frio. — Invento algo bem idiota.

— Não são nem seis horas, não esfriou tanto assim. Tem certeza de que está bem?

Ótimo! Acabo de descobrir que sou a pior pessoa para inventar uma desculpa.

— Hummm, cadê seu carro? Não estou vendo.

Olho para os dois lados da rua, procurando-o.

— Estou com o do Spencer, é mais adequado para a ocasião.

Arregalo os olhos quando vejo Axl me guiar até uma *Ferrari* vermelha. Só então me dou conta de como está elegante esta noite. Como fui deixar isso passar? Axl está lindo.

— Uma *Ferrari*, hein? — digo em tom brincalhão.

— Aham, me dê sua mão.

Ele acaricia a minha palma e olha nos meus olhos, ainda parado. Estremeço e me repreendo mentalmente por pensar besteiras antes da hora. Axl só está sendo gentil.

— Sim? Pode falar, Axl? Fale alguma coisa.

— Você é bem apressada, Alessa. — Ele ri.

— Devo ter nascido de sete meses. — Sorrio.

— Não se preocupe, Lessa. Eu sei o que estou fazendo.

Quando abro a boca para falar, Axl coloca o dedo indicador em meus lábios, calando-me. Segundos depois estou em seus braços, ele me puxou tão rapidamente, que nem tive tempo de agir.

— Quero te beijar desde o instante que pus os olhos em você, no quarto.

Lentamente, ele desliza os dedos dos meus lábios, e quando está prestes a me beijar, uma senhora para ao nosso lado.

— O respeito não existe mais hoje dia. Esses jovens acham que até na rua podem fazer sexo — diz a idosa, horrorizada.

Não resisto e começo a rir, enquanto ele fecha a cara ao notar que a senhora entra no prédio em que moramos.

— Essa senhorinha mora aqui? — indaga, indignado, como se considerasse isso impossível.

— Não sei, nunca a vi. Agora vamos. — Eu o puxo até o carro para sairmos logo da rua.

Agora tudo parece começar a fazer sentido. Quando ele disse que queria recomeçar, fiquei em dúvida se seria verdadeiro, mas acho que terei de conhecer e aceitar esse novo Axl que apareceu de repente. Dizem que a vida nos reserva muitas surpresas, o problema é que eu nunca gostei de ser surpreendida.

CAPÍTULO 13

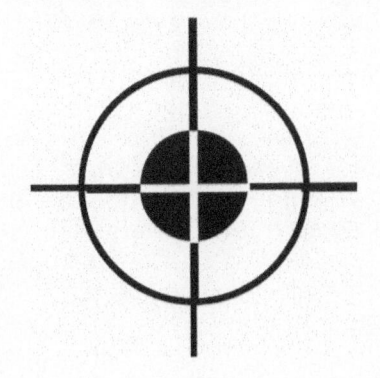

AXL

Sabe a sensação de ganhar um presente quando se é criança? Vejo isso nos olhos da minha noiva assim que paramos em frente ao restaurante. Ela parece feliz, apesar de estar se segurando para não demonstrar o que sente ou a surpresa em estar em um lugar que ela sempre quis jantar e nunca teve a oportunidade.

Saio do carro e dou a volta para abrir a porta para ela. Vejo em seus olhos que ela parece encantada com o local, mas ao mesmo tempo apreensiva por alguma razão que ainda não consigo identificar. Toco levemente seu pulso e entrelaço nossos dedos com ternura, percebendo que ela não resiste. Mais uma vitória.

Qualquer sutil mudança na atitude de Alessa é uma conquista. Ela é muito teimosa, mas gosto disso, da sua força, atrevimento, doçura. Será que mereço uma mulher igual a ela ao meu lado? Será que saberei cuidar e tratar Alessa da maneira que ela merece?

Diferente de Melissa, que é muito frágil e completamente submissa a mim, Lessa jamais se deixaria dominar. Quanto mais penso em tudo, mais confuso fico e, por um instante, gostaria que Mel não estivesse na minha vida apenas para poder conhecer Alessa por inteiro. Nunca desejei isso para minha vida, mas hoje é meu único pensamento. Quero saber quem é a mulher que está de mãos dadas comigo, afinal de contas, sou um herdeiro e preciso de uma mulher forte e que me apoie, não que seja meu capacho.

Desde nosso primeiro encontro, Alessa Russel foi determinada e ousada, por muito pouco não me tirou do sério, mas ela é assim e eu não posso reclamar, porque amo seu jeito. Sem contar a sua determinação implacável que me enlouquece. Minha cabeça está uma bagunça, mas preciso entrar com ela no restaurante e tirá-la deste frio.

— Podemos ir?

Ela concorda, então nos dirigimos até a recepção do restaurante.

ALESSA

Meus batimentos cardíacos aceleram quando Axl estaciona em frente ao restaurante *Coppa Club*. Sempre tive vontade de vir aqui, mas a chance nunca apareceu.

Sabe uma pessoa desconfiada, que teme o que está por vir? Essa sou eu neste exato momento.

Meu noivo me deixa insegura, não tem como ser diferente. Aperto os lábios, louca para perguntar se essa é a surpresa, mas fico calada.

— Soube que nunca veio aqui, então quis ser eu a compartilhar este momento com você — diz e sorri para mim.

Fecho os olhos, tentado reprimir o nervosismo que estou sentindo. A angústia está presente, apesar de achar que terei uma noite perfeita, sinto um aperto em meu peito.

— É muito mais bonito do que pensei — elogio, admirando a decoração na entrada do restaurante. Uma coisa linda de se ver. — Perfeito para um dia frio.

Sorrio, encantada.

— Sim, não é? Vai ficar espantada quando entrarmos no terraço. — O homem encara com olhos vidrados as margens do rio Tâmisa, apreciando a paisagem antes de olhar para mim.

— Onde ficam os iglus? Já me falaram que eles colocam na época de inverno.

— Ficam no terraço, com vista para o rio. Está vendo a ponte toda iluminada? O bom daqui é que temos uma visão privilegiadíssima, por isso reservei uma mesa bem na frente.

Fico arrepiada quando os dedos de Axl deslizam em meu pulso, depois, vagarosamente, sua mão entrelaça na minha novamente.

— Vamos, Alessa? — pergunta gentilmente.

— Claro.

Quem nos vê pode até pensar que somos um simples casal feliz de mãos dadas, indo jantar em uma noite de inverno.

— Boa noite, senhores! — Um homem alto e magro vestido formalmente nos cumprimenta.

— Boa noite! Tenho uma reserva para as sete — explica Axl, sua mão ainda entrelaçada na minha.

— Nome, por favor? — Outro homem surge ao lado e entrega uma pasta semelhante a um cardápio.

— Axl James Knight.

— Me deixe conferir aqui. Sr. Ezra que fez a reserva... Hum, sim, está correto — diz o desconhecido, sorrindo.

— Já posso entrar com a minha noiva ou precisamos apresentar nossos documentos? — Axl trava o maxilar, incomodado.

— Não, senhor. Só estamos fazendo o possível para que nada atrapalhe o jantar do senhor e da sua noiva.

— Tudo bem, senhor, entendemos. Não é, amor? — interfiro, começando a ficar apreensiva.

— Sim — Axl praticamente rosna.

— No iglu, certo? A mesa de vocês é a melhor do restaurante.

Sorrio e dou dois passos, mas paro uma vez que Axl parece congelado no lugar, olhando na direção de uma mesa um pouco afastada. Estreito os olhos para ver o que ele tanto observa e me arrependo. Melissa está sorrindo, uma taça de vinho em suas mãos... E está acompanhada por um homem. Quem será?

— Axl? — Seus dedos apertam os meus. Por pouco ele não os quebra. Começando a ficar irritada, ordeno: — Me solta, está machucando!

— Me desculpe, Alessa... — pede meu noivo enquanto dá um sorriso sem graça. — Por favor, Hilbert, poderia nos levar até a nossa mesa?

Estranho e fico meio desconfiada quando ouço Axl chama o homem pelo nome, mas meu desconforto desaparece ao notar um pequeno crachá com seu nome na camisa do funcionário.

— Sim, Sr. Knight, só me seguir, por gentileza — diz Hilbert, guiando-nos pelo restaurante.

Dou um sorriso forçado quando Melissa finalmente olha em nossa direção e sorri, levantando a taça em saudação.

Vaca!

Axl percebe a interação da mulherzinha e aperta a minha mão enquanto sua expressão continua confusa.

— Ficaremos aqui, Alessa. É um local público, não posso fazer nada quanto a isso — sussurra Axl enquanto me puxa pela mão.

Continuo seguindo-o, e sem demora estamos em um pequeno corredor que dá acesso a uma escada de madeira de cor creme.

— Terei mesmo de suportar a presença daquela mulher?

— A entrada é logo ali, vamos? — Ele ignora totalmente a minha pergunta.

A noite que eu achei que seria sensacional começou a descer ladeira abaixo, e não passará de uma simples refeição.

MELISSA JONES

E não é que o casalzinho está de mãos dadas?

Estou seguindo com os olhos o *casal apaixonado* desde que entraram no restaurante. Conheço Axl muito bem, tenho certeza de que está iludindo a pobre coitada, pois é isso que os Knights fazem. Eles são trapaceiros, sujos, amam domar a presa antes de agir. Meu chefe, John, sorri como um idiota para mim enquanto eu pouco me importo com suas investidas, meus olhos estão focados em outra coisa.

A garota é linda, não posso negar. Seu corpo é perfeito e ela tem o rosto angelical e ao mesmo tempo decidido. Tudo nela me faz querer partir para o ataque, tenho medo de perder de vez o amor da minha vida para uma mulher tão linda, rica, mimada, herdeira e... forte.

— Melissa, amanhã teremos uma reunião com o dono da Expert Grift — avisa John, terminando de tomar seu vinho.

Estamos há quase uma hora aqui no restaurante, discutindo as renovações que a loja passará. Pelo menos, todo esse tédio que tenho passado foi recompensado assim que coloquei meus olhos em Axl.

— Estarei presente — confirmo, vendo os olhos arregalados de Alessa quando me vê.

Sorrio para ela e levanto a minha taça de vinho em sua direção.

Como será que ela se sente ao saber que o homem que acredita que será dela sempre foi meu? Deve doer.

Meu amor também olha para mim, então faço uma expressão decepcionada, mas não desvio o olhar.

— Claro, a sua presença é importante.

Tenho certeza disso.

— John, vou cumprimentar um casal de amigos. Com licença, não vou demorar. — Pisco para ele, que ri e assente.

Levanto-me e caminho vagarosamente enquanto vejo o casal seguir em direção à escada que dá para o terraço onde ficam os iglus. Ele nunca me trouxe aqui. Acelero o passo para alcançá-los com meus malditos saltos fazendo um barulho considerável no piso.

Assim que me vê, Axl trava o maxilar e, instantaneamente, meus olhos ficam marejados.

Oh, *baby*, posso ser tão anjo quanto demônio quando quero, e Alessa Russell conseguiu despertar o pior em mim.

— A senhora também tem reserva no terraço? — indaga o *maître* assim que entra no meu caminho e me encara.

— Não, só vim cumprimentar meus amigos. — Sorrio.

Russell me encara com seus olhos cor de âmbar e ela parece confusa, assustada e com raiva. Vou encher a cabecinha dela com mentiras.

— Sr. Knight, espero que tudo esteja do seu agrado. Vou chamar um garçom para acompanhá-los — o *maître* fala.

— Não precisa, nós já sabemos o caminho. Obrigada! — Alessa sorri e me encara por mais um instante.

O homem assente e dá as costas para nós três.

Meu alvo continua inquieto, olha para todos os cantos, menos para mim.

— O que quer aqui? — Axl pergunta rudemente.

— Local público. Isso é um restaurante, não é? — provoco.

— Mel...

— Axl, pode me dizer que palhaçada é essa? — pergunta a mosca morta da Alessa.

É exatamente essa reação que eu quero dela.

— Alessa, não é o que está pensando — diz ele, finalmente olhando para quem ele deve sempre olhar, para mim.

— Coincidência demais. Está brincando comigo? Bem que eu desconfiei do seu "recomeço". Se você queria esfregar seu casinho na minha cara, não precisa me trazer aqui para isso. Parabéns, Axl! Conseguiu me constranger mais do que eu achei que fosse possível.

Alessa parece prestes a chorar, a ponta do seu nariz começa a ficar vermelha e seus lábios tremem.

— Me desculpe, querida, mas Axl e eu nos amamos. É isso... — murmuro e me aproximo dele, que rapidamente se afasta do meu toque.

— Pare com isso, Melissa — Knight sibila entredentes.

— Então é isso? — A garota ri ao mesmo tempo em que as lágrimas começam a deslizar em seu rosto.

— Amor, você esqueceu o casaco no nosso apartamento. Se quiser ir buscar... — Xeque-mate.

Alessa puxa sua mão da dele, que fica surpreso ao perceber que sua noivinha se afasta.

— Merda! Grande merda! Me diz por quê?

As mãos dela passam por seu cabelo solto antes de seus olhos pararem em mim, parecem tão perdidos quanto seus pensamentos.

— Você está entend...

Nunca imaginei que ela tivesse coragem de fazer isso, socar a boca de Axl.

— Eu te odeio! Vocês se merecem. Essa era a surpresa? Pois bem, pode degustar com sua vagabunda. Só esqueça que eu existo — a bobinha rosna enquanto chora.

— Alessa, pode me escutar? — pede Axl, passando a mão no local atingido.

— Querido... — eu o chamo, mas sou completamente ignorada.

— Russell, me escute, droga!

Vejo tudo em câmera lenta. Axl segura os pulsos da chorona e a imobiliza contra seu corpo.

— Me solte. — Ela se debate tentando se afastar, enquanto alguns fios do seu cabelo ficam presos em sua boca e olhos.

— Lessa, eu sou homem, porra! Posso ser um fodido às vezes, mas acima de todas as merdas, sou um Knight. E os Knights são homens de palavra.

Ele toca gentilmente em seu queixo, fazendo-a estremecer com o toque. Conheço bem esse efeito que ele causa nas mulheres.

— Acha que esse teatrinho vai me convencer? — sussurra Alessa.

Onde está a minha reação? Debaixo dos chinelos.

— Axl! — insisto, e já nem sei mais se ele está me ouvindo.

— Alessa, olhe para mim.

— Quero ir embora, Knight — a idiota quase implora.

— Porra! Eu não sou perfeito, entende? Mas tudo o que eu disse é verdade. Recomeço, Alessa.

— Não quero ouvir mais nada, cansei. — A garota ri e se vira para o lado, não querendo mais olhar para ele. — Se quer um recomeço, me deixe ir embora.

Percebo que ele respira fundo e a solta. Sorrio abertamente enquanto a vejo se afastar, correndo para fora do restaurante, assustada e chamando atenção dos clientes no caminho.

— Amor, como você está? — Toco na mão de Axl, e ele imediatamente se vira para mim.

— Não, agora não — ordena e me dá um olhar de raiva.

Minha garganta arde quando sinto sua rejeição.

— Vai atrás dela? — sussurro.

Axl não diz nada, mas tenho minha resposta quando ele corre atrás da "noivinha" como um cachorrinho abandonado.

— Isso não vai ficar assim — murmuro, limpando as lágrimas que descem.

CAPÍTULO 14

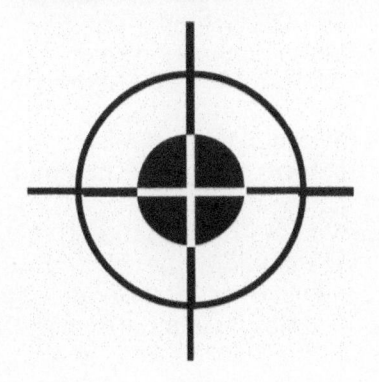

AXL

Ontem perdi Alessa de vista. Os idiotas que estavam cuidando da nossa segurança não fizeram nada quando a viram saindo do restaurante em disparada. Ela sumiu rápido demais, desconfio que o cão de guarda dela tenha algo a ver com isso.

Dessa vez não fiz nada errado, eu não sabia que Mel estaria no restaurante, e se soubesse jamais teria levado Alessa para lá. Melissa passou dos limites, desde que a conheço nunca agiu de maneira tão estranha quanto ontem. Não sei o que fazer, minha garota pensa que eu queria esfregar meu caso na cara dela, e isso nunca passou pela minha cabeça. Todo o progresso que pensei ter conseguido nesses poucos dias foram perdidos.

— Cara, pare de beber. Minha cunhada sabe o que faz — diz um dos meus irmãos.

— Me deixe em paz!

Até perdi a conta de quantos copos de uísque tomei. Estou bebendo desde que cheguei ao apartamento do meu irmão.

— Você vai ficar bêbado. Desde quando virou um bundão? Não consegue colocar um freio na sua vadia?

Meus irmãos odeiam Melissa, e eu estou indo pelo mesmo caminho.

— Para com essa merda, Carter. Não tem nada de útil pra fazer em vez de ficar se metendo na minha vida? — rosno, enchendo outro copo.

— É isso que você chama de vida? Até Spencer é menos confuso que você.

— E o que sugere, gênio?

— Chute a cadela e vá procurar a que realmente merece carregar o sobrenome Knight — fala como se fosse fácil e eu já não soubesse disso.

— Eu sei onde Alessa está, mas tenho de dar espaço para ela — esclareço e solto um suspiro pesado antes de virar todo o conteúdo do copo na boca.

— Axl, seu maldito! Neste exato momento, a sua mulher deve estar encontrando consolo nos braços do segurança dela, enquanto você está aqui enchendo a cara. Mais idiota, impossível. — Carter dá um tapa na minha cabeça e eu gemo de dor. — Seja homem! Você é um Knight, porra! Acorde para a vida. Por acaso, você conhece essa *Melzinha* tão bem para confiar tanto na lealdade dela? É muito estranho ela estar no mesmo lugar que você, não acha?

Carter planta a sementinha da desconfiança em minha mente.

— Será que aquela maluca está me seguindo? — indago, tentando abotoar a camisa.

— Se você que trepa com ela não sabe, como eu vou saber? Agora levante essa bunda daí. Você já falou e bebeu demais, é hora de agir.

— Cadê a chave do carro? Não me lembro onde deixei.

Levanto-me e sigo na direção da sala para procurar as chaves da *Ferrari* de Spencer.

— Além de idiota é louco? Você não pode dirigir depois de ter bebido tanto. Tome um café forte enquanto pego minha jaqueta. Eu te levo.

— Não precis...

— Eu já disse que te levo, porra! — ele me interrompe enquanto tento argumentar. — Espere aqui.

Minutos depois, Carter volta para a sala com sua jaqueta e uma xícara na mão.

— Pegue essa merda de café e tome para ver se o efeito do álcool passa.

Carter estende a xícara em minha direção.

— Essa porra está sem açúcar — digo assim que viro tudo de uma só vez na boca.

— Não diga. — Carter ri e balança as chaves nas mãos. — Vamos, idiota.

— Não enche!

— Você tem sorte que Killz não está sabendo das suas mancadas — declara enquanto abre a porta do seu apartamento.

— O que eu fiz? — indago atrás dele. — Vocês não largam do no meu pé, cacete! Não fiz nada de errado dessa vez.

— Faça a coisa certa que te amaremos de olhos fechados.

— Estou tentando, estou tentando. Será que Alessa vai querer me ver? — pergunto, seguindo os passos do meu irmão.

— Claro que vai, mas só depois de esmurrar sua cara de novo. Falando nisso, tenho de parabenizar Alessa pelo estrago.

— Vá se foder, Carter!

— O único fodido aqui é você, irmão.

Ele ri, entrando no elevador.

※━━━━━━━※

Demoramos um tempo absurdo para chegarmos à casa de Enrique, o babaca vive um pouco longe da cidade.

— O que vai fazer com essa arma? — indaga Carter, já entrando na rua em que Enrique mora.

Esse bairro é um pouco estranho, nas laterais da pista há pinheiros enormes, algumas casas ao redor; de dois, três ou quatro andares.

— Estou me prevenindo — falo, conferindo a munição da minha arma.

— Enrique não é nosso inimigo, Axl — Carter comenta, mas nem me dou ao trabalho de responder.

— A casa dele é aquela branca de dois andares, à direita. — Guardo a arma no coldre e pego o celular para calcular a distância da casa até a cidade.

— Está bem informado — Carter debocha. — Merda! Quando estávamos vindo nem parecia que ia chover.

Grossas gotas de chuva começam a cair no vidro do carro.

— Porra! Vai chover logo agora? Carter, abra a minha janela — peço e observo a rua sendo lavada pela torrente de água. — Vou descer, se quiser, fique me esperando.

— Vou com você — afirma enquanto guardo meu celular.

— Vamos logo!

— Calma, ainda estou parando — reclama, colocando a metade da cabeça para fora do carro.

— Nessa merda não tem ninguém, Carter. Largue essa porcaria de carro em qualquer lugar.

— Pronto, vamos!

Desafivelo o cinto de segurança e pulo para fora, sentindo os pingos da chuva atingindo meu rosto e corpo.

— As luzes estão acesas. — Olho para todos os lados da casa e estranho ao ver a porta entreaberta e uma janela de vidro com marca de bala. Puxo a arma de dentro da minha roupa, já a empunhando. — Olhe para aquilo, Carter! Será que Enrique não está aí? Onde eles estão?

Corro em direção ao gramado verde, e em instantes consigo ter uma visão melhor do lugar.

— Porra! Isso é marca de armamento de fuzil, Axl! — Meu irmão passa os dedos no vidro da janela.

— Olá, amigos!

Viro-me para ver quem é o dono da voz e arregalo os olhos quando reconheço o indivíduo.

— Lucke?

— Lucke Ivanov, primo de Blood, mais conhecido como o chefe da máfia russa.

Perco a voz e engulo em seco ao olhar para o fuzil em suas mãos.

— Que tipo de guarda-costas deixa a Chapeuzinho Vermelho sozinha para que o Lobo Mau venha devorá-la? — Lucke ri.

— Onde está a garota, seu bastardo? — grita Carter antes de ir para cima dele.

Por sorte, consigo fazer meu irmão recuar. Os russos são sujos.

— Carter...

— Ei, acalme seu irmão, Axl, ou a garota vai acabar machucada de todas as maneiras.

— Onde ela está, seu lixo? — Miro a arma em sua direção, no entanto, gelo ao ver o laser em Carter.

São três pontos vermelhos, um na testa e os outros dois nos braços. Certamente estamos cercados.

— Sejam educados ou Russell morre.

— O que fez com Enrique?

Estamos cara a cara e o insolente sorri com ousadia.

— O cara saiu e largou a boneca sozinha, então aproveitamos para deixar um recado. — Logo guardo minha arma e, em seguida, seguro na gola da camisa dele. — Cuidado com o que faz, amigo. A sua sorte é que não temos ordens para matar você e seu irmão hoje — diz com desdém.

— Cadê Alessa, seu filho da puta? — rosno, sacudindo seu corpo antes de empurrá-lo para trás, prensando-o na parede.

— Holly, traga a garota — Lucke grita, sorrindo e olhando diretamente para mim.

Eu gostaria de saber onde estão os atiradores. De repente, um raio parece cair no meio das árvores e a chuva fica violenta de tal maneira, que as folhas esverdeadas caem sobre a pista encharcada.

— Não a machucaram, não é?

Eu me calo ao ouvir o som de pneu cantando na rua. Uma *Land Rover* para em frente à casa de Enrique, então meus olhos seguem cada movimento de Lucke.

— Jogue a garota.

Só agora noto que ele está com um rádio comunicador.

Jogar a garota? Só consigo descobrir o que isso significa quando um homem gordo e careca abre a porta do carro.

— Axl, precisamos fazer algo — grita Carter, nervoso.

— Como iremos agir? Estamos cercados e você está com três armas apontadas em sua direção. — Tiro meus olhos do carro para encarar meu irmão, que agora tem os olhos assustados em direção à pista.

— Puta merda!

Sigo seu olhar e vejo Alessa ser jogada brutalmente no chão. Seu rosto está coberto de sangue.

Puta que pariu!

Em segundos, o carro some em alta velocidade, deixando-a para trás.

— Carter, vá até ela.

— Dê um passo e eu mando meus homens descarregarem a arma no corpo dela — Lucke ameaça.

Porra! Porra! Porra! Onde estão os malditos atiradores?

— Seus covardes. — Sem me importar com suas palavras, vou para cima dele e o esmurro com gosto.

— Me solte agora, Knight. Foi só um recadinho, então não se sinta abalado. — Paro na mesma hora e rapidamente o solto para correr até Alessa. — Estamos indo, foi bom conversar com vocês!

Um barulho de moto preenche meus ouvidos, mas ignoro e me agacho perto dela.

— Querida, me escute.

Seu pequeno corpo está tremendo, o sangue escorre do seu rosto mesmo que a chuva o lave, e nos lábios vejo o rastro da violência. De repente, ela começa a tossir e eu me desespero, pegando-a no colo.

— Axl... Axl... — geme baixinho meu nome.

Fico desnorteado ao ver que ela começa a vomitar sangue enquanto fecha os olhos, para em seguida os abrir lentamente como se estivesse... Não, não. Ela vai ter uma crise. Então me lembro da última convulsão que ela teve e que só acordou no dia seguinte.

— Carter, droga! Ligue para Killz! Rápido! — grito e me levanto do chão com Alessa em meus braços.

— Como eles conseguiram ultrapassar a linha? — Enquanto meu irmão se preocupa com a invasão, eu me desespero com a mulher fraca que se debate contra meu peito.

— Foda-se essa merda de território, Carter! Quero saber dela! — brado, percebendo que estamos sozinhos.

— Foi mal, irmão. Vou ligar para Killz.

— Me perdoe — peço, atormentado e com muitas teorias sendo criadas na minha cabeça. — Eu vou cuidar de você, me desculpe. Me perdoe, me perdoe.

CAPÍTULO 15

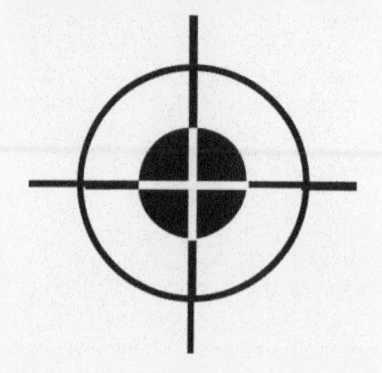

AXL

Estou muito assustado, Alessa está inconsciente há muito tempo. Minha menina está com seu rosto todo machucado, os hematomas são feios e o médico disse que por pouco não teve lesões graves. Suas palavras me quebraram por dentro.

Porra! Eu sou um merda, um inútil diante da situação. Como deixei que ela saísse dos meus braços? Por que fui tão idiota?

Deveria ter tido pulso firme e ter acabado com Melissa na frente dela, assim ela não teria saído daquela maneira e sido pega, muito menos ferida. Os Knights não costumam ir a hospitais, só quando é caso de vida ou morte. Ou seja, nesse caso. Temos de ser discretos para que a polícia não interfira nos nossos negócios.

— Ela ainda não acordou? — A voz de Carter me desperta.

— O médico disse que ela está dormindo por causa do medicamento.

Apoio-me na cabeceira da cama em que minha noiva dorme.

Por alguns segundos, penso onde Enrique se meteu e por que a deixou sozinha naquele fim de mundo. Quando Carter ligou para nosso irmão mais velho, ele disse que estava na Venezuela resolvendo alguns assuntos, mas que agilizaria a situação aqui em Londres.

— Cara, você está ferrado. Numa daquelas cláusulas do casamento você tem por obrigação proteger a garota. Olhe o tamanho da idiotice que você fez — murmura Carter ao se levantar do sofá no canto do quarto hospitalar.

A porta é aberta brutalmente e engulo em seco quando vejo Conan, Celeste, minha cunhada, o Knight mais velho, Ezra, Alec e Enrique; todos de uma vez.

— Precisamos conversar — diz Killz enquanto me dá um olhar decepcionado.

Brey nem me cumprimenta, ela corre até a prima e começa a chorar com a cabeça sobre o peito dela.

— Quem vai conversar com ele sou eu, ele é homem e não um moleque.

— Conan se aproxima de mim e, inesperadamente, sinto suas mãos agarrarem a gola da minha camisa. — Minha sobrinha está inconsciente e naquela cama por sua culpa! Você é um fodido que não consegue nem mesmo se proteger, quem dirá cuidar dela.

Ele está me envergonhando na frente de todos, mas eu mereço.

— Conan — meu irmão mais velho adverte.

— Não, amor! — Brey se intromete. — Meu pai está certo. Seu irmão passou dos limites. Olhe como a minha prima está! O rosto dela está coberto de hematomas. Desculpas não irão curá-la mais rápido. Axl tem de ter atitude de homem, isso é o que falta na vida dele.

Minha cunhada finalmente conseguiu me odiar.

— Alessa contou a Enrique que a sua vagabunda estava no mesmo restaurante que vocês, e agora quero saber o quanto ela tem de culpa nessa história. — Os olhos de Conan estão nublados pela ira, ele não está de brincadeira.

— O que...

— Conan, quando nossa menina acordar, nós a levaremos para Chicago. Não quero mais esse imprestável perto dela, ela já se machucou demais. — A voz da mãe de Aubrey é firme.

Como? Eles não podem fazer isso comigo. Levá-la?

— Posso vê-la? — Enrique se aproxima mais.

Meu peito começa a arder por dentro. O que ele pensa que vai fazer?

Antes que o homem possa se aproximar do corpo adormecido de Alessa, eu o seguro pelo pescoço e o prendo contra a parede.

— Onde você estava? O que tinha na cabeça para deixá-la sozinha naquele deserto? — grito, fazendo Conan gargalhar.

— E onde você estava? Se desculpando com a vagabunda que só serve para destruir a vida da minha sobrinha? — indaga Russell. — Killz, peço que me deixe sozinho com esses dois, quero falar com eles.

Meu irmão simplesmente assente e sai silenciosamente, nos deixando a sós.

— Pai...

— Celeste e Brey — Conan interrompe minha cunhada —, saiam, por favor! — ordena, sem tirar os olhos de mim.

— Me solte — rosna Enrique, livrando-se das minhas mãos.

— Enrique, sente-se e, Axl, faça o mesmo. — A voz do velho é fria.

Engulo em seco quando Conan abaixa a cabeça e depois levanta o rosto para me olhar.

— Há muitos anos, meu irmão conheceu uma mulher muito bonita, e eles tiveram um caso. Essa mulher era como uma caçadora de recompensas de homens que carregavam sobrenomes fortes, e meu irmão, como um grande aventureiro, se envolveu com ela, mas cometeu um erro. Ela era casada, e essa relação proibida acabou gerando uma criança, Alessa. Minha menina nunca conheceu suas origens, estou sempre fugindo das suas perguntas. Ela não tem culpa de ter nascido de uma pessoa tão pecaminosa. Minha sobrinha é muito especial para mim, como se fosse uma parte do meu irmão. Eu a amo tanto quanto Castiel a amava.

Com muita atenção, ouço tudo que Conan revela.

— Assim que minha sobrinha nasceu, meu irmão a tomou e fomos morar em Chicago. Minha menina viveu ao lado do pai por oito anos, essa é a idade que Alessa tinha quando ele morreu. Minha sobrinha foi arrancada de mim logo depois. Naquela época, eles eram mais fortes, mas com uma promessa de proteger minha menina, busquei ajuda do seu pai, Axl, e unimos forças. Antes que Alessa pudesse completar nove anos, eu a trouxe de volta para casa. Só que para vir comigo, fizemos um acordo. Ela jamais saberia sobre a mãe e nem de onde veio, caso contrário, viriam atrás dela para tirarem sua vida.

— Não sei o que dizer sobre isso, Russell — confuso, afirmo.

— Axl, você entenderá o porquê... — murmura.

Enrique tem a cabeça baixa, pensativo, como se estivesse analisando cada palavra.

— Confia nele? — indago, apontando para o guarda-costas.

— Enrique é pai, sabe o que estou sentindo agora. Apesar de Alessa ser filha do meu irmão, eu a criei, dei amor a ela, eu a vi crescer e se tornar uma grande mulher.

— Como assim? Você é pai? — pergunto, desconfiado.

Eu nunca soube disso.

— Sim, meu filho tem sete anos — responde.

— Axl, eu confio em meu funcionário, ele trabalha comigo desde seus dezessete anos e agora, com trinta e quatro, não iria me trair. Enrique é da família. Enfim, vamos ao o que interessa — diz Conan.

— Eu sei que falhei. Ontem estávamos tão bem, e sem perceber acabei a perdendo de vista — revelo com uma grande angústia.

Dentro da máfia, demonstrar fraqueza é sinônimo de derrota, e muitas vezes já demonstrei ser fraco, mas irei me redimir. Eu sou um Knight, honrarei a minha família.

— Axl, eu só não te mato agora porque eu e seu pai éramos melhores amigos, mas tenho uma proposta para você. — O tio de Lessa olha para Enrique e depois dá um sorriso estranho.

Eu já sei que ele quer levá-la para longe de mim, mas não admitirei, não mais. Alessa Russell é minha, e não por obrigação, mas porque quero isso, é mais forte que eu. Estou me apaixonando por ela, aos poucos a garota foi me conquistando, silenciosamente. Já amo o que faz comigo.

— Quero que você...

— Conan — eu o interrompo —, preciso dos seus melhores homens. Vou matar um por um, as pessoas que a machucaram vão pagar. Não me importo quem tenha sido, vou torturar todos até a morte. Chega de ficar sentado me lamentando, preciso agir para obter o sucesso. Enrique, fique com Alessa, volto mais tarde. Quando ela acordar, caso queira saber de mim, diga que fui buscar roupas para ela.

Eu me levanto do sofá e vou em direção à saída.

— É a melhor atitude que já teve, filho. Prove para mim que pode ser um verdadeiro mafioso e vingue a minha menina. Se conseguir, eu deixo Alessa com você. Caso contrário... — diz como se desse algum recado.

Eu esperava essa reação dele.

— Axl, no estacionamento tem dez homens à sua disposição, é só você aceitar o que estou propondo e terá a melhor equipe.

— Temos um acordo.

— Conversaremos depois que cumprir o que prometeu. Quero que você faça chover sangue. Você tem os melhores homens, espero que aproveite a chance para fazer o que deve ser feito.

Enquanto saio do quarto, ligo para Spencer e peço uma localização a ele que em breve será útil. Meu irmão está trabalhando com a equipe de *hackers* e isso me ajudará bastante.

A possibilidade de descobrir quem é Melissa de verdade dói. Foram anos ao lado dela, não dias, porém devo provar à minha família que sou um verdadeiro Knight e, para o meu próprio bem e o bem-estar de Alessa, pedirei um dossiê completo de Melissa Jones, a mulher que amei por muitos anos.

CAPÍTULO 16

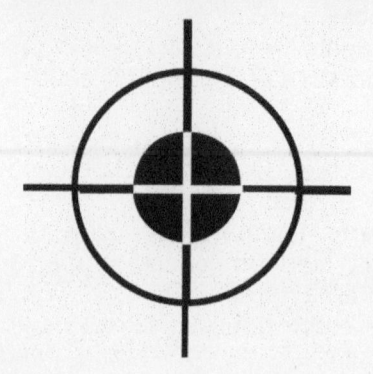

ALESSA

Ela está acordando.
A voz vem de longe, mas consigo identificar; Brey.
Tento abrir meus olhos, mas desisto ao sentir a luz incomodá-los. Segundos depois tento novamente e pisco algumas vezes até enxergar um lustre pequeno pendurado no teto forrado.

— Água... — peço, sem conseguir abrir a boca direito.

De repente, os acontecimentos daquela noite aparecem em minha mente, todos de uma vez.

Assim que vi Melissa no mesmo restaurante a que Axl me levou, meu estômago criou uma bola gigante, senti náuseas ao encarar aquela mulher. A falsidade era nítida em seu rosto, assim como o fato de ser manipuladora. Só o idiota que ainda não notou, mas quem sou eu para dizer isso a ele? Cada um sabe o que faz da vida, é assim que deve ser. Se Axl quer, pode correr atrás dela como um cachorrinho que é, porque eu cansei.

Saí correndo do restaurante e fiquei vagando na rua até encontrar alguém que pudesse me emprestar um celular, pois cometi o erro de esquecer o meu. Uma senhora gentilmente cedeu o dela por alguns minutos, então liguei para Enrique, que não demorou nada para aparecer. A senhora permaneceu comigo até que meu amigo chegasse, então agradeci a gentileza e subi na moto dele.

Chegamos a casa dele um pouco tarde, pois Rique mora um pouco afastado da cidade, diz que é mais tranquilo e que precisa disso, já que sua vida é visivelmente agitada.

Enrique e eu tínhamos entrado na casa, porém, ele parou abruptamente assim que atendeu o celular. Só consegui ouvir uma mulher dizer que Juan estava com febre, que os pais não estavam em casa e que a criança estava vomitando muito. Enrique nem notou que o volume do dispositivo se encontrava alto o bastante para que eu pudesse ouvir. Foi assim que eu descobri que Enrique tem um filho e uma esposa.

— Filha, está me ouvindo? — A voz de tio Conan preenche meus ouvidos.

— Hummm... Oi, tio! — Tento sorrir, mas é impossível.

— Olha como Lessa está vulnerável, Conan. Eu te avisei que esse acordo entre as máfias não daria certo, mas você é um velho teimoso. — Tia Celeste não tem filtro, diz tudo na lata, mulher de fibra.

— Eu sei o que faço — resmunga meu tio.

— Pois não parece. Da próxima vez, melhor trazer um caixão no jatinho, vai que sirva? — Titia parece estar com muita raiva.

— Mãe! Oi, Lessa.

Tento localizar de onde vem a voz de Brey e a encontro sentada em um sofá no canto, sorrindo para mim.

— Oi...

— Vou chamar o médico para vê-la — interfere tio Conan, saindo do quarto.

Vagarosamente, foco meus olhos na direção das duas pessoas que amo e encontro tia Celeste doida para me interrogar.

— Filha, Axl não te trata bem, não é? Você tem um olhar tão triste e não merece isso, querida, não mesmo. Você é linda, jovem, precisa viver, tomar suas decisões, não importa se ele é homem ou um herdeiro, os direitos devem ser iguais. Alessa, você também é uma herdeira, mostre para ele seu poder.

As palavras de tia Celeste me fazem querer chorar. Brey fica de pé e se aproxima de mim.

— Tantas vezes eu o aconselhei a tratá-la bem — sussurra Aubrey, acariciando meu cabelo. — Axl não é um homem ruim, ele só está se descobrindo agora. Todos os Knights têm seus momentos de revolta, mas o que aconteceu dessa vez foi longe demais, Lessa.

— Querida, hoje mesmo voltaremos para Chicago. Deixe tudo aqui, roupas, faculdade, tudo! Pedirei que Enrique busque seus documentos no apartamento daquele homem, e assim que o médico te liberar, nós partiremos no nosso jatinho — diz minha tia, decidida.

— Mãe... A senhora está certa — Brey opina.

— Eu quero ir embora, tia, nunca mais quero ver Axl. Ele não merece um pingo de consideração.

Respiro fundo ao sentir meu rosto ardendo. Cada lágrima derramada me faz sentir mais dor.

Estou decidida, deixarei Axl para trás, seguirei minha vida longe dele. Somos incompatíveis, já tentamos e não tivemos sucesso. Ou ele apenas não consegue se aproximar porque ainda ama aquela mulher. De qualquer forma, não é para ficarmos juntos, está mais do que claro.

— Bom dia, Srta. Russell! Já tenho o resultado dos seus exames.

Assusto-me ao ouvir a voz do médico. Olho para o doutor e não posso negar que ele é dono de uma beleza diferente. Observo seus olhos negros, cabelo bem alinhado para trás, a barba por fazer, mas o que mais chama minha atenção é sua postura elegante e educada.

— Exames? — Engulo em seco.

— Queríamos confirmar se você sofreu alguma lesão, mas não constatamos nada.

Estremeço ao me lembrar de que Lucke, como os capangas o chamavam, disse "finalmente a sós" e logo depois veio com tudo para cima de mim, prendendo-me contra a parede e sussurrando em meu ouvido:

— Só não acabo com você agora porque o chefe não permitiu. É uma pena.

Tentei me soltar do aperto bruto, mas foi impossível, ele é muito mais forte do que eu. Sem ao menos esperar, fui golpeada com tapas fortes e murros no rosto.

Meus olhos lacrimejam quando me recordo dos socos impiedosos que o homem desferiu em minha barriga e, quanto mais via que eu me contorcia, me batia com mais raiva ainda. As únicas coisas que conseguia ver ao olhá-lo enquanto implorava para parar de me machucar eram ódio, sede de vingança e vontade de me matar. Mas, algo o impedia de realizar seus desejos perversos.

— Você pode se movimentar, não terá problemas, mas deve ter mais cuidado com os ferimentos do seu rosto. Entre três e quatro dias os hematomas devem diminuir — relata o doutor antes de olhar para os meus tios. — O rapaz que trouxe a paciente alegou que era noivo dela, mas quero ter certeza de que não foi ele quem a agrediu. Podemos fazer exame de corpo de delito nele para constatarmos a verdade e poderão denunciá-lo à polícia.

É normal que médicos se comportem desse jeito, eles sempre fazem isso quando uma mulher aparece em estado crítico. Existe apoio, afinal, muitos homens agridem as mulheres e elas ficam caladas, recusam-se a fazer uma denúncia com medo de serem mais machucadas, violentadas e até mortas.

— Axl é noivo da minha sobrinha, tenho certeza de que ele não faria isso, doutor, mas agradeço a sugestão. Como eu já havia dito, preferimos que a polícia fique longe desse caso, e espero que o senhor respeite a decisão da família.

Quero rir quando o médico estreita os olhos para mim, ele deve achar que estou mentindo.

— Tudo bem, a senhorita recebeu alta médica, não há nada que a mantenha aqui. Essa é a receita com a medicação, a senhorita pode sair quando quiser.

Tio Conan pega o papel pequeno e começa a ler.

— Pomada? Usar de seis em seis horas, por dez dias?

— Sim, a pomada ajudará na cicatrização para que os hematomas sumam rapidamente — explica o doutor, riscando algo na prancheta.

— Obrigada, Dr. Jackson — agradece tia Celeste.

Então esse é o nome da criatura desconfiada? Jackson, sobrenome bonito.

— Não por isso. Fiz tudo que estava ao meu alcance para que ela ficasse bem.

— Conan, Alessa decidiu que vai embora com a gente — avisa tia Celeste, tirando o lençol fino de cima do meu corpo.

— Posso me levantar, tia. Estou dolorida, mas ainda consigo me mover — falo isso para não deixá-la mais preocupada. Jogo as pernas para fora da cama e me sento, cabisbaixa, imaginando como será daqui para frente.

※————————※

— Mãe, cadê Enrique? — pergunta Brey, penteando meus cabelos.

— Foi buscar os documentos de Alessa no apartamento de Axl, já deve estar voltando.

Eu me pergunto se Killz irá brigar com Aubrey por estar apoiando minha decisão de ir embora. Meu tio conversa com alguém ao telefone, às vezes o ouço xingar em espanhol, compreendendo cada palavra.

— Ele parece nervoso — murmuro, tentando tomar o chá que está em minhas mãos.

— Deve ser porque Axl foi par...

Estranho a troca de olhares entre Aubrey e tia Celeste.

Por que Brey não terminou a frase? O que aquele idiota fez agora?

Nem me importo mais com o que ele fez ou deixou de fazer. O único cuidado que ele teve comigo foi me jogar no hospital e deixar que minha família cuidasse de mim, o que não é de se surpreender.

— Cheguei. — Rique parece cansado, com olheiras, o cabelo bagunçado e o rosto pálido. — Trouxe tudo que pediu, Sra. Russell.

Entrega uma pasta transparente para a minha tia.

— Obrigada! Querida, vou deixá-los sozinhos para conversarem. Aubrey, vamos.

Estamos em uma saleta que tem no quarto onde estou internada, no *Hospital London Bridge*. Logo esse lugar será apenas uma vaga lembrança do meu passado.

— Precisamos conversar. — Olho para meu guarda-costas e ele assente, cabisbaixo. — Não abaixe a cabeça para mim, Enrique, não sou nenhum monstro.

— Estou com raiva de mim mesmo, porque fui incapaz de protegê-la. A minha única função é essa, estar sempre ao seu lado, cuidando da sua segurança — Enrique se justifica, expressando o arrependimento na voz.

— Uma hora ou outra isso iria acontecer. Pelo que aquele homem disse — murmuro.

— Te fizeram mal, olha só como está seu rosto, Alessa!

— Você não tinha escolha. Era seu filho, e os filhos devem vir sempre em primeiro na vida dos pais, querendo ou não, o amor é maior que qualquer coisa — ressalto, querendo chorar por conta das bobagens na minha cabeça.

— Como soube? — indaga, engolindo em seco.

— Ouvi sem querer. A mulher dizia que o filho de vocês estava com febre e vomitando.

— Me perdoe por nunca ter contado, era para ser mantido em sigilo. Meu trabalho é perigoso, Alessa, não posso correr o risco de acordar numa manhã e ter a notícia que pegaram meu filho para se vingar de mim. Os rastros que deixo são sujos demais para que uma criança inocente pague.

— Eu te entendo, você só quer protegê-lo — sussurro.

— Desde que Juan nasceu... faço o que posso para protegê-lo. Ele nem vai para a escola, tem aulas particulares em casa, e quando vou visitá-lo, uso um disfarce. Já fui criticado muitas vezes pelos pais da Samylla.

— Sua esposa? — Sorrio.

Eu o considero como um irmão, e jamais criticaria suas escolhas, porque tudo que fez foi para o bem de sua família.

— Não, Samylla foi um relacionamento rápido que tive na Alemanha. Nós nos envolvemos por quase um ano e ela engravidou. Samy estava fora do país, fazendo intercâmbio, só que teve de voltar por causa da gravidez, então eu assumi tudo, dos gastos ao sobrenome do meu filho.

Fico orgulhosa dele, eu sempre soube que Enrique é um homem de bem.

— Quantos anos tem seu menino?

Sou apaixonada por crianças, os filhos de Brey sempre despertam meu desejo de ser mãe.

— Irá completar oito — esclarece e sorri.

— E essa cara de homem orgulhoso? — Rio e o vejo revirar os olhos.

— Aquele garoto me causa esse efeito.

— Enrique — diz tio Conan, aproximando-se com o celular na mão.

— Senhor.

— Partiremos daqui a vinte minutos. Preciso que nos leve até o aeroporto, vou deixar Celeste e Alessa dentro do jatinho, depois voltarei com você e Aubrey. Tenho de conversar com Axl antes de voltar para a minha casa.

O que tio Conan quer com Axl?

— O carro está aqui, mas e Jeffrey? Ele está esperando também? — indaga Enrique, fazendo-me olhar para a figura alta, vestida com roupa social e equipada com rádio comunicador.

— Jeffrey vai ficar para fiscalizar os outros homens que saíram para uma missão.

Missão? Isso está ficando cada vez mais estranho. Conan Russell está aprontando, sua fala soa formal demais.

— Tudo bem, senhor.

— Conan, podemos ir? — pergunta tia Celeste.

— Está tudo pronto, mulher.

Sentirei falta do clima da cidade, da faculdade e mais ainda de Claire e de Gwen. Meu rosto pode estar machucado, cortado, porém não se assemelha com a mancha negra que Axl deixou em meu coração. A ferida é grande e acredito ser incurável.

CAPÍTULO 17

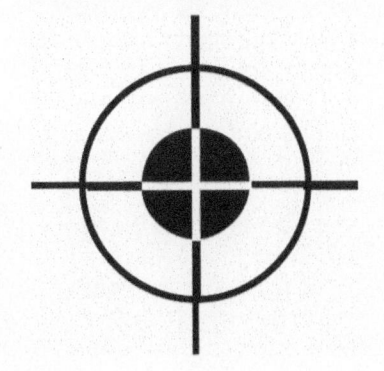

AXL

Mais de dez homens me seguem, todos armados, mas tenho algo melhor para todos nós; estratégia, e das boas. Antes de sair do hospital, liguei para Spencer e pedi que me esperasse no galpão em que Killz havia levado um tiro, anos atrás.

Spencer disse que tinha algo para mim e era um assunto importante. Fui impulsivo e acabei pedindo que pesquisasse sobre a vida de Melissa e seu suposto irmão. Peguei os objetos necessários, como armas com silenciadores, fuzis, chaves mestras para abrir cadeados, rádios comunicadores — para que os homens pudessem manter contato comigo —, e um mapa da localização.

Eu vou à guerra por Alessa, por mim, pela nossa família, e descontarei todas as minhas frustrações nos desgraçados que ousaram machucar seu rosto lindo. Ela não merecia ter apanhado por conta do nosso relacionamento, Alessa pode ser uma herdeira, no entanto, nunca se meteu com coisas ilícitas.

— Alec, me passa o mapa de todos os lugares que os visitantes costumam ir quando vêm para Londres. — Coloco o celular em cima de uma mesa enferrujada para que eu possa pegar a maleta que contém as munições e carregar as armas.

— *Mandei no e-mail, espero que seja útil. Você não quer que eu vá junto?* — pergunta do outro lado da linha.

— Essa guerra é minha, irmão, apenas minha. Obrigado pela ajuda! E fique tranquilo, sei me virar.

— *Boa sorte!*

— Até. — Escuto a ligação ser encerrada.

Peço a Levick para arrumar alguns coletes, nossa segurança é a primeira coisa que providenciei.

— Sr. Knight, seu irmão está encostando o carro — avisa um dos homens do Conan, não sei o nome dele, e será difícil de gravar, afinal, são dez homens. O ronco da *Ferrari* de Spencer preenche todo o galpão.

— Axl, encontrei algumas coisas que há tempos venho pesquisando com a minha equipe, talvez isso não agrade ao Killz, e muito menos ao Conan. — Ele entra pelo grande portão com suas botas pretas de cano alto, com os três últimos fios dos cadarços soltos, e está com seus óculos escuros, me impedindo de ver seus olhos. Spencer traz um notebook nas mãos. — O assunto é complicado, foram meses nessa pesquisa.

— Me esperem lá fora, já temos tudo nas mãos. Eu levo as munições quando sair! — grito para todos os homens, que obedecem prontamente.

Não conversarei sobre algo sigiloso na frente deles, pois não tenho como saber em quem posso confiar.

— Fala. — Apoio-me e olho de um lado para o outro para ver se há mais alguém além de nós dois no local.

— Está no notebook. Quero que veja e ouça por si mesmo.

Spencer deposita o dispositivo em cima da mesa enferrujada, agacha-se no chão e começa a mover o dedo até um arquivo intitulado como "código R.C.D.M.".

— O que é isso? — indago, aproximando-me dele.

— Essas provas aqui mostram que o chefe da máfia russa não é o que nós pensávamos. Há anos, a direção da Rússia vem acobertando Blood Ivanov, esse homem nunca foi o chefe da máfia. Na verdade, quem sempre esteve por trás disso foi uma mulher, Viktoria Ivanov, mais conhecida como "Serpente", pelos seus seguidores.

Sério? A vida toda nós fomos enganados? Não é possível! É raro uma mulher ter essa liderança toda.

— Spencer, você tem certeza do que está falando? Como essa Viktoria Ivanov conseguiu nos confundir por tantos anos?

As coisas agora serão diferentes.

— Estou com uma ligação suspeita. Ela foi feita dia 18 de setembro, e a mulher conversava com Blood Ivanov. Escute.

Pego o fone e coloco no ouvido.

— *Blood, nossos planos são outros, estamos há muitos anos nessa. Mude a rota, quero o alvo em minhas mãos antes que possa descobrir a minha verdadeira intenção. Não é preciso entrar no assunto, mas diga aos outros que mudamos a rota. Faça isso agora, aguardo seu retorno.*

A voz está modificada, é impossível detectar o tom real da suposta Viktoria Ivanov. Por que a mulher utiliza esse tipo de dispositivo?

Continuo a ouvir.

— *Ar... Viktoria, tem certeza de que não é perigoso invadir o território inimigo? Killz Knight está nos caçando.*

É Blood Ivanov, o homem que a vida toda fez pouco de nós. As coisas nem sempre são o que parecem ser.

— *Eu sou a chefe, Blood, e decido quem vive ou quem morre. Você é um testa de ferro, você é a porra de uma fachada! Mas quando eu finalmente obtiver sucesso, querido, eu me sentarei no trono, porque esse lugar é meu.*

Lembro-me de que essa ligação foi praticamente no mesmo dia em que ele invadiu o galpão e atacou a mim e aos meus companheiros.

Então, significa que Viktoria não atua em campo, ela apenas ordena, e Blood executa as tarefas. O filho da puta não passa de uma farsa, uma simples marionete.

O que ele seria no meio da máfia russa? Com o que, realmente, os Knights estão lidando?

— D*esculpe. Farei o que manda* — Blood prossegue.

— *Não o mate! Eu o quero vivo, ainda temos muito que fazer em Londres.*

Assim a chamada é encerrada, deixando-me curioso.

Londres é o alvo? "Eu o quero vivo", os únicos casos que aconteceram foi comigo nesses últimos dias. Por que Viktoria Ivanov quer me atingir?

— O que entendi é que essa mulher tem planos diabólicos, e há anos planeja cada um deles. Blood é só uma marionete, um testa de ferro, Axl. — Meu irmão tem um tom preocupado, nunca vi Spencer tão abalado. — Se Viktoria Ivanov conseguiu nos manipular durante todos esses anos, imagine o que ela não tem em mãos? Killz precisa saber disso.

— Tem mais alguma coisa para mim?

— Tenho algo relacionado aos russos. — Engulo em seco. As horas estão passando, porém, existem muitos empecilhos. — Charles invadiu o sistema de câmeras em uma praça na Rússia, e encontrou uma imagem que tentaram apagar, por sorte o cara foi inteligente e recuperou. A imagem é de uma mulher entregando uma pasta para Blood. Ela está de costas, com um sobretudo, um cachecol cobrindo o pescoço, se esforçando para se esconder. Também usa uma touca cobrindo o cabelo, luvas pretas e saltos que estranha... — Spencer para de falar e abre outra pasta no notebook.

Eu reconheço o desgraçado, está de frente para a câmera e uma mulher de costas, curiosamente os saltos atraem a minha atenção, poucas pessoas que eu conheço usam essa marca.

— Essa é a misteriosa Viktoria Ivanov — acrescenta Spencer, fechando a pasta e abrindo outra. — Tenho algo aqui sobre Melissa. Irmão, não sei como irá reagir.

— Fala logo, Spencer.

— Melissa Jones não apareceu em Londres à espera de uma amiga. Pelo que consta, ela sempre veio aqui, sozinha. Você se lembra do assalto que levaram as coisas dela? — Assinto, ansioso. — Aconteceu o assalto, mas em outra rua, Melissa estava bem longe do endereço, Axl. O que essa mulher esconde?

— Você tem tudo aí? — Não quero ser injusto com ninguém, no entanto, se a mulher que amei por anos estiver me enganando, vai pagar caro por isso. — Me envie tudo por e-mail, agora estou ocupado, essa história toda me atrasou.

— Já enviei as localizações dos homens que estiveram na casa de Enrique, as evidências são de que tudo foi planejado para que machucassem Alessa sem erro algum. Tenho uma ligação de Lucke Ivanov

chamando alguém de querida, dizendo que as coisas sairiam como desejado. Ela usava modulador de voz, acredito que seja Viktoria.
— Qual será o grau de parentesco entre eles?
Viktoria é irmã ou mãe? A mulher deve ser mãe ou até mesmo tia. Onde Alessa entra nessa história?
— É o que irei descobrir. Agora tome aqui, esses papéis têm o nome de três homens que hospedavam Lucke, e os outros dois, todas as ruas em que passaram. Tudo indica que a provável localização seja a rua do *Coppa Club*.
— Isso quer dizer que seguiram Enrique e Alessa?
— Isso quer dizer que seguiam antes de você e Alessa saírem de casa. Eles estariam fazendo a segurança de alguém, desconfio que Lucke esteja em Londres procurando alguma coisa.
— Alessa!
Pego tudo que é preciso das mãos do meu irmão e me desespero ao lembrar as palavras de Conan.
Qual é a origem de Alessa Russell?

CAPÍTULO 18

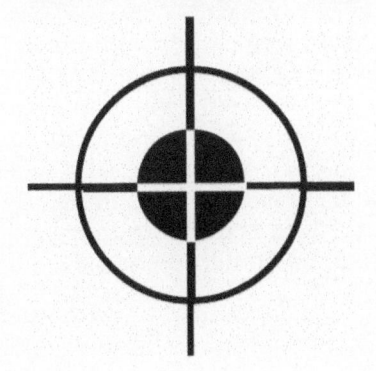

AXL

Temos de mudar nosso caminho assim que um mapa virtual que Spencer enviou para meu celular mostra que os dois carros — ambos importados da Rússia — saíram de Londres há quase duas horas. Estou nervoso, irritado e com muita raiva.

A agonia me corrói por dentro. Alessa já deve estar acordada e me odiando pelas babaquices que fiz com ela.

Frustrado, suspiro ao olhar o colete à prova de balas. Usá-lo nessa ação contra os russos é a melhor ideia que tive, e nos ajudará um pouco, afinal, eles são mais sujos do que ratos de esgoto, qualquer descuido pode nos levar à morte.

— Levick, avance as localizações no GPS.

Faltam quarenta minutos para chegarmos, pelos meus cálculos. Perdi a cabeça quando Spencer contou sobre Viktoria Ivanov, não consegui pensar em nada além de Alessa.

Tenho muitas perguntas sem respostas, e a que não sai da minha cabeça é se Alessa é uma herdeira. Tenho certeza de que Conan não nos contou toda a verdade.

— Sr. Knight, tem um erro aqui.

Viro a cabeça e olho para o homem sentado no banco de trás.

— O quê? — pergunto, sem esconder a irritação.

— Está dando um erro estranho no GPS.

— Arrume essa merda, porra! Agora! — Saio do mapa virtual e começo a digitar o número de um velho amigo.

— Keelan.

— *Axl? Quanto tempo, cara! Deve estar com algum problema, para ter ligado do número privado.*

— Preciso tirar uma dúvida.

— *Manda.*

— Nas corridas, você chegou a conhecer Lucke? Um cara ruivo, alto, cara de psicopata.

— *Você é péssimo em descrever alguém, irmão.* — Keelan ri. — *Cara, conheci muitos pilotos nos últimos anos. Só no ano passado passei oitos meses correndo na Venezuela, trazendo e levando cargas.*

— Conheceu algum Lucke Ivanov? Só preciso saber disso.

— *Há um ano, houve um evento na Itália ao qual não pude ir, mas fiquei sabendo que um tal de L.K Ivanov tinha sido o único piloto a bater o recorde na velocidade, o cara se tornou uma lenda por conta disso* — Keelan relata com tranquilidade, passando as informações necessárias.

E, agora que tenho tudo em mãos, só preciso saber usar.

— Obrigado! Você não imagina o quanto me ajudou. — Desligo rapidamente e entro em contato com Spencer.

— Levick, mande os outros homens passarem na nossa frente, e sejam discretos.

— Garden, pode seguir a rota, comando é de primeira mão — informa o homem, tocando no comunicador.

— Spencer, preciso da ficha de Lucke Ivanov — falo assim que meu irmão atende.

— *Preciso de uns minutos. Já retorno* — avisa.

Um número desconhecido aparece na tela do meu celular assim que a chamada é encerrada. Clico em recusar, não costumo atender ligações desconhecidas, raramente faço isso, e agora estou ocupado demais para me importar com alguém que provavelmente está ligando para o número errado.

Respiro profundamente e fecho os olhos por alguns segundos antes de olhar pela janela. Nada do meu irmão retornar.

Depois de sete minutos, enfim seu nome surge no display do dispositivo.

— *Lucke Ivanov nasceu na Rússia. Ele é mais conhecido como L.K., por conta das corridas que costuma fazer. É tudo que tem em seu histórico, o restante é um buraco negro, é como se ele não existisse, Axl. Desconfio que o cara seja mais importante do que pensamos.*

— Tudo bem, Spencer, agora sabemos com quem estamos lidando. — Suspiro, frustrado.

— *Irmão, não faça nada que não deva, deixe que os homens façam o trabalho sujo.*

— Às vezes, é preciso sujar as mãos.

— *A sua cabeça é o seu guia, não se esqueça disso. Agora tenho de ir* — diz, desligando a chamada.

Volto a olhar para o mapa e vejo uma marcação em vermelho, observo bem ao dar um zoom, e sem demora tenho o nome do local; "Galpão 1896, a cinco quilômetros de Londres."

Abro outra aba e pesquiso na internet a situação do lugar. O galpão foi abandonado há quatro anos depois que um incêndio destruiu 90% de toda a parte que utilizavam para exportar combustíveis.

Uma batida no carro me deixa em alerta.

— Estamos sendo atacados — falo ao olhar para fora e ver quatro homens em duas motos, cercando-nos.

Os que estão na garupa usam máscara preta. Puxo minha pistola do coldre quando um dos caras apontar uma *Hk Mp7;* uma arma que pode nos fazer de petisco.

— Se abaixem! — ordeno para os homens do banco de trás. — Se preparem. Levick, mande um alerta para os outros. Avise que estamos sendo atacados! Quero todo mundo preparado, porra!

— Garden, código vermelho! Código vermelho! Mande os caras ficarem ligados, temos homens armados nos cercando, só recuem se tudo estiver perdido — Levick ordena pelo comunicador.

Enquanto isso, eu me preparo para entrar em ação. Checo o colete à prova de balas e destravo a arma.

— *Garden na escuta. Levick, os homens atiraram em um pneu do seu carro. Alerta vermelho. Irão atacar. Alerta vermelho!* — A voz de outro capanga é transmitida para todos nós.

— Lazer, vá à esquerda. Dic, à direita. Scott, dê cobertura para nós. — Os homens que Conan disponibilizou são bem preparados. — Axl, vou ficar com você — diz Levick, tirando a chave do carro e colocando no bolso.

— Não preciso de escolta. Faça seu trabalho e eu faço o meu.

Não espero nenhuma resposta, destravo a porta do carro e saio, sentindo minhas botas afundarem em uma lama quase seca. Escoro-me contra a lataria quando o cara da moto mira com a arma na direção do veículo.

Os dois homens na traseira da moto descem com as duas *Hk Mp7* e, no mesmo instante, fuzilam o automóvel onde estive segundos atrás. O meu celular vibra sem parar no bolso da minha calça e me distraio com isso, então uma sombra me faz levantar a cabeça. O inimigo sorri com sua arma apontada para mim.

— Tão fraco. — O certo é esperar ser atacado, assim tem mais vantagem em algumas partes. — Mas vou dar a você uma chance. Levante, teremos uma luta digna.

O homem joga sua arma na lama, cospe no chão e me encara com desdém.

— Seu merda! — Ele não sabe com quem está se metendo, é fato.

Espumando de raiva, jogo minha arma em um lugar onde possa alcançar depois.

— Veremos quem é o merda aqui — diz, desafiando-me.

Dou um sorriso diabólico para ele ao me lembrar do soco inglês em aço com canivete no bolso esquerdo da minha calça. Basta ele se distrair e eu cortarei a sua garganta até ver minhas mãos banhadas em sangue.

Sorrio ao sentir que sou atingido no rosto por um chute. Ele está se precipitando, então aproveito para grudar no tecido barato da sua calça e o faço cair de cara no chão, comendo um pouco de lama. Monto em suas costas e imobilizo seus dois braços debaixo dos meus joelhos. O homem se debate como louco, e num momento de deslize, quando ele tenta levantar a cabeça, puxo seu cabelo para trás e dou uma sequência de murros em sua cabeça antes de afundar sua cara na lama.

— Agora me diga quem é o fraco, seu filho da puta do caralho! — ordeno com os dentes cerrados antes de dar um último soco em sua nuca.

Quando estou a ponto de tirar o soco inglês do meu bolso, sou surpreendido por uma coronhada na cabeça, então acabo caindo na lama.

— Se levante, Niko! É Mikael! — Caio na real quando o barulho da troca de tiros toma toda a minha audição. — Não podemos deixar o inimigo nos vencer.

O cano gelado da arma é colocado no meio do meu peito, mas sei que não estou encurralado.

Tenho uma arma no cós da minha calça e, em meu bolso, um objeto que pode ser útil. O plano de pegar os outros foi por água abaixo, mas esses não sairão vivos para contar suas histórias.

Arrasto-me até os pés do homem que chama o parceiro e ele me chuta no estômago e no rosto. Grunho de raiva e pego o objeto afiado em meu bolso quando impulsiono meu corpo. Com um movimento preciso, eu o enfio na borracha da bota do oponente, causando uma imensa dor que o faz gritar como uma garotinha.

— Ahhh... — Ele dá três passos para trás.

Aproveito a oportunidade e me levanto do chão, sacando a arma. Olho no fundo dos seus olhos e dou um sorriso de lado antes de disparar dois tiros em sua testa, para que Mikael saiba quem o mandou para o inferno. Cuspo o sangue da boca antes de pôr meu pé em cima das costas do homem que se acha superior a mim, mas que neste momento acaba de pegar seu convite para trepar com o capeta. Dou um único tiro em seu pescoço e me delicio ao ver o babaca lutar contra a morte, afinal, ninguém pode fugir do seu destino.

— Porra! — O celular vibra sem parar no meu bolso.

É melhor atender essa merda se eu quiser ter um pouco de paz. Enfio a arma no cós da calça e pego o telefone.

— *Finalmente! Resolveu salvar a Cinderela?* — A voz de Blood do outro lado da linha faz minha ira aumentar.

— O que você quer, seu idiota? Como conseguiu meu número?

Abaixo-me ao ouvir um tiro vindo em minha direção.

— *Olhe ao seu redor. Está vendo essa lama, mata à sua frente e grandes bambus? Não serviram de nada, aliás, seu esforço não valeu a pena, Axl James Knight, você só tirou vidas de homens que foram ameaçados para estarem aí, eles foram simples cobaias.*

Ergo o olhar em direção à mata e engulo em seco. Blood sabe como mexer com o psicológico das pessoas facilmente.

— Vá se foder, desgraçado! Você é o próximo da lista e oportunidade não vai faltar! — grito, com o celular na mão.

— *Ela foi embora, a pequena herdeira te deixou. Que pena! Vocês faziam um belo casal, devo admitir.*

Ele está mentindo, estou certo disso. Passo as mãos pelo cabelo e as lembranças de Alessa sorrindo, enfrentando-me, sendo machucada e dizendo que me odiava, aparecem em câmera lenta na minha cabeça.

— Cala a boca, seu mentiroso!
— Olhe no seu celular. — Sem esperar, a ligação é encerrada.
Deslizo o dedo na tela do aparelho e arregalo os olhos ao ver Alessa entrando em um jatinho particular. Ela está com Celeste, sua tia. Conan quebrou sua promessa, mas esfregarei isso na cara dele e vou ter Alessa novamente para mim.

CAPÍTULO 19

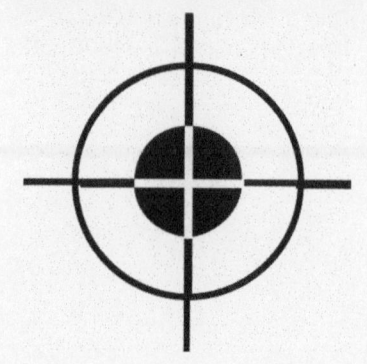

ALESSA

Já se passaram dois dias desde que eu deixei Londres. A pomada fez mais efeito do que imaginei, a única marca que ficou foi uma no canto dos lábios. Pedi que tia Celeste adiasse minha transferência para a faculdade daqui, de Chicago, pois preciso de um tempo.

Na verdade, tomei uma decisão, que possivelmente será barrada pela minha tia.

— Filha, Joel vai me levar ao shopping, quer ir comigo?

Rolo na cama para ver minha tia de pé, em frente à porta do meu quarto. Celeste é como uma mãe, ela me aceitou a vida toda, cuidou de mim, me deu amor, não me rejeitou e nunca me viu como a filha bastarda de Castiel. Celeste Lewis é uma mulher que merece tudo de bom.

— Estou com um pouco de dor de cabeça, tia. Se a senhora não se incomodar, prefiro ficar em casa.

— Não me incomodo, querida. Se cuide. Daqui a pouco seu tio vai ligar, ele quer falar com você — ela me avisa.

O que tio Conan quer?

Hoje é um daqueles dias que tenho vontade de pesquisar sobre minhas origens, mas o amor que tenho pelo meu tio é maior do que qualquer coisa, apesar de minha mãe não ser qualquer coisa; pelo menos, não nos meus pensamentos.

— Tudo bem, bom passeio — despeço-me e continuo na cama.

Tenho poucas e vagas lembranças da minha mãe, no entanto, lembro-me do seu cabelo enorme e preto caindo sobre os quadris. Assim como Castiel, que não teve a oportunidade de me ver crescer, muitas vezes, ainda na adolescência, pensei coisas horríveis quando sentia o enorme vazio dominando meu coração.

— Te amo, beijos. Lis está por aqui, qualquer coisa, chame-a — diz tia Celeste, sumindo do meu campo de visão.

Lis é uma senhora de sessenta anos, que trabalha aqui desde a época em que eu vim morar com meus tios.

Estou morrendo de saudades dos meus sobrinhos, e de Gwen e Claire. Eu me divertia muito com elas, as garotas são brilhantes, a alegria habita nelas. Sinto-me culpada pela ausência, nem ao menos avisei que partiria, mas a minha decisão vai mudar tudo, mais tarde entrarei em contato com elas.

— Lelê, venha tomar café, minha filha. — Escuto a voz de Lis preenchendo meu quarto.

Ela é uma senhora amável, lembro que ela sempre acordava cedo para fazer o lanche que eu levava para a escola, uma vez que tio Conan incentivava que eu só comesse comida de casa; nada que ele não soubesse a procedência era confiável o suficiente para ele. Só quando fiquei mais velha que entendi o motivo disso, ele temia que tentassem me envenenar.

— Já vou! — Levanto-me da cama e vou em direção à porta.

— Menina, não vai trocar de roupa? — pergunta, nem um pouco contente com a minha aparência.

Rio ao descer os olhos pela minha camisola, que nem é tão curta, fica um pouco acima dos joelhos.

— Só estou vestida assim porque meu tio não está em casa e, como só tem mulheres por aqui, não vejo problemas.

— Você não tem jeito, filha. Na minha época, esses panos eram considerados pecaminosos.

Gargalho ao entrar na cozinha.

— O que fez de bom para nós? — Mudo de assunto.

— Bolo de cenoura com recheio de chocolate. Sei que ama essas invenções.

— Delícia! Eu te amo, Lis. — Meu estômago protesta por tamanha alegria.

A campainha toca três vezes seguidas, a pessoa deve estar com pressa.

— Fiz suco de laranja, está na geladeira — avisa Lis, saindo da cozinha, apressada para atender a porta.

Segundos depois, ouço alguém pigarrear.

Eu me viro e prendo a respiração enquanto encaro a pessoa que acaba de chegar.

— O que está fazendo aqui? — Axl indaga, parecendo com raiva. — Daqui estou vendo a sua calcinha fio-dental vermelha.

Oi? Que pergunta é essa? O que ele faz em Chicago?

— O que veio fazer aqui? — Dou as costas para ele, não quero mais ter de olhar para a cara dele.

Como esse idiota ousa aparecer na casa das pessoas antes das oito da manhã?

— Conversar.

— Filha, estou no meu quarto, qualquer coisa me chame. — Lis, agora mais conhecida como a traidora, me deixa sozinha com ele.

— Tudo bem. — Pego uma faca, um garfo na gaveta e um prato no armário antes de começar a cortar um pedaço de bolo.

— Vai ficar me ignorando mesmo, Alessa?

Ouço seus passos bruscos vindos em minha direção.

— Fala logo o que você quer e saia da minha casa. Não tenho tempo para pessoas que não valem a pena, Axl James Knight.

— Por que veio embora? — Sua voz agora soa calma, ouso dizer que até gentil. — Pensei que ficaria para ouvir meu lado da história.

— Lado? E qual é o seu lado? — debocho, levando um pedaço do bolo à boca.

— Olhe para mim — pede gentilmente.

Então decido acabar logo em essa enrolação. Quanto antes ele sair, melhor.

— Está satisfeito? — Finjo indiferença para não demonstrar o susto que tomei ao ver os seus lábios cortados e um corte na sobrancelha.

— Seu tio me prometeu que você ficaria comigo, mas ele não manteve a porra da palavra — resmunga Axl, aproximando-se mais ainda.

— Meu tio não tinha de te prometer nada, Axl! A única coisa que fala mais alto é essa merda de acordo entre as máfias.

— Então será assim? — indaga rudemente.

— Será do jeito que eu quiser, na hora que eu quiser, porque quem decide sobre a minha vida sou eu! Posso ser sua no papel, mas na vida real não sou de ninguém. Só pertenço a mim mesma — justifico. — Você é tão irritante!

Ele sorri, deixando-me confusa.

— Caralho! Senti falta disso.

Sentiu? Onde estava enquanto eu me recuperava?

— Certo. Como te deixaram entrar?

Volto a comer, sem me importar com a sua presença. Inesperadamente, sinto duas mãos pousarem em meus quadris, quase me fazendo engasgar com o pedaço do bolo.

— Sou um Knight, simples assim — o idiota sussurra à minha orelha.

Suas mãos descem até minhas pernas despidas, então no mesmo instante eu as cruzo e acabo com qualquer plano que ele tenha em mente.

— Você é um idiota. — Empurro seu corpo para trás.

— Você é minha — afirma e me deixa arrepiada quando suas mãos sobem até meus ombros e os massageiam. — Não importa a porra dos nossos problemas. Todo mundo tem, mas você é minha mulher, não preciso ter tocado você intimamente para saber disso.

Um beijo no canto do rosto é o bastante para me fazer fechar os olhos e recuar.

— Suas palavras são tão vazias quanto sua vida, Axl. Agora tire as mãos de mim e vá embora. Você perdeu seu tempo, querido.

Saio da sua frente e vou me sentar na banqueta próxima ao balcão. Eu sei que Axl não é essa doçura e me causa estranheza ele estar tão calmo.

— Droga! Eu venho aqui para conversar, e você me rejeita? — diz, frustrado.

— A vida é feita de altos e baixos, agora eu estou em cima e você embaixo, deve aceitar. Nem sempre podemos ter o que queremos.

— O que você quer, então? Que eu me declare? Ou melhor, suba na torre de Londres para falar o que sinto em relação a isso tudo? — debocha.

— *Você* vai ter que ralar para me conquistar, terá que ser homem o bastante para me ter em sua cama e na sua vida, enquanto isso não acontecer, irei me divertir, porque sou livre e muito nova para ficar trancada dentro de casa — declaro enquanto olho no fundo dos olhos dele, deixando claro que não estou brincando dessa vez.

— Não vai voltar para a nossa casa?

— Vou pensar no seu caso. Agora me dê licença, tenho um bolo com bastante recheio, que vale muito a pena, para devorar.

— Te darei um tempinho — murmura.

— Quem decide aqui sou eu, querido noivo.

Axl xinga baixinho e me dá as costas. A fome passa tão rápido, que decido largar tudo e ir para o meu quarto, ficar orgulhosa da nova mulher que serei.

⚜━━━━━━━━⚜

Após a visita indesejada que tive tão cedo, peço que Lis não me incomode por um tempo, pois preciso descansar. Pura mentira, como estar cansada quando se acaba de acordar? A minha cabeça está uma verdadeira confusão, e o fato de Axl ter vindo até aqui me perturbou bastante. São 9h horas, e ainda continuo pensando naquele imbecil que tanto amo.

Puxo meu celular de dentro da gaveta, deslizo o dedo na tela e vou à agenda procurar o número de Gwen.

— *Alessa? É você?* — Claire atende.

— Oi, Claire — eu a cumprimento, envergonhada.

— *Saudades, garota. Por onde anda? Faz dias que não te vejo.*

— Estou viajando, e também estou com saudade de vocês. Onde está Gwen?

— *Foi visitar os pais, a irmã dela deu à luz antes de ontem.*

— Ah, legal — digo, feliz pelo acontecimento.

— *É, sim. E você, quando vai aparecer na faculdade? Disseram de que você se mudou e...*

— Não. Na verdade, só vim passar uns dias na casa dos meus tios. — Omito boa parte da história.

— *Que bom! Então vou te fazer um convite.*

— Agora fiquei curiosa.

— *Gwen e eu estamos organizando uma festa à fantasia. Vai ser amanhã e queremos muito que você venha. O que me diz?*

— Claro que irei! — afirmo, animada.

— *Fiquei feliz por ter aceitado, Alessa. Vou contar para Gwen assim que desligarmos.*

— Pode falar. Em breve estarei de volta a Londres. Agora vou desligar, tenho de arrumar algumas coisas por aqui.

— *Tudo bem. Beijos, amiga.*

Eu me despeço, dizendo que iremos nos divertir muito na festa e encerro a ligação.

Volto a me jogar na cama, só que travo ao ouvir algo oco caindo no chão. Eu me ajoelho, olho por baixo da cama e vejo uma caixa hexagonal de madeira envelhecida, então me estico para pegar o objeto. Com ela em mãos, eu me sento na cadeira da mesa onde fica meu notebook.

— O que é isso?

Observando melhor a caixa, noto que ela tem a letra D grafada na parte de cima, enquanto embaixo vejo as letras V e I. Eu a balanço e ouço algo batendo na parte interior, mas não faço a mínima ideia de como abri-la.

Como esta caixa veio parar no meio das minhas coisas?

Aproveito que o notebook está ligado, coloco o objeto no colo e começo a pesquisar.

Depois de muito tempo, encontro milhares de fotos e mulheres de todo tipo — loiras, morenas e ruivas —, em um blog sobre máfias, mas uma em especial chama a minha atenção por ser tão misteriosa. Não tem nenhuma foto que mostre o rosto, somente o seu perfil, suas costas, e isso me deixa muito intrigada.

A mulher das imagens tem as mesmas iniciais V.I., e isso me deixa alarmada. Seu sobrenome parece sueco ou russo, sei lá. É diferente, Viktoria Ivanov. Deve ser importante ou perigosa, e por mais que eu saiba disso, continuo interessada em descobrir quem é essa pessoa e se temos algo em comum.

Apesar do seu tipo físico e cabelo semelhante ao meu — achocolatado —, sua sofisticação não parece em nada com a minha, mas algo me diz que tem mais do que posso ver pelas fotos. E irei descobrir. Talvez essa sigla na minha caixinha não tenha nada a ver com o que achei na internet, porém, não devo negar que algo me diz que, sim, as coisas estão interligadas.

— Alessa, soube que Axl esteve aqui.

Eu me assusto quando ouço a voz de tio Conan, rapidamente jogo a caixa no chão e a empurro para baixo da mesa.

— Tio. Não sabia que estava vindo para Chicago. — Tento disfarçar, nem sei por quê, então começo a gargalhar de nervoso. Há anos isso não acontece. — Quando chegou?

— Essa madrugada — ele diz. — É impressão minha ou você está nervosa? E mentindo? Você se assustou de tal forma, que só faltou se jogar da janela. Menina, sei que você está aprontando algo! — exclama, frustrando-me.

Meu tio sempre sabe de tudo.

— É... Tia Celeste ainda não voltou. O senhor não a viu?

Não sei o porquê, mas gelo quando meu tio vem em minha direção.

Assim que seus olhos focam no notebook, ele se engasga antes de desviar sua atenção para mim.

— O que significa isso, Alessa? Que pesquisa é essa? — Seu timbre é assustador.

— Estava pesquisando algumas coisas e achei isso no tópico.

— Não quero que pesquise sobre isso — ordena rudemente. — Está me ouvindo?
— Tudo bem, tio.
— É para seu o bem, escute o que estou dizendo. — Tio Conan me abraça e começo a chorar, sem nem saber a razão. — A minha vida toda, eu fiz o que achei ser o certo, nunca foi para magoá-la...
— Por que diz isso? — Fungo.
— Um dia você saberá. Celeste disse que você anda estranha — comenta, fazendo-me recuar.
— Tio, eu quero voltar para cumprir o acordo. Não desejo que o senhor saia como um homem sem palavra.
— Tem certeza? Posso dar um jeito nisso, Alessa — sugere carinhosamente.
— Sinto que posso enfrentar as coisas de frente, além do mais, eu sou uma Russell. Nós somos fortes e inteligentes, eu devo ser assim. — Sorrio ao ver o sorriso de orgulho vindo do meu segundo pai.
— Tudo bem. Mas para isso você terá de fazer umas coisinhas.
— Quais? — pergunto, intrigada.
— Enrique reforçará seu treinamento, quero que se torne uma excelente lutadora, então terá aulas para aprender a se defender, também te darei o kit de armas que era do seu pai. É uma maleta grande e você terá de levar quando for. A senha é 145867.
— Obrigada, tio C — agradeço, e meus olhos ficam marejados.
— Já está na hora de ser uma verdadeira herdeira. Farei com você o que não pude fazer com minha Brey — diz, pega o celular do bolso e faz uma ligação. — Enrique, peça aos homens que desocupem o local, precisarei dele. Sim, Alessa está voltando. Eu quero que a ensine a atirar, que tenha boa mira! Treine-a como se ela fosse um dos nossos homens, minha sobrinha deve aprender a se defender e matar quando for preciso.
Poucas palavras são ditas até a ligação ser encerrada.
— Vou arrumar minhas coisas — falo, determinada.
— Sairemos logo, não demore — pede como se já soubesse que em algum momento eu mudaria de ideia sobre voltar para Londres e cumprir o acordo entre as duas máfias.
— Tio, amanhã irei a uma festa... Em Londres — aviso.
— Você é adulta, a decisão é sua — responde de imediato, deixando-me sozinha no quarto, com vários pensamentos aparecendo.

CAPÍTULO 20

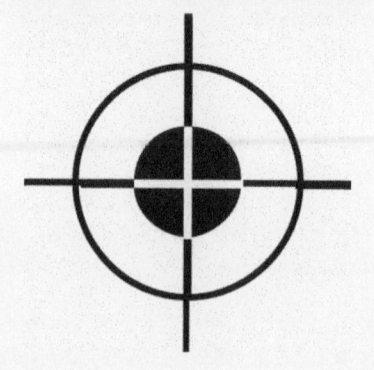

AXL

Voltei totalmente frustrado de Chicago, passei horas do meu dia viajando para nada. A ausência de Alessa me leva à beira da loucura, definitivamente, ela está roubando um espaço em meu coração. De repente, a garota que achei que eu odiaria a minha vida toda, despertou em mim desejos e sentimentos absurdos.

— A garota te deu um pé na bunda mesmo, né? — Alec diz quando termino de tomar a tequila.

Não nego que fiquei revoltado por Alessa ter me ignorado, nunca a vi tão decidida quanto ontem de manhã, mas ela não perde por esperar.

— Dessa vez não tive culpa, porra! Quantas vezes devo enfatizar isso?

Há três dias, matei dois homens numa estrada de terra e os larguei lá, não sei o que aconteceu depois, talvez os homens de Conan tenham dado um jeito. A única coisa que fui capaz de fazer foi pegar a moto de um dos inimigos e correr para o hospital em busca de Alessa. Quando cheguei lá, a recepcionista disse que a paciente tinha sido liberada algumas horas antes.

— Tudo bem, cara. Agora, me diz uma coisa. Você acha que ela volta? De novo?

Não serei egocêntrico ao dizer que Alessa voltará, mas tenho certeza de que ela vai tentar manter a palavra do tio, e pode ser que demore. Só sei que eu a terei de volta.

— Não sei. Alec, quero trabalhar no financeiro, fazer as cobranças.

Preciso mudar o foco, isso está decidido.

— Está doido? Killz faz todo o possível para vocês não se envolverem em coisas do tipo — rebate Alec, deixando-me curioso.

— Quero que me explique isso, agora.

Jogo a garrafa vazia de tequila na lata de lixo. Um pouco mais cedo, entramos num bar no centro da cidade, eu precisava esfriar a cabeça.

— Há anos Killz trabalha em sigilo. Ele nunca contou, mas todas as vezes que você e seus irmãos reclamavam da maneira que ele agia, quem levava a pior? O irmão mais velho! Sabe por que Aubrey foi para a mansão Knight?

— Killz disse que era para a segurança dela e das crianças.

— Na verdade, tentaram invadir a casa em que moram atualmente, e quase levaram as crianças. Por sorte, Killz conseguiu proteger a família. Ele matou quatro, três homens e uma mulher. Logo depois, alguém denunciou o acontecimento para as autoridades, desde então a polícia anda investigando seu irmão, Axl. Os Federais estão na cola dele, e essa merda pode acabar com todos os nossos planos.

— Não dá para despistar os filhos da puta? Tem de ter um jeito, porra! Isso nunca aconteceu.

— Killz tem um amigo infiltrado no FBI, e o cara nos ajuda a despistar as autoridades em algumas ocasiões, por isso a polícia não fica na nossa cola.

Merda! Por isso a vida toda Killz quis dar uma de protetor, no final, é tudo pela família.

— Quero ir ao galpão que voc...

Meu celular começa a tocar sem parar, então o pego do balcão e vejo que é Enrique. Deve ser algo importante para ele me ligar.

— Vou atender, só um minuto. — Levanto do banco de madeira e sigo para um corredor, afastado da música. Ao atender a chamada, indago: — O que aconteceu?

— *Ela está voltando. Achei que gostaria saber.*

— Sério? — pergunto, surpreso.

Acreditei que Alessa fosse querer ficar longe o máximo de tempo possível.

— *Por que eu perderia meu tempo ligando para você se fosse mentira?*

— Porque é um idiota? — ironizo, sem me preocupar com a sua reação. — Quando ela chega?

— *Você não é poderoso? Descubra sozinho. A minha parte está feita.*

Desliga o telefone na minha cara, nem mesmo me dá a chance de dizer alguma coisa.

Eu ainda vou perder a cabeça com esse babaca.

A sensação de saber que Alessa voltará é angustiante, meu coração se contrai. Cada batida é como um soco no rosto, contudo, estou cansado de negar a verdadeira situação do meu relacionamento com Melissa. Há tempos que está falido e não a vejo mais como antigamente, sem contar que ela mentiu por muito tempo.

Melissa é manipuladora, porque se nós não tivéssemos nos encontrado naquela calçada anos atrás, não estaríamos juntos hoje.

Logo depois de resolver alguns assuntos pendentes com Alessa, vou procurar esse suposto amigo de Killz do FBI, pesquisar desde a data de nascimento até a chegada dela a Londres. Melissa Jones terá em breve todas as suas mentiras em cima de uma mesa. E se eu descobrir que ela armou para mim, vai pagar caro por isso.

— Alec, vamos deixar para a próxima. Preciso sair agora — aviso.

— Também estou de saída, tenho de ver uma pessoa — diz ele. Enquanto tiro dinheiro da carteira, ele me interrompe. — Já paguei quando você foi ao banheiro. Então vamos, só tenho uma hora para ajeitar tudo.

— Tudo o quê? — pergunto, curioso.

— Spencer nos contou sobre a Ivanov. O bastardo está dando de dez a zero em vocês, que orgulho! Ele achou um rastro dela no mesmo local em que você matou os capangas — explica Alec ao passarmos pela porta de saída.

— Aquela mulher que veste roupas estranhas para se esconder?

— Sim. Estava quente e a mulher usava botas de cano alto, acredita? Vestido na altura do joelho, luvas e touca, mas o sinal que ela tem no pescoço chamou mais nossa atenção.

— E como é esse sinal?

Agora fico em alerta, pois Melissa tem vários.

— Não estava tão visível assim. Spencer conseguiu a imagem através de uma câmera escondida que tinha no galpão, e ele disse que foi sorte, porque quase todo o local foi incendiado.

— A câmera estava em alguma árvore. — Mais afirmo do que pergunto ao chegarmos ao estacionamento do bar.

— Isso. — Ele se despede com um aceno, então eu sigo para meu carro.

— Se cuide, irmão.

— Você também.

Abro a porta, mas logo a solto quando ouço passos rápidos atrás de mim. Não me movo, só espero pelo toque. Um é o bastante. Com um golpe rápido, jogo o indivíduo contra a lataria e prendo seu pescoço com meu braço direto.

— Está me machucando...

— Caralho! O que está fazendo aqui a essa hora?!

Olho para ela e percebo que está com roupa esportiva. Não a vejo desde o dia do restaurante.

— Não vai me dar nem um beijo? Estou com saudades, amor — diz, manhosa, antes de fazer um biquinho.

— Estou sem tempo pra essa merda, Melissa. Fala logo o que faz sozinha na rua?

Tiro seus braços do meu pescoço bruscamente.

— Você está tão frio... Não me ama mais, é isso? Nem me pergunta como estou. Que tipo de mulher acha que eu sou, Axl?

— Agora não, Melissa, cansei de jogar seu jogo. Vá para sua casa e me deixe em paz.

Entro no carro e abaixo o vidro.

— Não vai me dar uma carona? Está com saudade da criança que virou as costas para você? — debocha e gargalha em seguida.

— Tenho certeza de que seu carro está por aí. Arrume outra desculpa para se aproximar.

Dou partida no carro enquanto ela arregala os olhos.

— Axl! — grita, não acreditando em minha reação.

— Melissa, não me obrigue a te tratar como as putas que eu fodia antes de te conhecer. Se eu fosse você, ficaria fora do meu caminho a partir de agora, senão esfregarei na sua cara algumas coisas que não são motivos de orgulho para ninguém!

Quando estou prestes a sair do estacionamento, pelo retrovisor, vejo o carro de Alec.

— Merda! Nós nunca brigávamos...

— Eu não sabia quem você era de verdade.

Coloco o carro em movimento e deixo Melissa para trás, que coloca as mãos na cintura e fica me olhando com as sobrancelhas arqueadas.

CAPÍTULO 21

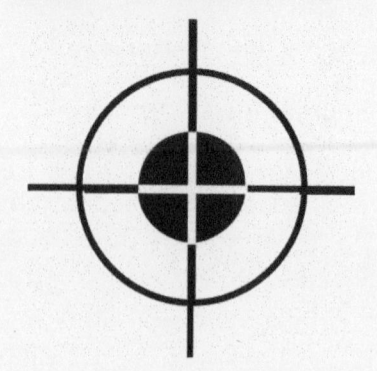

MELISSA JONES

E mais uma vez ele me trata mal e me deixa para trás, certamente para ir atrás da cachorrinha adestrada dos Russells.
Odeio Alessa! Ela é a culpada de tudo que anda acontecendo na minha vida.

Enquanto caminho até chegar ao meu carro, meu celular no meu bolso vibra, então o pego e vejo que é meu irmão.

— Oi, irmãzinha — diz com a voz está arrastada.

— O que houve? Você está bem? — Dou uma olhada pelo estacionamento para me certificar de que posso continuar a minha conversa sem que me ouçam.

— Me machuquei no trabalho, você sabe como é. — Ele ri, eu não.

— Já te falei sobre isso, mas você é teimoso demais. O que aconteceu dessa vez? — pergunto, preocupada.

— Foi só um ferimento de raspão, nada de mais.

— Sou sua irmã mais velha, não pode esconder nada de mim. — Meus olhos ficam marejados e o desespero me atinge só em pensar que posso perder meu irmão, a pessoa que mais amo no mundo. — Eu sei o que você andou fazendo e espero que não se repita, querido.

— Você sabe que eu te amo, Ar... Melissa.

— Cuidado com o que diz, e saiba que só quero seu bem — eu o alerto.

— Nós dois queremos, Melzinha, mas me diga como anda sua ilusão aí em Londres?

— Está tudo dando errado, e a culpa é da pirralha. — Encosto-me à porta do carro.

— E seu namorado? O tão amado Axl James Knight? Continua um idio...

— Já basta, irmãozinho! — eu o interrompo.

— Mana, eu não quero te preocupar, mas a coisa foi feia. E estou brincando para ver se a dor passa — ele fala lentamente, meio gaguejando.

— Corte profundo? Já verificou os batimentos?

Mal percebo que começo a chorar, então, de repente, ouço o som de uma freada brusca vindo do lugar onde eu estava com Axl minutos atrás.

Fico ereta quando vejo que o cara que acaba de passar na estrada é Alec, amigo da família Knight.

Merda!

— Droga! Mil vezes droga! — Retorno a falar ao telefone com meu irmão, que continua na linha.

— *Você está bem?*

— Não, não estou. Aconteceu uma coisa...

— *Ar... Mel, me conte o que está acontecendo.*

— Não me chame por esse nome!

— *Desculpe, Melissa.*

— Estou indo para casa, logo chegarei. Se cuide, por favor!

— *Só assim para poder abraçar minha irmã* — diz ele, encerrando a ligação.

CAPÍTULO 22

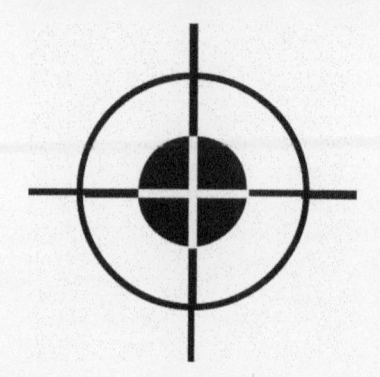

ALESSA

Perto do horário da festa, vou para a casa das meninas. Meu segurança me acompanhou, como instruído por meu tio.

— Lessa, você tem certeza de que vai ficar bem aqui? — pergunta Enrique ao parar na frente da casa.

— Sim, pode ficar despreocupado. Avise aos seguranças que não é necessário estarem por perto, eu já sei como encontrar cada um deles.

— Lessa, eles não vão sair desses prédios. Você é a pessoa mais importante na vida deles, acostume-se a isso — diz ele com grosseria.

— Tudo bem, se você diz.

— Alessa, não ouse, ou vou ligar para seu tio agora mesmo — Enrique ameaça.

— Faça isso, estou indo — falo, furiosa, e saio batendo a porta do carro.

Já é tarde e preciso correr para escolher o que vou vestir, ou o que as meninas prepararam para que eu vista. Subo as escadas correndo, porque sei que Enrique virá atrás de mim. Toco a campainha e logo Gwen surge à porta, toda eufórica. Sorrio ao vê-la com uns enormes óculos verde-claros em formato de estrela.

— Ei, querida, ela veio mesmo! — grita, fazendo-me rir ainda mais.

Claire vem em nossa direção com uma caixa de cerveja.

— Entre, Lessa. Não fique parada à porta, você é de casa — diz, subindo os degraus que dão acesso aos quartos.

— Alessa! — Enrique grita atrás de mim.

— Por favor, vá tomar alguma coisa. Eu quero ficar a sós com as minhas amigas — peço gentilmente.

Enrique assente e me dá as costas, saindo rapidamente, então volto minha atenção para Gwen, que agora está apoiada ao batente da porta.

— Problemas? — Arqueia as sobrancelhas.

— Que nada! Preciso ficar por dentro do que aconteceu na faculdade esses dias. Me deixe a par de tudo — peço animadamente ao entrar.

— Claro, depois te conto tudo. Agora, vou colocar as bebidas no freezer e arrumar a mesa, depois temos de dar um jeito em você — diz Gwen, fazendo biquinho ao olhar para as minhas roupas.

— Certo — falo e me sento no sofá marrom de canto.

— Querida, o que faço com as sobremesas que estão na geladeira? — Claire grita da cozinha.

— Deixe aí, depois vamos servir para os convidados.

— Tudo bem, G.

— Estou ansiosa para conhecer novas pessoas — comento.

— E vai. Logo o pessoal começa a chegar — diz Gwen.

— Bem-vinda de volta, Lessa! — exclama Claire, surgindo na sala com um vaso grande de cristal. — Vamos pôr a bebida colorida aqui.

— Tem certeza? Isso era da minha mãe, e toda festa tem sempre alguém que acaba esbarrando nas coisas e fazendo um estrago — Gwen diz, não concordando muito com a ideia de Claire.

— Ok, ok. G, ligue o som. Vou me arrumar agora, e Lessa, vou te mostrar o caminho — fala Claire, colocando o vaso em cima de uma mesa de vidro.

— Já era para você estar vestida, Claire — Gwen declara.

— Estava organizando algumas coisas, querida.

— Então suba e fique maravilhosa.

※—※

Boquiaberta, eu me olho pelo espelho do quarto de hóspedes de Gwen e Claire. Nunca me imaginei assim, tão sexy.

— Ooooh... Que linda! — elas falam ao mesmo tempo, então rimos juntas.

Depois que vesti a fantasia de diabinha que as meninas escolheram para mim, eu me senti meio envergonhada, pois nunca usei nada tão ousado. As garotas me descrevem como sexy sem ser vulgar, mas eu só vejo o vulgar. O corpete não tem alças, e o tom de vermelho parece brilhar. Sem contar o decote superbaixo nas costas e o short muito curtinho — com um rabinho —, que parece até mesmo uma calcinha. Gwen se aproxima e me entrega o que diz serem os acessórios indispensáveis: um pequeno tridente com cabo preto e as pontas vermelhas, o mesmo tom do corpete, e uma pequena tiara escarlate com chifres, que se destaca em minha cabeça, uma vez que prendi meu cabelo em um rabo de cavalo.

Coloco em seguida uma capa também vermelha e transparente, para dar um charme a mais na fantasia. Por fim, um lindo salto preto *Louboutin* que tem o solado vermelho, combinando perfeitamente com o conjunto. Ainda embasbacada com o resultado final, dou uma voltinha para que elas vejam minha transformação.

— Estou meio envergonhada. Sei lá... — revelo ao novamente me analisar no espelho.

— Deixa de besteira, você está linda — exclama Claire, sorrindo.

Ela está usando uma fantasia de palhaça, com uma saia curta e *body*, enquanto Gwen está com um maiô, uma boia atravessada no meio do corpo e os enormes óculos. Essas garotas são incríveis.

— Vamos descer? Jhonas ficou tomando conta de tudo, mas não é bom deixar o coitado sozinho.

— Ah, merda! Aumentaram o som! — dispara Gwen, saindo do quarto correndo.

— Não pode ficar com o som alto demais? — questiono, seguindo-a ao lado da Claire.

— Não, tem um limite para o horário — ela explica. — Metade dos moradores é idosa.

— Entendo — falo mais alto, porque o som preenche meus ouvidos quando chegamos à escada.

— Lessa, não beba nada de ninguém, você sabe, algum engraçadinho pode fazer alguma brincadeira de mau gosto — Claire me aconselha, descendo os degraus enquanto eu a acompanho.

— Pode deixar.

Na sala, reparo melhor no ambiente, e tenho de admitir que as meninas capricharam na decoração. Nem parece um apartamento, está mais para uma discoteca. Tem bastante espaço, elas tiraram muitos móveis e assim tem lugar suficiente para os convidados, o DJ e o bar. Não tenho noção de quantas pessoas cabem aqui, mas imagino que mais de cem.

— Vou procurar Gwen — sussurra Claire ao meu lado.

— Tudo bem! Vou pegar alguma coisa para beber.

Enquanto caminho até o balcão onde estão servindo as bebidas, dois caras vestidos de pirata assobiam. Eu olho bem para eles e reviro os olhos, ignorando-os em seguida.

— Ei, delícia de diabinha! Não quer mostrar onde fica o inferno?

Idiotas. Coloco o tridente em cima do balcão e me apoio para alcançar o *barman*.

— Boa noite! O que vai querer? — pergunta ele, sacudindo uma coqueteleira.

— Quero uma batida de morango.

— Com álcool ou sem?

— Com álcool.

Viro meu corpo de frente para o salão enquanto espero e vejo algumas garotas da faculdade dançando a música *Summer*, do Calvin Harris. É a primeira vez que vou a uma festa de amigos universitários. Analiso o ambiente e percebo que todas essas pessoas têm algo em comum, algo para contar, assim como eu.

— Olá. É a nova amiga da minha prima Claire? — diz uma voz ao meu lado.

Eu me assusto antes de me virar e ver um homem alto, cabelo castanho-escuro, lábios carnudos e olhos pretos. Muito bonito, por sinal.

— Aqui está sua bebida. — O *barman* me entrega o drinque.

— Obrigada! — Pego-o e tomo um gole. Ao me sentar em um banquinho, para o rapaz eu falo: — Depende. Quem é você, estranho?
— O estranho quer dançar com você, aceita? — A sua insistência me faz rir. — Só uma dança, gata.
— Tudo bem, estranho.
Tomo mais um pouco da minha bebida e deixo o copo no balcão.
O suposto primo da Claire entrelaça sua mão na minha. Andamos juntos até a pista, e fico nervosa no instante em que o cara põe um braço ao redor da minha cintura. A música de John Legend, *All of Me,* ecoa nos alto-falantes, então fecho os olhos e começamos a dançar no ritmo lento da canção.
— Garota, você sabe dançar. Obrigado por não ter pisado no meu pé!
Solto uma gargalhada antes de ele me afastar um pouco e me girar. Fico envergonhada quando percebo que estamos chamando a atenção de algumas pessoas.
— Não falei meu nome — observa e faz meu corpo se aproximar ainda mais do dele.
— E precisa? — brinco.
— Tenho cara de Cinderela?
— Além de ser primo da Claire, é palhaço também? — Rio sem parar.
— Nathan Turner — diz, perto da minha orelha. — Foi um prazer conhecer a amiga tão falada da minha prima.
Ele sorri e me deixa nervosa.
— Então... Nathan... Vou pegar mais uma bebida.
Quando eu me viro para me afastar dele, congelo no lugar ao ver Axl me olhando da cabeça aos pés. Engulo em seco e o encaro.
O que ele faz aqui?
Meu noivo está sentado em banqueta num canto meio escuro, bebendo e me observando.
— Merda — sussurro e desisto de ir para o bar, seguindo até Axl, que parece soltar fogo pelo nariz.
Assim que estou perto o suficiente, cruzo os braços na frente do meu corpo e olho em seus olhos, enquanto ele analisa meus peitos.
— É esse o tipo de festa que suas amigas costumam dar? — Ri com ironia ao olhar para meu rosto. — Foi lindo ver você dançando com aquele *carinha*.
Ele se levanta, no entanto, eu o empurro para trás e o faço se sentar novamente.
— Cale a boca, Axl! — Todos estão distraídos com *Crazy in Love*, da Beyoncé, que começa a tocar.
No ritmo da música, começo a movimentar meu quadril sensualmente, de um lado e para outro, então me viro e desço até o chão, rebolando bem na frente dele. Viro-me novamente e o encontro fascinado, vendo meus movimentos.
— O que... Merda! — Axl gagueja e se levanta quando coloco minhas mãos em seu peito e as deslizo até a sua ereção.

Sorrio com malícia e me viro de costas para ele, e com minhas mãos em seu pescoço, eu rebolo, instigo, provoco.

— Você para ou mato os idiotas que estão babando por você — grunhe, agarrando meus quadris.

— Shhhh...

Axl se senta, puxa-me e acabo caindo em seu colo, de costas para ele. Querendo inverter a minha posição, levanto bem as pernas e passo em frente ao seu rosto, ficando cara a cara com meu noivo. Ele não diz nada, somente me observa, então começo a me remexer em seu colo, fazendo-o fechar suas pernas.

— Caladinho. — Coloco meu dedo indicador sobre seus lábios, impedindo-o de falar, mas Axl sabe jogar o jogo ao lambê-lo.

Eu esfrego meu sexo no dele, rebolando, subindo e descendo, de repente, Axl espalma as mãos na minha bunda e me pressiona com mais força contra seu corpo, ditando um ritmo mais forte e sensual. Passo a língua em seus lábios entreabertos, ele agarra a minha nuca com força e me puxa para um beijo, mas não permito.

— Não me toque, quero que me sinta em você — murmuro em sua boca enquanto olho no fundo dos seus olhos.

Apoiada em seus braços, volto a mexer meus quadris em movimentos circulares, sentindo a sua dureza e enlouquecendo sobre ela. Axl segura a minha nuca e me pega de surpresa com um beijo voraz e cheio de luxúria.

Suas mãos apertam a minha bunda ao mesmo tempo em que sua língua explora cada centímetro da minha boca, enquanto seus lábios macios e carnudos sugam os meus. Estou tão à sua mercê e rendida a essa sensação deliciosa, que faria amor com ele agora mesmo, na frente de todas essas pessoas, sem pensar duas vezes.

Quero mostrar a Axl que sou capaz de enlouquecê-lo e que posso dar mais prazer a ele que todas as mulheres que passaram em sua vida. Afasto-me um pouco dos seus lábios e faço cara de inocente, enquanto ele me embala como se seu pau fosse uma gangorra. Eu me delicio em um vai e vem alucinante em cima da sua ereção completamente rígida, encaixada com perfeição no meu centro úmido. O desejo que emana dos seus olhos reflete o meu, e o prazer que estou experimentando me enlouquece, mas vou acabar com isso agora, uma vez que meu objetivo foi atingido.

Volto a beijar sua boca de maneira voraz, mordo seu lábio e me levanto bruscamente para deixá-lo ali. Mas, Axl segura o meu pulso com força e me puxa de volta para ele, só que em vez de me acomodar em seu colo, ele me empurra contra a parede e pressiona seu corpo no meu.

— Você é minha mulher e não vai à porra de lugar algum — Axl praticamente rosna na minha boca.

Ele agarra o meu rabo de cavalo e puxa com força para trás, deixando-me mais sem fôlego e hipnotizada com seu olhar felino cravado ao meu.

Antes que eu tenha tempo de reagir, ou sequer pensar, ele esfrega seu pau no local do meu corpo mais necessitado. Gemo, empurrando o quadril para frente, querendo mais, buscando mais do contato.

— Minha, *baby*. Só minha, entendeu? — Axl se afasta tão bruscamente, que quase caio no chão.

Olho para seu rosto e vejo o sorriso arrogante antes dele ajeitar sua ereção e se sentar novamente. Com as pernas bambas, vou em direção à pista procurar o primo da Claire, que deve ter assistido ao meu showzinho com Axl.

— Uau! Quase gozei, gata. O que foi aquilo? — indaga Nathan ao me puxar para dançar.

Finjo que não ouvi o que ele disse e começo a dançar sensualmente com ele. Segurando suas mãos, desço até o chão e me levanto, deslizando as mãos pelo tecido da sua camisa colada ao corpo, ciente de que estou pisando em terreno minado, mas não me importo.

— Você costuma falar demais — sussurro quase tocando os seus lábios com os meus.

— Se rebolar mais uma vez assim, juro que te levo para um quarto.

— A única coisa que vai levar para um quarto é o cano da minha pistola no seu rabo. E se você abrir a boca de novo para falar com a minha mulher, vou saber e vou te matar — Axl vocifera para Nathan, no entanto, seus olhos estão nos meus, furiosos.

Meu corpo inteiro corresponde ao seu olhar libidinoso, e neste momento Nathan aproveita nossa interação silenciosa para se esgueirar no meio da multidão.

— Sou adulta, Axl. Me deixe em paz!

Volto a dançar e o deixo falando sozinho.

Estou quase convencida de que ele aceitou a minha decisão de dançar sozinha, quando dois braços envolvem minha cintura e sou erguida do chão com facilidade, como se eu fosse uma boneca de pano.

— Acho que vou ter de explicar melhor, *baby*.

— Explicar o quê, seu ogro? Me põe no chão! — grito, batendo em suas costas, mas ele me ignora e continua caminhando para a saída.

— Estou cansado desse jogo, Alessa, e hoje você vai aprender o que acontece quando minha mulher fica se exibindo para outro homem — declara e dá um tapa estalado na minha bunda. Empurrando as pessoas que ficam no caminho, entredentes brada: — Minha, *baby*. Você é minha, porra!

— Não sou sua — retruco, sentindo um aperto no peito.

— Você é, você sempre foi.

— Está enganado — murmuro, enquanto saímos do apartamento de Gwen e Claire.

— Continue se enganando, querida, mas nós dois sabemos a verdade.

— Me põe no chão, seu... Seu... babaca!

Além de não me soltar, ele ainda tem a coragem de gargalhar. Gostar desse som faz com que eu me odeie um pouco mais.

— O seu babaca, Alessa. Só seu...

CAPÍTULO 23

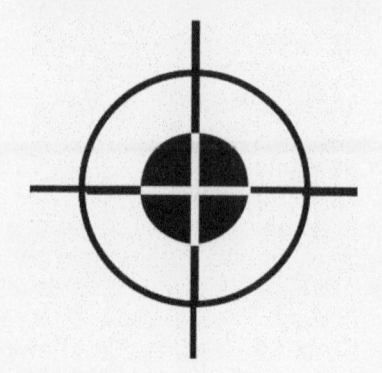

AXL

Quando a minha noiva dançou para mim, não consegui tirar os olhos da sua fantasia.

Que loucura foi aquela? Eu estava simplesmente fascinado com cada detalhe do seu corpo, babando por ela literalmente. Depois dessa noite, nunca mais a enxergarei da mesma forma, com certeza.

Mesmo atordoado com a dança erótica dela, não consegui tirar da mente que já tinha visto um par de sapatos idêntico nos pés de outra pessoa.

Puta merda! Que mulher quente e deliciosa. Não vejo a hora de tê-la inteira para mim, provar cada centímetro do seu corpo com a língua e me enterrar fundo dentro dela.

Alessa quis me provocar ao se insinuar para o outro cara, e conseguiu. Fiquei furioso, com ciúmes e possesso ao ver minha mulher rebolando para outro homem. Eu me levantei e fui até onde ela estava, determinado a mostrar para todos que estavam por lá a quem a mulher pertencia.

Peguei Alessa nos braços, deixando claro para o idiota o que aconteceria se ele se aproximasse dela novamente. O covarde só faltou borrar as calças antes de fugir.

Merda! Eu poderia jurar que estávamos ensaiando um sexo quente no meio de uma festa. Lessa me atiçou quando roçou sua intimidade em cima do meu pau, que necessitava de alívio. Gemi de frustração e desejo.

As pessoas ao nosso redor ficam nos olhando enquanto eu desço as escadas do prédio com ela em um dos meus ombros.

Foda-se! Ninguém tem nada a ver com isso.

Enrique está apoiado na lateral do seu carro, com os braços cruzados, mas simplesmente o ignoro e sigo para o meu.

— Axl, me coloque no chão, por favor! — Alessa grita, batendo em minhas costas.

Eu a coloco de pé e prendo seu corpo com o meu para que ela não possa fugir.

— O que significa isso? — Enrique pergunta.

Lanço um olhar de aviso para ele. Nem preciso dizer que deve ficar longe e não se meter onde não é chamado.

— Estou bem, Enrique — Alessa diz, apreensiva, quando nota que não estou para brincadeiras.

— Entra no carro.

Eu me afasto e abro a porta.

Alessa resmunga baixinho, mas acaba entrando.

— Ela não precisa mais da sua segurança hoje, Enrique — falo, olhando em seus olhos.

Ele assente e vai embora.

— Quem você pensa que é? Enrique é meu segurança, não seu empregado — Alessa esbraveja enquanto me sento no banco do motorista e ignoro sua birra.

— Por que não tenta se acalmar um pouco, amor? — provoco e ligo o carro. — Coloque o cinto de segurança.

— Preciso pegar minhas coisas no carro de Enrique.

— Amanhã pegamos, agora coloque a porra do cinto! — ordeno impacientemente, com o carro já em movimento.

— O que vou vestir? Preciso tomar um banho — reclama.

— Depois vemos isso.

— Preciso de peças íntimas.

— Para quê? Tenho certeza de que prefiro você sem roupa.

— Idiota — ela diz e se vira para olhar pela janela.

Dou um sorriso de lado e quase perco o controle da direção quando ela cruza as pernas.

Porra! Essa garota está o verdadeiro demônio.

— Alessa, estou falando sério. Coloque a porra do cinto! — brado, sério, aumentando a velocidade.

Vejo pelo retrovisor três carros pretos nos seguindo; os homens de Conan fazendo a segurança. Só de imaginar que aqueles idiotas irão se masturbar pensando em Alessa me dá nojo e raiva. Acelero ainda mais, sem me preocupar se estão atrás de nós. Quando entro na rua que dá para o bairro onde fica o nosso apartamento, faço o pneu cantar.

※———※———※

— Por que correu daquele jeito? — Alessa grita ao meu lado assim que paro em frente ao nosso prédio.

Ela abre a porta do carro e tenta sair, mas seguro seu braço com cuidado para não machucá-la.

— Você pode parar de agir como uma maluca? — Travo as portas e a conduzo até o elevador.

— Vá à merda, Axl!

Começo a rir da sua malcriação, deixando-a mais irritada. Alessa cruza os braços e tenta me ignorar.

— Onde comprou essa fantasia? Você está praticamente nua.

— Devia ter ido nua, seria melhor — rebate, fazendo-me alcançar seu corpo e puxá-la para mim.

— Tem certeza de que vai querer seguir esse caminho? Eu não estava brincando quando disse que cansei desse jogo — sussurro ao seu ouvido em um tom ameaçador.

— Você não pode me dizer o que posso fazer ou o que vestir. — Alessa empina o queixo, desafiando-me.

— Não, mas posso matar todos os homens que olharem para você quando estiver vestida desse jeito. E depois eu mesmo arranco suas roupas, *baby*, com os dentes — sussurro, segurando seu pescoço.

A luxúria é palpável entre nós, porém, somos teimosos e orgulhosos demais para admitir o desejo insano que sentimos um pelo outro.

— Você não faria isso — provoca, descendo os olhos para meus lábios.

— Pague para ver, querida. — Dou as costas para ela quando as portas do elevador se abrem.

Alessa adianta os passos na minha frente, e não perco a oportunidade de olhar para sua bunda empinada, que engrossa meu pau.

Puta visão!

— Pode abrir? — pede e encosta a testa na porta.

— Claro. — Aproveito a sua posição e colo meu corpo no dela. Seguro seu rabo de cavalo e beijo seu pescoço. — Eu quero você, *baby*.

Assopro sua nuca e vejo a pele ficar arrepiada.

— Abra a porta, Axl... — ela murmura.

Sei que ainda está magoada com tudo que aconteceu. A mistura de tesão com raiva quase me fez perder a cabeça. Preciso ter paciência para reconquistar sua confiança, então me afasto e tiro as chaves do bolso para abrir a porta.

— Você tem toalhas novas? Preciso de um banho. — Alessa caminha para dentro do apartamento, rebolando.

É impossível me controlar quando a diaba está decidida a me tentar.

— Espere um pouco. — Fecho a porta atrás de mim, passo o trinco da parte de cima e me aproximo dela, que me encara com um olhar questionador.

— O que você quer, Axl?

Alessa me encara, séria, mas o brilho quente e luxurioso em seu olhar contradiz sua postura fria.

— Eu quero você, caralho!

Puxo o elástico do seu cabelo, que cai por suas costas. Ela é linda e está paralisada, de pé, no meio da nossa sala, acompanhando cada movimento meu.

— Axl.

Eu me ajoelho à sua frente e deposito beijos molhados no alto de suas coxas e vou subindo até alcançar o colo. Alessa fecha os olhos quando acaricio o seu rosto.

— Eu sei que você também me quer — sussurro, beijando seus lábios.

Minha boca devora a dela e pede passagem, que ela dá. Nossas línguas se encontram e se conectam sem pudor algum, quando nos beijamos é como se não houvesse amanhã. Levo minhas mãos ao fecho da sua fantasia para abrir, no entanto, ela me afasta.

— Não vou transar com você. Acha que é assim?

— Porra, linda! Até quando vai negar que me quer tanto quanto eu te quero? Ou já esqueceu como ficou quando estava rebolando no meu pau na frente daqueles idiotas? — Deslizo a mão até o seio esquerdo e belisco o mamilo por cima do tecido, fazendo Alessa gemer gostoso. — Se mudar de ideia é só avisar, *baby*.

Mordo seu lábio inferior e dou as costas para ela.

— Seu babaca! Quem você pensa que é? — Eu sabia que ela ia ficar com raiva, mas não pensei que fosse vir para cima de mim e esmurrar meu peito. Em meio às lágrimas, grita: — Eu te odeio! Eu te odeio!

— Você não me odeia, *baby*. — Seguro seus pulsos, impedindo seus golpes e fazendo-a olhar para mim. — Você só está com raiva porque quer transar comigo, mas não queria me desejar dessa forma. Eu também te quero, mas se você vai insistir nessa merda é melhor ficar longe de mim.

Recuo alguns passos, aumentando nossa distância.

Estou alucinado de tanto tesão, meu pau cada vez mais grosso força contra o jeans, e minhas bolas doem de tão pesadas. Se não me afastar de Alessa, vou acabar trepando com ela aqui mesmo, e não quero que a nossa primeira vez seja dessa forma.

— Para onde você vai? — indaga, soluçando.

— Para longe de você! — rosno.

Eu me arrependo na mesma hora, mas não me desculpo e nem olho para trás.

Abro a porta, jogo as chaves no sofá e saio, deixando-a sozinha.

CAPÍTULO 24

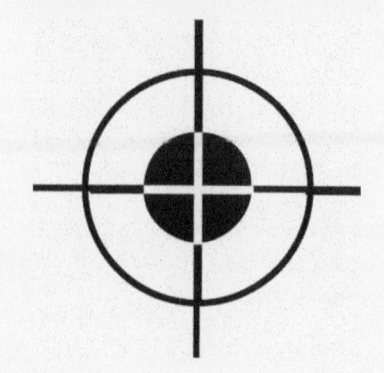

AXL

Minutos depois de ter saído de casa, liguei para Spencer e fiz um pedido para ele. Agora, estou sentado no capô do carro, olhando para a estrada escura e a lua parcialmente escondida pelas árvores. Estou puto por Alessa não negar o que sente e não querer transar comigo, e também por ter dito que iria para longe dela, até porque não conseguiria me afastar nem se quisesse. Fui impulsivo demais.

Agora meus objetivos são outros, ao contrário de antes, todos são do interesse da minha família; e do meu próprio interesse, claro. Se há alguns meses eu dissesse que não amava Melissa Jones, estaria mentindo, mas agora a única coisa que sinto por ela é raiva e desconfiança. Eu me culpo por tê-la envolvido no meu relacionamento com Alessa.

Que mulher gostaria que seu namorado se comprometesse com outra?

Mas, as circunstâncias me levaram a isso e, neste momento, não tenho dúvidas de que Melissa que amei por anos não é a mesma que conheci. Minha cabeça martela com a possibilidade de ela saber desde o início que meu sobrenome é Knight e não Smith.

— Ei, cara! Está surdo?

Assusto-me ao ver Spencer sair da *Ferrari*. Estava tão distraído, que nem notei sua chegada.

— Conseguiu?

Ele afirma com um aceno de cabeça, levantando o DVD.

— Claro! Essa é a chave.

Dou um pequeno sorriso ao ver a maleta preta em sua outra mão.

— Obrigado pela ajuda, irmão — agradeço, pegando os objetos.

— Fizemos como você mandou. Ela embarcou no voo noturno, o que é bem estranho. O que sua ex foi fazer na Rússia? — indaga Spencer.

— Vou descobrir enquanto trabalhamos no caso de Viktoria Ivanov e Killz resolve os problemas dele — informo, checando o conteúdo dentro da maleta.

— Tem certeza de que quer esconder isso dos outros? O que estamos fazendo requer apoio, Axl.

— Todos nós somos impulsivos, Spencer, mas Killz é muito mais. Ele pode acabar estragando os nossos planos — murmuro, colocando o fone de ouvido.

— Soube que sua garota voltou.

— Voltou, e dessa vez veio para ficar. Só preciso de um pouco de tempo e muita paciência.

— Cara, por que não para com essa porra e admite logo para ela que está se apaixonando? — incentiva meu irmão, tocando em meu ombro.

— Eu já machuquei demais Alessa. Antes de confessar a verdade, preciso conquistar a confiança dela. É complicado.

— Você está certo, sem pressa. Siga todas as instruções e me avise quando estiver dentro — ele alerta e vai em direção a sua *Ferrari*. — Se cuida, cara.

— Você também.

Pego a maleta e entro no meu carro, com a intenção de chegar mais rápido possível no apartamento dela. Ligo o carro e tiro a arma do cós da calça, colocando-a no meu colo antes de olhar pelo retrovisor. Quando tenho certeza de que não estou sendo seguido, acelero e pego a estrada rumo ao meu próximo destino.

※————※

Consigo passar despercebido pelos moradores do prédio, e em poucos minutos estou em frente à porta do apartamento que dividia com Melissa. Digito o número e logo sou atendido pelo meu irmão.

— *A porta está aberta, ela trocou a fechadura, mas Sean conseguiu dar um jeito. Essa mulher é estranha* — revela Spencer.

— Como ele fez isso? — indago, surpreso com as habilidades dos seus novos amigos.

— *O cara pegou três anos por invadir o escritório de um homem muito importante em Roma.*

— Tudo bem, já estou dentro — informo, empurrando a porta que estava encostada.

Acendo os três abajures da sala, melhorando a visão.

— *Coloque tudo do jeito que mandei.*

— Ok, mas antes tenho de tirar uma dúvida — digo, olhando para o móvel de madeira no meio da sala. — Preciso dar um jeito de abrir essa merda.

Melissa nunca me contou o que escondia por trás das pequenas portas, assim como também nunca as abriu em minha presença. Guardo o celular e pego as duas pinças em meu bolso para tentar abrir a fechadura. Inclino uma com calma e cuidado para não quebrar e deixo a outra reta. Devagar, giro uma pinça, em seguida a outra, alinhando-as melhor para conseguir o que quero.

— Isso. — Depois de muitos minutos, ouço o clique.

Encontro algumas coisas estranhas dentro do móvel — uma boneca de pano, uma escova de cabelo, um álbum de foto queimado —, mas a única coisa que me interessa é uma caixa hexagonal em madeira antiga com a letra A na parte de cima e as iniciais V.I. embaixo. Eu a pego e balanço, curioso ao ouvir algo batendo.

O que será que Melissa esconde aqui dentro?

Levanto-me do chão com a caixa na mão e a deixo em cima do sofá, pegando o celular para ligar para ela.

— Amor? Está mesmo me ligando? — pergunta do outro lado da linha.

— Está em casa, Mel? Preciso te ver.

— *Não, querido, o apartamento está em manutenção, quis fazer algumas reformas no nosso banheiro e mudar o teto da sala.*

A desgraçada está mentindo.

— Tudo bem... Estou com saudades.

— *Estou na casa de uma amiga, aqui no centro de Londres, só volto às cinco da tarde.*

Mentiras e mais mentiras.

Quem é essa mulher? E o que ela quer?

— Ok, depois nos falamos.

— *Eu te amo.*

Desligo a chamada, puto da vida. A minha vontade é de jogar todas as provas na mesa e mostrar para Melissa o quanto sei da verdade. Decido ligar para Spencer.

— Preciso sair daqui, estou com ódio mortal, irmão. Ela mentiu como nas outras vezes! Será que é tão difícil falar a verdade?

— *Os caras que estão fazendo a segurança disseram que conseguiram despistar um carro preto. Está limpo.*

— Pode dar um jeito aqui? — pergunto entredentes.

— *Fique tranquilo, Sean está subindo.*

— Estou saindo — informo, coloco a caixa debaixo do meu braço e saio do apartamento sem ser notado.

<hr />

Entro no apartamento e noto que a porta continua da mesma maneira que deixei quando saí. Não perco tempo, jogo a caixa de madeira no chão e corro em direção ao corredor que dá para os quartos, em busca da Alessa. Vasculho todos os cantos, e respiro aliviado quando encontro seu quarto trancado.

— Droga! — Bato à porta e nada de Alessa dar sinal de vida.

E se ela foi embora de novo? Caralho! Essa garota ainda vai me matar do coração. Precisa ser tão teimosa, porra?

— Alessa? Você está aí?

Espero alguns segundos e não tenho resposta.

Sem pensar direito, abro a porta e me assusto quando vejo Alessa agitada na cama. Ela está com o corpo todo suado e ainda veste a fantasia

que estava na festa. Eu me apresso para ver o que está acontecendo, no entanto, travo quando a ouço chamar por mim.
— Axl... Axl...
— Shhhh... Estou aqui — sussurro, deitando-me ao lado dela para abraçá-la.
Ela se acalma com meu toque, e estou acariciando seu cabelo quando ela começa a gritar.
— Ahhhh... O que... Merda! Merda, merda, merda! Estava sonhando. — Alessa me empurra, depois cruza as pernas, e parece muito brava. — Saia da minha cama. Eu preciso de um banho.
Ela dispara na direção do banheiro, fazendo-me pensar na situação estranha em que a encontrei. Alessa pode negar o quanto quiser, mas tenho certeza de que a minha garota safada estava sonhando comigo, ou melhor, com o meu pau dentro da sua boceta apertada.
Abro um sorriso orgulhoso só de imaginar que estava sonhando comigo.

CAPÍTULO 25

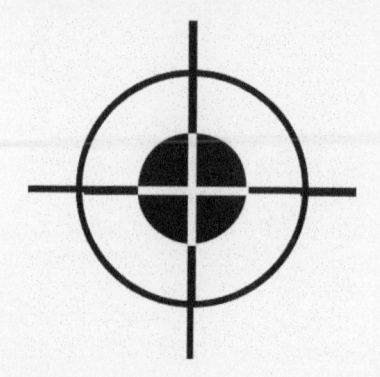

ALESSA

Ainda não acredito que tudo tenha sido um sonho, agora estamos sentados à mesa da cozinha, um de frente para o outro, em silêncio desde que viemos tomar café.

Axl não disse nada sobre ontem e nem eu, ele apenas pegou uma xícara no armário, pôs seu café e se sentou. Calado estava, calado ficou.

Fiquei chocada quando senti os braços de Axl ao redor do meu corpo. Imagine o constrangimento após ter um sonho fazendo um sexo bem quente com ele e acordar gemendo seu nome. Ainda me lembro de cada detalhe.

— Geme para mim. Diz que é minha — pede com a voz rouca, descendo os lábios até os meus seios.

— Oh, Axl...

— Diz que é só minha, porra! — ele brada e morde meu mamilo, levando-me à loucura.

— Eu sou sua, Axl James Knight — sussurro, movendo meus quadris, acompanhando seu ritmo.

— É isso que eu preciso ouvir — diz ao apertar a minha coxa com uma das mãos enquanto se enterra dentro de mim, esfomeado, tão ensandecido quanto eu.

Posso sentir o gostinho do êxtase chegando. Puxo seu cabelo molhado, enquanto ele me come com força.

— Oh, Axl...

Minhas pernas pressionam em volta dele quando gozo, chamando seu nome. Ele se desmancha em cima de mim, arrancando um sorriso de satisfação.

— Você é a minha perdição, Lessa.

— E você é a minha, Axl — sussurro, acariciando seu cabelo encharcado pelo suor.

Foi o cúmulo da vergonha, nem acredito que sonhei com algo assim, afinal, fui deixada para trás de novo e não me importo, estou decidida a mudar. Amanhã começarei meus treinamentos com Enrique, não demorarei a voltar à minha rotina de antes.

Levanto-me da cadeira e vou pegar a jarra de suco, e mesmo de costas posso sentir que Axl está me olhando. Dou de ombros e abro a porta da geladeira.

— Pode pegar uma garrafa de água para mim, por favor?

Assim que ele quer quebrar o gelo?

Pego a jarra de suco, coloco em cima da mesa, depois volto para pegar o que me pediu.

— Aqui. — Coloco a garrafa na sua frente e me sento.

— Vai voltar para a faculdade?

— Sim.

— Tudo bem, vou reabrir a sua matrícula.

— Não precisa, já está tudo resolvido — revelo ao terminar de pôr um pouco de suco no meu copo.

— Uhum, tudo bem, então.

— Preciso de dinheiro para fazer compras, o que temos está acabando — peço, porque não deixarei que meu tio nos sustente, isso já seria demais.

A obrigação de manter a casa é de Axl.

— Tem um cartão em seu nome em cima da mesa de centro na sala — diz Axl, deixando-me levemente assustada.

— Ok.

AXL

Ainda não tive tempo de ligar para Spencer, quero perguntar se conseguiu resolver as coisas no apartamento. Não quero que Melissa saiba da minha visita no meio da madrugada.

— Quando quiser sair é só me falar, ficarei em casa o dia todo — informo ao me levantar da mesa com a xícara na mão.

— Não precisa, Enrique me levará.

Sempre ele.

— Claro, Enrique! — Rio com amargura.

— Sim, Enrique.

Alessa passa por mim sem nem mesmo me encarar e vai em direção à sala. Droga! Ela é tão irritante, linda, gostosa e orgulhosa. Corro até a sala, porque me lembrei da caixa que trouxe da casa de Melissa. Não quero minha menina envolvida nisso.

— Você pegou essa caixinha no meu quarto, Axl? — pergunta, nervosa.

— Qual? — Repreendo-me ao vê-la com a maldita caixa nas mãos. Pegando a caixa das mãos dela, que parece pensativa, minto: — Essa caixa é minha, eu a comprei antes de ontem.

— Mas eu tenho uma muito parecida com essa.

— Tenho certeza de que esta não é sua — insisto e me jogo no sofá com o objeto nas mãos.

— Vou ver se acho a minha — diz, passando por mim, porém é impedida pelo toque exagerado da campainha. — Será Enrique?

Continuo sentado no sofá, esperando que não seja o pé no saco do guarda-costas.

— Alessa Russell e Axl James Knight?

Salto do sofá quando vejo quatro homens, todos engravatados e de preto. O primeiro com um charuto no canto da boca, o segundo, com luvas pretas assim como seus trajes. Respiro aliviado quando reconheço um deles, Oliver Pierre, um dos conselheiros mais importantes da nossa máfia.

— O que desejam? — Apresso-me e envolvo meus braços na cintura da minha noiva como um modo de proteção.

Oliver ri alto, em seguida, olha para a mulher que se encolhe contra meu corpo. Ela tem medo, sempre teve.

— Isso é para vocês, veio diretamente do conselho, mas é claro que antes passou pelas mãos de Conan Russell e Killz James Knight. — O cara de luvas pretas estende um envelope grande com um selo vermelho e as iniciais dos nossos sobrenomes K E R. — Já tiveram tempo suficiente para se conhecerem, agora queremos que esse acordo se concretize rapidamente.

Engolindo em seco, Alessa pega o envelope da mão do homem.

— O que diz nesta carta? — ela indaga.

— Saberão quando abrirem. Com licença — diz Oliver, dando as costas para nós enquanto sai com seus seguidores.

— O que será isso...

— Venha. — Seguro sua mão e a puxo até o sofá. Sem perceber, minha menina já está sentada em minhas pernas e eu com um braço ao redor da sua cintura. — Vamos abrir.

Ela se dá conta de onde está e salta do meu colo, sentando-se o mais longe possível de mim. Eu me levanto para pegar o estilete num pote que tem em cima da bancada e me sento novamente para abrir o selo.

— Conseguiu? — pergunta, ansiosa.

— Sim — murmuro ao ver finalmente o conteúdo da carta, então começo a ler em voz alta para que Alessa possa ouvir.

"Caros Herdeiros"

De um lado, Axl James Knight, vinte e nove anos, filho de Kurtz James Knight, terceiro na hierarquia da máfia Knight. Do outro lado, Alessa Russell, vinte e um anos, primeira e única herdeira de Castiel Russell, estão sendo solicitados a cumprirem com o dever e acordo, sob as orientações do Conselho n°662.

Decreto-lei n° 010.896 - Não havendo punição sobre o que não for realizado, contudo, o indivíduo comprometido deverá honrar com sua palavra, no intento do não cumprimento, estará sujeito a punição por quebra de acordo.

Parágrafo único - Fica estabelecido o prazo máximo de trinta dias, a contar a partir da data da citação, para os preparativos, e sessenta dias para que os noivos concretizem o acordo dentro dos termos estabelecidos no contrato.

Observação - Casamento marcado para o dia 10 de agosto.

— Droga! Justo agora! Eles não tinham adiado o casamento? — exclama, enfiando as mãos no cabelo e abaixando a cabeça. Temos apenas dois meses. — Eu... Não posso... A vida toda terei de ser...
— Minha? — digo com sarcasmo.
— Seu cretino! — grita, passando por mim.
— Que você ama — provoco para irritá-la um pouco mais.
— Argh...
Em breve iremos nos unir em um quarto só, em uma cama só e tudo que importa é que Alessa Russell será minha mulher.

CAPÍTULO 26

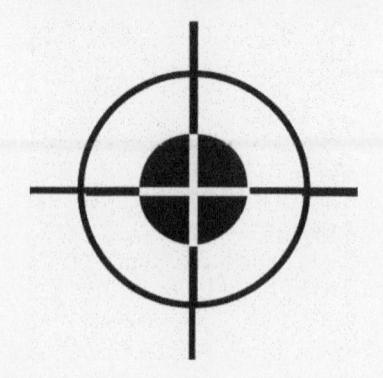

ALESSA

— Alessa, preste atenção! — grita Enrique, jogando suas luvas de boxe no chão de terra. — Se o seu rival tentar dar um soco na direção de sua cabeça, gire os quadris e ombros! Você não pode ficar olhando para mim como se fôssemos fazer um ensaio de balé. Isto aqui é sério! Um deslize, você vai acabar se machucando feio!

Ao final da explicação ele me dá um golpe forte, mesmo sem as luvas nas mãos.

Faço como ele mandou, esquivo-me e o acerto na costela com um chute, soltando um grito estridente quando ele me pega de surpresa ao segurar a perna que o atingiu antes de me arrastar e me lançar no chão. Para afastar a dor que estou sentindo com o golpe, começo a rir.

— Argh! Isso vai ser mais complicado do que eu imaginava.

Rastejo pelo chão e cuspo a folha seca que entrou na minha boca. Estamos sozinhos em um galpão que tio Conan comprou para ser usado em negócios futuros.

— Deixa de moleza, Russell. — Meu amigo realmente levou a sério as ordens do seu chefe.

E tenho de levar também, posso aproveitar para soltar todas as minhas frustrações enquanto treinamos. Eu me levanto e me posiciono com os punhos fechados e olhos cravados nos dele, então o golpeio no ombro, a única coisa que consegui fazer certo, por enquanto.

— Droga — murmuro, irritada.

— Você pode fazer melhor — meu amigo diz e me ataca.

Arregalo os olhos quando tomo uma rasteira e caio de novo, com a cara no chão.

※━━━━◆━━━━※

Faz duas horas que chegamos ao galpão, estou esgotada e não tenho conseguido desferir nenhum golpe perfeito no meu adversário. Acho que é uma péssima ideia receber o treinamento dele.

— Enrique, chega! — Levanto as mãos em sinal de rendição. — Por favor, não aguento mais. Estou quebrada — suspiro, esbaforida — e não consegui tirar proveito nenhum do treinamento.

— Alessa, você não está levando a sério — adverte —, está tornando isso pior do que parece. Me ajuda, você é o orgulho do seu tio.

Dou um sorriso fraco com a afirmação de Enrique. A admiração que meu tio tem por mim teria desaparecido se tivesse presenciado as últimas duas horas.

O que fazer? Preciso me concentrar.

— Rique, vamos continuar amanhã? — pergunto.

Sem responder, ele me dá as costas, então aproveito a oportunidade e o ataco.

Rapidamente passo meu braço dominante por seu pescoço e me posiciono atrás dele, meu cotovelo no seu queixo, o antebraço e bíceps do braço esquerdo estão na lateral do seu corpo. Coloco a mão em sua na nuca e fecho bem o aperto do braço e antebraço. Forço o máximo que posso, empurrando para frente a mão que está na nuca dele, seguro a chave de braço, dez ou vinte segundos e o levo lentamente ao chão. Somente assim consigo tocar o solo, pois Enrique está desfalecendo com a chave de braço. Quando o solto, caímos lado a lado.

Enrique perto de mim é enorme, mas o movimento repentino foi certeiro. Rolo por cima dele para checar se está bem, então ele me pega desprevenida novamente, imobilizando meu corpo.

— Isso foi golpe baixo, Lessa — sussurra ao meu ouvido num tom maroto. — Até mesmo para você, pequena. Mas foi perfeito, conseguiu me derrubar.

— Desculpe, Rique, precisava manter meu tio orgulhoso, tinha de acertar pelo menos um golpe — balbucio, ofegante por conta do peso do seu corpo sobre o meu.

— Tudo bem. Vamos parar por aqui, outro dia continuaremos.

Enrique sai de cima de mim e depois estende a sua mão para me ajudar a me levantar.

— Obrigada! Preciso descansar, acho que vou para a minha casa e depois ligo para Aubrey. Estou cansada demais para vê-la hoje.

— Vou passar algumas informações aqui e já te deixo em casa.

— Eu te espero ali. — Aponto para o banco de madeira perto do grande portão do galpão.

— Não vou demorar.

— Rique, estou com sede. Você tem uma garrafinha de água?

— Na minha mochila tem duas garrafas, pegue a lacrada — diz e vai para a parte de trás do galpão.

⁂

Enrique acaba de estacionar em frente ao meu prédio quando olho para o edifício, e ele faz o mesmo.

— Está entregue — Rique afirma e volta a me olhar.

— Obrigada! Foi um pouco cansativo o treino, mas bastante produtivo.
— Eu me inclino um pouco no meu banco para abraçá-lo. — Você é um bom homem, Rique.

Logo me afasto.

— Foi produtivo sim, e... Obrigado! — declara, parecendo um pouco sem graça. — Mas agora tenho uma missão a cumprir.

Entendo o recado e puxo minha bolsa para o meu colo, abrindo a porta e saindo do carro.

— Quando podemos treinar de novo? — indago já na calçada.
— Logo. Nesses dias tenho alguns assuntos importantes para resolver.
— Tudo bem, então. Até logo. — Sorrio e aceno para Enrique, que manobra o carro um pouco mais à frente e passa em alta velocidade em direção ao seu destino, que nem imagino qual seja.

Caminhando até o elevador, estranho quando vejo duas mulheres encostadas em uma árvore artificial num canto, perto do balcão da recepção. Elas olham para mim e riem, então viro meu rosto e aperto o botão do elevador.

— Argh, que cansaço!

Em minutos, chego ao apartamento e solto uma respiração pesada ao notar que a porta está meio aberta.

— Axl? — chamo-o e entro devagar.
— Cunhadinha. — Eu me assusto ao ver Spencer com seus óculos de sol na cabeça em seu estilo *bad boy* de sempre.
— Hum... Olá, Spencer! Cadê seu irmão? — pergunto e noto em cima da mesa de centro dois notebooks, cinco armas, alguns fones de ouvido estranhos e três pastas.
— Está no quarto dele, daqui a pouco ele aparece.

Segundos depois, sinto meu rosto esquentar quando meu noivo entra na sala com o seu abdômen à vista. Engulo em seco ao me lembrar do sonho erótico que tive com ele, agradecendo mentalmente por Axl não ter percebido, acho que nem sequer desconfia. Seria meu fim.

— Pensei que fosse ficar fora hoje — aponto.

Não consigo tirar da cabeça a caixa de madeira que Axl diz que comprou.

Será que mentiu para mim?

— Estou trabalhando em casa esses dias — revela ao passar por mim com a caixa nas mãos.
— Tudo bem. Com licença, vou tomar banho e descansar um pouco. — Tento ser educada. — Foi bom vê-lo, Spencer.
— Está fazendo academia? Nem precisa, gata, seu corpo está ótimo — afirma e dá uma piscadela safada.

Não aguento e começo a rir, o caçula é a luz dos Knight.

— Estava treinando com Enrique, fiquei quebrada.

A expressão de Axl se torna séria ao se sentar no sofá.

— Está vendo, Axl? Ela foi treinar com *Enrique*.

O que esses dois estão aprontando? É estranho Spencer estar uma hora dessas aqui em casa. Por que Spencer falou assim com Axl? Ele deve saber de alguma coisa que eu estou totalmente por fora.

— Alessa, tem algo para você em cima da sua cama — Axl diz quando estou no corredor, ignorando por completo a provocação do irmão.

— Ok. — Em passos largos, sigo para o meu quarto, curiosa para saber o que é. — Será que tio Conan enviou alguma coisa para mim? — murmuro para mim mesma.

Assim que meus olhos vão para a cama, encontro uma caixa cinza com o logotipo de alguma marca que desconheço. Passo os dedos por cima da caligrafia dourada e sorrio.

— O que será... — Abro a caixinha e arregalo os olhos ao perceber que é uma joia.

Não uma joia qualquer, é um colar com um pingente de coração adornado por uma pedrinha de diamante branco. Levanto a peça para examinar melhor e acabo sorrindo, completamente encantada.

— Devo ter acertado na escolha, vejo que gostou — Axl diz e se aproxima.

— Foi você... — gaguejo, tentando não demonstrar nervosismo, porém, falho miseravelmente.

— É um presente de casamento. Queria dar alguma coisa para você se lembrar de mim.

Talvez ele tenha se esquecido de que é um "acordo de casamento", mas não falo nada.

— Obrigada, o colar é lindo!

— Posso colocá-lo em você? Para ver como fica? — pede e sou incapaz de negar.

— Claro. — Dou um pequeno sorriso.

— Quando vi esse colar na vitrine da joalheria, sabia que ele era perfeito para você.

Ele pega o acessório e se posiciona atrás de mim.

— Spencer já foi? — Tento desviar o assunto.

— Mais tarde ele volta, estamos resolvendo algumas coisas.

O hálito de Axl atinge o meu pescoço e meu corpo traidor reage a ele.

— Conseguiu colocar?

Droga! Seu toque me aquece dos pés à cabeça.

— Apressadinha, ainda nem comecei. — Ele dá um sorriso despreocupado.

— Ah... — Então o sonho da noite passada volta à minha mente.

— Prontinho. Ficou lindo em você.

Ao me virar para o espelho e ver o colar, sorrio com a beleza da peça.

— Obrigada! É muito lindo mesmo. Pode tirar para mim? Preciso urgentemente de um banho, o suor está me deixando louca — peço gentilmente.

— É claro.

Viro-me para pegar a caixa e tropeço em algo, só não caio porque os braços de Axl envolvem a minha cintura.
— Te peguei — sussurra, erguendo meu rosto.
Nossos olhares se cruzam de uma maneira ardente e muito significativa, então passo a mão em seu rosto e me derreto quando ele fecha os olhos ao sentir meu toque carinhoso.
— Nós somos tão estranhos. — Dou uma risada nervosa.
— Não somos, só precisamos nos aceitar. — Quando tento afastar minha mão, ele me surpreende ao pegá-la e depositar um beijo suave, deixando-me em brasas por dentro. — Você sabe o quanto é linda?
Fico calada, só o observando. Os dedos do homem desenham círculos nas minhas costas, e sinto tudo formigar com cada movimento.
— Preciso de um ba...
— Shhhh...
Calo-me quando ele beija o canto da minha boca e depois dá um selinho. Eu não o afasto e faço o mesmo, rapidamente Axl me aperta contra seu corpo. Ansiava tanto pelo seu toque, que retribuo prolongando o beijo.
Merda! Estou realmente sentindo algo diferente por ele.

CAPÍTULO 27

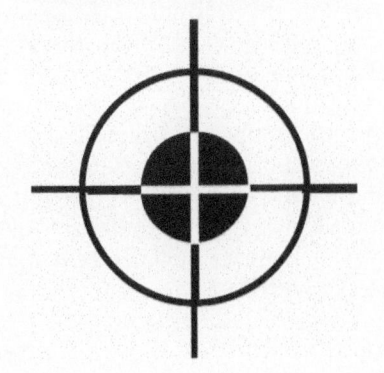

AXL

Prendo-a contra meu corpo e dou mais um selinho demorado. Depois disso, minha menina parece ter voltado a si. Pela primeira vez, eu me sinto inseguro em relação a ela.

— Axl, me desculpe, não deveria ter te beijado — dispara, colocando as mãos em meus ombros.

— Fui eu que te beijei, não tem motivo para ficar se culpando. — Tento tranquilizá-la.

— E-eu... Estou confusa. Minha cabeça está uma bagunça neste momento.

Alessa me dá as costas.

Sinto minha garganta arranhar quando reparo melhor em suas curvas.

Que bunda!

Fecho os olhos, tentando esquecer quão gostosa a minha futura esposa é.

Porra! A garota está me deixando de pau duro, com um tesão absurdo, nem mesmo Melissa me deixou tão excitado assim. Uma palavra que resume meu estado é "fodido".

Estou louco *pra caralho* pela Russell.

— É normal, por causa da nossa situação. — Vou em direção a minha noiva e ela recua um passo.

— Preciso tomar banho, Axl, estou cansada. — Dá mais um passo para trás.

— A nossa convivência nos últimos meses foi horrível, tivemos muitos desentendimentos — começo a falar —, e quero me desculpar por tudo que lhe disse. Sei que te machuquei, mas não foi fácil para mim também.

— Por que isso agora? Você teve tantos momentos para dizer isso. — Ela me encara com seus lindos olhos.

— Não foi fácil cair na real, sabe? — continuo meu discurso. — Sou um fodido egoísta em alguns momentos, e me deixei levar por algo que imaginei ser real. — Paro por alguns segundos para respirar. — Somos jovens, e um casamento agora vai ser perturbador para a nossa vida, isso complicou algumas coisas, mas não é o fim do mundo.

— De verdade... Eu não queria esse casamento tanto quanto você, Axl. Faz tão pouco tempo que vim para Londres e já vou me casar. Não sei se esse é o futuro que sonhei, ou se um dia meu marido vai me amar, porque o coração dele pertence a outra mulher. Para mim, está sendo muito mais difícil aceitar esse casamento.

— Eu te entendo, mas precisamos tentar. O que você acha? É verdade, sempre tive em meu coração uma mulher, não estava nos meus planos me apaixonar por ela, mas hoje vejo que esse amor não é o que desejei para a minha vida. Eu sempre quis formar a minha família com ela, porém os planos mudam, a vida muda. Hoje já não sei se a mulher que eu realmente amo, um dia vai me amar de verdade.

— Mel...

— Alessa Russell — eu a interrompo. Por que é tão difícil lidar com ela? — Estou disposto a tentar ser o homem que você precisa, a te dar o lar que você sempre sonhou, e ainda que não me ame, vou cuidar de você e ser seu amigo se você quiser.

Aproximo-me para poder tocar em seu rosto.

— Você me confunde, sabia? — Alessa ri e chora ao mesmo tempo.

Meu celular vibra no bolso, e pelo horário sei que deve ser Claire ou Gwen. Acho que elas estão mais animadas que eu.

— Preciso ir, depois voltamos a conversar.

Afasto-me e vou em direção à saída, deixando Alessa sozinha em seu quarto.

Vai dar tudo certo, vai ficar tudo bem.

⁂

— Axl, você é louco! Cara, eu te admiro agora, irmão. — Spencer ri assim que termino de contar meus planos. — Espero que não faça merda, ela não merece.

— Fica tranquilo, bastardo, já ajeitei tudo com as garotas. Elas consideram a situação meio engraçada. — Começo a rir depois de tomar um gole da tequila.

— Sou seu fã.

Cheguei ao galpão que Spencer pegou para fazer suas pesquisas há uma hora. Meu irmão e eu estamos com boas cartas na mesa.

— Mas é uma pena que vá morrer antes dos trinta, porque Conan o matará.

— Fique tranquilo, bastardo. O velho não fará isso, tenho certeza. — Eu me sirvo com mais uma dose.

— E quando vai ser? Em alguns dias, depois que passar o evento?

— Em breve saberá. — Pisco para Spencer, que digita algo no seu notebook.

— Você é um fodido mesmo.

— Mudando de assunto, como andam as pesquisas?

— Sobre a caixa que Alessa diz ter uma igual? Suspeito que as duas tenham o mesmo significado, Axl.

— Tenho minhas dúvidas, grandes dúvidas, Spencer. Se lembra de que eu contei sobre a suposta origem da sobrinha do Conan?

— Sim. Precisamos que ela se manifeste sobre a caixa, não podemos deixar nenhuma brecha...

Estamos nessa há dias, qualquer falha é um risco.

— Suponho que devemos continuar calados, faremos tudo como planejado — falo ao vê-lo pegar seu notebook.

— Fiz o que você mandou e descobri algo muito estranho sobre a Viktoria Ivanov — relata meu irmão, abrindo uma pasta com o mesmo título anterior que foi "M.F.R.".

— Spencer! Espere... — Olho bem para o nome grifado na tela do dispositivo e fico chocado. — Viktoria Ivanov!

— O quê?

— Eu contei sobre a carta do conselho, não é? Eles puseram as iniciais do nosso sobrenome e o de Alessa — K.R. e se esse V.I. for Viktoria Ivanov? Isso pode ser uma ligação! Porque é possível que seja uma abreviação.

Não sei como consegui chegar a esta conclusão louca, porém, é a única coisa que veio à minha mente.

— Era disso que precisávamos. Mas, o que essa caixa fazia na casa de Melissa? Será que ela tem algum vínculo com Alessa?

São várias as suposições, falta pouco para tudo se encaixar.

— Melissa ainda não voltou da Rússia. Eu sei que foi loucura invadir o apartamento dela, só que essa era a única forma de conseguir a verdade. Era necessário sair dessa sem sentir culpa pelo fato de ter me apaixonado pela garota que jurei odiar e que agora estou como um idiota tentando provar que a quero como nunca; constato segundos antes de Spencer começar a gargalhar.

— Teremos uma guerra declarada hoje? Cara, você admitiu que está apaixonado — debocha.

— Não enche. — Merda! Spencer é um saco às vezes. — Pesquisa na internet as iniciais V.I..

— Agora você precisa assumir que tem ciúme do Enrique com Alessa — provoca.

— Por que negar algo que está mais que claro? Você gostaria que sua mulher ficasse treinando boxe com outro homem? Isso é estranho, tenho vontade de matar Enrique e fazer picadinho dele quando imagino as mãos dele no corpo de Alessa. Ela é minha, só eu tenho o direito de tocá-la, porra!

— Agora entendo por que dizem que vocês são o fogo e a gasolina. — Spencer inventou de usar óculos de grau, talvez as pesquisas estejam o deixando animado demais. — Para que essa possessividade toda? Deixe a garota, ela tem idade suficiente para saber o que é certo e errado.

— Prometo ficar vivo até que você encontre a sua garota, e quero ser eu a falar a mesma coisa para você, Spencer.

— Você também não é treinado? Ensine Alessa a lutar, seja o professor dela, garanto que será mais prazeroso e útil. Nada melhor que apalpar e roubar alguns beijos de uma gostosa na hora da excitação da luta. — Estou realmente preocupado com a sanidade do Spencer. — Que foi? Eu treinei com umas cinco garotas no galpão, lá onde planejamos as estratégias das corridas. Todas elas sabem lutar bem e transar também, uma mais gostosa que a outra. É uma pena não valerem nada, sexo fácil é bom, mas não passa disso.

— Pior coisa que tem é mulher fácil. — Apesar de ter sido fácil com Melissa.

— Soube que na segunda noite você e Melissa quebraram as tradições.

— Acho que o fogo de Alessa e sua firmeza me deixaram louco por ela, muito mais do que Melissa já fez. Os beijos da garota me deixam excitado demais.

Fecho os olhos e imagino seu corpo nu, minhas mãos passeando por sua pele macia.

— Podemos parar com essa merda? Está ficando nojento. Estamos deixando de fazer o que é preciso para falar de mulheres.

— Realmente. Conseguiu algo aí?

— Bem que você falou, as iniciais foram úteis. Achei algo aqui, no entanto, não há fotos, somente imagens com ela de costas e usando sempre roupas reservadas e luvas.

— Porra! Quem será essa mulher misteriosa?

— Saberemos daqui a alguns dias, não posso dizer agora. — Spencer desliga seu notebook e gira a cadeira para perto do pequeno armário de ferro com cadeados. — Esse armário tem uma coisa que pode nos trazer muitas respostas.

— Tente abrir a caixa que trouxe da casa de Melissa, depois entre em contato. Agora tenho algo importante para resolver — digo e me levanto.

— Qualquer coisa, eu te aviso.

— Até depois.

Falta muito pouco para que tudo se acalme. Killz contou que seu amigo do FBI conseguiu agilizar as coisas no caso que ele foi denunciado. Aubrey está desesperada, pensou que o marido pudesse se meter numa fria, mas por sorte o caso foi arquivado, como se o acusado tivesse agido em legítima defesa.

MELISSA JONES

Meu irmão está tendo uma boa recuperação e em breve estará de volta aos seus afazeres. Aquele moleque é muito impulsivo, vive ignorando meus conselhos, e apesar de eu ser a mais velha, Lucke acha que é meu protetor, gosta de agir como se fosse responsável.

Tudo correu bem na viagem, e agradeço por isso, porque meus dias têm sido um caos. Sinto que Axl está começando a gostar da garota, e isso não devia ter acontecido, mas uma mulher sabe quando é passada para o segundo lugar na vida de um homem.

— Ei, Mel, estou reparando em algumas coisas aqui. — Minha amiga olha para todos os cantos do meu apartamento.

Percebo que alguém esteve no local, porque o tapete marrom da sala está embolado, como se tivessem tropeçado nele.

— Não mexeram em nada, mas tenho certeza de que alguém entrou aqui. Como? Eu não sei. — Olho para Gwyneth, que está fazendo alguns sinais. Essa é a melhor parte da nossa amizade, entendemos tudo que a outra quer dizer sem precisar falar uma palavra. Tirando meu celular da bolsa, aviso: — Tenho de me encontrar com Dimitri daqui a pouco.

— Uhum... O que ele disse sobre a viagem até a Rússia?

— Ficou furioso, mas nada que eu não possa dar um jeito, né? — Sorrio e olho para a ligação perdida de Axl no meu celular.

— Tome cuidado, seja mais discreta. Deixar Dimitri chateado é ruim.

— Posso lidar com isso, Gwyn — digo ao passar a ponta do meu salto no tapete embolado. — Estou com bons planos para este ano.

— Falando em plano. Como anda a relação com o terceiro Knight?

— Difícil. Axl tem uma quedinha pela Russell, acho que está se apaixonando por ela, mas a garota é tão burra que não notou ainda. E isso é bom para mim, porque quanto mais ela o despreza, mais rápido ele corre de volta para meus braços. Espere para ver.

Gargalho ao ver minha companheira fazer careta.

— Você é problemática e má — Gwyneth brinca. — Espero que consiga, essas Russells têm um poder. Assim como a prima dela, a tal de Aubrey, conseguiu mesmo trazer a paz entre as famílias — ela fala com amargura.

Temos muitas coisas em comum.

— Hoje conversarei com Dimitri e ele irá me direcionar, então contarei o que estou pensando. Acredito que ele irá me apoiar, afinal, é isso que a família faz.

— Concordo. Se quiser, eu posso verificar aquele trabalho que ficou pendente — Gwyn se oferece.

— Tudo bem, já ajuda. Quando eu voltar, nós resolvemos aquele outro assunto. — Pego minha bolsa e sigo em direção à porta, praguejando quando meu celular vibra e o nome do Dimitri aparece na tela.

— *Venha logo e não demore. Odeio atraso* — ele diz sem nem mesmo me cumprimentar.

— Chego aí em poucos minutos — falo e apresso os passos no corredor.

Paciência é algo que não existe no vocabulário de Dimitri. Hoje eu darei mais do que um primeiro passo, será o meu dia, farei com que Dimitri mude de ideia e me apoie.

— Senhorita, tem certeza de que quer ficar nessa esquina? — pergunta o taxista assim que para no local que indiquei. — É perigoso demais.

— Quanto deu? — Ignoro o seu conselho enquanto tiro a carteira da bolsa.

— Treze libras.

— Te dou cem libras para que fique me esperando aqui — falo, pegando mais algumas notas.

— Sinto muito, senhorita, mas a minha vida vale mais que isso. Tenha um bom dia!

Jogo o dinheiro no banco do passageiro do táxi e bato a porta com força assim que saio, deixando o medroso de lado.

Idiota!

Meus olhos se enchem de lágrimas quando o vejo de costas para mim, com um grande moletom preto e o cabelo branco voando com a força do vento.

— Dimitri! — grito e tropeço enquanto corro até ele. Dimitri tira as mãos dos bolsos e se vira, fazendo-me chorar de felicidade. — Há quanto tempo!

Eu o abraço com força.

— Já estava na hora. — Ele ri, acariciando meu cabelo.

— Até que enfim, pai. Estava mesmo na hora. — Sorrio, ocultando a minha intenção.

— Você deveria voltar para casa, Arlyne, assim como eu.

— Não gosto desse nome, pai.

Encosto minha cabeça em seu ombro.

— Mas esse não é o seu nome? Arlyne Ivanov.

CAPÍTULO 28

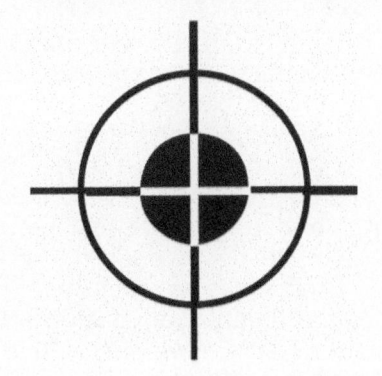

ALESSA

Um mês depois...

De uma forma civilizada, tento aceitar que terei de me casar com Axl James Knight. Confesso que estou me acostumando à ideia, e decidi dar uma chance a esse casamento pelos meus tios, porém, Axl não precisa saber.

Eu sei que Melissa ainda é uma pedra na nossa vida, e meu futuro marido me fará sofrer mais cedo ou mais tarde. Falta pouco para que os planos da nossa família finalmente se concretizem.

— Olhe como encaixou perfeitamente em seu corpo, Lessa — elogia minha prima.

É o sétimo vestido que eu provo. Os treinos com Enrique andam pesados demais e a faculdade faz minha rotina ficar pior ainda.

— Você não está com ânimo algum, não é? — indaga Aubrey, ajeitando o véu na minha cabeça.

— Como posso me animar? Axl está me deixando louca. Ele me dá presentes sem qualquer motivo, fica roubando beijos, e eu acabo cedendo também, só que depois me arrependo quando me lembro da outra.

O novo Axl me deixa rendida. Ele me faz sorrir e me beija como se eu fosse a única mulher da vida dele, então por alguns instantes desejo que tudo que vivemos em poucos dias se prolongue, no entanto, brincar de casinha não é o nosso forte.

— Alessa, você está insegura, isso é normal. — Começo a rir quando Kath aparece com a boca toda borrada de batom vermelho. — Oh, saco! Meu bebê, o que você fez?

Afastando-se, Brey vai até Kath, que começa a chorar.

— Foi Aust, mamã. — Katherine choraminga ao abraçar a mãe.

Que menina linda!

— Foi mesmo? — As crianças vêm deixando minha prima maluca, mas sei que ela gosta dessa sensação. — Austen Knight, venha aqui.

Rio ao ver a minha priminha dar um sorrisinho maroto. Viro-me de frente para o espelho e reparo no decote do vestido de casamento. Não gostei dele, os detalhes não combinam com a minha personalidade.

— Deixe o menino, cunhadinha. Eles só estão brincando. — A voz do meu futuro marido invade o quarto, fazendo-me engasgar.

— Knight! Ver o vestido da noiva dá azar! — O grito de Aubrey me deixa ainda mais envergonhada com a situação.

— Não dependemos do vestido para ter azar no casamento, prima. Eles só querem que o acordo seja cumprido para terem seus próprios benefícios — falo ao arrancar o véu da minha cabeça.

Axl continua onde está, com Austen em seus braços e me olhando.

— Você está linda, *baby* — ele diz, fazendo-me revirar os olhos.

— Como foi a reunião com o conselho, Axl?

— Todas as provas foram levadas ao gabinete para serem debatidas entre os conselheiros, porque Killz quer fazer tudo de uma vez. Muitos homens do conselho estão revoltados por ele estar segurando as informações desde o mês passado.

Agora percebo que sou eu que estou por fora de tudo.

— Vocês têm certeza de que querem mesmo revelar isso? — Aubrey indaga, preocupada.

— Do que vocês estão falando, afinal? — intrometo-me. — Odeio quando escondem as coisas de mim.

— Mamã, quero papai. — A voz de Austen, que ainda está nos braços de Axl, chama a atenção.

— Tudo bem. Lessa, podemos ajeitar isso amanhã? Tenho de conversar com Killz, vou aproveitar que meu homem está livre hoje.

— Tudo bem, posso me virar aqui. Obrigada!

— Até logo, prima! Vamos, meus bebês.

Por que de repente fiquei perturbada com a presença dele? Só foi Aubrey ter me deixado sozinha e arrastado os meninos para a sala que fiquei quase sem ar.

— Sério, *baby*, você está magnífica.

Eu me assusto quando escuto a porta da sala fechar com um estrondo, Aubrey provavelmente quis avisar que já saiu.

— Como se sente?

— Quase casada? — Dou um sorriso sem graça.

— Estou reagindo bem a isso. — Ele se aproxima, estremecendo-me.

— Que bom! — Finjo não me importar com o que ele diz.

— Quer que eu abra o vestido? — ele se oferece.

— Pare com isso, por favor! — Fecho os olhos, lutando contra o desejo que venho reprimindo há dias. — Pare de brincar comigo.

— E quem disse que estou brincando? — Paraliso quando as mãos ágeis passam em meus ombros. — Devemos nos dar bem, poderíamos começar a nos acostumar.

— Tudo bem, você está certo — sussurro em um fio de voz.

Resista, Alessa.

— Seu cabelo tem um cheiro tão bom. — Axl pega uma das mechas e a leva ao nariz.
— Não, por favor! Preciso ficar sozinha.
Engulo em seco, minhas pernas tremem e meu corpo reage ao seu toque.
— Como quiser. Me chame se precisar de alguma coisa — fala e sai do meu quarto, deixando-me sozinha.

AXL

Killz me convocou para ir até a empresa, disse que o conselho se reuniria hoje porque tem algumas coisas para mim antes do casamento, e a minha presença é necessária.
A adrenalina corria nas minhas veias e meu coração vacilou quando vi Alessa com aquele vestido de noiva. Não tive controle sobre minhas ações, então corri para ajudar a abrir o vestido. Eu queria loucamente possuí-la.
Porra! A mulher é quente como o inferno, e essa merda está me deixando insano.
— Axl, venha — Ezra fala ao meu lado. — Começaremos a reunião.
Sigo meu irmão pelo corredor que tem mais escuridão que claridade; não entendo essa preferência de Killz.
— Por que eles me querem aqui? — indago, ajeitando a arma no cós da minha calça.
— Dizem que é necessário antes do casamento.
— Tenho coisas importantes para fazer — reclamo ao pegar meu celular no bolso para ver se tenho alguma resposta das garotas.
— Também temos — interfere Oliver. — Junte-se a nós, precisamos resolver isso.
Meu sangue ferve com o tom de voz dele.
— Menos, Oliver. Entre, Axl. — Killz aparece à porta. — Ezra, certifique-se de que Aubrey e as crianças estão tendo um bom dia.
Ezra assente e nos dá as costas.
— Irmão, Spencer deu notícias?
— Ele já está aqui. — Meu irmão mais velho se encosta à porta para que eu entre na sala.
Vejo Alec, Carter, Spencer, Conan, alguns homens desconhecidos e Oliver.
As janelas de vidros estão todas cobertas pelas cortinas marrom-escuras, e as cadeiras parecem confortáveis, porque eles estão relaxados demais.
— Acredito que não falte mais ninguém — fala Killz, caminhando até sua poltrona. Sento-me na cadeira vaga ao lado de Spencer. Olhando para todos na sala, avisa: — Alec quer dar uma palavrinha.
— Irmãos, tenho um comunicado para todos, porque a investigação que Spencer realizou é de suma importância para a nossa máfia. — Alec passa os olhos em cada canto da sala antes de continuar: — Há alguns dias, foi

descoberto que a mandante da máfia da Rússia é uma mulher chamada Viktoria Ivanov.

— Talvez o irmão de Killz tenha se enganado, porque não é possível! As mulheres são fracas demais, inúteis — um dos conselheiros interrompe Alec.

— Cale-se, Paul, Alec ainda está falando — urra Killz, meio nervoso.

Algo está errado. Oliver sorri discretamente por algum motivo que parece bem interessante.

— Continue, Alec — Killz ordena.

— Homem ou não, continua sendo nosso inimigo, e com o passar dos anos nós perdemos várias oportunidades de fechar grandes negócios com outras máfias próximas, porque a nossa maior inimiga está interferindo em nossos planos — fala Alec, puxando um documento de dentro de uma pasta.

Murmúrios são ouvidos por todo canto da sala.

— Silêncio — pede Spencer, levantando-se da sua cadeira. — Trouxe algumas provas para que vejam com seus próprios olhos que não estou louco ou inventando nada.

Atentamente, meu irmão mais novo caminha até um telão em frente à mesa e põe um *pen drive* num notebook, transmitindo através do projetor.

— Como poderemos saber que isso não é mais uma estratégia para agirem sem nós? — Oliver se manifesta.

Conan passa o dedo por cima da sua aliança de casamento, em seguida, olha para cada um dos conselheiros e sorri.

— Mentir não é uma estratégia, é só mentir mesmo. — Conan ri ainda mais por ter deixado nossos companheiros irritados. — Presumo que Spencer não perderia seu tempo criando localizações, imagens, nomes.

Oliver pigarreia, incomodado.

— Como Conan falou, Spencer não faria isso. Eu sei que estão desconfiados demais com essas provas, mas a única coisa que posso dizer é que se não tiverem provas melhores para colocarem nessa mesa, terão que engolir o que nós estamos oferecendo a vocês — fala nosso chefe, em um tom ameaçador.

— Posso garantir que o que temos não é para agradá-los. — Eu me levanto e vou até Spencer — Afinal, quem deve nos agradar aqui são vocês. Spencer e eu não perderíamos nosso tempo com um assunto de merda sem sentido. A minha família pretende garantir a segurança de todos e o sucesso dos nossos negócios, independentemente de quem teremos que matar para conseguir isso. Suspeitamos de coisas que não se encaixavam no padrão do líder da Rússia, por isso decidimos nos aprofundar no caso.

— Continue, Axl — Conan diz, então me viro para ele e vejo satisfação em seus olhos.

— Meus caros, eu pergunto a vocês, do que adianta nos sentarmos nessas cadeiras e brincarmos de mafiosos se nem mesmo agimos como tais? Nós somos os líderes da maior organização criminosa inglesa, e temos grande apoio nesses últimos meses, então levantem esses rabos preguiçosos e parem de reclamar e esperar pela vitória fácil. Ou vocês entram nessa guerra conosco, porque não vamos esperar que esses filhos da puta invadam o nosso território, machuquem nossa família e roubem o que nos pertence, ou saiam daqui agora mesmo! Não teremos uma segunda chance de acabar com essa merda, e se vocês não estiverem do nosso lado, estarão contra nós!

Sou aplaudido assim que me calo. Nunca imaginei que minhas palavras causariam esse efeito, mas sei de onde veio toda essa força triunfante.

— E o que vocês têm em mente? Precisamos de resultados e não de planos — fala Paul.

— Minha equipe pesquisou sobre Viktoria Ivanov no último mês, e ontem à noite descobrimos que a mulher teve quatro filhos, mas apenas dois viveram com ela. Uma menina e um menino, Arlyne Ivanov e Lucke Ivanov, os dois herdeiros da máfia russa — revela Spencer.

Essa informação é nova, porque nem eu sabia.

Conan começa a tossir, seus olhos ficam vermelhos, então ele faz um sinal com as mãos e sai da sala.

Rússia + origem + Alessa + filhos + mãe.

Conan oculta um grande segredo da verdadeira origem de Alessa. Ele sabe bem mais do que imaginamos.

— Isso é interessante — fala Oliver, olhando para a porta aberta, por onde Conan passou apressadamente. — Ainda acham que devem confiar naquele homem?

— Ele é pai da minha mulher, meu sócio e tio da futura esposa do meu irmão. Não vejo por que desconfiarmos dele — fala Killz impacientemente.

— A reunião não era para falar sobre o casamento? — indago, ansioso para acabar logo com esse encontro para me encontrar com as garotas e conversar com Spencer.

— Sim.

— Há regras no casamento que você e sua futura esposa saberão no momento certo, enfim, queríamos dizer que quem deve realizar a cerimônia é sempre o mais velho — narra Oliver. — Então, Conan fará tudo conforme as normas, ele já está sabendo e só faltava avisar para que os noivos estejam cientes que esse casamento não é um mar de rosas. Temos um ritual para selar devidamente o acordo. Os noivos devem cortar as duas palmas das mãos, e uni-las para que os sangues se misturem, essa é apenas a primeira parte. Espero que estejam preparados.

Não me surpreendo, pois presenciei o casamento de um dos capangas de Alec, e cada detalhe é assustador para quem é de fora.

— Em casamentos de herdeiros, mulheres não podem estar presentes, exceto a noiva — interfere Spencer.

— Era para ser assim, mas como esse casamento faz parte de um contrato, devemos cumprir as exigências dos responsáveis pela noiva, a presença das duas mulheres, Aubrey e Celeste.

— Estou ciente, há algo mais? — pergunto, olhando para o relógio em meu pulso.

— Encerramos por aqui, podem sair — ordena Killz, pegando suas pastas em cima da mesa. — Na quinta voltamos a nos reunir.

— Spencer, quero falar com você. — Toco em seu ombro. — Preciso que me esclareça o que disse na reunião.

— Porra! Estamos mais fodidos do que imaginei. Aquela amiga da Melissa era Scarlet — sussurra, entregando-me o *pen drive*. — Tenho áudios e imagens que comprovam isso. Só abra quando eu der bandeira branca, ligo para você mais tarde.

De repente, tudo vai pelo ralo.

CAPÍTULO 29

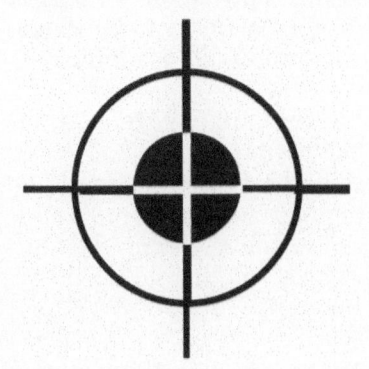

Alessa

Novamente terei de me ausentar da faculdade, isso já está me deixando irritada, porque assim não vou a lugar algum. Depois que o conselho se reuniu para exigir meu casamento, perdi o pouco de paz que ainda me restava.

— Alessa, você ainda não nos contou o que aconteceu para seu noivo ter te arrastado sem mais nem menos da festa — fala Gwen, rindo.

— Na verdade, não foi sem mais e nem menos. Você não viu, querida? Alessa rebolou legal em cima do noivo — brinca Claire.

Ela fica em pé em cima do sofá e começa a rebolar da mesma maneira que fiz em meu futuro marido. Jogo a cabeça para trás e começo a rir, mas não suporto tanta palhaçada e sinto, de repente, uma vontade de ir ao banheiro.

— O primo da Claire ficou fascinado por você, queria até seu número, mas sugeri que ele esquecesse isso se quisesse viver por mais alguns anos — fala Gwen. — Nathan decidiu ouvir meus conselhos quando viu Axl te jogando em cima do ombro.

— Parem de me perturbar! — Gargalho, escondendo meu rosto na almofada do sofá.

— Nos conte logo! — exclamam as meninas juntas.

— Já faz meses que isso aconteceu! Me deixem em paz.

— Você ainda é virgem, não é? — pergunta Gwen, cutucando a namorada. — Hummm... Vocês estavam quentes demais!

— Deve ter sido muito difícil resistir. Está na sua cara que você ainda não transou com seu querido noivo — fala Claire, deixando-me envergonhada.

Contei a elas sobre Melissa, mas não sobre vidas duplas e máfia.

— Continuo virgem — revelo. — E amando ainda mais aquele bastardo... Não me julguem... Eu o amo desde o dia em que nos conhecemos, senti todas as células do meu corpo correspondendo à sua presença — confesso, suspirando tristemente.

— Já tentou dizer a ele? — indaga Claire, com a voz baixa.

— Seria meu fim... Ele é impossível e me machuca até de olhos fechados.

— E se ele também sente algo e tenta esconder por medo de admitir agora? — pergunta Gwen. Sinto que está querendo soltar alguma coisa, porém segura com firmeza e muda de assunto. — E aquele seu segurança? Nunca mais o vi.

— Após o casamento, Enrique vai ter de se afastar de mim, por precaução — murmuro, indignada.

Mais uma que fiquei sabendo. Meu amigo não poderá ficar tão perto e irá para outro setor quando o acordo do matrimônio for concretizado. Depois disso, Axl terá a obrigação de me proteger. Tenho dó da minha vida se eu deixá-la em suas mãos.

— Que chato! Ele parecia ser um bom homem — fala Claire. — E quando acontecerá o casamento?

— Daqui a duas semanas — declaro, entediada.

— Não fique assim. Acho que seu noivo irá te surpreender — fala Gwen, divertida.

— Podemos almoçar? O forno deu sinal de vida, estou tentando inovar, fazendo uma lasanha deliciosa que aprendi na internet.

Minha barriga ronca com as palavras de Claire.

— Vou dar uma passada no banheiro antes — digo, cruzando as pernas.

※————※

— Estou satisfeita! — exclamo, passando a mão na barriga.

— Deixa de drama, você só comeu três pedaços — fala Claire, terminando de tomar seu suco.

— Ah, estou tão feliz! Meu pai chega hoje da Tailândia e tenho de ir vê-lo antes que volte a viajar — fala Gwen, pegando nossos pratos em cima da mesa.

O pai dela é médico e faz serviços comunitários por alguns países necessitados, o próximo voo dele é para a África do Sul.

— E eu tenho de visitar minha mãe e meus irmãos mais tarde — interfere a namorada.

— E eu voltar para casa e ficar olhando para o teto — debocho da minha própria situação.

— Ficará olhando porque quer. Tantos lugares para você ir! Estamos em Londres, *baby* — incentiva Gwen, mas permaneço sem ideia. Fico por alguns segundos pensando aonde quero ir para esfriar a cabeça. — Alessa, por que você não vai visitar o *Museu de Cera Madame Tussauds, Hyde Park, Casa de Sherlock Holmes*, ou até mesmo *Notting Hill*? — indaga, empolgada, piscando para a companheira.

Não sei por quê, mas acho que estão aprontando alguma coisa.

— Tudo bem, vou ao *Hyde Park*. Ver gente pode me ajudar a equilibrar minha energia, que anda bem carregada e negativa — afirmo, rindo para elas.

— Ótimo! Lá é lindo, tem vários contadores de histórias. É muito divertido, você vai amar — Claire fala entusiasmadamente. Ela pega seu celular e começa a digitar algo antes de se pronunciar. — Estava confirmando com a minha mãe o horário que chegarei.

Parece empolgada com a ideia de ver a família.

— Meninas, o papo está ótimo, mas vou embora para vocês conseguirem encontrar seus pais — aviso, pegando minha bolsa.

— Você vai para casa ou realmente vai seguir nossa recomendação? — Gwen Miller pergunta, curiosa demais.

O que está acontecendo? Elas estão meio estranhas hoje.

— Não sei, mas me digam logo o que estão tramando? Desde que cheguei estão estranhas — afirmo, confusa.

— Não temos nada, Alessa, você vive desconfiada de todo mundo o tempo todo — diz Turner, muito calma e amorosa.

Será que realmente estou desconfiando de tudo?

— Meninas, me perdoem por isso. Estou uma confusão enorme, mas vai passar assim que tudo for resolvido.

Despeço-me delas e saio em direção ao parque, preciso urgentemente pôr a cabeça no lugar.

<hr />

Não percebi o quanto mudei com elas. Por alguma razão ainda gostam de mim, e eu estou agradecendo aos céus por isso.

Sigo a recomendação das garotas e vou até o *Hyde Park*, nem sei como descrever o quanto o lugar é incrível. É muito bonito, arborizado, com muita evidência de fauna e flora, tudo ao redor tem brilho e beleza. Sigo bem devagar, apreciando a vista, e me sento em um banquinho na sombra de uma grande árvore. Sentindo o vento fresco bater em meu cabelo, que está apenas preso por uma pequena trança frouxa, eu me encolho no banco e fico admirando o lindo e extenso lago à minha frente.

De repente, sinto o perfume de Axl. O aroma maravilhoso de homem, do homem que eu amo desde aquele esbarrão no hospital.

<hr />

— Me desculpe, Alessa. É Alessa, não é? — pergunta Axl, olhando para a pequena plaquinha em minha camisa.

— É, sim! E o senhor, o que procura? — pergunto, olhando meus papéis caídos no chão.

Com a intenção de pegá-los, nós nos abaixamos ao mesmo tempo e acabamos batendo na testa um do outro.

— Nossa! Parece que tiramos o dia para nos esbarrar, hein? — diz, divertido ao passar a mão na testa avermelhada.

— Eu que sou atrapalhada, desculpe — declaro, pegando meus papéis.

<hr />

Por que não podemos ser assim, leves e simples?

Seria tão maravilhoso amar e ser amada, é uma porcaria amar alguém como um Knight. É como um tipo de droga viciante, consigo amá-lo mais a cada dia que passa.

Sinto o cheiro dele muito perto de mim, e isso me desperta dos meus devaneios. Vejo-o aqui, bem na minha frente, lindo de morrer com um enorme buquê de tulipas negras.

Amo tulipa negra!

Agora me pergunto como ele sabia onde me encontrar.

— Oi, como você está? — indaga baixinho, como se esperasse uma grosseria da minha parte.

— Oi, Axl, estou bem. Acho que posso dizer assim. — Sorrio, convidando-o para se sentar ao meu lado.

— Desculpa atrapalhar seu momento de reflexão, mas eu a vi sentada e não resisti a trazer essas flores. Espero que você goste — diz, bastante confiante.

— Obrigada, me... Axl, são lindas, eu simplesmente amei.

Por pouco não o chamo de meu amor. Percebo que ele nota que eu ia falar outra coisa, mas não diz nada.

Ficamos sentados olhando o lago por um longo tempo, até que Axl se vira para mim.

— Alessa, não quero mais mentiras entre nós.

— Do que você está falando?

— Eu perguntei para as meninas se elas sabiam de você, e me disseram que estava aqui. Eu precisava saber se você estava bem, porque sei que andou chorando todos os dias desde a notícia da data oficial do nosso casamento. Eu sei que tem sido difícil, mas é verdade quando digo que quero ser seu amigo, seu homem e seu amante. Diz que aceita.

Devo estar sonhando. De onde saiu tanta coisa, e que negócio foi esse de "meu homem"?

— Você não pode falar essas coisas pra mim, isso dificulta tudo...

— Alessa — ele me interrompe —, eu posso ser muitas coisas, mas não sou mentiroso e você sabe disso. Quero que seja minha mulher, a mãe dos meus filhos e a única que vai ter tudo de mim. Tudo, *baby*, inclusive meu amor. Me deixe tentar, porque não vou ficar longe de você e não vou permitir que se afaste outra vez.

Axl está convicto de suas palavras.

— Você o quê? Você deve estar confuso, Axl, isso não pode ser verdade, voc...

— Eu nunca pensei que falaria esse tipo de coisa para você — ele me interrompe novamente —, não vou mentir. Sempre achei que amava Melissa, mas estava errado. Descobri que amo você desde o nosso primeiro encontro, e acredito que tenha sido por isso que a tratei tão mal, foi a única saída que encontrei para reprimir o quão devastado fiquei quando nos conhecemos, e mesmo assim você foi boa para mim. Eu te amei e não sabia que já amava. Alessa, preciso de você perto de mim, só você me faz feliz de verdade, e só com você me sinto completo e vivo.

Meus olhos se enchem de lágrimas, mas controlo o máximo para não deixar cair.
Tomo fôlego e digo:
— Axl, temos um impasse.
Ele me olha, confuso.
— Eu também gosto de você, mas já me fez mal demais. Como posso confiar nas suas palavras, nessa devoção repentina por mim? Mesmo sabendo que você vai se casar comigo, e me parece bem confortável com essa ideia, eu não confio em você. Quem me garante que se eu te irritar, não vai correr para os braços de Melissa? Ou para qualquer outro lugar? Quero seu amor se realmente for para mim, não por um impulso. Quero acordar todos os dias com a certeza de que o homem que eu amo não vai se deitar com outra qualquer.
Axl me ouve, calado, parecendo analisar tudo que estou dizendo.
— Axl James Knight, eu amo você, mas me amo acima de tudo, e não vou permitir que me magoe. Se um dia te entregar meu coração, qual garantia me dará de que não vai estragar tudo?
— Alessa...
— Ouça apenas, por favor, pois eu ouvi você — eu o interrompo. — Eu desejei muito arrancar esse sentimento do meu coração, mas você me confunde demais, me deixa perdida, me dei...
Axl me interrompe com um beijo urgente, quente, intenso. Beijo que eu estava precisando, ansiando todos os dias. Cada parte da minha pele que sua mão toca fica arrepiada. Agarro seu pescoço e aprofundo o beijo, então nos separamos apenas para tomar fôlego. Olhando para ele, vejo a luxúria, o desejo e o amor emanando dos seus olhos.
Sim, vejo amor em seu olhar.
Axl faz menção de falar algo mais, mas eu o calo com um dedo e ficamos ali, um nos braços do outro, contemplando a vista.
Somos ele e eu, nada mais.

CAPÍTULO 30

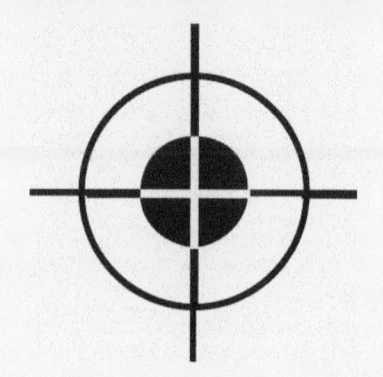

AXL

Vamos para casa e tudo parece perfeito, jantamos e conversamos como um casal normal. Nunca imaginei que estaria nos comparando a um casal e, pela primeira vez, vejo uma Alessa que jamais pude notar; livre e feliz, com brilho nos olhos.

— Axl, vou tomar banho e já venho — avisa, levantando-se.

Pedi que comêssemos logo nossa refeição, porque se ela fosse tomar banho antes a comida esfriaria. Antes de virmos para a casa, passamos em um pequeno restaurante ao lado do nosso prédio e compramos o jantar.

— Tudo bem, enquanto isso pedirei um chocolate quente e ligarei para Spencer — falo, pegando rapidamente em seus pulsos e a trazendo para meu colo.

— Ei! — Minha garota ri ao notar o que acabei de fazer. Sem tirar os olhos de mim, murmura: — Preciso de um banho.

— Não acho que precise de um banho. Você está tão cheirosa. — Roço o nariz em sua pele sedosa e ela arqueia as costas quando assopro de leve seu pescoço.

— Você está jogando sujo, querido — sussurra, já com as unhas cravadas em meu queixo. — Agora me deixe ir.

Seu selinho foi recheado de selinhos.

— Não me cansaria de tomá-la para mim — revelo, enfiando as mãos dentro da sua blusa.

Sem pressa alguma deslizo meus dedos até o fecho do sutiã sem alças, e sorrio com o pensamento nada inocente que tenho.

— O que está... fazendo? — ela gagueja quando puxo a peça para baixo e a tiro do seu corpo, levantando-a para que ela possa ver.

— Por que usa sutiã? Não deveria — provoco antes de segurá-lo com meus dentes, por uma das pontas.

— Você é um safado! — Ela ri e faz careta.

Eu a deixo se levantar do meu colo para que possa tomar seu banho, mas fico com sua peça íntima nas mãos.

— Ahhhh... Essa mulher está me deixando louco.

Pego-me rindo sozinho quando Alessa some do meu campo de visão. Levanto-me e sigo até a varanda do apartamento para falar com Spencer, pego meu celular e digito seu número.

— E aí, cara. Não tivemos a oportunidade de conversar melhor na reunião, porque os caras da minha equipe acharam algumas pistas importantes, então quis priorizar aqui, pois sabia que cada detalhe poderia nos ajudar a desvendar esse enigma — ele fala antes que eu diga qualquer coisa.

— Segura esse fôlego, você não pode morrer agora — brinco para me esquecer dos problemas que virão pela frente. — Mas, conte isso direito. Killz não tinha dado um fim na vagabunda da Scarlet Guzman?

— Axl, a coisa está feia. Poderíamos ouvir a conversa dela com Melissa se a porra do microfone da câmera não tivesse falhado. Puta falta de sorte que tivemos!

— Não tem como fazer uma porra de leitura labial?

Nervoso, começo a passar a mão no pescoço.

— É tanta coisa, cara, vai ficar meio difícil, porque perderíamos tempo demais. A única maneira de descobrir é se você enganar Melissa — sugere. — Você teria de dar o que ela tanto quer.

— Nem fodendo, Spencer, finalmente confessei a Alessa o que sinto e agora estamos numa boa. Não quero fazer merda e estragar tudo — declaro, esperando suas piadinhas sem graça.

— Axl James Knight se rendeu? — Ele gargalha. — Eu sabia que estava caído pela garota, só era filho da puta demais para admitir para si mesmo.

— Chega de ficar falando da minha vida, agora me dê novidades.

— Estamos agindo pelas costas de Killz, ocultando coisas que ele deveria saber, mas preferimos trabalhar em silêncio, é perigoso e corremos riscos — fala, soltando um riso abafado. — Mas precisamos descobrir como Scarlet fugiu do exílio no qual nosso irmão a colocou.

— Merda, e se Killz de alguma maneira a deixou ir?

— Perdoado a vadia? Ele não faria essa merda, Axl!

— Faria, sim! Pela Aubrey, ele faria — insisto, convicto.

— Mas a cadela da Scarlet aprontou com Aubrey...

— Ela tem um bom coração. Nós que somos os filhos da puta, irmão.

Persisto no que tenho em mente.

— Eu não queria te contar, mas você tem todo direito de saber — fala com ar de tensão.

— Pode soltar, tudo, irmão. A verdade vai aparecer mais cedo ou mais tarde — digo com firmeza.

Não nego que no começo foi complicado descobrir que a mulher com quem passei alguns anos não passa de uma mentirosa do caralho. Agora, quero que ela se foda com todas as mentiras que me contou e todos os desgraçados que a ajudaram. Spencer sabe que não vou perder a chance de me vingar da ordinária, se tiver uma.

— Melissa não é o verdadeiro nome da sua ex. Ainda não sei como conseguiu uma falsificação tão perfeita, mas até eu estou interessado no trabalho desse falsificador.

Meu irmão tenta amenizar a merda com seu bom humor, mas nem mesmo ele consegue me deixar menos puto com essa farsa. Spencer não inventaria uma coisa dessas sem mais nem menos, e talvez seja por isso que Killz sempre disse que Melissa não prestava.

— Spencer... Preciso ver com meus próprios olhos, pode me enviar essas informações — rosno sem me preocupar em esconder a raiva que está me consumindo.

— Não acredita, não é? É difícil, eu sei... Vocês tiveram uma história.

— Uma história de horror, irmão — falo, olhando para a rua movimentada. — Porra! Só de pensar que aquela desgraçada pode estar envolvida em todas as perdas de informações que tivemos nos últimos anos, já me deixa louco para enforcar a infeliz.

— Não duvido que Melissa seja informante dos russos ou algo assim, porque eles não deixariam suas garotas se envolverem intimamente com os inimigos, seria mais que humilhação. — Spencer faz uma pausa. — Mas tem um "porém" nessa história. Se o chefe da máfia russa é uma mulher... Ela pode estar interessada em algo que nos pertence.

— Spencer, quais as chances de Alessa ser uma herdeira da máfia russa? Conan soltou algumas coisas no hospital, nada muito comprometedor, mas importantes para o que precisamos agora — comento num sussurro para que minha garota não me ouça, pois não quero que ela saiba que desconfio que seu tio mentiu sobre a sua família esse tempo todo.

— Você se lembra daquele armário de Kurtz, que ele mantém fechado a sete chaves? — A sugestão de Spencer me deixa ainda mais curioso.

— Sim, lembro, até hoje ninguém teve autorização para mexer nele.

— Arrombei todos os cadeados e resgatei alguns documentos, eles já estavam apodrecendo lá dentro — fala, dando uma pausa. — Um daqueles documentos comprova que nosso pai e Conan já tinham o contrato de casamento para você e Alessa há tempos. O contrato só entraria em vigor quando ela fizesse dezoito anos, e o nosso pai teria de cumprir o acordo se Conan morresse primeiro, mas foi o contrário, nosso pai morreu.

A voz do meu irmão caçula falha por alguns segundos.

— Isso seria possível? Por que eles assinariam esse contrato?

Estava claro que Conan sabia da origem de Alessa, e esse acordo com meu pai tinha um objetivo muito maior do que ele quer que todos saibam.

— Conan foi o chefe da máfia russa, quando os únicos herdeiros nascidos eram Killz e Ezra. Nesse meio tempo, ele teve todo poder nas mãos, e o irmão dele, Castiel, Kurtz, Dimitri e o próprio Conan eram amigos.

De todos os nomes que Spencer citou, não conheço apenas um.

— Dimitri... Quem é ele? Alguém importante?

— *Dimitri Ivanov, pai de Lucke Ivanov, Arlyne Ivanov e marido de Viktoria Ivanov* — meu irmão esclarece. Fodidos é o termo que resume bem nossa situação com todas essas revelações. — *Dimitri Ivanov e Conan eram amigos, o homem era braço direito do pai de Aubrey, mas acabou querendo mais do que podia ter e agiu pelas costas, com a família.*

— E como a família Ivanov ficou sob o poder da máfia russa?

— *Houve uma guerra... Dimitri conseguiu manipular alguns seguidores do Conan, a maioria, na verdade, e obteve esse sucesso porque durante a liderança de Conan não eram permitidas muitas coisas que os Ivanov permitiam.*

— E qual foi o motivo de Dimitri se voltar contra Conan? — questiono alto demais, mas mudo de assunto quando ouço a voz de Alessa preenchendo a sala. — Porra! Depois você termina de me contar.

— *Sinal vermelho?* — indaga Spencer.

— Sim. E aproveitando que você vem aqui, peça dois chocolates quentes naquela cafeteria aqui perto de casa. — Tento disfarçar quando Alessa aparece no meu campo de visão.

— *Vai se foder! Eu lá tenho cara de seu lacaio?*

— Faz o que estou pedindo, irmãozinho. — Forço o sorriso. — Agora.

Encerro a ligação sem esperar a resposta, porque sei que ele vai fazer o que pedi.

— Você e Spencer andam conversando muito ultimamente — Alessa comenta, aproximando-se de mim.

Sinto meu corpo vibrar de um jeito estranho quando meus olhos passeiam por seu corpo. Sob um penhoar de seda ela usa uma camisola transparente, que pouco esconde os mamilos rosados. Meu pau engrossa na mesma hora e eu quase engasgo com as meias pretas em seus pés.

Caralho! É broxante, mas essa mulher me deixa duro até se estivesse vestindo uma burca.

— Estamos trabalhando juntos em alguns projetos novos.

— Aham. Então, podemos assistir algo, o que acha? Se quiser, claro.

Porra! Eu poderia assistir até a uma missa só para ter um pouco dela.

— Podemos, escolhe alguma coisa enquanto eu espero o entregador. — Meu celular toca e o nome de Carter surge na tela.

O que ele quer agora, caralho?

— *Como andam os pombinhos?*

Meus irmãos são assim, é na cara ou não é.

— Boa noite para você também, Carter!

— *Quanta formalidade...* — O bastardo ri.

— O que quer?

— *Vai querer o que de presente de casamento?*

— Não enche e fala logo o que quer, eu sei que você só está me ligando porque quer alguma coisa.

— *Tudo bem. Keelan me contou que você andou fazendo umas perguntas sobre Lucke Ivanov. O que está escondendo? Você sabe que Killz não gosta de ficar fora dos assuntos de família, Axl.*

— Depois falamos sobre isso, agora não posso. — Encerro a ligação

Depois de algum tempo, a campainha toca. Fechando o penhoar rapidamente Alessa vai em direção a porta com passos firmes, mas entro na sua frente, e, para o bem do entregador, chego a tempo.

— Eu posso atender — Alessa fala, girando as chaves. Com um movimento rápido, eu a coloco atrás de mim, porque não quero que outro homem fique babando na minha mulher em roupas tão reveladoras. — Ei?!

— Fique aqui, *baby*. Eu cuido disso. — Ignoro sua careta e abro a porta.

Um homem alto, magro, cabelo azul lambido e com alguns piercings no rosto me encara. Nem fodendo eu deixaria esse panaca pôr os olhos em cima dela. Aposto uma grana que esse cara passa horas batendo punheta e assistindo a vídeos pornôs.

— Entrega para Axl James — o entregador fala, com a embalagem nas mãos.

— Quanto eu lhe devo? — pergunto ao pegar o pacote.

— O Sr. Spencer Knight disse que é um presente para os pombinhos. Esse foi o recado — informa. — Os chocolates já foram pagos.

Assim que o homem fala, Alessa começa a rir às minhas costas, atraindo a atenção do indivíduo.

— Tudo bem, pode ir — resmungo e bato a porta com mais força que o necessário.

— Axl! Por que nem agradeceu? O rapaz merecia um "obrigado"! Você bateu a porta na cara do pobre homem!

— Ele estava olhando para as suas pernas! — resmungo, mal-humorado, enquanto tranco a porta.

— Não estava, deixe de paranoia.

— Melhor assim, seria estranho ele sair daqui sem os olhos — afirmo, abrindo o pacote e pegando nossos copos.

— Podemos assistir *The Fall*, com Jamie Dornan — Alessa sugere, sorrindo.

— Prefiro tomar o chocolate e depois fazer massagem em você. Então, esquece esse tal de Jaime Dorn aí — digo errado o nome do tal cara de propósito.

— Eu quero assistir, por favor!

Merda! Puta merda! Por que fui inventar isso? Daqui a pouco estaremos assistindo a filmes água com açúcar.

Uma trovoada seguida de um relâmpago preenche todo o apartamento, nem abro a boca e Alessa já está me abraçando, com o corpo trêmulo.

— O que houve? — indago, acariciando seu cabelo. Fecho os olhos quando suas unhas cravam no meu braço. Mesmo por cima do tecido, sinto a pressão em minha pele. — Você tem medo?

Alessa confirma com a cabeça.

— Desde os nove anos. Eu tinha pesadelos com trovões, chuvas e uma casa escura. Depois disso passei a ter pavor — confessa, envergonhada.

A chuva cai violentamente, os trovões e relâmpagos se conectam uns aos outros, apavorando a mulher em meus braços. Ela encosta o rosto em meu peito e meu pau endurece.

Porra! Desse jeito vou acabar com dor nas bolas.

Seguro seu queixo e ergo seu rosto para ver o medo traçar seus lindos olhos, e antes que ela tenha a chance de se manifestar, há uma queda de energia, porém, o relâmpago ilumina onde estamos. Os clarões serão as testemunhas do que estou prestes a fazer.

— Você é linda, inteligente, corajosa, e não precisa ter medo, porque eu estou aqui para te proteger — sussurro, aproximando-me do seu rosto. — Eu vou estar sempre ao seu lado, mesmo quando fizer alguma merda e você me mandar embora.

Toco em seus lábios entreabertos, trazendo-os para mim. Mordisco o lábio inferior e sou presenteado com um gemido que atinge meu pau, engrossando-o ainda mais.

— Você é ótimo em me distrair — sussurra ela, já mergulhando suas unhas grandes no meu couro cabeludo. — E acho que podemos nos dar bem hoje.

Depois que eu te pegar de jeito, você é que vai me dar essa boceta gostosa todos os dias, *baby*. Várias vezes por dia, aliás.

— Claro — rebato, agarrando sua bunda e a prendo em meu corpo.

Alessa entrelaça as pernas ao redor da minha cintura e beija meu maxilar enquanto eu me encarrego de me sentar no sofá com ela encaixadinha em cima do meu pau.

— Acho que essa chuva está a seu favor — murmura, rouca de tanto tesão.

Não respondo, pois estou muito ocupado em devorar sua boca. Seguro um punhado do seu cabelo em minha mão e desço a boca até seu pescoço e... Porra! Tudo parece uma tortura dos infernos. Alessa rebola no meu pau, que não se importa se o tecido da calça nos impede de foder aqui mesmo, com ela montada em mim.

Eu poderia gozar só de imaginar essa mulher me cavalgando como uma verdadeira amazona, subindo e descendo, engolindo-me por inteiro e tomando cada centímetro sem reclamar.

Puta que pariu!

Estou me segurando o máximo que posso, mas para tudo tem a porra do limite, e se continuar desse jeito, vou acabar estourando o zíper de tão duro que estou. Claro que jamais forçaria Alessa a fazer alguma coisa, ainda mais quando estou diante de tanta beleza e inocência, só espero que ela sinta o mesmo desejo que eu e não me obrigue a esperar muito tempo.

Porque não tenho a menor dúvida de que depois que eu comer a boceta da minha noiva a primeira vez, não vou ser capaz de parar. Alessa nasceu para ser minha perdição, minha tentação e minha obsessão. Só minha.

CAPÍTULO 31

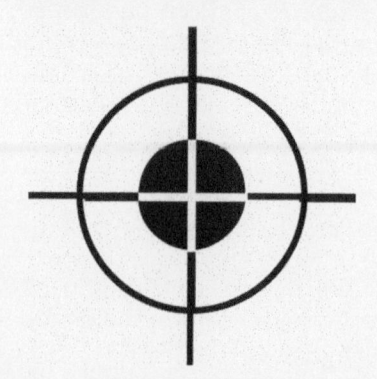

AXL

E ntão chega o grande dia, nunca pensei que estaria feliz ao me unir a Alessa. Apesar de tudo que vai acontecer hoje, vou fazer o que estiver ao meu alcance para que dê certo.

Arrumo minhas coisas para ir até a casa de Carter, onde me trocarei, mas encontro Alessa com cara de poucos amigos, na sala.

— Bom dia, Russell! — empolgado, eu a cumprimento.

— Bom dia, Axl! — ela responde com um sorriso forçado.

— O que aconteceu? Você está brava? É por causa do nosso casamento? — indago, não gostando nada do seu jeito.

— Estou brava por ter certeza de que esse casamento vai ser cheio de mentiras e traições — vocifera.

— Acha mesmo que sou capaz de trair minha mulher depois de tudo que eu te falei e fiz para ficar com você? — indago, irritado com as acusações dela.

— Eu vi muito bem seu amor nas últimas semanas, Axl — fala sarcasticamente. — Todo dia ligações pelos cantos, seu celular parece mais uma central de atendimento, sempre falando baixinho com a outra pessoa. E quando me via chegar, desconversava ou desligava. Tenho certeza de que você estava falando com seu amorzinho, e não duvido nada que no final da cerimônia você vá se deitar com ela!

Seu grito final me espanta por tamanha revolta. Alessa nem sequer imagina o que estou tramando.

※━━━━━━━━━※

— Axl, é Claire. Alessa está pensando que você a está traindo. Ela nos ligou chorando várias vezes essa semana, então seja mais discreto ao atender as nossas ligações, e se não puder falar na hora por ela estar perto, ignore a chamada — despeja Claire de uma vez, assim que atendo a ligação.

— Tudo bem. Ela ainda não confia em mim, entendo essa insegurança. Se eu estivesse no lugar dela, não sei se me perdoaria — digo a verdade ao me lembrar de tudo que já aprontei com Alessa.

— Exatamente. O senhor fez muita merda — bradam as duas loucas ao mesmo tempo. — Ela te ama, mas tem medo que você a magoe ainda mais.

— Eu sei, meninas, e entendo o instinto de proteção de vocês, mas... É verdade, Spencer, estou indo até aí para ver os documentos — falo a primeira coisa que vem à cabeça assim que Alessa entra na sala.

As garotas riem do outro lado da linha e se despedem, desligando em seguida.

———※———

— Alessa... — começo em tom baixo. — Estou em uma missão especial, esse é o único motivo das várias ligações. Acredite em mim, *baby*, não estou traindo você. Há tempos não a vejo ou tenho notícias de Melissa. Eu prometi que seria seu amigo e fiel a você, e vou cumprir minha promessa pelo resto da minha vida. Não importa se viverei dias ou anos, morrerei fiel a você, *baby*. — Alessa me olha com descrença. — Me dê uma chance de provar que você pode confiar em mim, mas não me julgue sem saber os fatos, porque eu também não sou de ferro e não vou admitir que me acuse de alguma merda que não fiz. No tempo certo você vai saber o motivo das ligações e de tudo que estou fazendo, que aos seus olhos parece traição. Pode acreditar, linda, não é.

Enquanto falo demonstro uma paciência que não costumo ter.

Tento lhe dar um beijo, mas ela vira o rosto. Apesar de ficar meio puto, não me importo, pois se Alessa está com ciúmes, prova que ela realmente me ama e eu estou certo sobre ser fiel.

— Não está atrasado para se trocar na casa do seu "irmão"? — ironiza, como se não tivesse escutado uma merda que eu acabei de dizer.

Alessa acredita que vou atrás de Melissa, ledo engano. Se a pequena birrenta soubesse o trabalho que ela me dá, acreditaria em mim. Com uma mulher dessas não existe a menor possibilidade de eu arrumar uma amante, porra! Já estou uma pilha e só quero que tudo acabe o mais depressa possível para que eu finalmente possa dar um pouco de alegria para meu pobre pau. E alívio para as minhas bolas, claro.

— Vou à casa de Carter e, assim que chegar lá, farei uma ligação do telefone fixo para que você veja que não estou mentindo. E logo que sair ligo novamente para avisar que a aguardarei ansiosamente no galpão — afirmo, dando satisfação de todos os meus passos como se fosse um maldito GPS ambulante.

Preciso que Alessa confie em mim, e se me tornar um pau-mandado que explica tudo que faz é o necessário para ela veja que não estou fazendo nada errado, então foda-se! Farei essa merda quantas vezes forem necessárias.

— Pare de ser infantil, Axl, porque não sou sua mãe. Você é bem crescidinho para saber o que é certo e errado. Só quero que seja leal a mim, coisa que até agora você não foi — Alessa fala tristemente antes de me dar as costas.

Passo a mão por meu cabelo, indeciso se dou umas palmadas naquela bunda gostosa ou jogo a mulher em cima da cama e fodo a sua boceta até a hora do casamento. Por fim, não faço nem uma coisa nem outra, eu apenas sigo o roteiro inicial saindo em direção à casa de Carter.

ALESSA

Escolho o vestido que Aubrey mais gostou e nem sei por que vou usá-lo, pois tenho certeza de que Axl está se encontrando com Melissa de novo. Eu só não entendo o motivo daquele "showzinho" dele no *Hyde Park*.

Quer saber? Não vou usar este vestido.

Sigo em direção ao closet e escolho um vestido negro como a noite, com um decote em V, mangas que cobrem os ombros e um pouco transparente, mas não me importo, quero que todos saibam que o acontecimento de hoje é como se fosse um velório para mim. A vida feliz que eu deveria ter morreu.

A maquiagem que fiz é leve, mas deixei os olhos bem marcados. Decido colocar um pequeno brinco de diamante e o colar que Axl me deu de presente. De agora em diante, vou matar o amor que sinto por ele, Axl não merece ser meu marido, e eu não mereço sofrer por aquele imbecil.

Ouço passos se aproximando do quarto e me deparo com uma Aubrey muda, estática, ao ver meu vestido preto.

— O que significa isso? — exclama minha prima com os olhos arregalados. — Está de brincadeira, não é?

— Não, não estou — falo, olhando-me mais uma vez no espelho. Sorrindo, confirmo: — Eu me casarei assim.

— Alessa... Faltam vinte minutos para você se casar, cresça um pouco — ela me repreende e lança um olhar de preocupação. — Vocês não estavam se dando bem? Não decidiram fazer uma trégua? Eu até os vi se pegando dias atrás — revela, me deixando envergonhada.

— Antes eu até me importava com o que poderia acontecer, mas agora não estou ligando para nada disso — confesso e solto um suspiro longo. — Há dias ouço Axl ao telefone com alguém, várias vezes ao dia, cheio de segredinho.

— Mas ouviu algo comprometedor? — Brey vem até a mim e engole em seco ao passar os olhos pelo meu corpo.

— Não quero falar sobre isso — declaro e dou as costas para ela. — Cadê tia Celeste?

— Está no galpão dos conselheiros, somente um membro da família pode estar com a noiva, então decidimos que eu estaria com você. — Ainda incrédula, minha prima indaga: — Podemos ir? Precisa de alguma coisa?

— Que esse inferno acabe.

— O quê?! — Brey se espanta, confusa. — Ok! Vamos? O carro está nos esperando.

Fica claro que ela está meio incomodada.

— Claro. Estou mais do que preparada para me tornar a Sra. Knight — ironizo ao dar a última olhada no meu vestido.

Lindo. Perfeito. Ótimo para a ocasião.

⚜————————⚜

Pelo retrovisor do carro, vejo o olhar de confusão de Enrique. Ele está assim desde que me viu pronta para me casar, porém, não disse nada. Estamos na estrada há poucos minutos e meu coração parece estar se desmanchando. Minha pulsação me deixa em alerta, e meus batimentos cardíacos parecem acelerar cada vez mais quando minha prima diz:

— Estamos quase chegando.

Já nem sei se estou totalmente pronta para seguir as regras.

Na verdade, acho que nunca estive.

— Você está gelada — sussurra Aubrey, tocando a palma da minha mão. — Quer desabafar?

— A vida toda eu desabafei e nada nunca mudou, não será diferente agora — replico, nervosa.

Eu me viro para minha prima e vejo que a magoei com as minhas palavras duras.

Droga! Ela não tem culpa de nada.

— Me desculpe, Brey... Estou triste com muitas coisas que estão acontecendo ao mesmo tempo.

Assim que termino de dizer, percebo que Enrique está prestando atenção na conversa.

— Sinto muito — murmura baixinho. — Eu também queria ter uma vida normal ao lado do homem que amo, mas com o tempo tive de me acostumar com a rotina agitada que temos.

Começo a rir quando ela diz tudo de maneira tão simples.

— A diferença é que Killz é louco por você. Vocês são cúmplices. E se amam.

— Axl é uma boa pessoa, dê uma chance para ele. Spencer disse que ele confessou que está apaixonado por você. De início eu desconfiei, mas agora está nítido nos olhos dele — revela, fazendo com que me recoste mais no banco.

— Perderei minha liberdade me casando... A máfia impõe regras, suas cláusulas são severas — justifico.

— Vocês já...?

Arregalo os olhos com a indiscrição da minha prima.

— Hum-hum. Estamos quase lá — informa Enrique, sorrindo e me impedindo de responder.

— Tudo bem — murmuro, vencida pela realidade.

— Vai ficar tudo bem — Aubrey assegura, entrelaçando os nossos dedos. — Você vai ver.

Olho diversas vezes para o céu, imaginando como vai ser esse casamento.

Fiquei sabendo que terá algum tipo de ritual, mas ninguém foi capaz de me dizer como será. Tudo bem, sei que devo me acostumar a ser a última a saber das coisas.

Bem baixinho cantarolo uma canção com a intenção de esquecer que hoje é o dia que, por fim, Axl e eu nos casaremos. Afinal, o prazo de dois meses venceu e é hora de encarar a realidade.

— Estamos chegando!

Prendo o ar quando Enrique confirma o que já percebi. Para meu desespero, alguns homens com trajes pretos estão em frente ao enorme galpão.

— Está pronta? — indaga meu amigo quando estou prestes a entrar na toca do lobo.

Os caras estão olhando atentamente para o carro que se aproxima, e é preciso que Killz sinalize para que quatro deles abaixem as suas armas apontadas para nós.

— Eu quero ir para a minha casa. Enrique, me leve embora agora. — Começo a surtar enquanto Aubrey arregala os olhos, assustada com minha reação. — Por favor!

Minhas mãos começam a tremer quando vejo tio Conan e tia Celeste saindo do galpão.

— Respire devagar, feche os olhos e se acalme. Eu sinto muito, prima! Não que eu queira forçar você a fazer isso, mas você já está dentro, querida. Se sair, vai começar uma guerra — avisa Aubrey, suspirando. — As partes do Conselho estão a par do casamento e tomaram a situação, agora resta concluir o acordo. Isso é tão importante para vocês quanto para nós.

— Merda... — sussurro.

— Se desistir agora, seu tio perderá o apoio de muitas pessoas. Será taxado como um homem sem palavra e você pode ser punida severamente por seus atos — revela Enrique, apoiando Brey. — E quando o Conselho pega é para valer. Qualquer tipo de fraqueza é traição para eles, não importa o grau de parentesco.

Suas palavras me fazem refletir.

Não vou estragar a vida da minha família por ser uma covarde.

— Vamos! — Tomo coragem. — Sou uma mulher adulta, devo agir com maturidade e inteligência.

Enrique pisa no acelerador e parecemos estar voando, mesmo que por poucos metros. O ronco do motor do carro chama a atenção de todos que nos aguardam.

— Se acalme. Vai dar tudo certo — Brey novamente garante, tentando me confortar.

— Tirem os cintos — ordena Enrique, desligando o carro.

Fico grata por Axl não ter aparecido quando estacionamos.

— Demoraram. — Assusto-me quando Killz aparece à janela. Sério demais, meu futuro cunhado, exclama: — Puta que pariu! O que houve com você, menina?

— Nada. Só vim me casar. No contrato não dizia como eu deveria me vestir — rebato, olhando para o outro lado da janela.

— Querida, sua prima está brincando, não é? — Killz rosna como um cão bravo. — Adiantem-se. A porra vai começar.

— Killz, por favor... — pede Aubrey, olhando para o marido.

— Não vou discutir com você por conta da infantilidade da sua prima. Vamos! Desça desse carro, quero matar a saudade que senti de você.

Reviro os olhos. Os Knights conseguem ser idiotas só pelo fato de respirarem.

— Alessa, venha — pede Enrique, abrindo a porta do carro para que eu saia.

Pareço ter roubado a atenção de todos, porque os cochichos param assim que coloco um pé para fora do carro.

— Caralho! Axl vai pirar — urra Spencer, rindo ao lado de Carter enquanto saem do galpão. — Esse casamento será o melhor de todos. Com direito a fantasia. Essa é a melhor cunhada que tenho.

Ao se calar cutuca o irmão, que revira os olhos.

Pelo jeito, conviver com eles não vai ser tão ruim assim.

CAPÍTULO 32

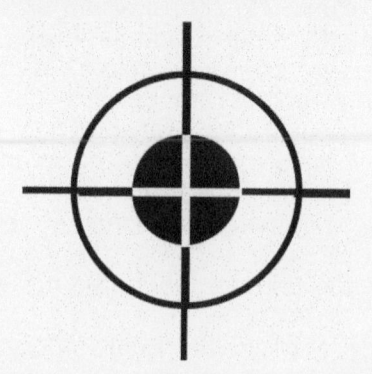

AXL

E stou ansioso para o casamento como nunca pensei que ficaria, mas agora sinto que tudo é certo quando temos a mulher que amamos ao nosso lado.

— Você vai ficar careca antes dos seus filhos nascerem — fala Carter, dando um murro no meu ombro.

Filho da puta!

Todos os meus irmãos estão ao meu lado após terem saído do galpão por alguns minutos para ver alguma coisa. Spencer voltou dando risada, enquanto Carter parecia indignado e Killz com os olhos fulminantes. Killz está preocupado e quer que tudo acabe logo.

— Preciso tirar uma foto sua. Mais um Knight vai se unir a uma mulher para sempre. Falando nisso, você precisa ver como sua noiva está — debocha Spencer. Meu coração acelera só de imaginar Alessa toda linda no vestido que a vi dias atrás. — Puta merda! Daqui a alguns dias é Ezra se casando também.

Ezra está na fase de se distanciar, às vezes ele precisa disso. Meu irmão se senta longe de todos e sorri pouco. Acho que está com algum problema e não quer compartilhar, depois preciso conversar com ele.

— Ezra está estranho há alguns dias, mal fala com a gente. Praticamente nos ignora — murmura Carter, ajeitando seu blazer. — Ah, Axl, sua noiva chegou. Ela está conversando com a tia e com Aubrey.

— Ezra está nos escondendo algo, tenho certeza, eu o conheço muito bem — interfere Killz, digitando algo em seu celular. — Faltam poucos minutos para começar, mas preciso resolver uma coisa antes.

— Cara, boa sorte! Alessa está bem foda — fala Carter ao me abraçar. — Seja lá o que você e Spencer estejam aprontando, falem logo, porque Killz não suportaria a traição da parte de vocês — sussurra ao meu ouvido. — A vida toda ele se sacrificou por todos nós.

Eu somente meneio a cabeça, não respondo nada.

— Spencer, quero conversar com você depois — falo, e meu irmão assente.
— É impressão minha ou vocês estão escondendo alguma coisa de mim? — pergunta Killz, olhando para cada um de nós. — Ezra, preciso falar com você mais tarde, sinto que o que tem para mim é pior que qualquer merda que os outros têm em mãos.

Eu olho para Spencer, Carter olha para mim e Ezra olha para Killz, em seguida, abaixo a cabeça.

— Posso ver Alessa? — Tento soar tranquilo, mas estou uma pilha de nervos.

Quando saí de casa ela estava me tratando com indiferença.

— A garota não vai fugir, relaxe — fala Carter, o intrometido. — Ah, tenho algo para vocês, mas depois eu falo.

— Vou ver como anda a reunião de Oliver com os outros conselheiros, assim que eles assinarem o acordo, nós partiremos para o casamento — pronuncia Killz, deixando-nos sozinhos.

— Como está Alessa? Ela não me pareceu nada satisfeita mais cedo — falo e vejo Carter coçar a cabeça. — Qual é o problema? Fale logo, porra!

— É melhor ver com seus próprios olhos — murmura Carter, evitando responder.

— O que houve, Carter?

— Vou fazer uma ligação. — O bastardo me deixa sozinho.

Atravesso a sala, o nervosismo está grande demais e preciso ter notícias da minha noiva, quero vê-la.

— Axl? — A voz de Conan preenche o cômodo enquanto ele caminha em minha direção. — Precisamos trocar algumas palavrinhas antes da cerimônia.

Parece que hoje é o dia de usar preto, porque o smoking de Conan é idêntico ao dos conselheiros da máfia.

— Claro — suspiro. — Pode dizer.

— Você realmente ama minha sobrinha ou está fazendo isso pelo acordo? Agora não tem mais volta, pode ser sincero.

— Acha mesmo que se eu não amasse Alessa estaria aqui? Eu poderia muito bem jogar isso tudo para o alto, afinal, sou um herdeiro. Talvez se eu desistisse de me casar, o Conselho me punisse, mas e daí? Eu jamais abriria mão da minha liberdade por uma mulher com a qual não vale a pena passar o resto da minha vida — falo, olhando nos olhos de Conan para que veja a verdade. — Alessa é uma mulher linda e incrível. Fui um grande filho da puta por não ter notado isso antes, mas, como dizem, tudo tem seu tempo, e o meu tempo com ela chegou.

— Eu quero ver ações. Palavras são apenas palavras. Preciso que me prometa uma coi...

— Estou prestes a me casar com a mulher que amo — eu o interrompo —, apesar dela ainda duvidar dos meus sentimentos, mas vou continuar lutando para fazê-la feliz todo maldito dia. E não vou permitir que ninguém a afaste de mim, porque preciso dela na minha vida e sei que ela precisa de

mim — afirmo enquanto Conan continua me observando silenciosamente.
— Foda-se se você não acredita! Porque estou louco para caralho por Alessa Russell, e nenhuma mulher consegue mudar isso. Todas as outras que passaram pela minha cama não significam porra nenhuma, e só para deixar claro, não vou trair a minha esposa, por nada e nem por ninguém.

Fui extremamente sincero.

— Não sei por quê, mas acredito em você. — Conan pega algo dentro do smoking; um envelope. Estendendo-o para mim, avisa: — Aqui tem uma carta, quero que fique com ela e só abra se algo acontecer comigo.

— Do que se trata? — indago.

— Aqui é a chave para tu...

— Preparado, Axl? — Oliver diz ao entrar, calando Conan. — O Conselho está reunido e precisamos que você e Conan estejam presentes, afinal, são as sobremesas. — O idiota ri. — Ah, Knight, Alessa Russell está belíssima. Apesar do vestido, continua maravilhosa.

Caminho em sua direção e sorrio tão cinicamente quanto ele, parando a sua frente.

— Sabe, Oliver, meus irmãos aturam suas merdas, mas eu não sou como eles. — Passo a mão por cima do seu ombro como se estivesse tirando o pó. — E por respeito a toda essa merda que você representa para a Unbreakable, vou falar apenas uma vez.

Olho em seus olhos e meu sorriso desaparece. Com um movimento rápido, acerto um golpe em seu estômago, forte o suficiente para aliviar a raiva que está me consumindo. Seu corpo curva para frente, então eu o seguro para impedi-lo de cair, colocando-o em pé novamente antes de repetir o gesto de limpar seu ombro. Agora meu sorriso volta a estampar no meu rosto, mais cínico do que o anterior.

— A próxima vez que abrir a porra da boca pra falar o nome da minha mulher, vai precisar de dois caixões. Um para você e um para a sua língua grande.

— Vamos, Axl — rosna Conan e me acompanha até a saída.

— Isso não vai ficar assim, Axl! — esbraveja Oliver atrás de mim.

Nunca gostei dele, e a vontade de matar o babaca só aumentou.

Antes de chegarmos ao salão do galpão, vejo Aubrey e meus irmãos conversando e gesticulando, parece se tratar de algo sério.

— Filho — fala Conan —, me desculpe por isso.

Quando viro o rosto para o lado, meu corpo inteiro trava. Sinto o gosto amargo invadir a minha boca ao ver a Alessa vestida de preto.

— Que porra é essa?! — estarrecido, vocifero.

— Meu filho, ela está brava, e provavelmente fez isso para irritar alguém, só não sei se o alvo é você ou eu. De qualquer jeito, ela conseguiu o que queria, porque estou bem irritado com a atitude infantil da minha sobrinha. Mas, apesar do modelo nada apropriado para a ocasião, ela veio e está linda — fala com um misto ambíguo de decepção e divertimento.

— Nada justifica essa atitude dela — sibilo, respirando profundamente para conseguir o autocontrole necessário para não fazer uma merda ainda maior. — A escolha foi dela, e pode ter certeza de que ela sabia perfeitamente o que estava fazendo quando decidiu aparecer no próprio casamento como se estivesse indo para a porra de um funeral.

Fazendo um sinal para mim, meu irmão mais velho segue em direção a uma mesa com alguns documentos e uma navalha nas mãos. Engulo em seco e me posiciono de frente para a mesa. Os casamentos da nossa organização seguem o mesmo ritual há muitos anos. No salão não há cadeiras e nem padre, somente os homens do Conselho e duas mulheres, as únicas que foram autorizadas a estarem presentes hoje.

— Meus caros, hoje nós estamos aqui para concretizar a união de Axl James Knight e Alessa Russell, os dois herdeiros — relata Killz, segurando um documento. — Este é o informativo com todas as cláusulas desta união, peço que cada um dos conselheiros se aproxime e retire o seu como prova de que o acordo está sendo firmado na data de hoje.

Os homens obedecem ao comando do meu irmão no mesmo instante, e alguns já iniciam a leitura em silêncio.

— Alessa e Axl, por favor... — chama Killz. Tento manter a calma aguardo minha noiva, que vem em passos firmes até nós. De cabeça erguida, friamente meu irmão fala: — A tradição especifica que o mais velho faça o casamento.

O silêncio é ensurdecedor no momento, ninguém dá uma palavra sequer.

— Oliver e demais conselheiros, peço que se posicionem em seus devidos lugares. Aubrey e Celeste, tomem seus postos e, meus irmãos, se aproximem — ordena, claramente irritado com a situação. — Conan, você também.

Alessa está empertigada ao meu lado, posso sentir sua tensão, mas não faço questão de olhar ou falar com ela.

— Cedo minha palavra para Conan Russell, meu sogro e sócio — profere Killz, fazendo um sinal para o homem.

— Axl... — ela sussurra, ignorando o discurso de Russell.

— Seu tio está falando, Alessa. Você deixou mais do que claro que não se importa com nada disso, mas eu me importo — digo sem ao menos encará-la.

Trinco os dentes em uma tentativa frustrada de me acalmar para não cometer uma loucura e jogar tudo no ventilador.

Minha futura esposa tem muito para aprender, e a primeira lição de Alessa Russell será descobrir que sou um excelente professor.

O único que ela vai ter, até que a morte nos separe.

ALESSA

Sou vista como uma louca, debochada ou imatura, porque desde que entrei no galpão, os homens de Killz me olhavam, alguns riram discretamente, e isso me irritava. Não sei muito bem o que senti quando

Axl me olhou da cabeça aos pés, também não nego que meu coração ficou esmagado quando seus olhos brilharam com tamanha decepção.

Ele deve ter imaginado que eu viria de vestido branco, com véu e grinalda. Eu sabia que tio Conan, Killz, Axl e Aubrey ficaram chateados, e apesar de não querer admitir, estou começando a ficar arrependida. No entanto, nenhum deles disse nada, fui completamente ignorada.

Meus ouvidos ardem com discurso após discurso, mas o de Oliver é o mais bruto. Cada palavra que sai da boca dele é proferida com ódio direcionado exclusivamente a Axl. Se meu noivo não estivesse me ignorando desde o momento em que pôs seus olhos em mim, eu tentaria defendê-lo.

— Sendo o mais importante dos membros dentro do conselho, tenho o poder de deixar claro algumas coisas — Oliver fala, olhando diretamente para mim. — Este casamento não é um conto de fadas ou alguma brincadeira de criança. Uniões matrimoniais são levadas a sério, nós somos reais, temos nossas leis e elas devem ser seguidas, não importa qual cargo os envolvidos ocupem, nossa lei está acima de tudo e todos, e devemos segui-la e acatá-la sem reclamar.

Os pelos do meu corpo ficam eriçados como se eu tivesse tomado um choque.

— Essa união entre as duas poderosas organizações nos trará fortes alianças, e, consequentemente, mais poder para destruir e tomar o território dos russos. — Oliver não tira os olhos de mim, e pelo jeito que Axl rosna ao meu lado, acho que o conselheiro está fazendo isso para provocá-lo. — Hoje iremos unir forças através de um Knight e uma Russell.

Quando o homem se cala, os aplausos tomam conta.

— Podemos dar início ao casamento — fala Killz, entregando uma navalha para meu tio. — Axl e Alessa deem as mãos, fiquem de frente um para o outro.

Corro meu olhar para Aubrey, que balança a cabeça como que dizendo para obedecer. Fico de frente para o meu futuro marido e ele faz o mesmo.

Axl continua sem abrir a boca, fingindo que não está me vendo, mas toma a iniciativa de entrelaçar nossas mãos. Sinto falta do seu polegar acariciando minha pele, porém me contenho.

— Conan tomará à frente — informa Killz, e meu tio assente.

— Esta cerimônia é uma tradição, um ritual, dizem que não há nada mais importante que o sangue que corre em nossas veias — fala tio Conan em um tom alto. — A união de duas famílias representa renascimento, como uma fênix que surge das cinzas. Meus caros, Axl e Alessa, vocês estão aqui para renascerem juntos. A partir do momento em que seus sangues se encontrarem, vocês se tornarão um e estarão ligados para sempre. Um deverá ser o escudo e a base do outro, onde o mais forte se obriga a se colocar à frente do mais fraco, porque é disso que estamos falando: família, união, fortaleza e fidelidade.

A cada informação do meu tio, meu coração dispara.

— Estou com medo, Axl — sussurro, sentindo meus olhos arderem.

— Peço que os herdeiros abram as mãos e as deixem erguidas — avisa tio Conan, fazendo-me recuar.

Axl solta minhas mãos e faz como foi ordenado. Demoro um pouco, mas também abro as mãos e as ergo.

— O que vai fazer? — pergunto quando meu tio segura debaixo da mão de Axl e passa navalha, levando-me a reprimir um grito.

Esse é o maldito ritual?

Fazendo uma careta, meu noivo dá a outra mão para que seja feito outro corte.

— Me dê suas mãos, Alessa — ordena Conan, repreendendo-me.

Ergo minhas mãos, mas antes disso fecho os olhos e mordo os lábios, assustada. É doloroso quando a lâmina toca em minha pele.

— Fique calma e olhe para mim — diz Axl.

O que ele está fazendo? Estou o maltratando há dias, mas ele ainda se preocupa comigo?

— A primeira parte está feita — avisa Russell, levantando a navalha suja de sangue enquanto os homens do conselho assentem silenciosamente. — Entrelacem suas mãos.

As palmas das minhas mãos ardem, um ardor miserável, mas obedecemos ao meu tio. Sabemos que é a nossa vez de falar, então Axl começa.

— Eu, Axl James Knight, terceiro filho de Kurtz Knight, prometo a Alessa Russell ser seu protetor, homem, escudo, fortaleza e lealdade, desde agora até meu último suspiro — fala, olhando para nossas mãos que partilham nossos sangues.

Por alguns segundos, eu me perco nos olhares curiosos dos conselheiros.

Droga! É minha vez. É tão mais estranho partilharmos o sangue que nos une em vez de trocar alianças.

— Eu, Alessa Russell, única filha de Castiel Russell, prometo a Axl James Knight ser sua companheira, mulher, escudo, fortaleza e lealdade, desde agora até o meu último suspiro — asseguro, chorando.

— Com o poder a mim concedido para concretizar essa união, declaro Alessa e Axl, marido e mulher.

Meu corpo treme com a realidade bruta, então me dou de que agora carrego o sobrenome do meu marido. Sou Alessa Russell Knight.

— Pode beijar a noiva.

Antes que tio Conan termine de falar, Axl me puxa pela cintura de uma maneira possessiva que me faz pensar em milhares de coisas quentes e ilícitas.

"Foco, Alessa!"

Então o homem com que estou casada me olha com frieza e determinação, dizendo-me em silêncio o que ele está prestes a fazer e que agora não tenho escolha a não ser obedecer.

— Relaxa, *baby*. Sua tortura já está chegando ao fim — sussurra Axl.

As palavras duras e secas saem com facilidade dos lábios dele, mas seus olhos estão em chamas. Meu coração acelera e minhas mãos suam. Estou ciente das pessoas no local, mas tudo parece vazio. Somos só nós dois, em uma bolha fictícia.

— Que lindo!

Assusto-me e, por impulso, empurro o corpo de Axl para trás quando ouço a voz de Melissa preencher o local.

— O que essa vagabunda faz no meu casamento?

Todos se voltam para mim enquanto Axl dá um passo à frente e me puxa para ficar atrás dele, como se ele fosse um escudo.

— Minha querida, parabéns pelo seu novo cargo de *troféu Knight* — diz com desdém —, pois é isso que todas as mulheres que se unem a eles se tornam.

Saio de trás dele e dou um passo à frente. Axl tenta me impedir, mas sou mais rápida e vou até a vadia mentirosa.

— Melissa, querida, vejo que você realmente se importa com a forma como meu marido me tratará de agora em diante, mas te asseguro que será com respeito. E diferente de você, terei o respeito da família e o amor de todos.

Aproximo-me ainda mais da cobra, falando com firmeza e clareza para que ela entenda o que estou dizendo.

— Duvido muito que seja amada como eu fui, ou que mereça estar ao lado de um herdeiro — provoca ela antes de dar uma gargalhada.

Como Melissa sabe que Axl é um herdeiro?

Killz toma à frente e se aproxima, com fúria nos olhos, então faço um sinal para que ele não se intrometa. O assunto é entre mim e a víbora.

— Você não está autorizada a participar de tamanha celebração. — Paro a poucos metros dela. — Todas essas pessoas estão aqui porque amam a mim e ao meu marido. Somos uma grande família, querida. E quem é você aqui, no meio da *minha* família? — pergunto retoricamente. Melissa abre a boca para falar, mas eu levanto a mão e continuo: — Me lembrei. Ninguém, ou melhor, a escória.

Pelo canto do olho, vejo um Killz bravo caminhando até a segurança enquanto todos estão se movimentando. Algo deu muito errado, mas preciso acabar com isso hoje, falar o que desejo há tempos para essa vadia.

— Eu, Alessa Russell Knight, estou tomando o controle da minha vida e do meu homem a partir de hoje. E se você cruzar meu caminho novamente, pode apostar que não vou apenas apontar uma arma para sua cabeça, vou acertar um tiro bem no meio da sua testa. E não duvide da minha capacidade, eu posso ser muito pior do que você imagina.

— Nossa ma...

— Cala boca, sua vadia! — vocifero, interrompendo-a. — Não sou nenhuma idiota, e não vai ficar barato se você se meter no meu casamento.

— Nossa, *abelhinha*, você aprendeu direitinho com os Russells e Knights. Fique tranquila, você é o menor dos meus problemas. Só passei para felicitar o casal.

Alarmes soam em minha mente quando me dou conta de que ela sabe o apelido que meu pai me deu quando eu era criança. Com os olhos, procuro tio Conan e tia Celeste, e imediatamente eles vêm em minha direção para me tirar de perto de Melissa, que sai caminhando calmamente enquanto Killz entra gritando.

— Detenham-na! — Meu cunhado me olha de cima a baixo, bastante preocupado. — O que foi que ela disse?

— Nada de mais. Na verdade, não permiti que falasse, apenas disse que veio felicitar o casal.

— Nossa segurança está corrompida — urra ele ferozmente, visivelmente abalado. — Ninguém sai daqui até que os seguranças voltem com Melissa. Ezra, reúna todos os homens agora. Carter, Axl, fiquem perto das Russells.

Fico sem entender nada até que um dos seguranças entra todo machucado. Fico até assustada com tamanha brutalidade.

— Este traidor trabalha para os Ivanovs. Nós o conhecemos como Marcondes Dimenstein, e descobrimos que é um infiltrado da máfia russa. Ele confessou que permitiu a entrada da Melissa, agora, temos de saber quem são os outros — conclui Killz.

Entrelaço minha mão na de Axl, que está enfurecido, e agradeço por ele não recusar meu toque, ainda que não fale nada.

Os homens de Killz entram no galpão com o casaco de Melissa. A vadia conseguiu fugir.

— Encontramos apenas isso. Ela está de moto, então mandei alguns homens seguirem o rastro na estrada — afirma Alec.

Killz fica mais nervoso ainda ao ouvir isso.

O que de tão importante ele quer com aquela mulher? Ela é apenas uma qualquer.

— Meus caros, acabamos de deixar escapar nossa maior inimiga. Viktoria Ivanov — fala meu cunhado, consternado.

Burburinho começa a encher o galpão.

Quem é Viktoria Ivanov? Melissa não é quem pensamos ser?

— Caralho! — Spencer exclama.

— Caralho mesmo, Spencer! Você passou meses me escondendo coisas, mas nada como uma arma apontada para a cara do filho da puta certo — grita Killz, enfurecido. — Como pôde fazer isso? Agora nem ao menos sabemos qual é a verdadeira identidade dessa mulher. Uma hora ela é Melissa, outra, Arlyne Ivanov, agora Viktoria, a chefe da máfia russa!

— Spencer! — Axl brada, encolerizado; seus olhos estão fulminantes, como se ansiasse por sangue.

— Vocês são o verdadeiro caos! Como Spencer pôde ocultar isso de todos nós? — indaga Oliver, desdenhoso.

Não entendo o poder desse homem dentro da Unbreakable. Para mim, é só um intrometido.

— Basta — rosna Killz, puxando sua arma para fora do blazer. — Se quer ajudar, mande seus homens atrás dela.

— Não se esqueçam de que o Conselho quer provas de que realmente consumarão o casamento — fala o homem, segurando uma chave com a ponta dos dedos.

O que ele quer dizer? Não estou entendendo mais nada.

Que confusão!

— Vamos embora — Axl fala baixinho, mas seu tom indica que não é um pedido.

Sem me importar com sua cara feia, aconchego-me em seus braços.

— O que esse homem quer dizer? — pergunto a Aubrey e tia Celeste, que estão encolhidas num canto com tio Conan, que grita com alguém ao celular.

— Quero dizer que um dos homens do conselho irá ao apartamento em que você e Axl irão passar a noite para recolher uma prova de que o casamento foi consumado.

Assim que Oliver fecha a boca, Axl avança para cima dele com a intenção de esmurrá-lo.

— Eu não vou expor minha mulher para vocês! — brada e é contido por homens que não conheço. — Eu me nego a aceitar isso. Tirem as mãos sujas de cima de mim!

Logo empurra os dois homens que o seguram pelos braços.

Começo a me culpar pela minha birra. Se ele não me amasse, não iria se opor sobre consumar nosso casamento na frente desses asquerosos. O galpão, de repente, se torna uma baderna, há muitos homens desconhecidos rondando o local. Killz está ocupado demais dando ordens para um grupo, enquanto Ezra grita ordens para outros. Aubrey e tia Celeste são barradas por tio Conan, que acaba de desligar o celular. Arregalo os olhos quando vejo Enrique entrando com uma arma em punho e sendo seguido por três homens.

Céus, tudo só piora!

— Axl, leve Alessa daqui. Carter tem algo para vocês dois. Podem ir, eu dou conta de tudo, não se preocupem — ordena Killz, fazendo sinais para os homens. — Enrique cuidará da segurança de Celeste e Aubrey enquanto termino de resolver alguns assuntos pendentes.

— O quê? Ele não fará o que foi mandado, Killz? — grita Oliver.

— Quem manda aqui sou eu. Então, não. Meu irmão não vai fazer o que você acha que é certo.

— É tradição! Vocês estão acabando com isso cada dia mais — justifica o homem, aborrecido.

— Basta! — urra meu cunhado. — Saiam daqui agora! Pegue a encomenda nas mãos de Carter, ele te espera lá fora.

— Vamos? — pergunta Axl, puxando-me sem que eu tenha tempo de fazer qualquer coisa.

— Ei, minhas mãos estão ardendo, Axl! — reclamo, tentando me equilibrar nos saltos.

— Não temos tempo para isso, Alessa — revela. — A guerra começou. Agora a única paz que nos resta é a fictícia.

CAPÍTULO 33

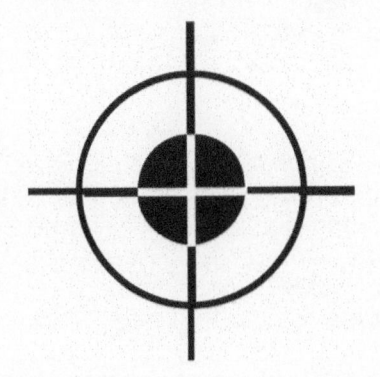

EZRA JAMES KNIGHT

Eu me sinto um traidor ao olhar para meus irmãos. "Eu sou um traidor". Essa frase martela no meu cérebro.

A revelação sobre a mulher que meu irmão amou um dia me deixou extremamente surpreso, porque em momento algum consegui confirmar essa informação.

Acredito que se Killz soubesse de tudo antes, Viktoria Ivanov já estaria morta, pagando por todas as merdas causadas por ela. Eu não gostava dela quando estava com Axl, mas essa revelação só fez meu ódio aumentar. Supostamente, ela é a culpada pelas desgraças da minha família e, principalmente, da minha vida.

O que não entra em minha cabeça é onde está Blood? Quem é realmente ele no meio dos inimigos? Como eles conseguiram nos despistar dessa maneira? E por tantos anos. Essas respostas nenhum de nós tem, exceto Spencer, que entrou numa armadilha sem fim e mexeu no ninho das cobras. Agora o caçarão por ter infringido as regras; esconder coisas de Killz, nosso mentor.

Conheci Scarlet quando ela estava com dezoito anos, e eu com vinte e dois. Foi na época que Chad Guzman, seu pai, se juntou a nós. Oliver o apresentou para Killz, disse que Guzman era um dos conselheiros da máfia. Meu irmão ainda estava sendo reconhecido e se preparava para ser o nosso chefe.

O homem trouxe bons investimentos para a nossa sociedade, provando que sabia fazer negócios. Acho que foi esse talento que o fez cair na loucura de nos trair, no entanto, se deu mal, morreu sem ter a chance de implorar perdão. Conheço sua filha há oito anos, mas parece uma amaldiçoada eternidade. Desde que o pai dela apareceu em nossas vidas, tudo mudou para mim, porque eu me vi viciado no cheiro dela, nos olhos, no sorriso tímido e ousado ao mesmo tempo. Vi-me perdidamente louco para tomá-la para mim, mas eu não podia, porque seria errado misturar negócios com prazer.

Ainda me lembro de quando meu irmão mais velho sugeriu que fizéssemos uma cortesia para o novo sócio na casa dele, e como um idiota acabei cedendo. Visto que Killz pediu que eu o representasse na casa do Guzman, parecia que o destino estava lutando contra minha persistência em ignorar a garota que amava.

Oito anos antes...

Minha testa está gelada, minhas mãos tremem quando entro na casa de Chad Guzman. Eu me sinto na obrigação de fazer esse favor para Killz, já que ele vem se sacrificando por todos nós, desde sempre. Apresso meus passos e o vejo a uma mesa de cartas, rindo de algo que Oliver fala ao seu ouvido. Ele levanta o rosto e acena para mim.

— Ezra James, junte-se a nós. — *Chad ri e dá uma tragada em seu charuto.*

Fico surpreso pela quantidade de mulheres seminuas passeando pelo local. Engulo em seco quando vejo uma delas pelada, deitada em cima de uma mesa de vidro, enquanto oito homens a lambem.

— Quer alguma delas? — *pergunta Oliver, puxado uma mulher que passa ao seu lado com uma bandeja nas mãos. Eu balanço a cabeça, negando.* — Qual é, Knight! Você é o príncipe aqui, pode ter todas, se quiser.

— Ele já disse que não quer, Oliver. — *Estranho o tom de voz de Guzman.*

Qual é a intenção dele?

— Calma, amigo, eu sei que pretende trazer um Knight para sua família — *debocha o outro, fazendo os demais ao seu lado caírem na gargalhada.*

Onde está Scarlet nesse meio de nojentos? Ela só tem dezoito anos, não é certo que o pai faça esses encontros escrotos num local em que sua filha esteja presente.

— Onde está Scarlet? — *Decido acabar com a minha curiosidade.*

Merda!

Chad me olha com algo parecido com esperança, mas não posso afirmar.

— Trancada no quarto dela, estudando para a faculdade — *fala como se não ligasse para o bem-estar da filha.*

— Você a trancou lá? — *indago, procurando esconder minha raiva.*

— Não faria isso com meu tesouro — *declara, fazendo Oliver rir sem parar.* — Pode ir conferir, no corredor à direita.

Inesperadamente, sinto a vontade de protegê-la bater em meu peito. Sem ao menos me preocupar com Chad, eu vou à procura dela. O corredor é tão branco quanto os outros cantos da casa. O que esse povo sente ao sempre preferir essas cores vazias? Talvez porque sejam vazios também.

Não vou demorar. Logo meus punhos batem contra a madeira da porta do quarto dela.

— Pai, eu já disse que não vou participar dessa merda de reunião. Esses homens vivem aqui, algum dia desses irão querer morar sob o mesmo teto que o senhor. — Scarlet se cala só depois de notar que sou eu, e não seu pai.

Ela tem as pernas lindas e longas, imagino como ficariam rodeadas em mim. Balanço a cabeça por tanta cena explícita que crio só em vê-la de camisola, e olha que nem é inadequado o tamanho do pano.

— Olá — falo, sorrindo, e ela revira os olhos. — Seu pai me disse que estaria aqui.

— Sempre ele — resmunga baixinho.

— O quê? — pergunto, empurrando seu corpo para que eu entre no quarto.

— Ei! Eu não te dei permissão para entrar! O fato de ser irmão do nosso futuro chefe não lhe dá direito de chegar assim e mandar! — grita.

— Se acalme, não vou machucar você, essa não é a minha intenção.

— O que quer? — pergunta, voltando para sua cama, que está cheia de livros abertos.

— Faz faculdade de quê?

— Não que seja da sua conta, mas é de Administração — fala ela, colocando os óculos de grau no rosto. — Vai ficar aí me olhando?

— Você gosta desse curso? — indago, pois não enxergo satisfação em seus olhos.

— Para o meu pai, a palavra "escolha" não existe — murmura, ignorando-me. — Desde que me conheço por gente tenho de seguir suas regras, essa é a merda de ter nascido mulher, os homens preferem sempre o sexo masculino.

— Onde está sua mãe?

Ezra, pare de interrogar a garota.

— Não tenho, nunca a conheci. — Sinto sua voz ficar embargada. — Mãe é apenas uma palavra que me faz acreditar que tenho uma. Meu pai me disse que ela morreu no meu nascimento. Às vezes me sinto uma assassina, por isso estou sempre fazendo as vontades dele, para me sentir melhor, porque eu tirei a felicidade do meu pai — conta, chorando baixinho.

— Em algum momento ele te disse isso?

Alguma coisa me diz que essa garota é manipulada por todos os lados.

— Não diretamente, mas vejo em seus olhos quando me nego a seguir suas regras absurdas.

— Por que está chorando?

— Não estou — nega, fazendo-me ir até ela.

— Está sim — sussurro, acariciando suas bochechas molhadas pelas lágrimas.

Ela levanta seus olhos azuis brilhantes para mim e sorri.

— Até que você não é tão ruim.

— E por que eu seria ruim?

Saia daqui, Ezra, ela não é para você. Não misture as coisas.

— Homens como vocês são cruéis, não têm coração. Meu pai não tem — revela, engolindo em seco. — Às vezes o odeio, porque sempre sou obrigada a fazer coisas que não quero.

— Quais coisas? — insisto, já com o polegar desenhando seus lábios.

— Tive de entrar em um relacionamento à força com um dos filhos de um cara que tinha amizade com meu pai. Elk tinha vinte anos na época, e eu dezesseis, nós namoramos para beneficiar os nossos negócios, pelo menos para mim, foi assim. Isso me magoava. Eu era muito nova, Ez — fala, mordendo os lábios enquanto chora. — Namoramos por um ano, e com o passar do tempo o sentimento veio bater no meu coração. Acabei sentindo que o amava, daí nós transamos no meu aniversário de dezessete anos, e quando acordei no outro dia, ele já não estava mais lá. Havia ido embora sem deixar ao menos um recado, e quando eu cheguei a minha casa, Chad me bateu várias vezes no rosto e me xingou de nomes repugnantes. Ele disse que o seu negócio havia ido para os infernos porque a vagabunda da filha dele não se manteve virgem.

As palavras de Scarlet me fazem sair dos trilhos, meus sentimentos crescem dentro do peito como um vulcão em erupção. Eu quero matar Guzman por ter feito isso.

— Por que está me contado essas coisas?

Meu pai me ensinou que às vezes as mulheres podem ser manipuladoras.

— Saia do meu quarto, seu idiota! Eu nunca me abri com ninguém e agora você vem com todo esse carinho para cima de mim, e depois insinua que estou tentando te comover com o meu sofrimento? — grita, empurrando-me, e acabo caindo no chão.

— Oliver me contou que seu pai quer dar você a um de nós — debocho e a vejo se encolher à porta do seu quarto. Pego minha arma que caiu do cós da minha calça e ponho em cima da cama. — E as vezes que me beijou? Que se insinuou para mim, inocente e doce Scarlet? Foi seu papai que mandou? É uma pena que ainda não tenha me dado essa boceta — confronto-a só para provocá-la.

— Cale a boca! — Scarlet grita. — Ele não foi bom comigo, Ezra. Elk me deixou profundos hematomas, achei que fosse por amor. Fui ingênua demais. Chad me bateu e depois contou que ele era noivo de uma garota da cidade em que morava — sussurra, soluçando.

Prendo minha respiração e noto a desgraça que causei.

— Parece que você gosta de chorar — brinco, agachando-me perto dela, mas a garota recua.

— Se acha que sou uma vadia, mimada e manipuladora, pode ir embora, porque estou cansada disso tudo. Não quero ter outro Chad em minha vida — fala com arrogância.

— Você também faz teatro? Ótima atriz. — Rio dela, que me empurra de novo e abre uma gaveta da cômoda. — Esse Elk talvez nem exista, pode até ser coisa da sua cabeça.

— Aqui está. — Scarlet joga alguns objetos em meu rosto, falando com arrogância: — Olhe!

Arregalo os olhos quando a vejo com uma aparência mais juvenil e um homem de cabelo vermelho e olhos pretos. Eles estão abraçados e

sorrindo, e em outras fotos não é muito diferente, parecem felizes. Mas gelo quando vejo uma folha de papel rasgada ao meio.
— O que é isso?
— Elk me enviou depois que soube da surra que Chad me deu — confessa, abrindo o papel. — Leia.
Além de rasgado, o papel tem uma aparência de gasto e as letras estão meio apagadas, porém, não atrapalha a leitura.

Foi bom tê-la gemendo para mim, pobre Scarlet. Seu pai estava certo, você é um grande negócio, e gostosa também. Quem sabe eu não a torne minha amante quando a idiota da Jhen morrer?

Ass.: Elk Tyler

Tiro os olhos do papel e volto a minha atenção para Scarlet, que começa a rasgar as fotos, chorando silenciosamente.
— Por que a guarda? Gosta dele ainda? — pergunto.
Ela não tem motivo algum para guardar fotos do homem que a quebrou.
— Guardei porque isso me incentivava. As fotos dele me lembram que eu tenho de me vingar, eu matarei Elk Tyler por ter quebrado meu coração.
Não precisou, porque um mês depois eu o matei com minhas próprias mãos. Eu o fiz pagar por tudo. Matei o filho da puta por Scarlet Guzman.

※※※

— Ezra, acorda! Merda! — grita Killz, entrando no meu escritório. — No que está pensando? Estou batendo à porta faz quase três minutos.
— O que quer? — indago, engolindo em seco.
— Por que não me contou, irmão?
Merda! Ele já sabe.
— Ela está aqui há um mês — revelo, procurando me recompor das lembranças do passado. — Ele cresceu. Merda! Meu filho está grande, Killz, é o primeiro contato que tenho com Dylan desde que soube da gravidez de Scarlet.
— Tínhamos um acordo, Ezra. Ela não voltaria mais, se esqueceu? — grita, fazendo-me recuar.
Ele está nervoso desde o casamento de Axl e Alessa. Passaram vinte e quatro horas e não encontramos nada sobre o paradeiro de Viktoria Ivanov.
— Você teria mesmo coragem de matar meu filho, Killz? — questiono, indignado.
— Na época era um feto, Ezra, não é para tanto!
— O feto que hoje respira e tem um sorriso encantador — falo, saindo de trás da minha mesa.
— Por favor! E quem te garante que esse filho é seu? — Ele ri.
— Você nos levou para fazer o exame de DNA, com o médico da sua confiança. Faça-me o favor! — grito, incomodado com tudo.

— Sim, certo. Deu positivo. Perdoe-me, irmão, mas Scarlet nos traiu, o que você me diz?

— Eu sei! Eu sei, caralho! — Respiro profundamente. — Mas amo meu filho, irmão. Apesar de não ter visto o menino nascer ou quando deu seus primeiros passos.

— Ele está com cinco anos agora, não é? — Killz pergunta, rindo.

— Se não errei nas contas, três, irmão — falo com pesar, por não saber a idade exata de meu filho.

— Ele é o primeiro "miniknight".

Sorrio com a comparação de Killz.

— Não posso confirmar, porque não assumi a paternidade.

— É. Você não pode, Ezra — alerta Killz. — Se Oliver ou os outros souberem do seu filho, ou da Scarlet, você pode ir a julgamento e ser afastado da máfia. E assim não poderei interceder por você, irmão.

— E meu filho, Killz? Não posso renegar meu sangue, caralho! — rosno, enfurecido.

— Você ainda a ama mesmo depois de ela ter transado com Spencer?

Minha ferida sangra com isso, não por amá-la, mas por ela negar descaradamente até hoje.

— Eu amava a Scarlet que conheci com dezoito anos, aquela era real.

— Você não seria capaz de me trair, não é, Ezra? Eu não te perdoaria.

— Eu daria a vida por você, irmão, nem mesmo Scarlet seria capaz de comprometer minha lealdade à nossa família — asseguro com sinceridade.

— Nem pelo seu filho? — Killz arqueia as sobrancelhas.

— Eu lutaria até a morte para proteger vocês dois, porque ambos são importantes para mim. Eu não te trairia, irmão.

— Ezra, eu te conheço o suficiente para saber que não seria desleal comigo, acredito que nenhum dos meus irmãos me trairia — fala, apoiando-me. — Mas se prepare, porque serão muitas as tentações, imprevistos podem acontecer, e mesmo não querendo você pode fraquejar.

— Agora me conte uma novidade, irmão — murmuro, lembrando-me do acordo de anos atrás.

※━━━━━※

Eu tenho Scarlet em minhas mãos e uma missão a cumprir; executá-la por traição. Dois homens da nossa equipe a levaram para o depósito subterrâneo que temos no galpão. Killz me deu esse peso, justamente para que eu superasse meus próprios demônios.

Ela está linda no seu vestido azul bem justo, com decote em formato de coração, sapatos pretos de salto com solado vermelho que a deixa com ar mais elegante. Seu cabelo loiro, que eu tanto amo, ou amei, está solto, e sua maquiagem borrada. Ela sabe o que irá acontecer, mas não está resistindo.

Os dois homens a jogam no chão. Apenas Marcondes entra na sala, apesar de não confiar muito nele, não questiono. Ele parece bem ruim, tanto quanto Killz quando necessário, mas algo nele parece superficial demais, ele não é alguém a quem eu delegaria funções sigilosas. Ouço-a resmungar e me viro para ouvir suas últimas palavras.

— Ezra, não acredito que além de permitir que me trouxessem igual a um cão de rua, você ainda vai deixar que esse brutamonte me mate aqui, neste lugar imundo, sem um pingo de dignidade — diz ela em um fôlego só, como se dependesse deste momento para viver.

— Sim, farei isso, pensasse antes de cometer o grande erro de falar o que não devia. Não sabe que peixe morre pela boca? Você estava cansada de saber que seu cargo era de extrema confiança para nosso chefe, ele confia muitas coisas a você, e você não merecia essa função. Traidores pagam com a vida, assim como Elk pagou com a dele por trair sua confiança — digo as últimas palavras com ódio em minha alma.

Executei um filho da puta por essa mulher que não vale nada, é tão traidora quanto o ex-namorado.

— Ez, não faça isso comigo, você me ama! Eu sei que te magoei, mas também sei que você me ama. Eu posso explicar tudo, por favor, me deixe falar, essa será a última coisa que vou pedir. Me deixe explicar!

Assinto, contrariado, algo me diz que eu preciso ouvir essa traidora.

— Ezra, eu estava em uma missão, precisava transar com seu irmão e deixar Aubrey fora do caminho para conseguir concluir tudo, mas os efeitos colaterais não foram bem calculados. Você chegou na hora errada e tudo foi por água abaixo. — Tomando fôlego, ela retoma: — Ez, eu amo você, tudo isso foi para manter nosso filho vivo.

Não consigo ouvir mais nada depois que Scarlet fala sobre nosso filho. Ela nunca falou de gravidez comigo, era só sexo casual, não éramos um casal de verdade.

Do que ela está falando?!

Eu a ouço chamar meu nome, tirando-me do transe.

— Que porra é essa de filho? Desde quando? — indago, atônito.

Ela estende a mão com uns papéis, que não faço ideia de onde os tirou, pego e vejo que são laudos médicos, ultrassom, e teste Beta HCG.

— Ezra, os exames foram feitos há mais de três meses, alguns, há uma semana, e o mais recente, ontem. Eu estou com vinte e quatro semanas de gestação — afirma com pesar na voz.

Como essa garota pode estar grávida se nem barriga tem?

— Você acha mesmo que sou ingênuo a ponto de não saber que uma gravidez requer uma barriga? Você está com o corpo de sempre, os exames podem nem ser seus — urro, furioso com a tentativa de Scarlet de me enganar novamente.

Ela se encolhe no canto da sala e torna a falar calmamente.

— Ezra, estou tão surpresa quanto você. Eu tenho Síndrome de Ovário Policístico, e deveria ser estéril, tanto que nunca usamos preservativos, você sabe disso. Eu já havia te contado que não poderia ter filhos, mas em minha última consulta de rotina, o ginecologista foi categórico ao dizer que eu estava gerando um bebê há aproximadamente doze semanas. Eu quase desmaiei ao ouvir aquilo, e no mesmo dia ele fez o ultrassom. Fui para casa, sem rumo, pois tinha de estar cedo no trabalho, porque naquele dia teria um grande carregamento chegando e Killz não poderia ficar sem a secretária dele, né? — conclui com um sorriso amargo no final.

Eu estou sem acreditar no que ouço, mas preciso falar com meu irmão sobre o assunto. Vou ser pai do filho de uma traidora que eu mesmo iria executar hoje.

— Marcondes, cuide para que ela não saia daqui em hipótese alguma. Scarlet, para seu próprio bem, espero que tudo que me disse seja verdade ou você terá um fim ainda pior e vai implorar por sua morte o mais rápido possível.

Saio apressadamente em direção ao escritório de Killz e entro sem bater à porta, atordoado por tudo que ouvi. Olho para meu irmão, que parece furioso pela minha entrada sem aviso.

— Que porra é essa, Ezra? Aqui virou zona agora? — pergunta, puto da vida, mas logo me encara e se acalma. — Irmão, você está pálido, o que aconteceu?

— Killz, não posso fazer isso, não posso mesmo fazer isso. Ela está grávida, e o filho é possivelmente meu — falo completamente destruído.

— Vá de uma vez, e liberte essa mulher! — Killz diz depois de minutos ponderando. — A condição para que ela viva é nunca mais colocar os pés em Londres. Ouviu o que eu disse? "nunca mais"! Traidores não merecem viver, mas vou atender ao pedido do nosso irmão. Agora, saia da minha sala. Agora! — grita meu irmão, alterado.

Não sei que sentimento é esse brilhando em seus olhos, nunca vi antes, mas creio que seja piedade. Porém, sou grato por não me obrigar a matar aquela desgraçada.

※———※

Ouço o estrondo da porta, e por ela entra Scarlet com Dylan ao lado, e Killz com sua arma empunhada na direção dos invasores.

— O que pensa que está fazendo? Você não é bem-vinda aqui. Eu deixei você viver com a condição de nunca mais pôr os pés em Londres, e acabo de saber que está aqui há um mês. Perdeu a cabeça? Porque se não perdeu, vai perder, caralho! — Killz esbraveja. — Entre logo nessa porra e feche a porta para que mais ninguém te veja. Vou dar um jeito nas câmeras de segurança. Alguém mais te viu entrar?

Ela resmunga, algo que não é do seu feitio.

Quem é essa Scarlet?

— James, eu passei por inúmeras pessoas até aqui, como vou saber? Sou muito conhecida e todos me veneram nesta empresa pela minha beleza — diz num tom esnobe.

— Não seja ridícula, todos a odeiam por ser uma...

— Killz — interrompo meu irmão para não falar nada inapropriado perto do menino.

Ele analisa Scarlet como se não a conhecesse, certamente confabulando alguma coisa.

— Scarlet, por que você voltou e trouxe esse menino aqui? — Ele muda o tom. Tem algo errado e ele já notou. — Outra coisa, o que significam aqueles documentos que você escondeu em sua gaveta com fundo falso?

Nem sei do que se trata essa sua pergunta.

A mulher recua, como se estivesse com medo ou se não soubesse a resposta.

O que ela tem? Scarlet sempre foi tão direta, sem papas na língua, então por que está tão insegura com uma simples pergunta?

— James, eu fui ameaçada e por isso precisei voltar. Trouxe Dylan para você ver como se parece com seu irmão e pedir asilo na máfia Knight. Nós estamos em uma situação complicada e preciso de proteção. Sobre os documentos, faz muito tempo, não me recordo de nada — finaliza com uma confiança mascarada pelo medo notório em seus olhos.

Ela está mentindo, mas não sei sobre o quê.

E que desculpa esfarrapada é essa de que esqueceu quais são os documentos?

Scarlet jamais esqueceria os registros secretos feitos por ela e Killz, e o documento que trata de sua liberdade, com a condição de não voltar mais. Espumando de raiva ao notar o mesmo que eu, Killz vai confirmar a informação.

— Scarlet, quando foi sua primeira vez com Ezra? Você se lembra disso, certo? Segundo você mesma disse, foi horrível, porque Ezra era inexperiente e não deu conta do recado no dia. Creio que isso não seja algo que se esqueça, não é mesmo? — Killz mente descaradamente.

A confusão no rosto de Scarlet a denuncia, essa não é Scarlet, não a mesma de anos atrás. Ela jamais esqueceria a nossa primeira vez, foi incrível para ambos.

— James, está tentando me testar ou o quê? Vim aqui apenas para pedir ajuda e contar alguma coisa que pode ser de suma importância para vocês. Caso não queira saber, estou indo embora — diz, atrevida, mas algo ainda encobre sua motivação.

Quem é essa mulher que confunde demais a minha cabeça?

CAPÍTULO 34

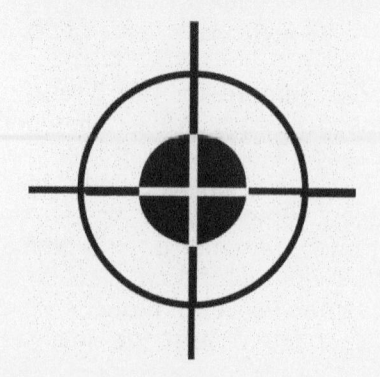

HAILEY SLOBODIN

Entrei feito um furacão na sala onde achava que era a sala de Killz. Precisava dessa convicção, dessa pose.

Empurrei a porta com toda força que possuía e dei de cara com uma arma apontada para mim. Dylan gritou frases incoerentes e eu o apertei contra meu corpo, observando todo o local. Apenas Ezra e Killz estavam na sala, ótimo momento para falar o que precisava para tentar salvar meus dias com meu pequeno.

Minutos atrás eu estava confiante, mas agora já não sei mais.

Killz não para de falar, faz muitas perguntas e me deixa confusa, isso não me parece bom.

— Me responda você agora, ficou mudo? — Eu o desafio. — Está tentando me testar? Qual o motivo disso?

— Minha cara, Scarlet tinha muitos defeitos, mas amnésia não era um deles. Quem é você? — pergunta-me, acabando com toda a minha capacidade de encenar.

— Do que você está falando? — gaguejando, quase não consigo concluir minha pergunta.

Estremeço dos pés à cabeça. Como ele sabe que eu não sou Scarlet? Ela era muito ousada, e fiz exatamente do jeito que ela faria, não sei o que deu errado.

— Bem que me falaram, vocês são exatamente iguais. Não sabia que eram tão parecidas assim, mas sua irmã gêmea é melhor atriz que você, pode ter certeza disso. Agora me diga o que você faz aqui? Onde está Scarlet?

Confiante, Ezra me desmascara com apenas algumas perguntas que não pude responder. Tento não vacilar em minhas respostas.

— Você está errado, James, sou eu mes...

— Não me venha com essa, Hailey Slobodin — ele me interrompe —, ou prefere que a chame de Guzman?

Estou atônita com tamanha persuasão. Não consigo falar uma palavra sequer diante desse homem. Bem que Scarlet dizia que ele é extremamente apavorante em seus interrogatórios.

— Sei tudo sobre sua existência. Acha mesmo que sou ingênuo a ponto de mandar uma traidora para tão longe sem pesquisar seus familiares? Sua irmã não sabia de você, mas você sabia dela o todo tempo. O que aconteceu com ela, porra? Por que está usando a identidade dela? Responda! — Killz finaliza o interrogatório com um grito que me faz ter desejado jamais ter tido a audácia de invadir sua sala.

Ezra parece tão desconfiado quanto seu irmão, porém, por motivos diferentes. Ele está mais abismado com a semelhança entre mim e minha irmã, enquanto eu estou assustada com seu irmão.

— Senhor, por favor, Dylan não precisa participar disso tudo. Pode tirá-lo daqui por alguns instantes?

Meu sobrinho é um menino maravilhoso, mas está traumatizado, pois já passou por muitas coisas ruins desde que nasceu.

— Pelo menino... — Killz aceita meu pedido, aperta um botão em seu telefone na mesa e solicita que alguém busque o pequeno.

Dylan está assustado, então eu o abraço forte.

— Amor, estarei aqui ao lado. Não se preocupe, tudo bem?

Dylan consente com um meneio de cabeça e se vai com a mulher que suponho ser a secretária.

— O que... Quem é você? Por que está mentindo para mim? Você é doente igual a sua irmã? — Ezra inquire, furioso, em tom de acusação.

Eu apenas abaixo a cabeça, pois sei que estou errada, mas vim em busca de proteção para Dylan.

Inspiro profundamente e tomo coragem para falar a verdade.

— Meu nome é Hailey Slobodin, fui registrada apenas pela minha mãe, pois quando nascemos, meu pai não quis assumir duas meninas. Ele sempre quis filhos homens, então uma tia me criou e me deu o sobrenome da família da minha mãe. Por muitos anos eu quis conhecer minha irmã, mas meu pai, ou melhor, Chad, não permitiu que eu me aproximasse. Disse que já bastava o fardo que era ter Scarlet na vida dele. Em uma dessas tentativas, fui até ela e contei a nossa história com intenção de manter contato, mas na volta para a minha casa, fui atacada por uns homens, que me ameaçaram de morte.

Olho nos olhos dos dois homens parados na minha frente e percebo que não acreditam em mim.

— Tentaram me sequestrar, acharam que eu era ela. Eles eram da máfia e queriam informações sobre seus planos, Killz. Por sorte, consegui fugir e ligar para a minha irmã, eu sabia que minha vida estava por um triz, pois vocês não brincam em serviço.

— Onde está querendo chegar com isso? Você realmente é Hailey? — Killz me questiona, desconfiado.

— Acredite, eu também estou odiando ter de contar tudo isso, mas preciso, pela segurança do Dylan. — Minha voz sai baixa, porém preciso terminar. — Para conseguir despistar a máfia, Scarlet aceitou a missão de ser infiltrada, ela fez isso para que eu não morresse como a nossa tia Hanna, que foi assassinada por não revelar aos russos onde estava Scarlet. — Ezra não consegue esconder a decepção no olhar, e Killz parece saber do que estou falando. Esse homem me dá medo. — Parte das missões de Scarlet envolvia sexo, vocês são famosos por gostar de belas mulheres e...

— Isso não tem justificativa, mas... esse foi o motivo de ela transar com Spencer? — Ezra pergunta, atônito.

Movendo a cabeça, confirmo. Ele passa as mãos pelo cabelo, parece furioso com tantas informações.

— Assim que Dylan nasceu, Scarlet fez contato comigo. Foi a notícia mais feliz que tive em muito tempo. Durante dois anos fomos inseparáveis, até que um dia Scarlet foi ao mercado e não voltou. Soubemos que ela havia sido executada, e a única pessoa que poderia me ajudar a descobrir tudo era a amiga dela, Arlyne Ivanov. Depois do luto, decidi entrar em contato para sondar e aproveitei a vantagem por ela ainda não saber da morte de minha irmã. Acabei me passando por Scarlet, pois ela pensa que Scar sofreu no parto e teve amnésia, ou seja, estou jogando com a sorte para obter informações, mas ela é muito esperta e persuasiva também, então preciso da ajuda de vocês.

Dylan entra na sala novamente, deve ter ficado entediado. Ele me abraça e eu retribuo.

— Que tipo de ajuda você precisa? — Killz pergunta, desdenhoso. — Como saberemos que não está mentindo? Querida, o mundo em que vivemos é sujo, e suas explicações não me convenceram o bastante.

— Preciso que protejam meu sobrinho. É apenas uma criança inocente e não merece sofrer mais. Ele viu a mãe ser executada, os homens que a mataram não tiveram nenhuma compaixão, e isso afetou muito Dylan. Eu me lembro das noites que colocava meu menino para dormir, mas sempre acordava de madrugada com pesadelos, chorando e gritando "Chad".

Ambos me olham com arrogância e dúvida sobre meu relato, afinal de contas, sou irmã de uma traidora, por que acreditariam em mim?

— Sei que vocês devem estar pensando que não sou digna de confiança, mas quero apenas ter certeza de que Dylan está seguro. Eu não preciso da sua ajuda, sei me virar, e não me importo de morrer — finalizo meu pedido.

Killz dá as costas para mim. Sinto raiva dele por tamanha falta de respeito, afasto-me e vou em direção à porta, quando ponho a mão na maçaneta, ouço sua voz.

— Hailey, temos um impasse aqui. A traidora da sua irmã infelizmente morreu, apesar de ter sido fiel em sua morte. Contudo, você não me inspira confiança alguma, está usando identidade falsa, não sabe nada sobre minha máfia e ainda está aliada a uma Ivanov. É, seu histórico não está muito agradável aos meus olhos. Você veio até a toca do lobo e pode ser seu último dia de vida. Quem me garante que não está conspirando contra mim com Arlyne Ivanov?

Killz parece absurdamente calmo, e isso não é nada bom.

Scarlet dizia que quando ficava assim, era a pior pessoa que ela já conheceu.

— Sr. Knight, eu não quero vingar minha irmã, quero apenas proteção para meu sobrinho, e a única forma de chegar até vocês foi me aliando a Arlyne, pois através dela eu estava mascarada como Scarlet. E era seguro até hoje — sussurro, trêmula. — Fugi porque ela quer usar meu sobrinho, e eu jamais deixaria que isso acontecesse! Não vou permitir que Dylan pague pelos erros da mãe.

— Como nos provaria sua fidelidade? — acrescenta Ezra com o maxilar travado. — Se diz que a traidora da sua irmã está morta, por que me enganou? Por que me procurou e fez seu teatro?

Paraliso com a voz firme do homem.

— Tudo por Dylan. Eu precisava que você tivesse contato com ele, para que sentisse algum afeto — confesso. — Com você, Dylan estará mais seguro e, para proteger meu sobrinho, eu faria quantas cenas fossem necessárias.

— Nos diga onde está Viktoria Ivanov, ou melhor Arlyne Ivanov, e daremos asilo a vocês — ordena Killz, soberbo.

— Eu não sei exatamente onde, talvez Lucke saiba, o irmão dela — murmuro, sentindo Dylan me abraçar.

— Nos dê a palavra-chave para isso tudo. Quem é Viktoria Ivanov e Arlyne Ivanov? — pergunta Ezra, olhando-me com nojo.

— Arlyne usurpou a identidade da sua mãe morta — confesso —, Viktoria Ivanov, por muitos anos para cumprir uma promessa de vingança. — Sei que posso morrer hoje mesmo, pois Scarlet me avisou, porém, prefiro ser livre de qualquer culpa. — Ela quer Alessa Russell, ou melhor Dillinger, esse é o nome verdadeiro dela. Dillinger Ivanov Russell, filha de Castiel Russell e Viktoria Ivanov, fruto de um amor proibido. Esse é o motivo de tantas guerras. O trono. O poder.

— Droga! — ruge Killz. — O maldito Conan sempre soube dessa merda toda. Ezra, ligue para Spencer e Carter, pergunte onde estão. A vagabunda está armando para Axl, porra! Mande Alec tirar todas as armas que temos de reserva — vocifera, fazendo-me tapar os ouvidos de Dylan. — Peça para convocar todos os homens do galpão e fechar todas as estradas que permitam que os russos invadam o nosso território, e dê a ordem para matarem qualquer um que trabalhe para eles. Quero todos mortos!

— Ficarão com meu sobrinho? — indago com medo dos gritos.

— Senta na porra da cadeira, e de boca fechada. Se eu sonhar que você está tentando nos manipular ou isso tudo for invenção sua, eu mesmo te mato na frente do seu sobrinho. Vou ter com você a mesma compaixão que os russos tiveram com sua irmã traidora —Ezra promete, aproximando-se de mim. — Se estiver mentindo, as únicas coisas que restarão de lembranças suas e da sua irmã na cabeça do meu filho serão as suas mortes.

Tento me controlar quando sua ameaça carregada de ódio e desprezo provoca um aperto em meu peito, mas não aguento e choro no momento que o pai do meu sobrinho aperta meu pescoço, fora de si.

— Chega, Ezra! — Killz grita.

Ele me larga, depois olha para o filho que está nos encarando com os olhinhos cheio de lágrimas. É de cortar o coração. Sofro com medo de que Dylan possa ficar ainda mais traumatizado.

— Hailey, sente-se aqui, precisamos conversar. Ezra, ligue para Aubrey e diga que tenho novidades — fala Killz, olhando para Dylan, que tem um olhar assustado.

— Claro, Sr. Knight — gaguejo.

Ezra sai da sala falando ao telefone, e Killz na minha frente faz o mesmo, enquanto eu fico sentada com Dylan ao meu lado, acarinhando seu cabelo, contando que em breve nossa missão estará cumprida.

CAPÍTULO 35

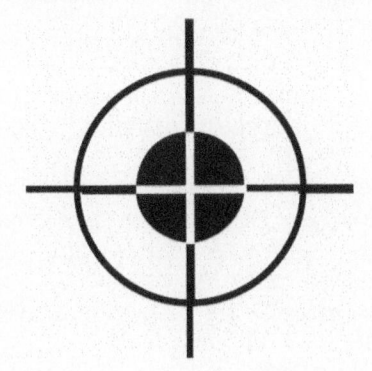

AXL

Após toda aquela confusão, Carter deu a ideia de irmos para casa de campo de Killz, nos arredores de Londres. Será um ótimo lugar para ficarmos uns dias sozinhos.

Aceitamos a sugestão e assim fizemos tão logo nosso casamento foi oficializado "aos olhos dos homens" em um cartório do centro da cidade. Chegando ao local, reparo que Alessa está deslumbrada com tamanha beleza.

Evito mencionar os acontecimentos para a minha mulher, principalmente as duras descobertas que Spencer ocultou de mim. Sabia que ele tinha algo mais, porém, não imaginei que seria tão sujo assim. Melissa Jones é uma inimiga, uma cadela traidora, com quem, por muitos anos, compartilhei minha vida e a dos meus irmãos.

A noite está chegando, o sol indo embora, e sugiro à minha mulher que vá conhecer a casa. Fico surpreso quando Alessa me convida para ir junto. Ainda estou puto pelo que ela fez, mas aceito o convite e caminhamos de mãos dadas, sem pressa.

Vamos até o lago, e minha esposa sorri lindamente antes de se agachar para pegar uma pedrinha no chão e jogar contra a água, então vira o rosto para me encarar.

— Preciso te confessar algumas coisas, Alessa. Sobre as ligações estranhas que eu estava recebendo e... — Não termino de falar, porque sou interrompido.

— Sinto que não vou gostar de ouvir o que tem para dizer.

Ela já não tem mais o sorriso de antes, agora está séria.

— Como não? Você nem sequer me ouviu — afirmo, passando a mão na minha barba por fazer.

— Pode falar, estou te ouvindo — fala, ainda com a expressão fechada.

— Os telefonemas que eu estava recebendo era da Claire e Gwen, e também de Spencer. Eu estava planejando um casamento para nós dois, só você e eu, queria que fosse algo só nosso. Merecemos ter um casamento decente, então mandei preparar tudo com a ajuda das meninas, elas estavam me acobertando bem, até que houve muitos imprevistos e não consegui dar continuidade nos preparativos. Por fim, chegou o dia do nosso casamento na máfia e Meli... Aquela mulher apareceu e estragou tudo. Agora estamos prestes a entrar e tempo é o que mais nos falta — falo, em um só fôlego.

Minha esposa não fala uma palavra sequer, ela está com os olhos arregalados e lacrimejados, parece emocionada com o que eu acabo de confessar.

— Você está bem com isso? — pergunto, estranhando seu silêncio que parece ser eterno para mim. — Me desculpe se a deixei furiosa com minhas ações, eu pensei que realmente conseguiria planejar um segundo casamento, um decente, que você merece.

— Uau! Jamais passou pela minha cabeça que fosse isso. Claire e Gwen são umas vacas! — Ela sorri, divertida.

Reprimo a vontade de mandar que ela nunca mais tire o sorriso lindo que aparece em seu rosto neste momento.

— São boas garotas — falo, acompanhando o sorriso dela.

— São, sim. Axl, posso te pedir uma coisa? — indaga um pouco encabulada. — Está no seu direito de não aceitar, já que me comportei de maneira tão infantil, eu admito... E, obrigada por ter tentado algo bacana por nós.

Mesmo envergonhada, ela me surpreende novamente.

Alessa é a mulher mais teimosa que já conheci, por isso não esperava que ela se desculpasse, muito menos admitisse que agiu como uma garotinha mimada. E não posso controlar meu pau, que já está duro só de ouvir sua voz rouca.

— Pode pedir o que quiser, *baby*, porque eu ainda vou te castigar por ter me deixado irritado *pra caralho* no dia do nosso casamento — respondo com malícia.

— Você poderia dar um beijo em sua esposa? E perdoá-la por ter desconfiado de você todo esse tempo? — indaga, mordendo o lábio.

Imediatamente eu a tomo em meus braços, ignorando seu pedido de perdão, e a beijo com amor e luxúria.

— Não teria como você saber, não há nada para perdoar. Vamos entrar — murmuro contra seus lábios e aprofundo o beijo, abrindo a porta da cozinha e conduzindo minha esposa para dentro. Sentando-a em cima da bancada, sussurro: — Você é tão gostosa...

Alessa coloca as pernas ao redor da minha cintura e puxa meu corpo de encontro ao seu. Ela está em chamas, já posso sentir o calor que reverbera de sua pele.

— Preciso sentir você. — Minha voz é rouca, cheia de tesão.

Abro sua blusa sem cuidado algum, arrancando os botões. Com a euforia que estou sentindo, sou capaz de rasgar toda ela. Mas, minha mulher merece que eu me controle, então serei o mais cuidadoso que puder para deixá-la à vontade.

— Axl, por favor... — Alessa se contrai quando começo a desabotoar seu sutiã, deixando-me frustrado.

Quero tanto ver seus seios, tocar, beijar, deliciar-me com seu corpo.

— Olhos nos meus, *baby* — ordeno e ela me encara, nitidamente constrangida. Acariciando o seu rosto, digo: — Eu sei que é a sua primeira vez, mas preciso que confie em mim, porque tudo que mais quero é que seja tão bom para você quanto eu sei que vai ser para mim, ok?

Alessa assente enquanto seu sorriso aumenta.

— Não tenha vergonha ou medo de me dizer se não gostar de alguma coisa, e permita que seu corpo me diga o resto.

— Eu esperei muito por este momento, Axl, e quero que seja perfeito — fala timidamente.

Ela se esfrega em mim com excitação, então a pego no colo e me sento em uma cadeira, admirando o brilho em seus olhos. Minha garota começa a rebolar no meu pau, enquanto estou tentando controlar a minha vontade de rasgar sua calcinha. A sua boceta quente está deixando o meu pau tão rígido quanto uma rocha. Alessa tem o controle sobre mim, sobre minhas emoções.

Essa mulher vai acabar comigo.

— Preciso de você por inteiro, não estou aguentando mais me controlar — sussurro ao seu ouvido e lambo o lóbulo da sua orelha, deixando os pelos dourados da sua pele eriçados.

— Por favor... — Ela se move mais devagar, então eu a aperto com força contra meu membro.

— Olha o que você está me causando, vai me deixar assim? Isso é castigo, querida esposa — digo marotamente, tentando diminuir a timidez em suas palavras.

— Não! Eu também quero, mas... estou nervosa — declara rapidamente e cora.

— Por que não me disse? — Dou um beijo em seus lábios. — Quero que você fale comigo, não vou fazer nada que você não queira. Prometi ser seu amigo, seu amor, seu parceiro, não quero que se sinta obrigada a fazer algo só para cumprir o acordo — confesso, olhando em seus olhos e acariciando seu cabelo, desejando que ela se acalme.

— Quero ser sua, Axl — diz em um tom baixo, quase sem fôlego.

— Alessa Russell Knight, faria por você tudo que me pedir, desde o momento em que descobri o quanto é importante para mim. Eu realmente te amo e nunca me cansarei de dizer isso.

Alessa me olha nos olhos com admiração, e sei que estou conquistando sua confiança. Isso é bom, preciso ter minha mulher por completo, quero que ela me ame, que me admire e me respeite, pois já lhe causei muitos danos.

— Axl, tem certeza de que está bem?

Implicante, abraça-me forte pelo pescoço e gargalha antes de me soltar e tomar meus lábios para si.

— Eu também te amo, Axl James Knight! — diz, saindo do meu colo e me puxando para o quarto.
— Isso tudo é pressa, Alessa?
Essa mulher vai acabar comigo, com certeza.

———

Estou sentado na ponta da cama enquanto Alessa tira a saia, e não me esforço para esconder a ereção que está mais que visível.
Droga! Ela vai me levar à loucura.
— Está tentando me matar do coração, *baby*?
Gemo ao vê-la ficar só de lingerie.
— Eu disse que queria ser sua, Axl — fala e vem em minha direção.
Meus olhos contemplam a maneira que seus quadris mexem, é uma maldita visão.
— Você vai ser minha, Alessa, por inteiro, até não sobrar nada de nenhum de nós.
Puxo seu corpo para baixo para que caia em meu colo.
— Vou?
— Vai, e vai amar pertencer a mim, *baby*. Me dê sua mão — peço baixinho, o desejo me consumindo aos poucos.
Levo sua mão para o caminho certo, meu membro pulsa enquanto a mulher o segura. Mesmo por cima do tecido da minha calça, ela inicia um vai e vem perfeito.
— Axl, posso te tocar? — pergunta, com um pouco de incerteza.
Gemo baixinho, quase gozando como um fodido adolescente prestes a perder a virgindade.
— Já não está fazendo isso? — pergunto, beijando e mordendo seu pescoço.
Manhosamente, abro o fecho do seu sutiã, depois deslizo as alças pelos seus braços lentamente, ganhando a atenção dos lindos olhos castanho-esverdeados de Alessa.
— Sempre li nos livros que antes da penetração, os homens preparam as mulheres com...
— Sexo oral? — falo, fazendo minha mulher corar mais.
Ela disfarça, tomando uma postura firme.
— Sim... — responde. — Posso começar?
— Sou todo seu, *baby* — sussurro, arrancando de vez o tecido que me impede de admirar o que é meu por direito.
Passo as pernas da minha mulher em volta do meu tronco, firmo minhas mãos em sua cintura e começo a massageá-la, fazendo-a gemer quando chego aos seus seios. Solto o cabelo de Alessa, deixando-o totalmente livre para ser puxado, e prendo uma pequena parte dos seus fios em minha mão.
— Mas primeiro preciso fazer isso. — Passo a língua em seu pescoço, descendo até chegar aos mamilos, que imploram por atenção, enrijecidos.

Meu pau cutuca sua intimidade quando mordisco seu biquinho endurecido.
— Axl... — Ela se esfrega contra meu pau.
Isso é demais para mim. Recuo e inverto as nossas posições, deitando-a na cama de costas, então abro suas pernas para provar seu sabor feminino.
— O que vai fazer? — Alessa geme quando rastejo até ela e puxo sua calcinha com os dentes até os seus pés.
— Provar você — rosno como um bendito caçador faminto.
Antes que a mulher abra a boca, eu começo a cheirar suas coxas, beijando-as no interior, subindo até sua virilha, onde deposito um beijo antes de me perder por alguns segundos, admirando sua boceta lisinha. Abro mais suas pernas e me posiciono entre elas, deslizando dois dedos desde o cuzinho até o clitóris inchado e durinho.
— Vou ser o homem a dar o seu primeiro orgasmo — sussurro, movimentando meus dedos cuidadosamente sobre o clitóris. — Quero vê-la gozar na minha boca enquanto grita meu nome.
Enquanto falo, passo a ponta do meu nariz em sua virilha.
Minha mulher tem os olhos fechados e a boca entreaberta. Mil imagens dela sentada em cima de mim e se movimentando para frente e para trás consomem meus pensamentos sujos.
— Faça o que quiser.
Umedeço meus lábios, pronto para deixar minha querida esposa satisfeita. Passo a língua por toda extensão da sua bocetinha molhada e chupo sua pele, deliciando-me na parte mais sensível, fazendo-a arquear as costas. Aproveito a situação para distraí-la com uma massagem em um de seus mamilos enrijecidos.
— Oh, Knight — Alessa geme alto, transformando-me em um maníaco possessivo.
Aprofundo minha língua para dentro, sentindo quão apertada ela é. Se minha língua tem dificuldade de entrar, nem imagino como será quando eu tiver meu pau enterrado dentro dela.
Porra! Tudo fica bom. Fodo sua boceta, chupando, lambendo, indo e vindo dentro dela, sentindo que minha mulher está prestes a ter seu primeiro gozo despejado na minha boca.
— Eu... Ahhhh... — Remexendo os quadris, ela geme baixinho.
Tiro minha boca da sua intimidade para substituir por meus dedos.
— Grite meu nome, *baby*, isso é bom *pra cacete* — falo sem me afastar.
Faço círculos com o polegar em seu clitóris lentamente, torturando-a um pouco mais.
— Vamos, querida, goze. Eu sei que você quer — ordeno, enfiando a língua em seu umbigo enquanto meu dedo fode sua boceta com mais força.
— Oh, oh, Axl... — Com a boca aberta, ela aperta os olhos enquanto deslizo meus dedos para pegar um pouco do seu gozo e levar até a minha boca.
— Você é maravilhosa — falo, chupando o líquido do prazer que lhe proporcionei.

— Céus, isso foi incrível!

Alessa ri, olhando para mim com as bochechas avermelhadas.

— É só o começo, o melhor ainda está por vir — falo, com um tom de promessas futuras.

— Posso te recompensar também? — pergunta, ainda envergonhada.

Passo meus olhos pelo seu corpo despido e sou obrigado a admitir para mim mesmo que se não comer minha mulher nos próximos minutos, vou acabar enlouquecendo.

— Pode — falo e me levanto da cama. — Seja uma boa menina e abra as pernas, *baby*. Receber meu pau nessa boceta apertada é a melhor forma de me recompensar.

Foda-se se pareço um fodido tarado!

Quero que Alessa saiba o quanto me fascina e me deixa louco de tesão, e a única maneira de conseguir isso é sendo sincero. E meu pau não pode mais esperar, essa é a grande verdade que ela precisa saber.

Pelo menos, por enquanto.

CAPÍTULO 36

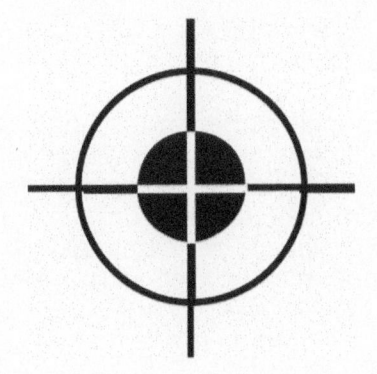

ALESSA

Meu coração bate acelerado todas as vezes que Axl me olha e sorri lindamente. É uma tortura deliciosa. Minha boca seca quando ele pega o frasquinho de iogurte e faz movimentos com a língua, depois fecha os olhos e geme. Engulo em seco ao me lembrar do nosso momento.

— Quer que eu faça algo para você comer? — pergunto e vou na direção da geladeira.

— Estou tranquilo, pode fazer apenas para você — fala, com a voz distante. — Preciso falar com Spencer, ele me ligou mais cedo.

— Claro! Tudo bem... — murmuro.

Axl se levanta e sai da cozinha. Decidida a tomar um banho, sigo para o chuveiro, e ao colocar a cabeça debaixo da água, começo a pensar nos últimos acontecimentos e, de repente, eu me lembro da bendita caixa.

Ainda não tive coragem de abri-la, mas me dei conta de algo. Meu tio Conan ficou estranho quando pesquisei sobre Viktoria Ivanov e me pergunto quem é essa mulher misteriosa e grande chefe da máfia russa? Será que...? Não! Não pode ser, não acredito nisso.

Afasto esses pensamentos, saio do banho e me visto, voltando para a cozinha em seguida.

— Ei, olhe para mim. — Soa como um pedido, mas sei que é uma ordem.

Axl se inclina e beija a parte de trás do meu pescoço, que me faz estremecer violentamente. Tudo formiga em mim quando seu corpo se cola ao meu.

— Você é minha, agora, *baby* — sussurra, desfazendo o laço que prende meu cabelo.

— Sou sua — afirmo, virando-me para ele.

Seus olhos têm uma cor diferente, parecem estar mais claros e intensos, gosto do que estou vendo. Tomo as rédeas e levo minhas mãos ao seu rosto, acariciando seu maxilar com as pontas dos dedos enquanto Axl fecha os olhos e sorri.

— Eu te desejo tanto, que meu pau chega a latejar implorando para entrar em você de novo — fala, descendo as mãos para a minha cintura. — Quando você estava no banho, tive de me controlar para não o invadir e tomá-la mais uma vez.

Sua voz rouca me deixa molhada.

— Eu não reclamaria se tivesse invadido — confesso, pegando uma de suas mãos e trazendo para meu coração.

Sinto a pele macia do meu marido, e é maravilhosa essa sensação, ela me faz fervilhar. Estou à flor da pele, eu o desejo mais que tudo na vida, e é um sentimento genuíno, diferente. Meu coração fica em brasas cada vez que ele me toca, deixando-me intoxicada.

Estou perdidamente apaixonada por esse homem.

— Eu sei que não, *baby*, mas está dolorida e ainda não me perdoei por ter te machucado — afirma Axl.

— Axl, preciso de você — falo baixinho ao seu ouvido enquanto abraço seu corpo na tentativa de seduzi-lo.

Ele deixa beijos em meu pescoço, ombro e seios, afastando-me de leve do seu corpo.

— Estou preocupado, mas não sou forte o bastante para resistir se você continuar me pedindo para te comer de novo, *baby*.

— Por favor... — imploro num fio de voz.

— Porra, Alessa! — Axl grunhe entredentes. — Sou todo seu. Me diga o que você quer? — ele brinca, com um lindo sorriso.

— Quero você — revelo sem pensar, intensificando o brilho da malícia nos olhos dele.

— Não precisa pedir duas vezes, querida esposa.

Coro com a intensidade que ele me encara.

— Quero tudo que tiver para me oferecer, querido marido.

Meu subconsciente me reprime, mas desafiá-lo é mais gostoso.

— Vou te dar o mundo, *baby* — ele murmura, erguendo o rosto.

Assusto-me quando ele enfia as mãos debaixo do meu vestido e o sobe até a altura dos meus seios, que agora estão expostos.

— Levante os braços — ordena ele.

Sem quebrarmos o contato, Axl me despe, deixando-me somente de calcinha.

Ajoelhando-se à minha frente, ele lambe meu umbigo enquanto desce a última peça, tirando-a pelos meus pés.

— O que vai fazer comigo? — sussurro, gaguejando.

— Vou foder tanto essa bocetinha, que você vai ficar uma semana sem andar — Axl diz, beijando a minha barriga.

Os olhos do homem possuem uma excitação ilimitada.

— É uma ótima ideia, Sr. Knight — falo, trêmula.

— Não vejo a hora de me enterrar em você — diz, beijando minhas coxas expostas.

— Axl... — Solto o ar pela boca. — Você não vai...

Calo-me quando ele levanta uma perna minha e a põe em seu ombro, então acabo batendo minhas costas na porta fria da geladeira.

— Vou, mas antes preciso do seu gosto na minha boca — revela, assoprando em minha parte íntima.

Tento me afastar, porém sua mão me impede.

— Não se atreva a me negar o que é meu, Alessa. Conheço cada centímetro do seu corpo.

Mordo os lábios quando a língua quente dele passa pelos meus lábios vaginais. Ele chupa com tanta força, que sou forçada a fechar os olhos e abrir a boca para gemer.

— Oh... Ahhhh... Axl! — grito, enfiando minhas unhas no seu couro cabeludo.

A sensação de euforia me faz delirar, Axl é bom *pra caralho* no que faz.

— Não goze até eu mandar, *baby* — fala, fazendo-me gemer de frustração.

Sua língua me devora, impiedosa e enlouquecedora, ao mesmo tempo em que seus dedos me invadem, enfurecidos. Eu gemo, suplico e chamo seu nome quando explodo em um orgasmo alucinante, desmanchando-me em sua boca.

Lembranças da noite anterior aparecem, quando Axl cobriu meu corpo com o seu, todo preocupado, carinhoso e delicado, colocando-se entre as minhas pernas. Olhando no fundo dos meus olhos, ele me invadiu com um único movimento, silenciando meu grito de dor com um beijo voraz e faminto.

Meu marido acariciou meu cabelo, pediu perdão pela invasão repentina mais vezes do que consigo me lembrar, e suportou a própria dor por ficar parado dentro de mim para que eu pudesse me acostumar ao seu tamanho, como se seu sacrifício não fosse nada perto do meu incômodo.

— Estar dentro de você é o paraíso, *baby*... — Foi tudo que Axl disse.

Então, quando seu corpo começou a se mover, luzes coloridas piscaram sob minhas pálpebras, e o prazer que ele me proporcionou substituiu a dor, transformando meu mundo. Naquele momento, em que Axl tomou meu corpo para si, levou de brinde meu coração e minha alma.

Agora, quando ele coloca minha perna de volta no chão, eu me seguro na geladeira para não cambalear. Num ato inesperado, meu marido me pega no colo e depois, quando encosto o rosto em seu ombro, sussurra ao meu ouvido:

— Quero te possuir de todas as maneiras e posições, amor.

❧━━━━━━━❧

Eu não me lembro se agradeci Axl por ter intercedido por mim quando Oliver exigiu uma prova da consumação do nosso casamento, mas se eu tivesse me esquecido de fazê-lo, esse seria o momento perfeito, porque estive pensando sobre tudo e decidi que lhe entregaria a minha vida, assim como já dei meu coração.

Talvez eu precisasse me arrepender do que fiz para entender o que estava sentindo. Faz alguns minutos que ele está no banheiro e eu deitada na cama com um lençol fino cobrindo minhas partes íntimas.

— Desculpe a demora, o ralo da banheira está ruim, não poderemos desfrutar dela — fala Axl, aparecendo no meu campo de visão. Seu cabelo preto está puxado para trás, sua pele morena brilha, os lábios carnudos me fazem desejar ainda mais sua boca colada na minha.

— Axl — começo pausadamente —, preciso falar com você.

— Por favor, Alessa, não me diga que se arrependeu.

Dou um sorriso acanhado, afastando o lençol e me expondo para ele.

— Você disse que tinha planos para nós dois, quero que saiba que estou disposta a ouvir e também aceitar se estiver ao meu alcance.

— Não vou falar sobre os meus planos, *baby*, vou mostrar cada um deles.

Desabotoando o jeans, Axl vem em minha direção.

— O que vai fazer comigo?

Tento soar tranquila quando ele fica só de cueca. Seu membro enrijecido mal cabe sob o tecido.

— Vou te proporcionar tudo que desejar— sussurra, olhando no fundo dos meus olhos. — Quero que seja somente minha. Vou te fazer gozar gostoso, beijar seu corpo sempre que tiver vontade, chupar você todinha e te comer em todos os cantos.

Subindo na cama, Axl continua me mirando sensualmente. Quando vou abrir a boca, sou impedida pelo dedo dele contra meus lábios.

— Shhhh...

Pegando meu cabelo por trás, o homem faz um movimento brusco e me põe de costas, com a bunda empinada.

— Oh... — gemo, mal percebendo o líquido que escorre entre minhas pernas.

Estou excitada de uma maneira que nem imaginava ser possível.

— Que visão do inferno — urra Axl, dando um tapa na minha bunda.

Pondo seu peso por cima do meu corpo, ele começa a fazer uma massagem nos meus ombros, esfregando seu pau grosso na minha bunda.

Seus lábios grudam nas minhas costas até que chegam ao ponto que quer e ele começa a lamber devagarinho meu ânus. Arregalo os olhos ao me lembrar das suas promessas loucas. Depois de meu marido ter me deixado molhada com sua saliva, ele vem até minha orelha.

— Vire de frente e abra as pernas. Agora.

Obedeço prontamente, e ele trilha beijos pela minha barriga, provocando calafrios, e quando alcança minha virilha ele sorri.

— Eu preciso de você, Axl — falo, certa do que quero.

— Eu sei, *baby*. Seu corpo não mente para mim — fala, soprando meu clitóris.

— Eu quero — insisto. — Por favor! Você está me torturando — resmungo.

— Sua boceta está pingando para mim, *baby* — murmura, posicionando-se melhor em cima do meu corpo.

O contato da sua pele contra a minha é tão intenso, que sinto a conexão profunda e inquebrável entre nós.

— Eu te amo e não quero ser sua mulher apenas por causa do acordo, ou seja lá o que for. Eu quero ser sua por inteiro, de corpo e alma — confesso, encarando-o.

Acariciando minha bochecha, Axl traz seus lábios até os meus, iniciando um beijo desejoso e cheio de promessas. Fico imóvel quando ele tira a cueca e a luxúria domina seus lindos olhos.

— Se doer, quero que se concentre em mim — ordena, seu comprimento cutucando minha entrada. — Não vou usar camisinha dessa vez, Alessa. Preciso sentir pele contra pele.

— É... você... — gaguejo, incapaz de concluir meus pensamentos.

— Eu nunca transei sem camisinha com ninguém, ninguém mesmo. — Ele dá ênfase nas duas últimas palavras. — Sempre me cuidei.

— Ok... — assinto, nervosa.

— Confie em mim, Alessa — ordena; a sinceridade em seu olhar.

— Eu confio — falo sem titubear.

— Você é a única que eu quero, *baby*. Só você.

Axl me agarra pelos quadris, puxando-me para si de forma possessiva. E no instante em que seu membro toca a minha intimidade, sinto que me perdi para ele. Totalmente.

Ele me deixou tão molhada, que seu pau desliza com facilidade, enterrando-se em mim de uma só vez. Mordendo meus lábios, eu me entrego sem reservas a esse homem.

— Mais forte, por favor... — sussurro, precisando de mais.

— Porra, Alessa! Assim você me deixa louco — sussurra com a voz carregada de desejo, aumentando a intensidade das estocadas. — Acho que estou alucinando, caralho! Estar dentro de você é a porra do paraíso!

— Não pare — peço, baixinho, tentando controlar a enxurrada de emoções.

— Nem que eu quisesse, *baby*. Nada me tiraria dessa boceta!

Ele acelera o vai e vem dentro de mim.

Eu o abraço, enquanto ele mete com força. Ofegantes, gememos juntos.

— Gostosa *pra caralho*, *baby* — rosna, beijando meus seios e segurando meus quadris.

Acompanho o ritmo do meu marido e ele geme alto contra meu pescoço suado.

— Oh... Oh... Axl... — imploro quando meu marido apoia minha perna em seu ombro, entrando ainda mais fundo em mim. — Oh... Por favor...

— Meu nome, Alessa! Quero ouvir você gritar meu nome, porra! — ele grunhe, acelerando os movimentos.

Axl parece fora de si, transtornado, e sua expressão selvagem faz todo meu corpo vibrar por mais.

— Acho que eu... Oh!

Meus gritos são tão altos que se tivéssemos vizinhos, eles ouviriam.
Axl aumenta ainda mais o ritmo, socando forte e duro.
— Goza bem gostoso para mim, amor.
Axl belisca um de meus mamilos, fazendo-me chegar ao limite.
Mordo meus lábios e não contenho o gemido escandaloso que ecoa dentro do quarto, denunciando meu orgasmo. Ele sai de mim e se dá prazer com as mãos.
— Posso ajudar você? — pergunto, maliciosa.
— Porra, Alessa!
Desço meus olhos até o membro grosso de Axl, cheio de veias saltadas, longo. Ele não se segura e goza na minha coxa antes de se deitar ao meu lado.
— Você é oficialmente minha, Sra. Knight — sussurra, beijando meu ombro.
— Você me deixou cansada — falo, fingindo estar zangada.
— Ainda nem comecei com você, *baby*. O que acha de tomarmos um banho? — sugere, saindo da cama.
— Ainda estou sem energia, pode ir primeiro e...
— Nem fodendo! — Axl me interrompe. Solto um gritinho manhoso quando Axl me pega no colo e me carrega para o banheiro. — Eu disse que você é minha, Alessa, e eu cuido do que é meu. Acostume-se a isso ou vou ser obrigado a te castigar.
Não respondo, mas por dentro anseio saber que tipo de castigo eu receberia se o desobedecesse. Axl James Knight é um incêndio, e meu marido.
Todo meu.

CAPÍTULO 37

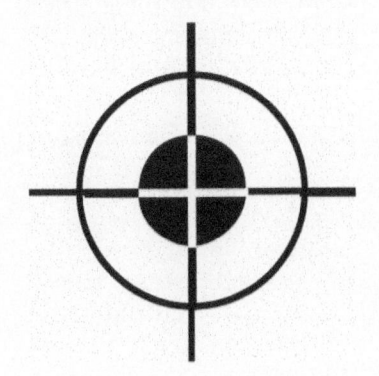

AXL

Ontem fiz contato com Spencer e ele me contou que havia descoberto mais coisas que estavam relacionadas a Viktoria Ivanov, ou seja, Melissa Jones. Tive uma vontade enorme de procurá-la e arrancar toda a verdade da desgraçada na marra, porém tinha minha mulher, que não podia ser abandonada no meio de uma guerra por conta da minha fúria.

Descobrir que Melissa não passava de uma psicopata manipuladora exigiu todo meu autocontrole para não caçá-la como a cobra venenosa e traiçoeira que ela é. Mas, por Alessa, eu me segurei, contive meu lado impulsivo e deixei a sensatez comandar meus instintos, porque tudo estava em jogo, principalmente a segurança da minha esposa.

Ela respira com tranquilidade com a cabeça apoiada em meu peito, seu cabelo achocolatado cai pelo seu rosto, dando-me o vislumbre do quanto minha mulher está em paz. Aproveito nosso momento silencioso e tiro as mechas rebeldes da sua face para observá-la melhor.

— Você é tão linda, como não enxerguei isso antes? — sussurro, acariciando seu ombro despido.

Despertando aos poucos, ela geme baixinho quando beijo seu pescoço.

— Você costuma ser amável sempre? — pergunta, ainda de olhos fechados.

Seus lábios iluminam um grande sorriso, o mesmo que faz meu coração acelerar e meu pau engrossar.

— Depende da ocasião — brinco, e ela abre os olhos.

— Preciso tomar banho e ligar para Aubrey, saber como andam as coisas por lá — diz ela.

— Não quero que se preocupe com nada, tente relaxar. Sua prima está sob a proteção do meu irmão — falo, deslizando meus dedos por sua pele macia.

— Preciso fazer algo — exclama e sai dos meus braços. Rio quando nota meu olhar esfomeado em seu corpo nu. — Você está engraçadinho hoje.

— Vou ligar para Spencer — falo antes que ela saia do quarto com um lençol cobrindo seu corpo.

Não sei como Alessa reagirá quando souber que Conan esconde informações sobre sua origem, mas tenho certeza de que ela sofrerá muito, sem contar a carta que ele me deu antes do casamento, e pediu que a guardasse. Não quebrarei a promessa que fiz de só abrir o envelope caso algo aconteça com ele.

De costas para mim, Alessa termina de passar o protetor solar nas pernas. Sentado na cama, tenho uma bela visão do seu corpo. São mais de três da tarde, estamos planejando sair para caminhar um pouco.

— Quando iremos voltar para a nossa casa? — pergunta, ainda de costas. — Estamos há dois dias aqui. — Ela se vira para mim.

— Em breve — falo o necessário, levantando-me da cama. — Quando tudo se resolver, eu tenho algo para você.

Esse aviso a faz sorrir.

— E o que meu marido tem para mim? — brinca, encarando-me.

— Eu tenho muitas coisas, basta pedir que te dou — provoco, tocando a sua cintura coberta pelo tecido de sua blusa.

— É uma proposta tentadora — fala, soltando um riso. — Axl, você pensa em ter filhos?

— Sim, por que me está me perguntando isso? — indago, acariciando sua bochecha.

— É... É... Porque você não quis... — Alessa gagueja mais do que o normal, porém, eu sei do que está falando.

— Eu não gozei dentro de você porque quero que tenha certeza de que quer ser mãe.

— Hum... Melhor assim. Iniciei hoje o uso do anticoncepcional, e não teria dado tempo para evitar uma gravidez não planejada. Sem contar que realmente não sei se estou preparada para a maternidade — Alessa fala com muita insegurança.

— Pare de pensar besteira, querida, em momento algum eu disse que não queria ter filhos — murmuro, e ela me encara seriamente. — Na verdade, um dos meus maiores sonhos é ser pai, só não quero que nada prejudique seu futuro. Não que nosso filho fosse impedir que você realize seus sonhos, mas é muito cedo para pensar no assunto. Foque na faculdade.

Alessa me olha como se eu fosse um extraterrestre.

— Estou conhecendo um homem maravilhoso que eu não fazia ideia que existia. — Sorrio quando ela aponta para o meu coração. — Suas ações dizem muito a seu respeito.

— Eu quero te fazer...

Sou interrompido pelo meu celular, que começa a tocar sem parar em cima da cômoda. Tento ignorar, mas Alessa não deixa.

— Atenda, enquanto isso verei algo na cozinha — fala, olhando para o celular que toca em cima do móvel.

— Deve ser um dos meus irmãos — insinuo, no entanto, minha intuição alerta para o perigo.

— Bem, espero que possa resolver o que quer que seja.

Minha esposa me dá um selinho antes de sair do quarto.

Nunca tive tanta vontade de arremessar meu celular na parede quanto agora.

Admito que a mulher pensa que é corajosa por me ligar, mas a sua ousadia vai ser sua ruína.

— O que quer? — pergunto sem lhe dar a oportunidade de se manifestar primeiro.

— *Queria parabenizar o pequeno Spencer, ele conseguiu o que vocês nunca conseguiram.* — A voz dela está transformada, não é a mesma de antes. — *Descobrir minha verdadeira identidade.*

— Qual delas? Pelo que sei, você tem várias — debocho, ouvindo seu grunhido. — Aliás, já que estamos em um momento de agradecimentos, quero te agradecer por ter me avisado que meu irmão levou um tiro. — Fixo meu olhar nos lençóis bagunçados da cama e continuo a falar: — Não sei se a emboscada foi ideia sua, mas se não fosse por você, eu não teria conhecido a mulher da minha vida.

— *O que quer dizer com isso?* — Sua voz é áspera.

— Não é da sua conta, Arlyne Ivanov — digo em um tom baixo.

— *Antes era tudo da minha conta, amor.* — Sua voz melosa estimula minha vontade de matá-la. — *Como anda a lua de mel? Já se convenceu de que a garota não serve para você?*

— Estou muito ocupado para perder tempo com você, diga o que quer. — Ignoro seu comentário e ameaço: — É melhor pensar bem no que vai falar, ou vai se arrepender amargamente.

— *Como você se sente, agora que sabe que dormiu por tantos anos com a mulher que deseja sedentamente ter a família Knight reduzia a pó.* — Melissa tenta me provocar, mas falha miseravelmente.

— Você deveria ter aproveitado melhor a sua chance — afirmo, impondo-me às suas loucuras. — O jogo mudou, e antes que faça qualquer coisa contra minha família, eu te mato.

— *Eu quero a garota.* — Fico sem entender que merda ela está falando.

— *Eu quero Alessa morta. Me dê o que eu quero e seus irmãos viverão.*

Por um breve segundo, penso que estou com problema auditivo, só isso para explicar o que estou ouvindo.

— Sempre foi ela, não é? — Rio amargamente. — Você nunca vai colocar suas patas sujas em cima da minha mulher para concretizar sua vingança de merda. Quanto aos meus irmãos, boa sorte! Você pedirá para morrer antes de eles começarem a brincar e ninguém vai sentir sua falta quando seu corpo desaparecer dentro de uma cova rasa.

Reverto o jogo, ciente de que Melissa não se atreverá a tocar em minha mulher. Mesmo que se mostre determinada, sei que não vai ousar ir tão longe.

— *Podemos fazer um acordo de paz se me der a garota, eu sei que ela está com você.*

— Para tocar nela, você vai ter de me matar primeiro, porque enquanto eu respirar, serei o único a tocar na minha esposa.

— *Prepare dois caixões, porque mandarei a bastarda e você para o inferno, Axl.*

— Já pensou em procurar ajuda de um especialista? Talvez ainda dê tempo para curar essa merda de doença que você tem — zombo, notando a sombra por baixo da porta.

Mesmo se não notasse, o aroma que preenche o quarto denunciaria a chegada de Alessa.

— *Não quer dar um "oi" para Spencer e Carter antes de eles serem executados?* — Recuso-me a acreditar no que ela diz. — *Estava ligando para Spencer? É uma pena que um celular tão bonito e cheio de informações tenha virado...*

Essa é a razão de eu não ter conseguido falar com ele.

— Você não...

— *Eu quero a garota! Eu te darei um dia para trazer a bastardinha para mim.* — A desgraçada ri.

— Como vou saber que está falando a verdade se você vive a base de mentiras? — pergunto, desejando que ela esteja mentindo.

— *Quem fez esse corte nas costas de Carter e deixou uma cicatriz? Foi em algum treinamento? Como ele reagiria se meu irmão enfiasse uma faca no mesmo local?*

— Não vou dar porra nenhuma! E quando eu encontrar meus irmãos, você irá implorar para viver. Só que será tarde demais — vocifero, já perdendo a paciência.

Ela encerra a ligação sem dizer mais nada.

— Droga! — Jogo meu celular no chão. — Desgraçada!

Preciso voltar para a minha casa, meus irmãos precisam de mim, mesmo que não tenham dito. A união dos irmãos Knight é o que nos torna mais fortes.

— Axl... — Olho para cima e encontro Alessa me olhando, assustada. — O que houve? Com quem estava falando? O que houve com seus irmãos?

Tantas perguntas... E consigo ler outras mais em seus olhos.

Por minha vontade, ainda não diria nada a minha mulher, mas percebo que não tenho como adiar essa conversa; principalmente quando ela faz parte de toda trama.

Domando minha raiva, bato no espaço ao meu lado e peço:

— Venha... Senta aqui. Preciso te contar uma coisa.

— O que é? — indaga ao me obedecer, ansiosa. — Axl... Por favor, fale de uma vez!

É o que faço. Sendo objetivo, começo pela real identidade de Melissa Foster e seu envolvimento com nossos inimigos russos, sua posição à frente da Orekinski e finalizo na parte que mais me incomoda; o sequestro de meus irmãos.

— Meu Deus... — Alessa sussurra, encarando-me com espanto. — Argh! Aquela mulher é muito pior do que imaginei!

— Foi uma surpresa para todos nós, acredite — asseguro seriamente. — E tem mais...

— Mais?!

— A víbora tentou negociar, dizendo que devo te entregar a ela para ter Spencer e Carter de volta.

De repente ela se levantar de olhos arregalados.

— Você não pode perder seus irmãos por minha causa.

— E eu não posso perder você por causa dessa filha da puta — vocifero também me pondo de pé, furioso, para que Alessa nem sonhe em dar uma de boa samaritana.

— Então... O que faremos? — pergunta ela, tocando em meu ombro.

— Vou rastrear a localização dela por essa ligação e quando encontrá-la, vou acabar com essa psicopata de uma vez por todas.

— Você está bem com isso tudo? Tem certeza de que quer matar Melissa?

Minha garota está assustada, dá para ver em seus olhos.

— Ainda duvida do meu amor? — Nega com a cabeça. — Melissa mexeu com minha família, e não vou permitir que ela viva para contar a história — rosno entredentes.

— Estou com medo de que ela possa te machucar.

— Morta, Melissa não vai machucar ninguém, *baby* — murmuro, decidido a dar um fim na existência da maior inimiga dos Knights.

Vou matar a desgraçada com as minhas próprias mãos, por Alessa e por todos aqueles que tiveram a infelicidade de cruzar seu caminho.

CAPÍTULO 38

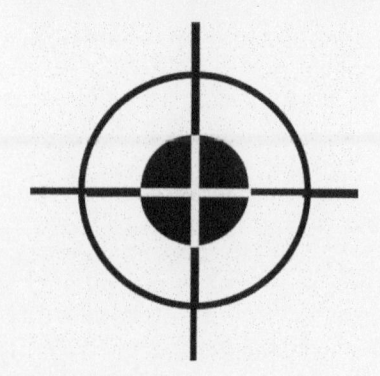

ALESSA

Os dedos de Axl estão brancos contra o volante do carro, seu cabelo ficou desgrenhado quando ele teve de trocar o pneu, que acabou furando na estrada. Eu comecei a ficar preocupada com seus olhares para o celular, apavorada, porque Axl Knight deseja vingança e estou com medo do homem ao meu lado, não por mim, mas por qualquer um que tentar impedi-lo.

— Depois daqui você vai para onde? — Arrisco-me a perguntar, e ele ergue o rosto para me encarar.

— Resgatar meus irmãos — fala, convicto.

— Você não deve ir assim de cara... Sozinho! Para isso serve o Conselho, Axl! Peça ajuda, por favor! — praticamente imploro, sentindo a dor impregnar no meu coração. Acariciando seu cabelo, sussurro: — Eu não posso perdê-lo.

— Que se ferre o Conselho, querida! Não preciso da ajuda de nenhum deles para fazer o que pretendo! — brada, acelerando o carro. — Falta pouco para entrarmos na cidade.

Engulo em seco e balanço a cabeça, confirmando. Talvez Axl precise de armas e uma boa estratégia, já que irá sem ninguém para lhe dar apoio.

— É... Meu tio me deu uma maleta. — Encolhendo-me no banco, revelo: — São armas, elas estão todas novas... Tio Conan disse que foram do meu pai.

— Eu não sabia que guardava armas dentro da nossa casa — fala ele, sorrindo, tentando me tranquilizar.

Céus! Por que eu sinto o cheiro da morte?

— Em momento algum escondi, só não tive uma chance de contar.

— Pode me contar agora — pede, piscando para mim. — Realmente minha linda esposa tem armas em casa?

— Axl, eu quero que você fique com elas — falo, decidida.

— Eu não...

Axl é interrompido pelo barulho do toque do seu celular em cima do painel.

— Merda! — Pegando o dispositivo, ele atende à ligação de quem quer que seja.

— Quem é? — indago, preocupada.

— Alec — fala, pondo a ligação no viva-voz em seguida.

— *Pegaram Spencer e Carter* — Alec fala, deixando Axl mais tenso, a veia em seu pescoço saltada. — *Sua ex é uma vagabunda. Ela esteve todos esses anos seguindo nossos passos.*

Em outra ocasião, eu riria das palavras de Alec, porém, a situação está tão feia, meu sangue ainda ferve tanto por saber que Melissa o enganou por tanto tempo e ainda teve a ousadia de prender meus cunhados, que a possibilidade de achar alguma coisa engraçada é zero.

— Não quero saber daquela mulher, Alec — confessa Axl. — Quero saber o que estão fazendo para encontrar meus irmãos, porra! — Aperta o volante com força.

— *Estamos tentando agilizar tudo, não queremos invadir o território deles sem uma boa estratégia. Seria loucura atacar agora, sem saber como atuam por lá* — Alec replica. — *Você se lembra de que comentei sobre pessoas observando sua conversa com a cadela no estacionamento do bar?*

— Lembro, Alec —Axl responde, erguendo o olhar em minha direção. — O que isso tem a ver?

— *Desde aquele dia eu consegui tudo o que queria.*

Arregalo meus olhos com as informações de Alec.

Oh, ele é um traidor?

— Alec... Você não teria coragem de nos trair, não é?

Inquieto, meu marido pega o celular do painel, tira do viva-voz e o leva ao ouvido. Quero perguntar se irá conduzir o automóvel somente com uma das mãos, mas deixo para o esquecimento quando ele solta um palavrão baixinho.

— Por que você não me disse isso antes? Se tivesse me dito que desconfiou dela trocando olhares com os russos, nós não estaríamos nessa situação, caralho! — gritando, encerra a ligação.

— Vai dar tudo certo — falo para acalmá-lo.

— Alessa, preciso ter certeza de que você vai estar em segurança antes que eu vá — comenta.

— Não fale como se não fosse mais voltar — sussurro, acariciando seu pescoço.

— Vou te levar para um esconderijo e quero que me prometa que não vai confiar em ninguém até que essa guerra esteja acabada. Está me ouvindo? Nem mesmo em Enrique — avisa, firme. — Somente em mim.

— Por que está me pedindo isso?

— Porque estamos em uma maldita guerra pelo poder, Alessa, e traidores ao nosso redor é o que mais têm.

Essa última frase antes de ele voltar sua atenção para a estrada me deixa em pânico.

O trajeto para casa foi tenso, a todo momento Axl olhava para seu celular, conferindo algo importante. O melhor de tudo é que mesmo com todos os problemas nos rondando, em momento algum ele me tratou mal, continuou sendo o mesmo homem carinhoso que me possuiu na casa de campo.

Assim que meu marido estaciona em frente ao nosso prédio, ele sai do carro e abre a porta para que eu desça também. Os acontecimentos passam como um flash, tudo muito rápido, de repente, já estamos dentro do elevador sem nem mesmo pegar as bagagem que estão no porta-malas.

— Quando eu voltar, pego nossas coisas — avisa Axl, com a mão na arma do cós da calça.

Como ele esteve com ela esse tempo todo sem que eu notasse?

Meus lábios ficam secos quando começo a reparar no corpo dele. Axl está com uma jaqueta jeans, blusa preta colada que destaca seu porte maravilhoso. A calça jeans marca um pouco seu membro, o que me faz engolir em seco e me repreender por estar pensando besteiras.

— Você me ouviu?

Quase engasgo quando Axl passa o braço em volta da minha cintura.

Quando me tornei tão fácil assim?

— Sim? — afirmo e questiono ao mesmo tempo em meio a um gemido, manhosamente. — Já estou com saudade.

— Antes de ir quero te dar algo.

Inesperadamente tenho meu corpo pressionado contra as paredes geladas do elevador, que acaba de parar no meio do caminho depois que Axl aperta o botão de emergência.

Lambendo meu pescoço, ele ergue minha perna até chegar ao seu tronco, em seguida, roça seu pau contra a minha intimidade por cima do tecido do vestido. Ali dentro, somos apenas nós dois numa bolha de proteção. Ataco os lábios entreabertos do meu querido marido, seus movimentos com a língua me levando à beira da loucura.

— Abra mais as pernas, querida.

Faço o que ele manda, sem contestar.

— Axl... — gemo, sentindo sua mão entrar por baixo do vestido.

— Eu quero te comer — sussurra contra os meus lábios. Suas palavras me deixam ainda mais excitada. — Bem gostoso.

Soltando meu corpo, ajoelha-se à minha frente. Ele cheira minha coxa com força e dá uma mordida de leve.

— Axl, por favor, eu... — murmuro.

Ele levanta a saia do meu vestido e a enrola na minha cintura.

— Seria maravilhoso te deixar nua, mas não quero correr o risco que alguém veja o que é só meu para olhar — fala, puxando minha calcinha com os dentes.

Meu coração dá início a sua maratona particular.

— Oh, você não parou o elevador? — pergunto, respirando com dificuldade.

— Temos dez minutos — Safado. Ele se levanta e me encara. — Não se preocupe, *baby*, vou fazer você gozar antes disso.

Apoio minhas mãos em seus ombros quando ele ergue meu corpo para que eu fique em seu colo. Não tenho mais vergonha de ficar nua na frente dele, muito pelo contrário, sinto-me segura como jamais aconteceu antes.

— Faça valer a pena — peço quando ele encosta minhas costas na parede gelada e desabotoa sua calça jeans, comigo presa ao seu corpo.

— Quero gozar dentro de você — comenta, dando-me uma visão deliciosa do seu mastro.

— Você tem camisinha no seu bolso? — interrogo.

— Não, não tenho. — Axl ri, encaixando seu membro na minha entrada, que arde um pouco com a pressão. — Prometo que tiro quando chegar ao limite.

Para mim tanto faz, eu só o quero dentro de mim. Mordo meus lábios para reprimir o gemido escandaloso assim que Axl começa a se movimentar em círculos, deixando-me totalmente à mercê das suas investidas tentadoras.

— Oh... — sussurro, fechando os olhos quando ele beija, morde, chupa e lambe meu pescoço.

— Você é tão quente, que seu fogo chega a incendiar meu pau — ele grunhe, entrando e saindo com furor, enlouquecendo-me de tanto desejo. Não suportando o tesão avassalador, eu o arranho, arrancando um gemido rouco. — Isso, gostosa... Vai, rebola no meu pau.

Axl me afasta e eu me concentro na minha missão.

— Acho... Oh, Axl. — Arregalo os olhos quando ele segura firme meu cabelo.

— Me beija, Alessa!

Alcanço sua boca para beijá-lo, minha língua explora a sua. Ao mesmo tempo em que alcanço o êxtase, minhas pernas tremem mais do que gelatina.

— Axl, eu te... — Minha garganta trava para que nada saia. Não quero me declarar novamente, não agora. Olhando em seus olhos, digo: — Eu te quero...

— Eu te amo, Alessa! — ele diz. Engulo em seco, fingindo não estar abalada. — Por isso quero que você fique segura. Fico louco só de pensar que alguma coisa de ruim pode acontecer a você.

Lágrimas insistem em brotar no canto dos meus olhos. É uma mistura de emoção com prazer, perfeito para o dia de hoje.

Mas isso não é capaz de acabar com a guerra que está por vir.

— Que porcaria, Axl! Como você me bate assim, sem mais e nem menos? — grita Alec, limpando o sangue no canto de sua boca.

Meus lábios doem por eu apertá-los a cada segundo. Acredito que todos os homens ao redor notaram o que Axl e eu estávamos fazendo no elevador, porque alguns tinham a cabeça abaixada e outros fingiam que eu não existia, mas Alec sorria debochadamente como se dissesse "eu sei que vocês transaram".

— Isso é por ter escondido algo tão importante! — grita Axl.

Os dois homens discutiam desde que meu marido bateu os olhos em Alec.

— Deixe de ser um bundão e escute minhas sugestões para trazer os bastardos de volta — fala Alec, rindo. — Só um aviso. Quando isso tudo acabar, eu descontarei o murro.

— Axl, me dê as chaves, quero entrar — sussurro, torcendo para que isso tudo não passe de um sonho.

Alec agora está conversando com quatro homens estranhos num canto mais afastado no corredor. Pelo seu semblante, parece que algo mais aconteceu.

— Tudo bem. Daqui a pouco eu entro, só vou terminar aqui — fala Axl, tirando as chaves do bolso da sua jaqueta jeans. — Se precisar de alguma coisa, é só me chamar.

— Se cuide — peço baixinho antes de lhe dar as costas.

CAPÍTULO 39

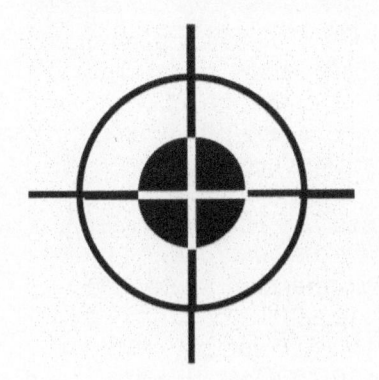

AXL

Minha cabeça lateja, eu já não sei mais o que pensar ou a quem recorrer. A cada hora ouço sugestões e estratégias, mas nenhuma delas serve para tirar Carter e Spencer das mãos dos nossos inimigos. Faz dez horas que Alessa e eu estamos de volta à cidade, e foram todas cansativas.

— Por que trouxe sua mulher com você? Deveria tê-la deixado com Enrique — comenta Ezra, ajeitando o carregador da arma AK 47 em cima da mesa do escritório de Killz.

— As cláusulas do casamento estão mais que claras. Após meu casamento com Alessa, ele deve ficar longe. Não quero esse cara perto da minha mulher — resmungo, conseguindo o apoio de Killz.

— Isso não justifica, Axl. É a segurança da sua esposa! — exclama Ezra, alterado. — E se neste momento os nossos inimigos viessem nos confrontar aqui? Como iria proteger Alessa e você?

— Deixe-o, Ezra. Axl só está com ciúmes. — O imbecil do Alec ri, mas seu semblante muda rapidamente. — Tudo bem que Axl tem suas razões, mas não estamos com tempo para discutir relacionamentos amorosos.

— Só falei o que penso — interrompe Ezra, encarando-me desafiadoramente.

— Pelo menos uma vez na vida, um Knight deve seguir as leis — fala Killz seriamente. — Nós já demos mole demais para os russos, mas agora é a nossa vez de reverter essa merda.

— O que sugere? — pergunta Alec, terminando de colocar as armas importadas dentro da mala.

— Temos de encontrar um filho da puta que esteja disposto a fazer a troca — argumenta Killz, deixando-nos cientes de suas intenções. — Sempre há um medroso que não aguenta a pressão e acaba abrindo a boca.

Assim que meu irmão mais velho fala isso, Ezra e Alec riem.

— Seria mais fácil se executássemos Lucke Ivanov, dessa maneira, Viktoria se renderia fácil — interfere Alec, convicto. — A cadela começaria a chorar pela morte do seu pequeno irmão, nessa estaríamos um passo à frente dela. A comoção seria perfeita para nosso ataque no território russo.

— Você fala por que não são seus irmãos que estão com eles — atrevo-me a dizer. — Antes de agir, temos de saber onde estamos pisando.

Para dizer a verdade, pensei em ir sozinho atrás de Viktoria, porém avaliei os fatos e pus Alessa em primeiro lugar, porque minha mulher é minha prioridade e não posso deixá-la à mercê de um novo ataque.

— Temos um exército nos esperando, Axl. É só Killz estalar os dedos que toda a Rússia sentirá o peso do poder dos Knight sobre eles. — Alec parece indignado. — Chega disso! Há anos Killz vem dando mole para os russos. Mesmo com tantas informações sobre eles, continuamos de braços cruzados.

— Alec tem meu apoio — comenta Ezra, com um olhar transtornado. — Se for preciso, utilizaremos todos os nossos homens para tomarmos a liderança da máfia russa em nossas mãos.

— Acabaram? — pergunta Killz, com as duas mãos apoiadas no tampo da mesa. — Todos já deram sugestões, mas sabem que nada disso nos levará até o ninho daquela cobra.

— O que sug...

A porta do escritório de Killz abre abruptamente. A mulher à nossa frente é exatamente como Scarlet Guzman, mas em uma versão não vadia.

A semelhança ainda me espanta.

Foi Ezra que falou sobre ela para mim e minha esposa, que a apresentou para nós pouco depois que chegamos a Londres. Ela não usa maquiagem e nem roupas chamativas, seus trajes são comportados até demais, ainda não estou 100% seguro de sua proximidade com nossa família.

— O que essa mulher faz aqui? — pergunto, vendo Alec dar de ombros.

A loira tem seus olhos cristalinos assustados e seus lábios tremem.

— Eu preciso falar com você, Sr. Knight — sussurra a suposta gêmea da Guzman.

Ela é a cópia fiel da Scarlet, a sua maneira de falar é a única diferença possível de se notar entre as duas.

— Tem três Knights aqui, com qual deles deseja falar? — debocha Alec, rindo amargamente.

Percebo que as mãos da loira tremem.

— Onde está meu filho? Quem te deu permissão para vir até aqui? Eu não te deixei na droga do meu apartamento, Hailey? — dispara Ezra, cuspindo arrogância.

— Dylan está com Aubrey — confessa ela, gaguejando.

— Espero que esteja falando a verdade, porque se algo ruim acontecer com ele, você pagará por isso — acrescenta meu irmão, irado.

Não é impressão, é certeza. Ezra está tentando reprimir seus sentimentos, eu o conheço bem para saber que a irmã de Scarlet mexe com ele. E para se negar a sentir qualquer coisa, ele maltrata Hailey como se a pobre coitada pudesse pagar pelos pecados da irmã.

— Calma, Ezra! — vocifera Killz. — Se comporte como o homem que sempre foi.

Após ter levado uma prensa, Ezra pigarreia e encara Hailey firmemente.

— Diga o que tem para nós — eu a incentivo.

— Fiquei sabendo sobre seus irmãos — murmura, querendo chorar quando vê Ezra fechar os punhos. — Posso ajudá-los, eu acho.

— Como soube? Quem te contou sobre isso? — interroga Alec, brincando com a arma.

Ele tem essa mania quando quer intimidar alguém, só que não surte efeito dessa vez.

— É, Hailey... Diga quem te passou essa informação? — pergunta Ezra sarcasticamente.

— Todo mundo está comentando sobre o sumiço dos irmãos de vocês — fala ela, abaixando a cabeça.

Killz mantém a boca fechada, ele apenas observa com atenção as palavras da mulher.

— Então nos conte o que sabe, Hailey — pede Killz em tom baixo

— Eu conheço o paradeiro de Lucke... O irmão da...

Não consegue terminar a frase, porque Ezra agarra o pescoço dela e a joga contra a parede, deixando-me totalmente surpreso.

Nem Killz, Alec e eu nos movemos, apenas esperamos para ver até onde ele irá.

— Está transando com ele? Como sabe onde Lucke Ivanov se esconde? — Cospe, apertando os dedos ao redor do pescoço de Hailey, que tem os lábios entreabertos e os olhos arregalados.

Sua pele clara começa a ganhar um tom avermelhado.

— Você está machucando a garota, Ezra — falo, puxando seu braço. — Pare com essa merda! O que você tem a ver se ela transou com o cara ou não?

— Não se envolva, Axl — ordena Killz, então levanto os braços em modo de rendição.

— Pare com isso, meu pescoço está doendo — implora a mulher, chorando.

— Você é uma vadia como sua irmã — fala Ezra, jogando Hailey no chão.

Em câmera lenta, ela bate a cabeça na quina da mesa de Killz, e o estrago é feio, porque um corte profundo abre na testa dela.

— Você ficou louco? — grito, agachando-me no chão. — Ela está sangrando.

— Desde quando você é a favor de vagabundas, Axl? — pergunta Ezra, não se importando com o choro de Hailey. — Ah, me esqueci que por anos você pôs uma no topo e acabou se decepcionando.

— Não misture as coisas, irmão — retruco, sem entender por que Killz continua quieto em seu canto.

— Já acabou o show? — indaga Alec, aproximando-se para ajudar a mulher a se levantar. — Se sente na cadeira e fale onde está Lucke Ivanov.
— Estou de saída — avisa Ezra.
— Você não vai sair daqui — determina Killz. — Procure um lugar para se sentar, Ezra. Agora!
Atordoado, ele se afasta e ignora quando Hailey começa a contar o paradeiro do segundo herdeiro da Orekinski.
Segurando o lenço dado por Killz no corte que não para de sangrar, Hailey se senta de frente para ele, que a encara enquanto Ezra resmunga alguns palavrões, mas não interfere na decisão do nosso irmão mais velho.
— Como vou saber que você não está jogando dos dois lados, como sua irmã fazia? — pergunta Alec, tentando intimidá-la.
A mulher tem os olhos vermelhos e as lágrimas descem por suas bochechas, mas em momento algum soluça. Ela é bem mais forte do que aparenta.
— Por um bom tempo estive ao lado de Arlyne e do seu irmão — revela Hailey, ignorando o olhar de recriminação de Ezra. — Tive que me sacrificar pelo bem-estar de Dylan, e fui obrigada a usurpar a identidade de Scarlet para que Dy pudesse ter a chance de respirar sem correr o risco de ser morto.
— Não queremos saber de sua história ou a de sua irmã, agora nos conte onde Lucke Ivanov se esconde aqui em Londres. — Killz, não alivia em nada.
Ele ajeita os botões do seu blazer antes de acenar para Alec, que capta tudo, vai até Ezra e diz algo ao seu ouvido, que assente rudemente.
— Vamos ao setor sete, já voltamos — avisa Ezra, olhando para Hailey ao seguir em direção à porta. Antes de deixar a sala com Alec, ordena: — Não saia de Londres com Dylan sem me avisar, eu levarei vocês dois para um lugar seguro.
— Pronto, pode falar tranquilamente — digo e ela assente.
— Lucke sempre vem para Londres quando quer ficar perto da irmã — Hailey relata e me lembro das mentiras de Melissa quando dizia que seu irmão morava longe. — Arlyne e Lucke se viam poucas vezes porque ela arquitetou tudo isso a vida toda.
Minha raiva cresce com as declarações.
— Quer dizer que ela sempre soube dos nossos passos? — indaga Killz, olhando para mim. — Como conseguia estar à nossa frente?
— Ela se aproveitava as pequenas informações que seu irmão lhe dava sem nem ao menos imaginar que estava construindo degraus para o inimigo subir — diz, pigarreando. — Lucke vive em uma fazenda abandonada perto de um lago. Era de um casal de idosos que faleceram, e como não tinham família para tomar posse, Lucke a invadiu, fazendo dela seu esconderijo.
— Tem todas as informações que precisamos para achar o irmão de Arlyne? — pergunta Killz.

— Está tudo aqui. Vocês precisam ser mais inteligentes do que eles — fala, com a voz falha. — Mesmo que não pareça, Lucke pode agir como um psicopata, e quando isso acontece, nada acaba bem.

A garota conta todos os detalhes do local, de como entrar, os corredores que devem ser seguidos, portas abertas, simplesmente tudo. Depois coloca a mão dentro do bolso da sua calça jeans, tirando um papel em seguida.

— O que é isso? — pergunto, curioso.

— Aqui tem a localização de algumas armadilhas que Lucke pôs ao redor da casa, além dos nomes dos três homens que o seguem quando ele vem para Londres — acrescenta, meio assustada.

— Como sabe de tudo isso, Hailey? Sua irmã não viveu o bastante para lhe dar todas essas pistas — murmura Killz, intrigado.

— Eu precisei me aproximar de Lucke para que Arlyne não desconfiasse de mim. Ela o ama e faz tudo pelo irmão, então ele foi o meio que encontrei para ganhar a confiança dela — responde baixinho.

Será que Ezra estava com ciúmes dela com Lucke?

— Agradeço por ter vindo, você adiantou muito a nossa vida — agradece meu irmão, sendo sincero. — Tenho de admitir que a sua honestidade me obrigou a rever alguns julgamentos que fiz sobre você.

— Axl, leve Hailey até o corredor e arrume alguém para deixá-la com Aubrey e depois volte aqui. Temos assuntos pendentes — avisa Killz. — Mas antes de voltar, se resolva com a sua mulher, porque estamos partindo para a guerra.

Assinto, tocando no braço da mulher, que se levanta e segue meus passos.

De cabeça baixa no final do corredor, Ezra ergue o rosto quando ouve a voz de Hailey me agradecendo por tê-la trazido até a escada. Noto que ela é teimosa, diz que sabe onde Aubrey está e que não é necessário que alguém a acompanhe.

— Preciso falar com você. Conversar, Hailey — Ezra murmura. — Axl, pode nos deixar? É particular.

— O que vai fazer dessa vez? Jogá-la pela escada? — provoco, vendo pulsar a veia do seu pescoço.

— Não temos nada para conversar.

Surpreendo-me quando a irmã de Scarlet toma à frente. Gostei dela. Os Knights não gostam das mulheres que sempre dizem sim.

— Não vou permitir que você me condene por coisas que não fiz. E se transei com Lucke ou não, o problema não é seu, assim como eu não sou nada sua, nem seu saco de pancadas. Dylan é seu filho, mas é meu sobrinho também, e ele é o nosso único vínculo, Ezra. O que eu faço ou deixo de fazer não te diz respeito. Scarlet infelizmente está morta, mas eu estou viva e sei muito bem que tipo de mulher eu sou e posso garantir que não sou igual a ela — vocifera, ignorando meu irmão e descendo a escada que dá para a rua.

— Não me dê as costas, Hailey! — grita Ezra, correndo atrás dela, que para nos últimos degraus e se vira para ele.

— Nunca mais encoste um dedo em mim, Knight — fala, entredentes. — Seja o homem que você diz que é, e mantenha sua palavra. Homens de verdade sabem fazer muitas coisas com uma mulher, e bater não é uma delas.

Arregalo os olhos com a discussão entre os dois. Essa história ainda vai render.

— Me desculpe. Merda! — exclama Ezra. — Admito que fui impulsivo demais.

— Impulsivo? É esse nome que você dá para o que fez comigo? — indaga, sorrindo tristemente.

— Me desculpe, Hailey — pede Ezra, tentando se aproximar.

— Posso ser boba, mas não sou burra, Ezra. E um pedido de desculpa esfarrapado não mudará o que aconteceu dentro daquele escritório, muito menos o que eu penso de você — argumenta, olhando firmemente para ele. — Na verdade, quem deve desculpas sou eu, para seu filho, por ter sido idiota demais por acreditar que você era um homem digno. Agora sei que me enganei a seu respeito. Você fala da Scarlet, mas é igual a ela. Dylan já passou por muita coisa e merece mais do que você tem a oferecer para ele.

— E o que isso significa? — pergunta Ezra, tentando tocar no ferimento que causou, mas ela se afasta.

— Significa que assim que isso tudo isso estiver acabado, eu vou embora — confessa, chorando. — E se a sua família conseguir recuperar o que perdeu, vou deixar Dy com você e orar para que não o machuque como me machucou. Apesar de tudo, acredito que ele estará mais seguro sob a proteção de vocês do que comigo. Eu já devo estar correndo o risco de ser morta a qualquer momento por ter falado demais.

— Você não pode deixá-lo — fala Ezra, puxando a mulher para um abraço.

Acredito que nem tenham notado a minha presença no topo da escada.

— Tire suas mãos de mim — pede Hailey e o afasta, assustada. — Eu sei o que estou fazendo, e não quero que meu sobrinho presencie minha morte quando Arlyne vier atrás de mim.

— Você não vai morrer, pare com isso — Ezra ordena, com as mãos fechadas em punho.

— Essa decisão não é sua — retruca, empurrando o corpo do meu irmão para trás e correndo para fora do prédio.

CAPÍTULO 40

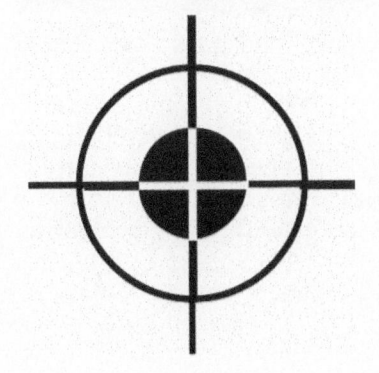

ALESSA

Eu sei que é errado o que estou prestes a fazer, mas não há outra opção. Mesmo ainda sendo uma completa estranha para mim, Hailey será meu apoio, ela terá de me ajudar, por bem ou por mal. Acredito que ela não seja como a irmã, apesar do que andam falando. Aproveito que Axl está distraído conversando com os irmãos e Alec, para correr até Aubrey e tentar conversar com Hailey sobre Arlyne Ivanov.

Subo a pequena escada do prédio e bato freneticamente à porta. Saí às pressas para longe das vistas dos homens que rodeavam o prédio em que os membros da máfia de Killz fazem uma reunião, pois não quero que meu marido me encontre, não agora.

— Aubrey! — exclamo, batendo à porta. — Sou eu, a Alessa!

Minha respiração fica mais forte ao mesmo tempo que sinto uma fraqueza nas pernas pelo esforço físico que fiz.

— Alessa, o que houve? Por que está suada e com essa cara de desespero? — indaga minha prima, com os olhos arregalados. — Aconteceu alguma coisa?

— Desculpe vir assim. Perdão! Hailey está aí? — pergunto, entrando no apartamento.

— Ela está dando banho em Dylan — comenta e suspira com pesar. — Você viu o que Ezra fez com ela? Fiquei tão triste, nunca pensei que ele fosse capaz de algo tão sujo.

— Não vi nada. O que ele fez? Eu estava em outra sala esperando Axl, mas ele demorou — argumento, olhando para todos os cantos para ver se a menina aparecia. — Só a vi correndo pelas escadas.

— Ezra bateu nela — fala, deixando-me irritada.

— Céus! Como ele pôde? — indago, espantada com a atitude do meu cunhado.

Jamais pensei que ele fosse capaz de tal atitude.

— Exatamente isso que pensei. Como ele pôde? Ela é a cópia fiel daquela... Você sabe quem, mas Hailey não podia ser mais diferente. Ela tem a personalidade dócil e é boa demais para ser de verdade. Eu diria que ela é a versão original e a falecida a cópia com defeito, que foi moldada para ser seu oposto perfeito — Aubrey fala sem parar, e a minha única vontade é de mandar minha prima se calar, porque tenho coisas mais importantes para resolver no momento.

— Bem complicado, Brey, mas posso ver Hailey? Tenho uma pergunta para fazer a ela.

Aubrey assente, mas não sem antes me dar um olhar de dúvida. Saio da sala e vou direto ao quarto de hóspedes, bato à porta e ouço um grito distante autorizando a minha entrada. Logo que entro, eu me deparo com uma cena linda que só vejo quando Aubrey está com as crianças. Realmente Hailey é diferente da Scarlet, e acho que não vai se recusar a me ajudar.

— Posso ter um minuto com você? — pergunto, atraindo a atenção dos pequenos de Brey, que se jogam em cima de mim. Hailey acabou de vestir o pequeno Dylan e os dois estão sorrindo um para o outro. Logo abraço meus sobrinhos. — Oi, amores!

— Oi, tia! — Kath me hipnotiza com seus lindos olhos, iguais aos da mãe; já o cabelo é idêntico aos do pai.

— Você está linda, meu amor. — Meu sorriso aumenta enquanto me abaixo para beijar seu rosto. — Agora vá ver a mamãe.

— Ei, tia, não vai me beijar também? — indaga Austen quando a pequena sai correndo do quarto. — Não sou tão bonito quanto a minha irmã?

Arregalo os olhos com a pergunta do garoto. Uma risada divertida ecoa pelos meus ouvidos, então levanto a cabeça e vejo que é Hailey.

— Quem anda te ensinando essas trapaças? — brinco, abraçando-o. — Aposto que tem um dedo de algum Knight adulto no meio.

— Tio Spencer me disse que sou o mais gato da família — Austen diz, orgulhoso. — E que, quando eu crescer, serei como ele.

— Tire isso da sua cabeça, pequeno Austen. Ser como seu tio Spencer está fora de questão, tudo bem? — digo, acariciando seu cabelo.

— Tudo bem, tia. — Por fim, ele concorda. — Vou ver minha mãe.

Assim que ele sai do quarto, finalmente fico a sós com Hailey, que está com Dylan no colo.

— Como vai, Alessa? — indaga, evitando o constrangimento entre nós.

— Estou bem, e vejo que você também está, apesar do que aconteceu hoje mais cedo.

— Sim estou, mas não acredito que veio até aqui para falar sobre o que aconteceu comigo, certo? — pergunta, bem direta e supertranquila.

— Não tenho muito tempo, então vou ser direta. Preciso da sua ajuda. Minha família corre perigo e você também, mas o foco são meus cunhados, preciso achá-los antes que uma tragédia aconteça — falo de uma vez sem nem respirar direito.

Ganho toda a atenção Hailey quando ela põe o filho de Ezra no chão e o direciona para seus brinquedos, antes de acenar para que eu me sente à sua frente em uma poltrona.

— Alessa, tem certeza de que quer se envolver nisso tudo? É muito arriscado, eu vivi dias com os Ivanovs e posso te garantir que eles não brincam em serviço. E você é o alvo da Arlyne, acho que por estar com o homem que ela ama, amava, ou fingia amar, algo assim.

As palavras de Hailey me deixam em alerta, quero ajudar de alguma forma, e se for de um jeito inesperado, certamente as chances de salvar meus cunhados serão maiores, e ainda posso evitar um massacre sangrento.

— Hailey, admito que estou com medo, mas temo pela minha família, e não por encontrar a doente da Melissa, Arlyne ou quem quer que ela seja, muito menos os russos que me torturaram. Estou pouco me importando com isso. Preciso da sua ajuda para salvar minha família, que inclui a segurança de Dylan também. Posso contar com seu apoio?

Hailey suspira, indecisa, no entanto, concorda com um aceno de cabeça.

— Está certa disso? Essa busca é algo grande, Alessa. Mas antes de eu te ajudar, preciso saber se aprendeu a se defender, se sabe usar uma arma. Está ciente de que você pode morrer durante a busca, certo?

Ela parece genuinamente preocupada, confirmando que, de fato, não é a Scarlet traidora.

Sua preocupação me faz refletir bastante sobre meus atos e me dá mais força ainda. A minha família vem em primeiro lugar.

— Fique tranquila. Fui treinada em minha adolescência e há alguns meses andei praticando. Além disso, tenho porte de arma. Nunca usei para nada, apenas ameacei Melissa com uma — confesso.

— Certo. Qual é seu plano? — indaga, querendo ficar por dentro de tudo.

— Como você tem contato com os Ivanovs, deve saber algumas coisas sobre eles. Eu preciso de todas as informações possíveis, de como chegar até o esconderijo para resgatar meus cunhados, mas não posso agir como amadora, quero executar um plano bem elaborado, com estratégias e um plano B, pois algo sempre pode dar errado. Não posso ser pega de surpresa, sou uma Russell e eles estão atrás de mim, mas não vão conseguir o que querem — falo com uma convicção que não sinto, mas preciso ter.

— Vou te ajudar, só que a distância. Arlyne não sabe que conheço o local, no entanto, Lucke confiava em mim e me disse onde fica. Nós tivemos um envolvimento mais pessoal, se é que me entende — fala ela, envergonhada. — Você terá de sujar as mãos nessa missão, mas sei que vai dar certo.

— Hailey, não pense em mim como uma menina frágil. Sei que essa é a minha aparência, mas sou uma mulher adulta, e sei agir em momentos de conflitos. Afinal, o sangue da máfia corre em minhas veias e devo honrar com bravura esse fato.

— Ok. É uma pequena fazenda, mais ou menos cinquenta quilômetros daqui, com uma estrada secundária de difícil acesso, requer um carro com tração nas quatro rodas. — Hailey toma fôlego e continua: — Há uma casa, e a uns cinquenta metros nos fundos dela, tem um pequeno poço com uma profundidade de mais ou menos quatro metros. É a rota de fuga dos Ivanovs. A água não passa da altura dos joelhos.

Arregalo os olhos com essas informações.

— Céus! Eles são bem articulados — exclamo, espantada com as revelações.

— Sim, eles são bem experientes.

— Como farei para entrar? — pergunto, curiosa.

— Essa é a pior parte, mas não será difícil chegar aos arredores da fazenda sem que seja descoberta. . Você vai precisar de uma boa lanterna. No poço tem uma escadinha, logo acima do nível da água há uma pequena passagem, assim que passar por ela, dois metros à frente você chegará a uma câmara com três túneis, porém é apenas distração, você vai pegar o caminho à sua direita e seguir sempre em frente. Graças a algumas armadilhas espalhadas pelo terreno, o local não costuma ter vigilância, seguindo minhas instruções, acredito que você não tenha problemas para entrar nem para chegar ao porão da casa. Ele é grande e pouco iluminado, dividido em cinco salas de tortura, seu grande desafio é descobrir em qual delas estão seus cunhados. Arlyne nunca desce para esse porão, ela deixa o trabalho sujo para Blood e Lucke, seus braços direito e esquerdo, como costuma dizer. Não confie em nenhum deles, eles são cruéis.

— Estou ciente, Hailey.

— Você deve ser bem sagaz. Vou te passar a planta da casa para te posicionar melhor, existe um brasão com a letra I que fica logo abaixo, à porta do lado esquerdo. Basta encostar o pé para que ela abra sem ruído algum. Então vai começar sua real missão, entrar no porão sem ser notada, pois um dos escudeiros dela estará de prontidão, com toda certeza. Toda vez que eles descem até lá, os seguranças ficam atentos a qualquer movimentação, então tenha em mente uma coisa, eles não vão brincar em serviço e um leve deslize pode ser fatal. — Toma fôlego e, com pesar, continua: — Alessa, é sério isso, quer mesmo buscar Spencer e Carter sozinha? Apesar de acreditar em você e que tenha preparo, você nunca atirou em alguém de verdade, pode ser perigoso demais.

— Entendo sua preocupação, só que é necessário fazer alguma coisa ou vou perder meu marido para aquela louca maníaca e seu sadismo barato. Ela quer me torturar e eu nem sei o porquê, nunca fiz mal a essa mulher.

— Realmente não sabe por que ela está atrás de você? — pergunta, parecendo que sabe mais do que está falando.

— Claro que não. E o que você sabe sobre isso? — eu a interrogo firmemente.

— Não sei de nada, apenas fiquei curiosa com sua determinação. Não se preocupe, vou te ajudar. Só vou pegar a planta para te mostrar os pontos que falei, assinalar cada um deles, então, vamos repassar tudo que vai precisar fazer — conclui Hailey, saindo do quarto e me deixando com meus pensamentos.

Será que sou capaz de ajudar ou vou pôr a mim e a missão dos Knights em perigo?

CAPÍTULO 41

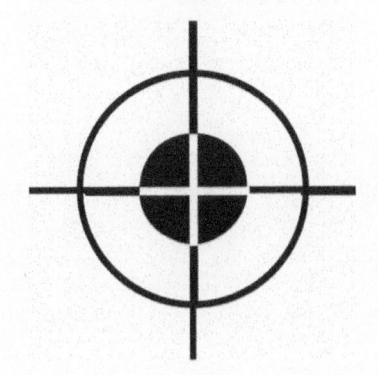

AUBREY RUSSELL

A desconfiança que estou sentindo com as atitudes Alessa não é pouca, é enorme, porque sei que ela está aprontando algo. Fico em choque quando ela sai às pressas do apartamento sem dar qualquer justificativa. A única coisa que pude fazer foi acionar minha mãe, esperar e morrer de preocupação.

Austen e Kath já começam a sentir a ausência do pai, eu também sinto, mas compreendo que está trabalhando duro para que nossa família não fique nas mãos dos nossos inimigos. Meu marido decidiu que tornaria tudo mais fácil para os russos, dessa maneira poderia finalmente eliminá-los das nossas vidas. Há algum tempo, Killz vem trabalhando sigilosamente com Alec, eles têm uma carta na manga.

Assusto-me com as batidas à porta.

— Aubrey, sou eu — minha mãe diz e eu fico mais tranquila.

— Já vai! — Com a respiração frenética, abro a porta para minha mãe e fico espantada ao ver a sua segurança, que parece ter retornado ao posto depois de muito tempo. — Hummm... Entrem.

— Oi, filha. Como você está? — pergunta Celeste, empolgada, quando me vê.

— Estou bem. Venham, sentem-se aqui — peço, indicando o sofá para que elas se acomodem.

— O que de tão urgente precisava falar comigo, filha? Estou preocupada, até trouxe Lidewij Van Daley. Você se lembra dela, né?

— Claro que lembro, mãe, ela é um amor de pessoa e muito eficiente.

Eficiente, porque quando eu tinha dezesseis anos, pensei que ela fosse apenas a governanta da minha casa, mas depois de quase uma década, descobri que a mulher era guarda-costas de Celeste Russell.

— Sente-se conosco, Lidewij — insisto ao vê-la com uma postura profissional ao lado da minha mãe.

— Então, mãe, ouvi...

Antes que eu possa falar, sou interrompida por novas batidas à porta.

O que está havendo com esse lugar hoje?

— Já vai! — aviso e vou até a porta, arregalando os olhos quando Axl sorri ao passar por mim.

O que ele faz aqui? Oh, merda... Alessa!

— Onde ela está? — pergunta, olhando por cima do meu ombro.

— Ela quem? — respondo com outra pergunta, tentando ganhar tempo.

— Minha mulher, Aubrey — fala, só então nota que Celeste está aqui. — Olá, Sra. Russell. Como a senhora está?

— Estou bem, Axl — minha mãe responde e sorri.

— Axl, Alessa não está. Ela até veio aqui e... — hesito em dizer, com receio da reação dele. — Nós nos falamos rapidamente. Lessa veio ver Hailey e depois que conversaram, ela saiu sem dizer para onde ia.

— Onde Hailey está? Preciso saber para onde Alessa foi. — Fico mais temerosa quando ele range os dentes. — Eu sabia que Alessa não ficaria quieta.

— Hailey está no quarto de hóspedes. Não seja rude, ela está triste e cheia de hematomas por causa do seu irmão — falo, meio revoltada com as ações idiotas de Ezra.

— Não serei, se Hailey me disser o que preciso saber — profere, certo das suas palavras. — Ezra está tentando ignorar a atração que sente pela garota, mas é tarde demais para voltar atrás. Ele só precisa de um tempo para aceitar.

— Acho que isso todos já notaram, mas o que ele fez não tem justificativa — interfiro. — Amor, o que faz aqui?

Pigarreio ao ver Killz surgindo em meu campo de visão.

Eu amo esse homem. Killz James é reservado, calculista e muito focado no que quer.

— O que eu falei sobre deixar a porta aberta, Aubrey? — Eu soltaria um suspiro de saudades ao ouvir sua voz penetrante, porém, isso muda quando vejo seu semblante sério. — Os homens espalhados pelos arredores não significam que nenhum russo possa tentar entrar aqui.

— Acabou, Killz? — indago, passando por Axl e indo abraçar meu homem resmungão. — Nem diz que está com saudades de mim e das crianças.

— Vou ver Hailey — avisa Axl impacientemente, seguindo para o quarto.

— Olá, senhoras — fala Killz, por fim reparando em minha mãe e na sua companhia.

— Olá — responde minha mãe e Lidewij, juntas.

— Querida, estou com saudades, claro, mas terá de ser assim por enquanto — murmura, aceitando meu abraço.

— Ah, como senti sua falta. — Depois de cheirar seu pescoço, sussurro ao seu ouvido: — Estou com saudades do meu homem.

— Logo essa guerra acaba e eu terei todo o tempo do mundo para você e para as crianças — declara e beija a minha testa.

Eu sei que temos plateia, só que a saudade é tanta que nem me importo.

— Espero que sim, Killz — suspiro. — Faz uma semana que as crianças querem te ver.

— Compreendo que ando ausente, mas é para o bem de todos, Aubrey — verbaliza, olhando para mim. — E para completar, Spencer e Carter decidiram dar mole e foram pegos pelos capachos de Viktoria.

— Vamos nos sentar — sugiro, desconfiada de que ele esteja com dor de cabeça e bastante preocupado. Suas olheiras estão maiores que na semana passada. — Eu ia dizer para a minha mãe que... Sobre a conversa de Alessa e Hailey. Elas falavam de um mapa e um túnel, mas não sei ao certo do que se trata. Conversavam baixinho demais... Eu estava ouvindo atrás da porta.

Sim, estou envergonhada disso.

— Continue... — pede minha mãe, atenta.

— Logo depois, Alessa saiu apressada, sem se despedir. Não sei para onde foi.

Killz me observa atentamente e, de repente, se levanta num sobressalto.

— Preciso fazer uma ligação — fala e me beija. — Eu te amo, querida! Por favor, não deixe a porta aberta, mesmo que os seguranças estejam por perto.

Concordo, balançando a cabeça.

— Se cuida. Eu também te amo — sussurro, engolindo em seco enquanto ele se afasta de mim e sai do apartamento.

Mais uma vez Austen e Kath não viram o pai.

— Aubrey, sua prima estava agitava? — pergunta minha mãe, preocupada.

— Não reparei, mas Alessa aproveitou a primeira oportunidade que teve para sair correndo.

Minha mãe troca olhares com Lidewij, que se levanta e sai, deixando-nos sozinhas.

— Onde Lidewij foi? — pergunto, precisando de respostas coerentes.

— Lidewij precisa resolver umas questões para mim, nada de mais, fique tranquila — Celeste Russell mente, seus olhos a entregam.

— Tudo bem, vou buscar as crianças. Hailey vai comprar donuts para eles.

Levanto-me e vejo Axl passando por mim rapidamente, sem nem mesmo se despedir.

Logo em seguida, Hailey sai do quarto e caminha em minha direção apressadamente.

— Olá, senhora. Boa tarde! — ela cumprimenta a minha mãe. — Aubrey, vou ali buscar os donuts que prometi para as crianças, não demoro.

— Você está bem? — questiono, desconfiada.

— Estou. Já volto — reitera, deixando o apartamento em seguida.

CAPÍTULO 42

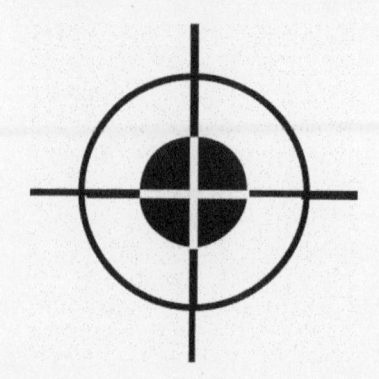

AXL

Após o fim da reunião vou ao encontro de Alessa, mas, para a minha surpresa, ela não está onde a deixei. Simplesmente ignorou tudo que conversamos e decidiu ceder aos seus impulsos, indo embora e me deixando para trás. Se alguém disser que existe mulher mais teimosa que ela eu digo que é mentira. Ela só pode ter ido atrás de Hailey.

Decido ir procurar Hailey, e Killz vem atrás, ele suspeita dos planos de Viktoria. Chegando à casa de Aubrey, não o espero, simplesmente vou até o quarto que Hailey está dividindo com meus sobrinhos. Respiro fundo antes de abrir a porta, pois certamente vou querer saber tudo que as duas conversaram.

— Hailey, sou eu, Axl.

Assim que entro no quarto, ela fica surpresa com a minha chegada.

— Eu já estava de saída, posso te ajudar em alguma coisa? — pergunta um tanto desconfiada.

— Quero saber tudo que falou com Alessa, e por que ela saiu sem falar com ninguém e sem dizer para onde foi. Pela sua cara, parece que você sabe do paradeiro da minha mulher.

— Axl, eu não sei para onde ela foi. Falamos apenas da minha irmã, depois me perguntou se eu realmente era fiel a você e a sua família. Falei a ela que não vou traí-los.

Ela não está me dizendo a verdade, sinto isso.

— Vou perguntar outra vez, caso não tenha entendido a gravidade dessa merda. Hailey, você sabe onde Alessa está? Para onde ela foi? — exijo, encarando-a com firmeza.

— Não, Axl — declara, confiante.

— É a sua última chance de me dizer o que sabe. Se acontecer alguma merda com minha mulher e eu descobrir que você mentiu pra mim, nosso próximo encontro não vai ser tão agradável! — brado, consumido pela raiva só de pensar que Alessa pode estar correndo perigo.

Então ela abre o jogo, fala tudo que contou para a minha esposa.

※━━━━━━━━━━※

Coloco as balas na minha arma, irritado para caralho, enquanto Alec guarda as outras.

— Assim vai acabar atirando em seus próprios pés — ele comenta, sinalizando para que os homens sigam para a van preta que está do outro lado do galpão.

— Alessa só pode ter enlouquecido, porra! — reclamo e me levanto à procura de algo que me distraia. — Por que tinha de se meter nessa merda? Não quero nem pensar no que pode acontecer se aqueles russos filhos da puta encostarem em um fio de cabelo da minha mulher.

— Sua garota é inteligente, não subestime uma Russell. Agora coloque isso — Alec me entrega um colete.

Tudo faz sentido, agora, sim. Alessa é minha obsessão, a garota que debochei se tornou a coisa mais importante na minha vida.

— Conseguiram a localização? — pergunto.

— Melissa deixou um rastro há duas horas — comenta.

— Arlyne, Alec, o nome dessa vagabunda é Arlyne. — Tenho nojo só de pronunciar o nome dessa mulher.

— Tanto faz, agora vamos, temos inimigos para matar. Você vem no meu carro? — pergunta.

— Vou.

Killz ficou na mansão, no comando com Conan e Ezra para fazer a segurança de Aubrey e Hailey. Tivemos de ficar aguardando a chegada dos homens que o tio de Alessa trouxe de Chicago — ele colocou a maioria deles à nossa disposição assim que soube do sumiço da sobrinha —, agora estamos muito atrasados para a busca. A recepção dos nossos homens não foi muito boa ao perceberem que os ex-rivais estavam no nosso território, mas eles não tinham escolha, a lealdade teria de passar por cima do orgulho, ou estariam cometendo um grande erro em nos negar auxílio.

※━━━━━━━━━━※

Estamos em uma área afastada da cidade, a estrada é asfaltada, e o matagal que divide a estrada não dá uma boa visão para quem passa por aqui.

— Senhor, nós não conseguimos ativar o rastreador da Sra. Knight — Jasper informa da área de *hackers*.

Cerro os punhos, e de longe vejo Alec gritar com um dos seus homens, segurar o cara pela gola da camisa e dar um sacode no babaca.

— Algo impede que tenhamos total acesso.

— Tente até conseguir, porra! — Acabo gritando.

— Mas nós po...

— Faça seu trabalho! — eu o interrompo. — Quero notícias da minha mulher antes que anoiteça — aviso, dando as costas para ele. — Faça o que eu mandei se não quiser descobrir o que acontece com quem não cumpre minhas ordens.

— Tentarei fazer o possível, senhor — fala Jasper.

— Apenas faça, porra! — ordeno, caminhando até Alec.

— Encontraram algo? — ele questiona.

— Ainda não. — Respiro fundo antes de continuar: — Merda! Jasper disse que alguma coisa está barrando o acesso deles.

— Tratar a equipe dele como incompetente não vai te levar a nenhum lugar, Axl.

— Não enche, Alec! Eu só quero saber sobre ela. Minha mulher pode estar morta ou sendo torturada, e você quer que eu seja educado?

— Tenho uma informação, e acredito que não irá gostar de saber como consegui.

— Desembucha — ordeno em tom baixo, usando todo meu autocontrole para não matar ninguém antes da hora.

— Liguei para Enrique. — Antes que se cale, eu agarro a gola da sua camisa. — Me solte agora.

— Que porra você fez? Acha que aquele imbecil está preocupado com minha mulher? — grito, enfurecido.

— Ele já foi o melhor amigo dela e guarda-costas. Tente pensar mais com a cabeça de cima, Knight. Agora tire suas mãos imundas de cima de mim — verbaliza.

— Vai se foder, Alec! — Estou por um fio. — Alessa me ouviu conversando com Melissa, ela sabe o que a vagabunda quer, e resolveu se arriscar para salvar meus irmãos, seu idiota.

Eu o empurro para trás, transtornado.

— Posso te perguntar uma coisa? Seja sincero.

— O que é? — murmuro.

— Ama mesmo Alessa ou é capricho?

— É essa a sua preocupação, Alec? Acha mesmo que eu ficaria assim por causa de uma mulher qualquer, porra?

— Um homem não se torna mais fraco se expressar seus reais sentimentos, Axl — avisa, dando um tapa em meu ombro. — Vou ver se Enrique está trazendo o que pedi.

— Se continuar insistindo com esse cara, eu vou te matar. Ele não vai encontrar o que você quer, Alec — ameaço.

— Você me pegou — revela.

— Está comigo. As duas caixas de madeira, uma que pertence a Alessa, e a outra de Meli... Arlyne.

— Já abriu alguma? — investiga.

— Não, mas...

— Sr. Knight, temos uma pista. Conseguimos capturar o endereço antes que fôssemos barrados — informa Jasper, com o notebook nas mãos. — Ela está no esconderijo dos russos.

— Tem certeza? — pergunto.

— Sim, Sr. Knight. O chip do colar que o senhor deu para a sua esposa ajudou bastante nossa equipe, apesar do sinal ter ficado fraco.

Jasper não sabe o quanto sua notícia me abala, e eu não faço questão nenhuma que ele saiba.

— Bom trabalho. Você vai na van com os outros — ordeno, ansioso para acabar com esses russos. — Apolo, forme a base. A guerra começa agora.

Alessa voltará para mim.

CAPÍTULO 43

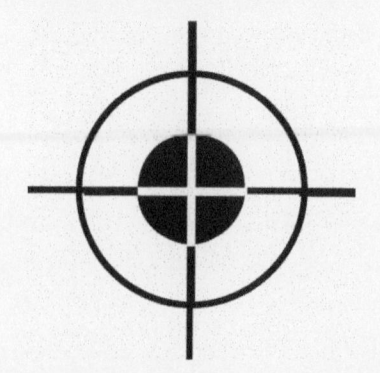

ALESSA

Saio do quarto com a cabeça rodando, mas com a certeza de que vou conseguir resgatar meus cunhados.
— Brey, preciso ir agora, depois nos falamos mais. — Saio deixando minha prima sem entender o que está havendo.

Vou até o carro de Aubrey, que está estacionado na calçada, com cautela para analisar se os seguranças não estão rondando demais. Após alguns segundos observando atentamente, consigo sair como se nada estivesse acontecendo.

— Vamos lá, Alessa Russell, você consegue!

Pego a estrada, mas antes dou uma última olhada no mapa que Hailey me passou e nas outras instruções.

※━━━◆━━━※

Quando chego ao local indicado, deixo o carro à margem de um lago, meio que escondido pela vegetação. Tudo que ela disse é certeiro, o que aumenta a minha admiração pela mulher. Dou uma última olhada no meu corpo, certificando-me da firmeza do coldre auxiliar. Sinto-me temerosa, mas é necessário ser forte, estou aqui por um motivo importante e não posso vacilar.

Caminhando pela margem do lago, vejo uma casa distante.
— Que longe... — sussurro, passando a mão na cabeça.

Atravesso a pequena estrada de terra com cuidado e sigo pelo meio da vegetação, calculando os meus passos, tendo o cuidado de não mexer demais as folhagens. Creio que seja quase um quilômetro de distância, e percorro todo o caminho atenta ao que acontece ao redor, que curiosamente parece tranquilo.

— Só mais uns passos e você está dentro. — Procuro me incentivar.

Engulo em seco quando vejo alguns homens na estrada de terra, armados até os dentes. Depois de bons minutos andando, eu me aproximo da casa, porém há seguranças na parte de trás, perto demais do caminho que devo seguir para chegar ao poço, acredito que essa será a parte mais difícil para mim.

Como vou passar por esses homens sem ser notada?

— Alessa.

Assusto-me quando alguém sussurra meu nome bem baixinho. Noto que a folhagem se movimenta e, um pouco trêmula, me esgueiro para o lado com o intuito de me esconder de quem quer que seja.

— Espero que não seja meu fim! — falo, fechando os olhos.

— Ei, aqui!

Quase grito ao ver Hailey segurando uma arma.

— O que você está fazendo aqui? Está louca? Se eles nos descobrem podem nos matar! — aviso, num fiapo de voz apenas para que ela ouça.

— Vim ajudar — informa baixinho. — Pode ficar tranquila, eu aprendi algumas coisas com Lucke, e o conheço muito bem para saber quais são suas artimanhas.

— Certo, sem surto — retruco, incomodada. — Tem cinco capangas em frente a casa e aqueles dois nos fundos. Tem certeza de eu é seguro tentar entrar pelo poço?

— Tenho, venha por aqui — indica, revirando os olhos para mim, sempre com sua arma em punho. — Me siga com cuidado para não mexer demais o matagal.

— Ok, vamos lá! — concordo.

Seguimos para o lado esquerdo para nos distanciarmos dos fundos da casa, , porém ainda perto demais dos seguranças; com grandes chances de sermos descobertas.

— Shhhh... — pede ela, quando eu faço um movimento brusco.

— Desculpe! — sussurro.

Sem que pudesse evitar, tropeço e caio. Fecho os olhos com força, apavorada, o medo de ser pega é maior que qualquer coisa.

— Me ajude, senhor...

Gelo quando o celular de um dos homens toca, desviando a atenção deles do som que produzi ao cair.

Solto o ar que estava prendendo e me levanto com cuidado, acenando para Hailey, confirmando que estou bem. A partir daí, nós nos afastamos mais da casa logo chegando a um trecho seguro. Depois de uma curta caminhada, atentas às armadilhas, alcançamos o poço.

De repente, noto que o meu colar está piscando, sinal de que foi ativado o GPS remotamente. Sorrio ao me lembrar de Axl, ele deve estar enlouquecendo com meu sumiço, mas não posso deixar que se aproxime ou vai estragar meu plano.

Retiro o colar e desativo a localização ao arrancar sua bateria.

— Falta só um pouco — falo para mim mesma.

Verifico novamente ao redor antes de descer o poço, confirmado que é seguro.

Desço lentamente, afinal de contas não faço ideia do que me espera lá embaixo. Só descobrirei assim que pisar no fundo.

Que lugar nojento é este?

Bem típico de gente como aquela vadia, pode-se dizer que ela é uma ratazana, porque isso parece um esgoto imundo. Não tenho paciência para esperar Hailey, minha ansiedade para verificar o local é maior. Com a água na altura dos joelhos e o odor me enojando, passo pela abertura e rastejo até chegar à câmara. Caminho lentamente pelo túnel certo, seguindo as coordenadas de Hailey. É levemente inclinado por todo percurso, diminuindo a diferença de profundidade entre o poço e o tal porão. Quando chego ao final, não há saída, provavelmente é a tal porta que ativa o botão.

Arregalo os olhos ao me deparar com o que procuro, bem mais rápido do que esperava, então me aproximo e ilumino o brasão com a letra I, de Ivanov. Aperto-o levemente e a porta se abre, então, com cuidado eu me encosto à parede com a intenção de me esconder para poder ver melhor todo o espaço. Logo percebo que não tem uma viva alma por perto.

É um corredor com as portas de todas as salas. Ao ver uma estátua em um canto, eu entro e me escondo atrás dela. Não consigo ver direito o que é, mas parece um homem segurando uma arma em uma das mãos, com a outra apontando na direção de uma das portas. É naquela que decido ir primeiro.

Depois de deixar a lanterna no chão, retiro do coldre uma 38 e com cuidado conecto o silenciador, mantendo outras três armas e alguns carregadores, que não hesitarei em usar até a minha morte. Salvar meus cunhados é meu objetivo, e vou conseguir cumpri-lo.

Sigo devagar até a porta que a estátua indica, encosto meu ouvido na madeira e estranho a calmaria, então giro a maçaneta e abro cautelosamente, com a arma em punho.

Observando o cômodo, noto que tem um lavabo e pequenas vidraças junto ao teto com papel bloqueando a claridade e impedindo de ver o exterior — como se a "bela vista" não fosse somente os pés de alguém passasse lá fora —, mas é melhor não mexer em nada. Decido sair da sala e ao abrir a porta, para meu azar, vejo Blood um pouco mais à frente. Sei que é ele, pois me lembro de quando fui sequestrada com Aubrey. Se o maldito me vir vai me matar, com certeza.

— Merda! — Tento ser rápida com a arma em punho e aponto para o homem.

— Não me faça rir, garota. Pequena Dillinger, quanta audácia sua vir até a minha casa apontar uma arma para mim — comenta em tom sarcástico, sorrindo.

Dillinger? De onde ele tirou isso?

— O mais curioso é que tenho todos os motivos para te matar.

— Está equivocado, eu me chamo Alessa Russell Knight, não Dillinger.

— Ah, você ainda não sabe a sua verdadeira identidade? Lamentável. Mas deixarei que sua irmã conte para você, só que antes terei o imenso prazer de fazer isso — profere.

Assim que ouço o disparo, não demoro a sentir um forte impacto, que arremessa meu corpo no chão ao mesmo tempo em que um grito é ouvido. Só que não é meu, muito menos dele.

Hailey usou seu corpo como escudo para me proteger do tiro.

— Hailey — gaguejo, chorosa.

Olho atentamente para ela e vejo que está ferida, seu abdômen sangra. Maldito Blood!

— Perfeito, dois coelhos com apenas um tiro. Sou muito bom — Blood diz com arrogância e começa a rir.

— Me perdoe, por favor... — peço, empurrando Hailey para o lado para tirar seu corpo de cima do meu.

Pego minha arma, decidida a confrontar Blood.

— Dillinger, você não é capaz de matar uma mosca, que dirá atirar. Por que insiste em apontar a arma para mim? — pergunta, olhando para o objeto na minha mão.

— Você vai cair de joelhos, aos meus pés, seu desgraçado! — grito com as mãos trêmulas.

— Vou jogar minha arma no chão, olha! — exclama, sorrindo

Quando Blood abaixa o rosto distraidamente para colocar o objeto no chão, eu me concentro e puxo o gatilho com os olhos cheios de lágrimas.

— Miserável!

Eu o matei. Pela primeira vez na minha vida, matei alguém. Não houve resistência da parte dele, porque confiou demais nos seus anos de experiência. Ele achou que eu era uma inútil, mas sua distração me ajudou, e muito. Na primeira oportunidade, eu o enviei para o inferno. Ele jamais acreditou que eu pudesse atirar.

— A-Ale... — Ensanguentada e caída ao meu lado, Hailey tenta falar.

— Aguente firme, vou encontrar os meninos para tirar você daqui. Vamos ficar bem, eu prometo, confie em mim — sussurro.

— Eu... Faça... — gagueja, tomada pela dor. — Alessa, por favor, cuide do...

— Shhhh, não fale, ok? — Eu seguro em sua mão, interrompendo seu pedido. — Já vou procurar ajuda.

— Se eu morrer, peça a Ezra para cuidar do meu menino. — Ela tosse um pouco, já sem forças. — Se esse for meu fim, não me arrependo de nada, porque tudo que fiz foi pelo meu sobrinho. Desde que Scarlet morreu eu venho procur...

— Fique quieta, por favor! — imploro, tocando no pingente do colar que Axl me deu.

Não olho para trás e vou até as outras portas, mas nada encontro.

Caminho até o corredor e vejo Lucke destruindo um celular, confirmando que ele não ouviu nada. Deus abençoe o inventor do silenciador!

Aproveito sua distração e vou em sua direção, instintivamente ele saca sua arma, mas sou mais rápida e atiro em seu braço e depois em sua perna antes chutar sua arma para longe.

— Onde estão meus cunhados? — pergunto, apontando a arma enquanto ele geme de dor. Minha adrenalina está nas alturas, só consigo pensar no meu plano e em como acabar com isso de uma vez. — Irei perguntar apenas uma vez, ou o próximo tiro será na sua cabeça.

— Quando Arlyne me contou que a esposa gostosa do Axl era nossa irmãzinha mais nova eu não acreditei — fala ele, rindo e gemendo. — Mas no dia que dei uns tapas no seu rosto lindo notei uma semelhança entre você e a vagabunda traidora da nossa mãe.

— Não sou sua irmã! — grito. — E será um prazer matar você.

— Sabia que seu cabelo é igual ao dela? Deve ser por isso que Arlyne tem raiva de você. Ou será por Viktoria ter te amado mais do que a nós, que somos os primeiros filhos? — provoca, gargalhando.

— Seu louco. Pare de tentar me confundir — ameaço mais uma vez, ficando de frente para ele com uma visão melhor, caso alguém apareça.

— Nossa mãe vadia deu para três mafiosos — revela ele. — Era uma puta sortuda! Até que, no fim, ela conseguiu o que tanto queria. Iniciou essa merda toda entre as três maiores máfias.

— Você está me cansando — falo, dando outro tiro nele, dessa vez no ombro.

— Sua vadia! — grunhe com ainda mais dor.

— O que...?

Finjo não ter sido pega de surpresa ao ouvir a voz da destruidora das nossas vidas.

Ao lado dela está Spencer, com o rosto cheio de hematomas; Arlyne Ivanov.

— Olha se não é a vadia que me quer de presente em troca dos meus cunhados. — Eu a surpreendo.

Seu corpo enrijece ao ver o irmão sangrando, no chão.

— Alessa, o que faz aqui? Cadê Axl? — Spencer pergunta, antes de cuspir um tanto de sangue.

— O que a vagabundazinha fez com vocês? — indago. — Onde está Carter?

— Não o vejo desde ontem, a vadia nos separou — responde, sem perder a pose de debochado.

— Cale essa boca, seu bastardo! Você não cansa de apanhar? — pergunta Arlyne, focando agora em Lucke, que começa a tremer.

— Solte a arma agora! — grita ela, empurrando Spencer para o lado e apontando sua pistola para mim.

— Ficaremos quites! — falo, mirando em Lucke com uma das mãos, com a livre eu puxo outra arma do coldre. — Ama muito seu irmão, não é? Largue meu cunhado. Vamos lá, me conta, ele é o que seu? Hummm... Já sei! É amante e diz que é irmão?

— Lucke! Se levante desse chão agora e derrube essa bastarda! Você é treinado... É o melhor — incentiva Arlyne, de olhos arregalados.

A obsessão dela pelo irmão é tanta, que até esqueceu Spencer.

— Não dá, porra! — murmura Lucke.

— Abaixe a arma — ameaço, com o dedo no gatilho e sem abaixar o olhar para ela. — Spencer, agora!

Spencer se joga em cima de Arlyne, que tomba na outra parede e deixa sua arma cair longe.

— Lucke, não brinque comigo. Você é meu irmãozinho, não me deixe. Eu te amo! — fala ela, tentando pegar a arma ao chutar Spencer e sair rastejando para se aproximar do irmão.

Sem pensar duas vezes, dou quatro tiros no tórax de Lucke Ivanov. Ele me encara com os olhos cheios de lágrimas e sorri diabolicamente.

— Você matou seu próprio irmão, sua doente. Ele é seu irmão, como você pôde fazer isso? — pergunta Arlyne, chorando.

Meu mundo desaba e o dela mais ainda. Nunca vi uma pessoa tão enlouquecida e fraca, aquela pose de mulher forte e chefona sumiu.

— Eu não tenho irmãos. Nos deixe sair daqui ou eu mato você. Dessa vez juro que farei um grande estrago — urro, procurando coragem nem sei onde.

— Quando meus homens vierem, eu vou te matar, farei o que sempre desejei. E assim que estiver morta, tomarei seu sangue como se fosse vinho — fala ela, gargalhando enquanto lágrimas escorrem dos seus olhos.

— Se levante agora e me diga onde está Carter — ordeno, ignorando suas palavras.

— Acha mesmo que farei isso? — pergunta, rindo. — Prefiro morrer a obedecer a uma fedelha.

— Como quiser — concordo, apontando para seu ombro e atirando.

— Onde está seu marido? Sabe, foi bom transar com ele — provoca a mulher, mesmo ferida. — De início eu senti nojo por ele ser um Knight, mas em uma noite ele me pegou de jeito, quase esqueci minha missão, acredita? Diz a lenda, que os Knights deixam as mulheres loucas.

— Calada! — mando, mirando nela.

— Não perca seu tempo — interfere Spencer, com a voz arrastada. — Mata de uma vez.

— Quase senti alguma coisa por Axl, mas parece que você é uma vadia feiticeira igual a Viktoria. Ela sabia encantar os homens — fala, rindo. — Ainda não acredita, não é? Nossa mãe é a mesma, o seu sangue também é Ivanov, infelizmente.

— Pare já... — sussurro, não querendo acreditar em suas palavras.

— Doeu ter de usar um nome tão asqueroso como o de Viktoria, mas foi necessário — revela. — No final, consegui muita coisa.

— Alessa! — Axl grita, então viro o rosto, ainda empunhando a arma.

— Eu... matei — começo a gaguejar quando vejo meu marido guardando a arma e vindo me abraçar.

Não passam despercebidas as manchas de sangue nas roupas que ele usa.

— Foi necessário, amor — fala, beijando minha testa e depois voltando sua atenção para a ex.

— Sim, foi necessário. — Devolvo suas palavras, sorrindo.

— Que lindo, meu casal preferido! — debocha Arlyne, gargalhando.
— Matem logo essa mulher, não aguento mais ouvir a voz dela — pede Spencer, não escondendo a dor que sente.
— Se tiverem coragem — fala ela, encarando-me com ódio. — Se me matarem achando que minha vingança irá ficar por aqui, estão enganados. Meu sucessor vive para reinar.
— Que sucessor?
— Sempre soube que Alessa era uma verdadeira mafiosa — Carter fala ao se aproximar, fazendo-me apertar ainda mais o corpo de Axl.
Como uma ovelha assustada, olho para meu cunhado que está apoiado em Lidewij.
Lidewij? Essa mulher é uma ninja?
— Missão cumprida, Axl. Os russos que estavam em nosso território estão mortos — fala Alec, surgindo com outros homens armados. Alguns são do meu tio. Knight e Russell juntos? , Olhando de relance para Arlyne, pergunta: — O que iremos fazer com a inútil aí?
— Meu Deus, Hailey precisa de ajuda — comento, desesperada.
— Ezra está com ela — fala Axl.
— A garota de Ezra é forte, ela vai sobreviver — fala Carter.
— Preciso levá-la daqui — grita Ezra, com a mulher desacordada em seus braços.
— Cuidado! — grita Alec e seus homens se posicionam, mas não agem.
Em câmera lenta, vejo Axl sacar a arma, comigo ainda em seu abraço, e atirar na barriga de Arlyne.
— Nunca mais essa filha da puta vai se meter com minha mulher — rosna Axl.
Ela ainda consegue sorrir, seus dentes cheios de sangue, enquanto deixa a arma cair das mãos. Arlyne olha para meu marido enquanto leva a mão ao local que foi atingida. Mesmo morrendo, a mulher continua com seu olhar diabólico, não consigo ver um arrependimento sequer.
— Alec, jogue esse lixo no porta-malas da van. Aliás, coloque os três desgraçados em vans diferentes, iremos levá-los até Killz.

CAPÍTULO 44

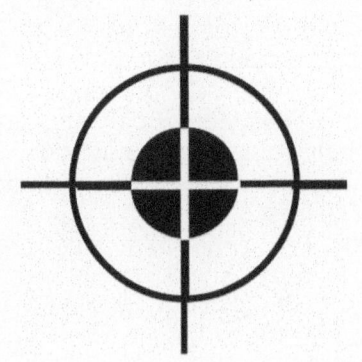

ALESSA

Com a cabeça apoiada no ombro de Axl, fecho os olhos. Ele entra em nosso quarto, comigo em seus braços. Quando tudo havia acabado, Alec disse para Axl vir embora e ajudar Ezra, garantindo que iria ficar à frente da situação. Ele conversaria com Killz antes de mandar Arlyne Ivanov para o jazigo e verificar Lucke, que vi morrer diante dos meus olhos.

— Não me coloque na cama, estou suja, preciso de um banho — aviso, cansada.

— Você não me obedeceu, Alessa. — Ele me coloca na cama, cruza os braços e fica me encarando com indignação. — Não me importo se você está suja ou não, porra! Tem noção do perigo que se colocou?

— Não precisa gritar — balbucio.

— Não estou gritando, ainda nem comecei a falar — argumenta friamente.

— Pensei que ficaria feliz em saber que eu cumpri minha missão.

— Missão? Alessa, o que você fez foi loucura! O que tinha na cabeça quando decidiu ir sozinha para um lugar daqueles?

— Vai dar uma de machista para cima de mim? Dizer que só os homens podem ser os fodões, Axl? — pergunto.

— Pare com essa merda e não coloque palavras na minha boca. — Ele passa as mãos pelo cabelo e inspira profundamente. — Preciso de ar.

Sem mais, sai sem olhar para mim.

Levanto-me da cama e o sigo até a porta.

— Vai me deixar sozinha só por que está com raiva de mim? — indago.

— Não estou com raiva de você. Estou com raiva de mim por ter confiado cegamente em você — fala num misto de dor e decepção. — O que aconteceria se esse plano não desse certo e você fosse pega? Em algum momento você se preocupou comigo? Com o que eu senti quando procurei minha mulher e descobri que ela decidiu dar uma de heroína invadindo o território dos russos? Responde, Alessa. Você se preocupou, caralho?

Seu olhar é indecifrável.

— Eu sabia que você ia ficar bem. Sou capaz de me defender e não preciso dos seus homens para dizer "ela está protegida ao nosso lado" — respondo, esforçando-me para não desabar.

— É com essa merda que você está preocupada? Você é mulher de um mafioso, porra! Essa é a sua realidade, e por mais que você saiba se cuidar, sua segurança não está em pauta aqui. Será que não consegue entender que você podia ter morrido, caralho! — urra, virando-se bruscamente para frente e segurando meus pulsos.

— Eu só queria ajudar. Era a mim que eles queriam — falo, sentindo minhas forças cederem.

— O que você quer dizer com isso? — Axl me fita, desconfiado.

— Não tinha a intenção de me entregar, mas teria feito se fosse preciso para salvar a vida dos seus irmãos. Eu sei o quanto você ama sua família e não ia permitir que Melissa fizesse mal a eles por minha causa.

Exausta, meus olhos marejam e as lágrimas descem livremente pelo meu rosto.

— Você se arriscou por achar que eu ia te culpar se acontecesse alguma coisa com Carter ou Spencer? — Axl parece não acreditar e eu me calo, incapaz de responder qualquer coisa. — Olha para mim, Alessa!

Sua voz grossa, firme, num comando autoritário que me deixa molhada e me obriga a obedecê-lo.

— Eu nunca vou abrir mão de você, *baby* — ele assegura, pressionando contra seu corpo, descansando sua testa na minha. — Hoje eu morri dez vezes só de pensar que aqueles filhos da puta podiam tocar na minha mulher. Quando vai entender que você é a única que eu quero na minha vida, na minha cama e no meu coração? Que eu não ia conseguir respirar se alguma coisa tivesse acontecido com você, porque é o caralho do meu oxigênio. Eu respiro por você, *baby*.

Suas palavras derrubam as últimas barreiras que eu havia construído ao redor do meu coração.

— Eu te amo... — sussurro.

— Eu te amo, Alessa! — declara, deslizando os dedos sobre minha roupa. — Nunca duvidei da sua capacidade de se defender, mas você é minha para cuidar e proteger, e é assim que vai ser até o dia da minha morte.

—Axl... — ofego, emocionada.

— Deixe-me te ajudar a tomar banho — pede meu marido, mudando completamente de assunto antes de começar a tirar minha roupa.

— Posso fazer isso sozinha — provoco, levando as mãos ao colete que ele está usando.

— Quatro mãos trabalham melhor — sussurra ele, tocando em meus seios.

— É? Eu não sabia... — Rio e jogo a peça no chão.

— Agora já sabe. — Ele se ajoelha. — Abre as pernas, *baby*. Quero te provar e matar a fome que eu estou da sua boceta.

Faço o que me pediu, apoiando as mãos na parede atrás de mim para não cair quando sua língua encontra meu clitóris.

— Oh... Axl...

— Deliciosa — sussurra com a cara enterrada entre minhas coxas.

— Isso, assim... — Ronrono como uma gata no cio.

— Quero ouvir seus gemidos quando você gozar gostoso na minha boca, *baby* — murmura, deslizando um dedo dentro de mim.

— Sou sua, Axl. Faça o que quiser comigo.

Jogo a cabeça para trás, permitindo que meu marido me tome para si e me faça esquecer todos os momentos de horror que vivi naquele inferno, ao menos por algumas horas.

※———————※

Os ladrilhos gelados da parede do banheiro fazem com que eu arqueie as costas e solte um gemido com cada beijo que Axl dá em meu pescoço e seios. Estamos conectados demais para conter a luxúria que abastece nossos corpos e exige que eu chame loucamente o nome do meu marido.

— Abra os olhos — ele ordena, e eu o encaro. O clima é tão prazeroso, que nem percebi quando Axl desligou o chuveiro. Firmando-me em seus braços, ele beija meu rosto. — Você me deixou completamente viciado, Alessa. A porra de um dependente.

— Gosto de ser sua droga. — Mordo seu lábio inferior e arranho de leve sua nuca.

Tocando no meu queixo, Axl desce os olhos para minha boca e me beija com fúria em um beijo envolvente e pecaminoso. Enlaçamos nossas línguas enquanto minha mão acaricia seu peito, e sou recompensada com um gemido dele. Axl puxa meu cabelo com força, fazendo com que eu jogue a cabeça para trás e beija meu pescoço, tornando-me submissa ao seu toque.

— Nunca vou me cansar de você — fala, tirando-me do seu colo. — Fique de costas para mim.

— E eu nunca vou deixar você se cansar de mim — asseguro ao me virar.

— Vou te comer assim — ele dá um tapa na minha bunda e puxa meu quadril para trás.

— Não é mais fazer amor?

— Hoje não — diz, roçando seu membro em meu corpo. — Empina esse rabo para mim.

— Axl... Por favor... — murmuro, fechando os olhos quando ele prende meu cabelo em sua mão.

— Não vou usar camisinha — avisa, raspando os lábios nas minhas costas.

— Acabe logo com essa tortura. — Praticamente imploro ao sentir seu toque ousado no meio das minhas pernas.

— Com todo prazer, Sra. Knight.

Encosto a cabeça na parede quando Axl entra em mim numa estocada voraz e começa a meter com força. Aproveitando-se da minha rendição, ele aperta mais a mão em meu cabelo e me puxa para trás, preenchendo-me por inteiro.

— Merda, Axl... — gemo, espalmando as mãos na parede molhada.

— Rebola no meu pau, querida. — A ordem vem poucos segundos antes de outro tapa estalado, fazendo um calafrio atravessar o meu corpo.

— Mais forte, amor — gemo, sentindo meu corpo estremecer a cada investida poderosa.

Indo e vindo, rápido e profundo, Axl me leva à loucura quando o orgasmo me atinge com a força de um raio, mas, para a minha decepção, ele retira seu membro e goza nas minhas costas.

— Você é incrível, *baby* — elogia e beija os meus ombros, só então eu me viro para ele.

— Está tudo bem? Você parece distante — digo na esperança de obter respostas.

— Nós matamos a liderança russa sem a autorização de Killz, ele ainda não havia sido informado — fala em tom baixo.

— O que vai fazer? — pergunto, querendo saber mais sobre seus planos e que fim dará aos corpos de Arlyne e Lucke.

— Estamos em meio a uma guerra, Alessa. Killz reunirá todos os conselheiros — revela, ligando o chuveiro. — Hoje teremos uma reunião e amanhã vamos decidir como vai ser a tomada definitiva do território russo.

Tomar o território russo? Eles podem fazer isso?

CAPÍTULO 45

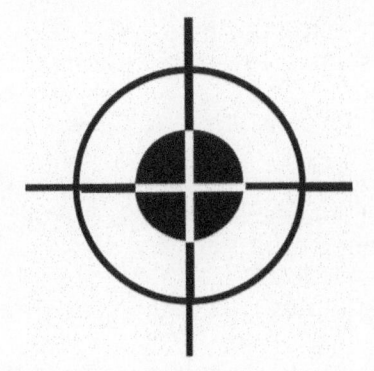

AXL

Nós não podemos tomar um território inimigo assim! — grita Oliver.
— Podemos e vamos! — Killz olha atentamente para ele e rosna, cansado das imposições de Oliver. — Meu irmão, pela primeira vez na vida, se ausentou de uma reunião por causa de uma mulher, é o suficiente para mim.

— Você está nos levando para perto dos inimigos! — grita Oliver, procurando apoio nos outros conselheiros, que ficam de cabeças abaixadas como se não aceitassem as sugestões dele.

— Se está com medo, pode se retirar. Não preciso de mais um problema — afirma meu irmão.

— Era só isso que eu tinha para falar — responde o homem bravamente.
— Parece que não adianta nada termos um Conselho, uma vez que os Knights só fazem o que convém a eles.

— É melhor medir suas palavras, Oliver — eu o aviso.

— Onde estão nossas leis? — pergunta em tom de deboche. — Vocês já deram tantos deslizes, era para a dupla Ivanov estar morta há anos. Inconsequentemente, Arlyne Ivanov só foi parada por Alessa Russell, sobrinha de nosso rival.

— Conan é nosso sócio e o tio da minha mulher, qual a porra do seu problema?

— Sua mulher é uma garota que agiu pelas nossas costas! Iniciou uma guerra sem permissão e nos trouxe prejuízo, Axl — ironiza.

— Estou ficando cansado de repetir, Oliver, mas pelo jeito você está tentando descobrir como eu vou fazer para manter a sua boca fechada — ameaço, levantando-me e ignorando o olhar de repreensão de Killz, que faz sinal com a mão para que eu me sente novamente. — Alessa fez o que achou que devia. Está feito. Acabou.

— Ela é uma mulher! Onde é que uma mulher pode ser útil em uma máfia? — provoca ele. — Mulheres só servem para nos dar prazer, nada mais que isso. Vai me dizer que você não prefere ter sua linda esposa nua te esperando na cama?

Sorrio cinicamente, dando a entender que concordo com ele quando paro à sua frente. Sem que o idiota espere, acerto um soco na cara dele com tanta força, que Oliver tropeça para trás e cai em cima da mesa.

— Abra a boca mais uma vez para falar da minha mulher, que não pensarei em porra nenhuma a não ser acabar com todas as balas da minha arma nesse seu cérebro pequeno e podre, Oliver — aviso, com a mão firme na arma.

— Basta! — urra Killz, batendo na lateral da mesa e fazendo os papéis voarem para o chão. — Estou cansado dessa merda! Levem-no daqui ou eu mesmo vou acabar matando esse imbecil.

— Garanto que Kurtz não iri...

— Meu pai está morto — fala Killz de maneira firme. — O posto de chefe é meu, independentemente da sua posição dentro da Unbreakable, e cabe a mim decidir o que e quando iremos agir. Estamos entendidos?

— Perfeitamente — rosna o homem em tom baixo.

— Ótimo — falo com um sorriso de lado.

※━━━◆━━━━◆━━━※

— Lucke está ferido gravemente, mas não morreu — revela Dr. Williams. — Ele estava com colete à prova de balas, mas por ter levado muitos tiros acabou sendo atingido, só que as balas não se alojaram no corpo.

Alessa estava tão nervosa, que nem mesmo notou que ele estava protegido.

— Qual é o estado dele? — pergunto impacientemente.

— Se ele ficar mais um dia naquele lugar não irá sobreviver, os lábios estão brancos e ressecados — fala o doutor.

— Essa é a ideia — falo —, que Lucke Ivanov apodreça dentro daquela jaula.

Trouxemos Mason Williams para nos certificar da situação dos irmãos Ivanov. Vamos fazer um julgamento, como Oliver sugeriu e os outros homens presentes na sala apoiaram, deixando-nos sem outra opção. Teremos de cumprir, a voz do Conselho se tornou maior, e minhas desconfianças em Oliver também.

— Na mulher — completa ele —, os tiros no abdômen atingiram órgãos importantes, ela não resistiu.

Paro de andar e me encosto à parede, passando as mãos no rosto e fechando os olhos. Os sentimentos que tive por Melissa parecem que jamais existiram, assim como a garota que conheci e acreditei que fosse inocente.

O que eu tanto queria, consegui; fiz o trabalho para Alessa, salvei minha mulher de levar um tiro e morrer. Tirei a vida de Arlyne Ivanov, a líder da Orekinski.

— Você me ouviu, Axl? — o homem insiste.

— Ouvi — murmuro. — Isso não está certo... Alguma coisa não está certa.

— O que...?

— Esse regaste, essa morte... — articulo, montando as peças.

Ela supostamente arquitetou tudo por anos, passou por cima de homens treinados e habilidosos para acabar morrendo em nossas mãos tão facilmente. Eles foram pegos com facilidade, com pouca resistência.

Será que acima de Arlyne e Lucke Ivanov pode existir outra pessoa? Um oponente de grande sabedoria para nos driblar?

— Preciso ir, Dr. Williams. Não dê nada que possa deixar Lucke vivo, nada de medicamentos, você está dispensado dessa ala.

※——+————+——※

Sobre a mesa está a carta que Conan havia me dado no dia do meu casamento. Não nego que tenho curiosidade de saber o que está dentro do envelope, mas prometi e vou cumprir a minha palavra. O envelope só será aberto se algo acontecer com Conan, e acredito que nada irá, ele é um homem bem experiente para ser pego.

— Nós não podemos encontrar outra maneira, Killz? — pergunto ao meu irmão, que está andando de um lado e para o outro.

— Não. Oliver, pela primeira vez, conseguiu fazer o Conselho ir contra nós — fala Killz, enfurecido.

— Somos cinco. Não é possível que juntos...

— Não tem saída, Axl! — meu irmão me corta. — Devemos fazer esse julgamento com Lucke e Arlyne — articula Killz. — Mas até que eu termine de resolver como vão ser julgados, os irmãos já devem estar mortos.

— Eu atirei em Arlyne para matar. Ela está morta, Williams confirmou — confesso.

— Axl, eu estive pensando...

— Eu também — eu o corto, porque já sei quais são suas teorias.

— Está sendo fácil demais — fala, com desconfiança.

— Killz, aconteceu uma merda! — grita Alec, com a arma na mão.

— O que foi dessa vez, Alec? — pergunta meu irmão.

— Conan foi ferido, um dos homens dele nos informou.

— Como aconteceu isso? — pergunto, nervoso.

— Ele me pediu para ver Lucke, disse que tentaria arrancar informações dele — revela Killz. — Achei desnecessário, mas como Conan é nosso aliado, não o impedi.

— Será que... — começo pegando a carta da mesa e guardando dentro do bolso da calça.

— Só mais uma coisa — interfere Alec, sério demais.

— O quê? — interroga Killz, arqueando a sobrancelha.

— Ele está morrendo.

CAPÍTULO 46

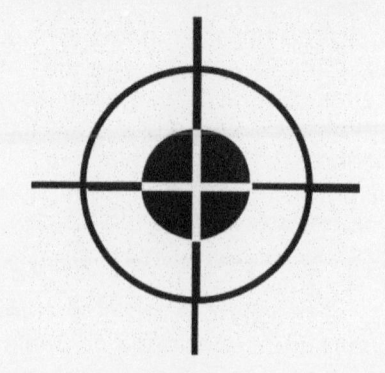

CONAN RUSSELL

Comunico a Killz que vou até Lucke ver como está o safado para obter mais informações. Ele consente e continua com seus afazeres, preparando o julgamento. Retiro-me da sala e vou em direção à cela onde está o traidor e encontro meus homens à porta, então apenas olho para eles e sou liberado para entrar. Ao encontrar o rapaz sentado no canto da sala, eu me aproximo com cautela.

— Lucke, meu filho, como você está?

— Conan, estava à sua espera, estou melhor do que mereço. Minha irmã é bem durona, não nega o sangue que tem.

Acabo rindo da sua constatação.

— Verdade, ela é muito especial e forte. Diante de tudo que ela já sofreu, se tornou uma grande mulher.

— Pena estar do lado errado da máfia, Conan, graças a você. Mas vamos acertar isso em breve — acrescenta, diabólico.

— Verdade, meu filho. Então, recebeu todas as coordenadas para o próximo ato? — indago.

— Sim, seus homens me deram todas as informações para a encenação da sua morte. Você vai adormecer e ficará sob o efeito do medicamento por duas horas. Logo depois desse período, será injetado novamente para durar mais duas horas, essas foram as recomendações que recebi, está correto? Você vai mesmo forjar sua morte? — pergunta desdenhosamente.

— Sim, Lucke, preciso achar sua mãe. Somente liberando as informações da carta que dei a Axl, terei acesso a ela. Fui claro ao dizer que o envelope só pode ser aberto com a minha morte, então preciso fazer isso — confidencio, sorrindo.

— Certo, vamos dar início ao seu plano. Onde aplico esse medicamento? — Convicto e parecendo gostar da situação, ele mostra a seringa que um de meus homens entregou a ele.

— No braço, seja rápido, aplique e acerte duas facadas em mim, uma abaixo do peito e outra na lateral da cintura — eu o informo.

Lucke arregala os olhos, não acreditando no que estou dizendo.

— Você está certo disso? Não terá volta depois de feito — lembra.

— Estou seguro de que o plano não terá falhas. Ao finalizar, você será levado pelos meus aliados, eles vão passar os próximos passos. Siga tudo à risca, confio em você, meu filho.

Cuidadosamente, pego a faca que escondi antes de vir vê-lo e entrego a ele.

— Certo, então me dê seu braço — pede ao pegar o objeto e, em seguida, segue como planejado, aplica o líquido da seringa em meu braço e desfere duas facadas nos locais indicados.

— Conan, me desculpe por isso!

Os olhos de Lucke têm uma culpa velada, porém, está certo de que precisa me ajudar nessa missão.

Noto que meus homens entram na cela e o levam para o passo seguinte, enquanto outros dois ficam ao meu lado e falam no rádio comunicador, passando as informações que já havíamos combinado. Pouco tempo depois, eu já estou sendo levado para a sala de Killz, e ouço todo o alvoroço que causei aos Knights.

Ao fundo, Axl grita para saber onde está Lucke, e Killz ao telefone com alguém que penso ser Aubrey. Não consigo me mover, mas consigo ouvir tudo ao meu redor.

Sinto alguém pegando a minha mão e tenho certeza de que é meu capanga, pois nosso acordo incluía eu ser informado de todo o procedimento no local. Dois toques se tudo estivesse dando errado, e três se estivesse correndo como o planejado. Sem demora, sinto os três toques em minha mão.

Perceber o desespero dos Knights mostra o tamanho despreparo que esses garotos têm. Apesar de parecerem fortes, são fracos, estou há anos no meio deles e jamais souberam que minha intenção sempre foi encontrar meu grande amor; Viktoria Ivanov. Mesmo que ela nunca tenha me amado, Viktoria deixou para Alessa um legado que eu preciso desvendar. E só conseguirei isso com a minha morte, obtendo todas as caixas. Ao liberar as informações da carta, Viktoria vai aparecer para seus filhos, e assim me ajudará a descobrir o que preciso para tirar o poder que ela exerce sobre os russos.

CAPÍTULO 47

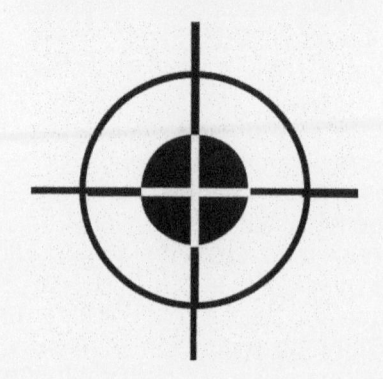

ALESSA

As palavras de Enrique não saem da minha cabeça, talvez porque não estejam fazendo sentido. Ele pode estar certo ou errado, essa é a questão. Eu o chamei para desabafar sobre a morte de Lucke, mas encontrei uma pessoa surpresa à minha frente, e não poderei esquecer suas palavras.

— Você está me ouvindo? — pergunta, encarando-me. — Uma vez perguntei a Conan o porquê de se encontrar com um membro da máfia rival com tanta frequência, eu disse que nada fazia sentido, mas ele foi bem convicto ao dizer que fazia isso para amenizar algumas coisas com os inimigos. Disse que eram só negócios, que traria melhorias para nós mesmos.

— Me deixe pensar melhor. Isso é loucura. — Rio, nervosa. — Como meu tio se encontrava com aquele abutre?

— Eu não sei exatamente. Olha, vamos deixar isso para trás, Lucke já morreu — fala ele, embaraçado.

É loucura! Arlyne e Lucke não podem ser meus irmãos, é insano, mas o que ele me contou faz meus pensamentos montarem peças brutas e visíveis, a cada instante tenho lembranças dos gestos estranhos do meu tio em relação a mim e a Aubrey.

— Não pode ser — sussurro, vendo Enrique me olhar atentamente.

Jamais cheguei a conhecer minha mãe. Se já me encontrei com ela, não me lembro, nem mesmo se Castiel falou o nome dela.

Estou na casa de Aubrey com Enrique, que chegou logo após eu ter pedido que viesse. Decidi conversar com minha prima, minha cabeça anda confusa após os últimos episódios, e me pergunto quando essa guerra sem sentido vai acabar.

— Tia, quer ver uma coisa que meu tio Axl me deu? — pergunta Austen, animado.

— Titia está ocupada agora, amor — falo, deixando-o um pouco triste. — Depois eu vejo, tudo bem?

— Ok... Vou para o meu quarto, então — murmura ele, cabisbaixo.
— Pode chamar sua mãe para mim? — peço e o vejo concordar e antes de se afastar.
— Deixou o garoto triste — interfere Enrique.
— Minha cabeça anda conturbada, Rique — falo baixinho. — É tudo tão difícil.
— Entendo.
— Por que não está com meu tio hoje? — indago.
— Esqueceu que Axl me proibiu de me aproximar de você? — indaga meu amigo.
— Isso é besteira.
— Entenda, Lessa, Axl e você se casaram, e antes disso ele pediu ao seu tio para revogar uma das cláusulas, a que dizia que eu seria seu segurança mesmo após o casamento.
— Alessa, aconteceu alguma coisa? Austen chegou ao quarto chorando — relata Aubrey, assustando-me.
— Ele queria me mostrar algo que o tio deu a ele, mas minha cabeça está uma loucura, Brey, e acho que fui um pouco grossa — confesso, envergonhada.
— Tudo bem, ele vai parar de chorar a qualquer instante — diz, voltando seus olhos para Enrique. — E vocês, já conversaram o que tinham para conversar? Se Killz souber que deixei Enrique entrar aqui, estarei encrencada.
— Eu assumo a responsabilidade, afinal, quem o chamou fui eu — declaro.
Enrique pigarreia ao meu lado antes de perguntar:
— Alessa, vai precisar de mim ainda?
— Sim, não saia daqui.
Assim que me levanto, puxo Aubrey pelo braço para irmos até a cozinha.
— O que foi? — pergunta minha prima com diversão.
— Eu descobri algo... Quer dizer, não está confirmado ainda — falo baixinho.
— Me diz — pede Aubrey.
— Sabe, Rique disse qu...
O toque do celular de Aubrey me impede de terminar a frase, então me afasto e digo que estarei na sala, mas ela segura em meu braço e pede que eu fique.
— Tudo bem... Veja o que é — falo.
— Amor, o que houve? Você não me liga a essa hora — fala Brey assim que atende à ligação.
Rapidamente, minha prima abre a boca por diversas vezes, parece em choque, imóvel.
— Ei! — eu a chamo, tocando em seu ombro. — Aubrey, não faz essa merda comigo.
— É... Ele... Ele... — gaguejando, deixa o celular cair no chão.

Sua pele fica pálida em segundos, enquanto a respiração parece começar a falhar.

— Enrique! — exclamo, assustada.

— Ela parece em choque, o que houve? — pergunta ele, pegando minha prima no colo. — Alessa, abre as cortinas, ela precisa de ar fresco.

— Claro — concordo, passando na frente para abrir as janelas, tropeçando em alguns móveis. — Pronto.

Enrique coloca Brey deitada no sofá.

— Converse com ela e tente acalmá-la, faça-a dizer o que está havendo — instrui, afastando-se para que eu tenha meu espaço. — Vou olhar as crianças, elas não podem ver a mãe assim.

— Obrigada, Rique! — agradeço, tocando as mãos de Aubrey. — Brey, olhe para mim — peço, baixinho. — O que Killz falou para te deixar assim?

Acaricio seu rosto, ela fecha os olhos e soluça. Meu coração acelera e entro em desespero, porque a dor dela está de alguma maneira sendo passada para mim.

— Pode chorar — murmuro, querendo fazer o mesmo.

Neste momento, Aubrey já está aos prantos, os olhos dela estão levemente vermelhos e seus lábios tremem quando tenta se manifestar. Toco no cabelo dela, mas sou impedida pelas suas mãos, que tocam nas minhas, trêmulas.

— Ele... Ele morreu — solta Brey, por fim. — Meu pai... Ele está morto.

— Prima... Olhe para mim — praticamente imploro, meio perdida com suas palavras. — Tio Conan o quê?

— Killz disse que Lucke matou meu pai, Alessa! — grita, entre soluços e com o corpo trêmulo. — O homem que a vida toda nos protegeu está morto.

— Se acalme, tudo bem? Deve ser algum engano — sussurro, abraçando-a. — Quem sabe você não ouviu errado?

— Não me trate como louca — sussurra ela, abraçando-me. — Ouvi muito bem, Lessa.

— Mas Lucke morreu — falo, chorando. — Eu o matei, eu o matei!

— Parece que não — interrompe Enrique, nervoso, ao surgir na sala. — Fui convocado para ir ao prédio onde seu marido e cunhados estão, parece que Lucke Ivanov fugiu e a irmã morreu.

— É verdade, então! — exclamo, sentindo as lágrimas de Aubrey caírem em meus ombros. Tento não chorar para não deixar a minha prima ainda mais assustada. Eu sei qual é a dor de não ter um pai, deve ser horrível para ela que conviveu e aprendeu a amá-lo.

— Sim — concorda Enrique. — Ezra está vindo para cá.

— Pode ir, posso cuidar de tudo — falo, procurando me convencer de que é tudo um grande mal-entendido.

— O dever me chama — fala Enrique, dando as costas para nós duas. — Alessa, as crianças estão bem, estão brincando.

— Obrigada... — sussurro, enfim deixando as lágrimas saírem.

— Será que minha mãe sabe? — indaga, saindo dos meus braços.

— Primeiro, vamos descobrir tudo que está acontecendo. É muito rápido para constatar se tio Conan está morto ou não. Talvez ele esteja ferido e os meninos tenham ficado assustados e interpretaram errado. — Tento amenizar a situação.

— Acha que se fosse mentira os homens no prédio da frente estariam montando posição? — murmura ela.

Ergo o rosto e vejo quatro homens posicionando as armas, dois para baixo e dois em nossa direção.

— Normal, eles estão aqui para isso — falo, engolindo em seco.

Uma batida à porta me leva a saltar para trás, fazendo com que pensamentos absurdos surjam em minha mente.

— Alessa, Aubrey — fico aliviada ao ouvir a voz do meu cunhado.

— Pode entrar.

— Vamos. — Dispara Ezra, sem notar o estado de Aubrey. — Entramos em alerta vermelho, vocês não podem ficar aqui sozinhas, vou levá-las para ficar no mesmo lugar que nós.

— Vou pegar as crianças — aviso, atordoada.

— Ezra, me diz que não é verdade. Diz que meu pai não morreu — soluça Brey.

— Infelizmente, sim, Aubrey. Conan nos deixou, ele não resistiu aos ferimentos.

— Não! — grita minha prima, desesperada. — Ele não morreu. Não! Não!

— Precisamos ir, temos muitas coisas para serem resolvidas e ainda caçar Ivanov — profere Ezra. — Alessa, pegue os meninos, não podemos perder tempo.

— Farei isso.

CAPÍTULO 48

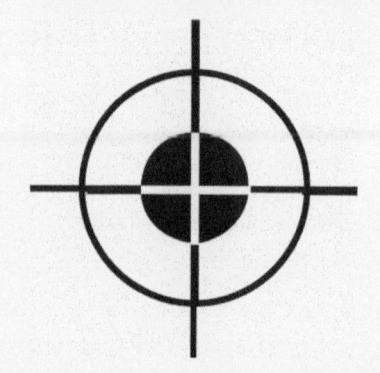

AXL

Quando estive diante de Conan, a cada instante que via o homem morto em cima da maca meu cérebro dava um giro. Jamais imaginei que este dia chegaria, não para um bom homem como ele. Até agora só não sei por que não consigo afastar a sensação de que é tudo uma grande mentira.

Williams, por fim, afirmou que Conan não resistiu aos ferimentos e que veio a falecer; os cortes devem ter sido mais profundos do que pareciam. Logo em seguida, o chefe à frente dos homens vindos de Chicago nos informou sobre os desejos de Conan na ocasião de sua morte. Desde que seus aliados não se opusessem, não haveria a necessidade de translado em caso a fatalidade ocorresse em outro país.

Confesso ter sido um detalhe a mais para minha estranheza, porém, com a viúva confirmando cada palavra, Killz deixou que os homens de Conan assumissem o cuidado com o corpo.

Toda sua participação foi cuidar dos trâmites legais, acionando um dos especialistas de sua lista de "prestadores de serviços" muito bem pagos para manter a polícia longe de nossos assuntos, para que providenciasse um atestado de óbito válido.

No mais, só nos restava esperar o momento em que Conan fosse velado e sepultado.

— Mandei Ezra buscar Aubrey, as crianças e Alessa — avisa Killz, terminando de dar os comandos para os homens de Alec. — A equipe que está monitorando o prédio já está em posição, eu os orientei para matar qualquer um que se aproxime da nossa família.

— Os russos já tiraram muito da gente... Chega de dar mole para eles — resmungo, pensando no morto. — Bem que tudo isso poderia ser um pesadelo. Quando estive com Conan, parecia que estava apenas dormindo.

— Infelizmente não é ilusão, Axl — Alec assegura, tocando em meu ombro. — Ele realmente está morto, não tem jeito.

— Por que diabos ele quis visitar Lucke sozinho? — indago, fazendo Killz se aproximar. — Como Lucke conseguiu dar uma facada em Conan, sendo que ele estava em cativeiro e ferido? Não teria como o homem ter acesso a qualquer arma. Precisamos descobrir quem é o infiltrado em nossa organização que compactou com essa ação do Ivanov.

— Sem exaltações, Axl — adverte Killz, e pelo seu olhar sei que ele entende minhas suspeitas, mas não quer que ninguém desconfie. — Vá tomar ar, não é momento para lamentações. Infelizmente, houve essa fatalidade, mas não podemos nos reunir em um canto e chorar, seria perda de tempo. O que precisamos agora é ter o restante dos russos em nossas mãos, principalmente Lucke Ivanov.

Killz acredita que exista mais traidores entre nós, o que não duvido muito. Foi fácil demais a fuga do desgraçado, não tinha como Lucke fugir sem a ajuda de alguém, porque onde ele estava exilado havia muitas passagens que deixariam qualquer um perdido se fosse sua primeira vez no local.

O que mais me irrita é pensar em Alessa, ela sofrerá com a perda do tio, mas, infelizmente, nós não podemos fazer nada em relação a isso.

— Com licença — murmuro, saindo do escritório de meu irmão sem olhar para trás.

Pego meu celular e ligo para a minha mulher. Ela deve estar desolada.

— *Amor, me diz que é um engano?* — Alessa praticamente implora com a voz falhando.

— Não é, Alessa — falo e a ouço chorar baixinho.

— *Brey está desolada, não consigo ser forte por muito tempo, Axl.*

— Calma, meu amor, sua prima precisa que você se mostre forte. É necessário, por mais que seja doloroso — incentivo.

— *Ele me criou... Foi o pai que eu não tive.*

— *Alessa, vamos, Ezra já está esperando.* — Ouço uma voz ao fundo e rapidamente percebo que é Enrique.

O miserável insiste em se aproximar da minha esposa. Ele está quebrando as regras e vai ser punido na hora certa. Alessa jamais iria contra as minhas palavras se não fosse por algo importante.

— Estou te esperando. Não se preocupe, já estamos tratando de tudo. Seu tio será colocado em um bom lugar — falo, com sinceridade.

— *Axl, Enrique...*

— Agora, não, *baby*. Venha logo, estou te esperando. Confio em você.

Com isso, encerro a ligação.

— Levaram-no — fala Carter, assustando-me. Olho para meu irmão, que ainda tem as marcas da surra que levou dos russos. — Cara, eu não tinha proximidade tanto quanto você e Killz, mas não deve ser fácil. Sinto muito pela perda.

— Como fizeram isso tão rápido? Alessa e Aubrey precisam vê-lo — justifico, sentindo o suor descer pelo meu pescoço.

— Não podemos perder tempo. Não vai ter velório, Killz disse ser a vontade do morto, então partiremos para o enterro, que é em poucos minutos — fala Alec, entrando na nossa conversa. — A esposa de Conan preferiu assim.

— Onde iremos enterrar o corpo? — indago.

— No Brompton Cemetery, próximo ao jazigo da família Knight — afirma Carter. — É onde Killz pode usar seus contatos e afastar suspeitas.

— O que for melhor... — falo, pensativo.

Pouco tempo depois...

Tudo é realizado com agilidade e de forma impecável, como se estivessem preparados para a chegada do corpo há muito tempo. Minha cabeça está dando voltas, nada se encaixa. Como ninguém ouviu ou até mesmo viu nada acontecendo? Como os homens de Conan chegaram tão rápido ao local, mas não notaram a saída de Lucke? Muito menos o homem ser morto debaixo de seus olhos? Muitas perguntas e nenhuma resposta.

Saio do meu devaneio ao sentir o toque das mãos pequenas e frias da minha mulher. Seus olhos estão vermelhos e um ligeiro sorriso de quem precisa de um abraço apertado surge em seu rosto. Alessa acabou de perder um homem que foi como um pai.

Enrique está logo atrás dela, então me viro e aceno, deixando claro que mais tarde teremos um acerto de contas.

Foda-se que Alessa esteja triste!

Tudo é extremamente calculado e não leva nem uma hora.

Celeste fica ao lado do caixão, muito tranquila, como uma verdadeira esposa de mafioso, ciente que essa hora chegaria cedo ou tarde. Aubrey, por sua vez, está desolada, ela se resume a lágrimas e gemidos sendo consolada por Killz. As crianças também choram e são amparadas por Lidewij, que parece muito amorosa com eles. Ezra e Carter observam a situação, consternados e ainda descrentes, porém, só eu noto essa fragilidade neles, foi como ver toda uma cena anterior em nossas vidas.

Não vejo Spencer por perto, onde diabos aquele louco está?

Sou surpreendido por um toque nos ombros, que me assusta.

— O que... Onde estava? — indago baixinho.

Spencer apenas me olha, complacente, e agradeço aos céus por não fazer nenhuma de suas gracinhas. Esse menino está realmente crescendo.

— Nos falamos depois, irmão.

Meneio a cabeça em sinal de concordância.

Logo o padre finaliza e o corpo é entregue a terra. Um traidor ainda está em nosso meio e precisamos resolver essa questão, ou em breve serei eu ou meus irmãos o próximo corpo a sete palmas debaixo do chão.

— Alessa, preciso resolver umas questões. Você vai ficar bem, certo? — Mais afirmo que pergunto enquanto foco em na desolação em seu olhar, mas não posso perder tempo, tenho de agir e entender o que aconteceu.

— Amor, você se importa que Enrique fique até você voltar? Sei que não gosta dele e que parte do acordo o deixa fora de nossas vidas, mas estou com medo e só confio nele — fala, entre lágrimas contidas, fazendo-se de forte.

Minha mulher me surpreende a cada dia.

— Vou pedir mais um homem para acompanhar você. E não a deixarei mais sozinha — afirmo. Dou um beijo em sua testa e seguro seu colar, ativando o localizador. — Por favor, não o tire em hipótese alguma. Eu amo você!

— Tudo bem, amor, estarei com isso o tempo todo. Agora vá e não demore — incentiva-me.

Saio ao lado de Spencer em passos rápidos, querendo entender o que está havendo.

— Posso saber quem vamos pegar? Para que tanta correria? Perdemos a maratona? — debocha Spencer, tentando descontrair.

— Spencer, não tem graça — reclamo sem olhar em sua direção.

— Ok, mas me diga para onde vamos?

— Ao meu apartamento. Tenho algo que pode ser importante — revelo em tom baixo.

— Algo tipo o quê? — indaga meu irmão.

— A carta, Spencer. A carta de Conan.

CAPÍTULO 49

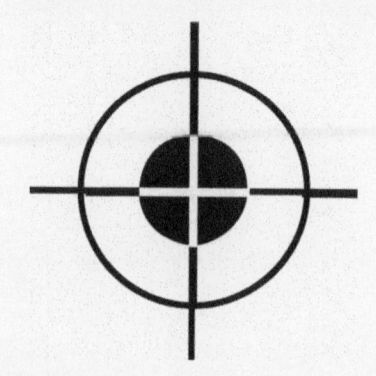

AXL

Em todo o trajeto até o apartamento, Spencer permanece quieto, não se manifesta de maneira alguma. Nós, Knights, somos assim: conhecemos uns aos outros e sempre sabemos quando um irmão está em apuros.

Desconfio dos movimentos dos homens de Conan, eles estiveram à frente de tudo. O enterro foi uma coisa tão rápida, nunca tinha visto algo do tipo. De uma coisa estou certo, a morte do homem me deixou perturbado mais ainda por conta da carta e das caixas quase idênticas, somente as letras em cima as diferencia.

— Eu sei que você estava mentindo — Spencer se manifesta ao entrarmos no apartamento. — A carta de Conan está no lado direito do seu blazer.

— Certamente sim — falo, puxando o envelope para fora. — Estou à procura de outra coisa.

— As caixas? — inquire meu irmão. — Elas devem ser valiosas. Por causa dessas malditas, eu levei uma surra — debocha, mostrando o roxo no seu olho esquerdo.

— Sim — murmuro —, aconteceram tantas coisas, que nem tivemos tempo de abri-las.

— Axl, notei algo estranho e não quis comentar com Killz — fala Spencer —, mas é preciso desabafar com alguém de confiança.

— Somos irmãos, eu jamais o trairia.

— Essa frase é tão fácil de ser formulada. — Ri. — Só que nesse mundo em que vivemos ninguém é confiável.

— Está certo — concordo.

— Como se sente em relação à morte da mulher que chegou a amar? — indaga, curioso. — Apesar das coisas que ela nos fez, eu temia que você ficasse do lado dela.

— Nossa família sempre virá em primeiro lugar — revelo. — Confesso que fui lento demais para perceber que dormia com nossa maior inimiga... Ela era tão doentia, que conseguia me manipular.

— Uma coisa é certa — resmunga —, o homem se torna um banana quando se trata de mulheres vagabundas.

— As que realmente merecem a nossa atenção nós nem nos importamos, mas as que nos tornam um...

— Pobre homem dominado — meu irmão completa.

— Exatamente. Agora vamos deixar o papo para depois, temos uma missão — acrescento, olhando para a carta. — Vou abrir isso enquanto você procura as caixas no meu cofre.

— Hoje descobriremos o segredo dos russos — articula, orgulhoso. — Valeu a pena todos os anos de luta e decepções... No fim, nossa família conseguirá a paz, finalmente.

— Não acredito que seja o fim, meu irmão — revelo, puxando o selo do papel.

— Arlyne morreu, só resta Lucke agora. E como ele era o capacho da irmã, poderemos pegá-lo com facilidade.

— O que você notou de diferente hoje? — indago.

— A preparação do enterro de Conan. Os homens dele trocavam olhares a todo momento, mas logo pareciam se lembrar de alguma coisa e rapidamente ficavam sérios — discursa. — Quem colocou o corpo de Conan dentro do caixão?

— Não pode ser! — Meus músculos ficam rígidos ao começar a processar as coisas. — Será que os russos teriam outro aliado?

— Sempre fica um sucessor, Axl — comenta, indicando a carta na minha mão. — Leia logo essa porcaria.

— Vou ler, depois te falo.

— O cara já morreu, não é como se ele fosse sair do túmulo para vir te pegar — debocha, revirando os olhos e sorrindo.

— Vá pegar as duas caixas.

— Preciso da senha, ou acha que meu dedo é uma varinha mágica e basta apenas dizer "abracadabra"?

— Juro que se abrir mais uma vez essa boca, eu a lavo com ácido — urro. — Coloque SCEAK5AR.

— Preciso anotar, essa senha é mais difícil do que a que as pessoas costumam pegar para ter acesso ao inferno — fala, já digitando os caracteres em seu celular.

※———————※

Abro a carta, ansioso para saber do que se trata, e me deparo com uma data recente. A caligrafia é impecável e a carta ainda está com um perfume adocicado que me lembra de Melissa, ela usava algo parecido com essa fragrância.

Será essa é mais uma das articulações daquela mulher doente?

Memorando nº218790/18
Londres, 23 julho 2018

Querido,
Se estiver lendo esta carta, certamente eu morri, ou um traidor está tentando me achar para desvendar o enigma das caixas. Não pense que sou o monstro que pintam, estou longe disso, porém, não sou a mais incrível pessoa também. Para provar que meu amor é tão grande pelos meus filhos, eu lhes deixei um enigma encriptado em forma de caixas, cada filho tem sua missão, e de tempo em tempo eu as libero a eles para que tenham conhecimento de suas funções. Cada um dos meus herdeiros saberá sua missão ao abrir a caixa. Apenas um deles ainda não recebeu por ser bem óbvia a exposição que isso traria. No tempo certo você vai entender, então a forma que encontrei de comunicá-lo foi através desta carta, preciso que você me ajude a fazer esse comunicado chegar até ele, postando a carta no endereço abaixo.

10 SE25 2AA

Ao chegar ao local, apenas a digital do herdeiro acionará os dispositivos, então, querido, não tente ir até lá, pois você não saberá como acessá-lo.
Agradeço por ter aberto minha carta, Axl James Knight, você é a única fonte segura para me auxiliar nesta missão, certamente, quem lhe entregou a carta já tentou acessar o local e não obteve sucesso, tudo isso porque você foi o Knight escolhido e que se casou com minha filha preciosa, e, certamente, a protegerá exatamente como mandam nossas leis e atenderá esse pedido, pois a segurança dela depende desse ato. Talvez essas minhas palavras não estejam te convencendo, mas peço que pense com o coração, não com a razão... No decorrer, logo todos os Knight saberão o porquê de toda essa guerra, que é voltada para um único objetivo, mas para poder desvendar essa charada é preciso que você coopere e faça tudo como pedi.

P.S. Não descumpra meu pedido, imploro. Dillinger corre perigo.
Viktoria Ivanov

Acabo de ler a carta que foi enviada para mim há dois meses e entregue apenas no meu casamento, por Conan. Agora tudo faz sentido. Melissa falou que era irmã de Alessa, então, de fato minha mulher é Dillinger Russell Ivanov, ligada à máfia russa.
Como Conan teve acesso a esta carta antes de mim? Não faz o menor sentido nada disso, ele não tem acesso... Claro, Melissa teve acesso a nossa casa por muito tempo, ela deveria acompanhar até as nossas correspondências. A vagabunda me usou.

Spencer entra na sala com as caixas e de imediato eu as pego, em minhas mãos estão as de Alessa e Melissa, reparo que no fundo há um pequeno espaço que precisa de uma senha.

— Como as abriremos? — questiona Spencer.

— Eu não tenho a menor ideia — falo.

— Você está com uma cara péssima. O que dizia a carta? — pergunta ele, curioso.

— Minha mulher é filha de Viktoria Ivanov com Castiel Russell. Alessa é irmã dos psicopatas — resmungo. — Tudo se encaixa agora. Arlyne usava o nome da mãe para ter poder na máfia, sendo a herdeira mais velha, ocupou o lugar da matriarca.

— Então a diaba não mentiu quando disse que Alessa matou o próprio irmão? Cara, você só faz merda mesmo, se separou de uma para se casar com a outra? Que merda de vida a sua! E eu achando que curtia emoções fortes. Você me superou, disparado — desdenha.

— Spencer, não estou para brincadeiras, o que está acontecendo é sério — retruco. Aquela mulher sabia que Alessa era sua irmã o tempo todo, por isso tanta provocação, por isso ela me escolheu. A vagabunda já sabia do acordo das nossas famílias e me usou desde sempre, tudo foi planejado minuciosamente. Faltam muitas peças no tabuleiro, deve existir outra cabeça maior nesse plano macabro de Arlyne Ivanov. Vamos, tenho uma missão a finalizar.

— Vamos aonde? Que missão é essa? — inquire.

— Spencer, na carta diz que eu tenho de enviá-la a um lugar onde somente o herdeiro terá acesso e saberá como entrar no local — concluo, abrindo a porta.

Outro herdeiro. Outro herdeiro foi mencionado. Quem será ele? Será que eu o conheço?

— Nossa! Esses Ivanovs gostam de mistérios, eles não podiam telefonar para facilitar a nossa vida agitada? — brinca meu irmão, puxando sua arma do coldre.

— Se você não começar a levar as coisas a sério, é melhor me deixar sozinho — reclamo.

— Me desculpe, irmão. — Ele engole em seco. — Estou brincando para distrair a mente.

— Não é o momento, Spencer — falo. — Na carta diz que a mulher que amo corre perigo.

— Então vamos à caça — exclama, conferindo a munição no carregador da pistola antes de guardá-la no lugar. — Vamos ao galpão pegar minha 288 GTO, aquela máquina vai nos fazer voar.

— Se Killz ligar para seu celular, diga que nós estamos tentando achar rastros de Lucke — aviso, olhando para a carta.

— Pode deixar.

Saímos para ir ao endereço, temos que fretar um jatinho que nos levase de Londres a Manchester para não levantar suspeitas em Killz. Spencer, por fim, leva a sério a nossa missão e deixa sua *Ferrari* para trás. A situação é bem séria e minha mulher corre perigo, tenho obrigação de encontrar esse quarto filho de Viktoria Ivanov, pelo bem de Alessa e da minha família.

— Que lugar mais estranho — comenta Spencer.

Chegamos ao local indicado e estamos prontos para qualquer coisa, porque tudo está em jogo, não sabemos se é uma cilada.

— Faz parte — retruco e ajusto meu revólver na cintura antes de sair do carro.

Vou até a porta e leio "Recanto da Paz" em uma placa. Será uma pousada ou SPA; pelo nome, pode ser uma das duas coisas.

Toco o interfone e uma voz cansada responde, pedindo que empurre a porta e entre na recepção. É um pequeno sobrado, há muitas janelas, creio de deve ter mais de um quarto no local indicado na carta.

Olho para Spencer ao meu lado e faço sinal, em seguida, empurro a porta.

— Eu vou... — sussurra meu irmão, empunhando sua arma enquanto caminha com passos silenciosos para se certificar de que não caímos em uma emboscada. — Está limpo.

— Não, não está — resmungo ao ver um senhor surgir atrás do balcão.

Rapidamente Spencer esconde a arma e eu faço o mesmo.

— Boa tarde, rapazes! Procurando hospedagem? Ainda temos alguns quartos livres — informa o velho educadamente.

Aproximo-me do balcão e observo o local, só depois de alguns segundos eu entendo. Aqui é uma república estudantil, a julgar pelo tanto de medalhas de graduação. As mais vistas são as de Medicina e Direito.

— Não, senhor. Viemos para entregar uma correspondência, mas... Sei que parece estranho, mas na verdade não sabemos o nome do destinatário. Será que conseguiria nos ajudar se eu disser o nome da mãe do estudante? — pergunto, quase certo de que esse pobre homem nem deve se lembrar da sua idade, ele parece bem confuso.

— Oh, meu filho! Posso tentar, mas não será fácil, aqui há pelo menos cinco jovens por quarto. E são muitos quartos. Mas vocês sabem que esse tipo de informação é confidencial. Apesar de modesto, nosso atendimento é excelente — fala ele, orgulhoso.

— Tudo bem, desculpe a nossa falta de educação. Eu me chamo Axl James e esse é Spencer, meu irmão... E o senhor, como se chama? — pergunto e vejo o velho me olhar com desconfiança; ou receio, não sei decifrar muito bem.

— Sou Walker, é um prazer conhecer os senhores. Agora preciso me ocupar, fiquem à vontade. Com licença — sugere depressa.

— Espere, Sr. Walker. A carta. Posso deixar com o senhor? Eu vim de longe somente para entregá-la, mas como já informei, não sabemos o nome do destinatário. Por isso, peço que entregue apenas em mãos para o filho ou filha de Viktoria Ivanov.

Minha fala deixa o homem pálido. Sem me importar, largo o envelope no balcão e puxo Spencer pelo braço.

Algumas horas se passam, já é quase noite, e ainda mantemos tocaia na frente da república. No entanto, nada de estranho acontece, apenas jovens entram e saem tagarelando.

— Que porra! — Acabo soltando um palavrão ao ver Gwen e Claire. O que diabos elas estão fazendo tão longe de casa?

As duas meninas caminham de mãos dadas, sorrindo ao brincar uma com a outra. Quando elas entram na república, tudo fica ainda mais estranho.

— Spencer, viu aquelas duas garotas? Elas estudam na faculdade da Alessa.

Foi na casa delas que minha esposa fez aquela dança dos infernos que deixou vários idiotas babando por ela, mas isso eu não preciso dizer.

— Hummm, que lindas! Será que se eu fizer um pedido para dividir a cama elas iriam topar? — pergunta maliciosamente.

— Spencer, a situação é séria. Não é hora de você pensar em sexo. Não vai crescer nunca, meu irmão? — repreendo-o seriamente, porém só recebo um sorriso debochado.

— Para onde devo crescer mais? Meu cérebro não é tão pequeno quanto pensa. Eu só gosto de curtir sexo selvagem, e algumas coisinhas mais... Seria pecado transar com duas gostosas ao mesmo tempo?

— Cara, fecha essa boca — reclamo, fazendo-o rir —, parece insano com o jeito que fala.

— Axl, você transa com a minha cunhadinha gata todos os dias, sei disso. Depois de casado, você está sendo um homem tão prendado que me dá medo — fala sarcasticamente. — Estou na seca essa semana com tanta merda acontecendo. Preciso transar! As corridas me rendiam boas mulheres fáceis, era só eu estalar o dedo que as delícias vinham com aquelas minissaias e com os dentes abertos em minha direção. Ser piloto foi a melhor coisa que aconteceu em minha vida.

Spencer geme de frustração.

— Spencer, fica calado, você é mais útil mudo — digo, voltando a analisar o que acabei de presenciar.

<hr>

Já é madrugada e nada de Gwen e Claire saírem, elas provavelmente estão hospedadas no local. Recordo-me que em meio às correspondências que peguei em casa, havia uma carta para Alessa.

Impaciente, observo Spencer dormindo ao meu lado.

— Que merda! — cicio, batendo a mão no volante. — Será que essas garotas estão envolvidas? Não posso acreditar nisso. Elas seriam aliadas dos russos?

— Merda, Axl! Você costuma falar sozinho? — reclama a Bela Adormecida, bocejando ao meu lado. — O que aconteceu?

— Creio que as amigas de Alessa possam estar envolvidas. Quando saírem, vamos segui-las — determino, ignorando os resmungos de meu irmão.

Faz quase dois dias que estamos aqui e tudo que consegui foi uma pista falsa para me distrair, certamente; as meninas não têm nada a ver com organizações criminosas. Elas apenas saíram da república para uma universidade local e vice-versa; nada estranho aos meus olhos. Provavelmente os russos estudaram todos ao nosso redor, essa Viktoria é uma ótima professora, ensinou a filha exatamente como agir. E novamente me enganei a respeito de uma Ivanov, elas são calculistas ao extremo, fizeram muito bem a lição de casa, sabem tudo que fazemos. Agora que já perdi a possibilidade de descobrir quem é seu quarto filho, não tenho nada para fazer aqui.

— Vamos embora, Spencer. Gwen e Claire não são do meio, as ações delas não as incriminam.

— Até que enfim se convenceu de que está fazendo papel de babaca. Novamente uma mulher russa te ludibriou, irmão, você é um fiasco como investigador — zomba de mim, gargalhando.

— Não vou rebater sua provocação — aviso.

— Tanto faz. Vamos mesmo embora, preciso descansar — resmunga. — Depois de tanta tensão sem sentido preciso de alguns drinques e de uma gata.

— Você realmente não leva nada a sério — falo, dando partida no carro e seguindo para o aeroporto.

Precisamos voltar para casa, temos muito a resolver por lá.

CAPÍTULO 50

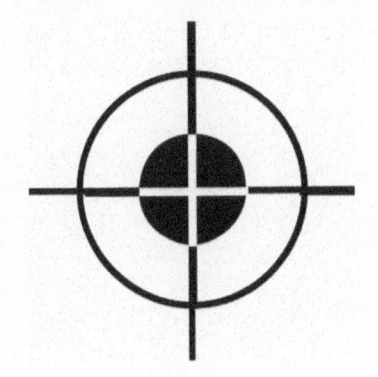

ALESSA

Três dias depois...

Depois da despedida que tivemos do tio Conan, nossas vidas mudaram, tudo parece vazio. Aquele homem era um exemplo, ele fez o papel que Castiel não pôde, porque infelizmente se foi antes que pudesse me dar educação, amor e carinho.

Tia Celeste nos surpreendeu ao avisar que, por ser desejo de tio Conan, ela tomaria a posição do marido, que a partir de agora será a chefe. Não vou mentir que fiquei orgulhosa por vê-la segurando as lágrimas e discursando sobre os tempos que tiveram, os momentos em que ambos decidiam como iriam contar para mim e Brey que éramos herdeiras. Naquele instante, senti Celeste falhar em suas palavras, mas por algum motivo ela se calou ao pousar seus olhos em mim e depois em Ezra, que a encarava estranhamente.

— Como está se sentindo? — pergunta Axl ao passar a mão no meu pescoço; fiquei feliz com seu retorno, queira-o aqui, comigo.

— Estou bem cansada — falo, escondendo as lágrimas. — Estive pensando em voltar à faculdade, mas é complicado — sussurro a última frase.

Gwen e Claire me deixaram, apesar de elas não fazerem o mesmo curso que eu, mas a companhia delas era muito útil para mim, eu não me sentia sozinha no meio daquelas pessoas estranhas.

— Posso levá-la e buscá-la todos os dias — sugere meu marido. — Não desista do que quer. A sua vida não pode parar por causa dessa fatalidade, Alessa.

— Ando tão confusa, amor — murmuro, virando-me para ele.

— Essa morte... Lucke sendo meu irmão... Arlyne. Oh, céus!

— Fique calma, eles podem ser seus irmãos de sangue, mas não são do coração — esclarece Axl.

— Ah, você falou tão bonitinho — digo, gargalhando. — Meu marido sabe ser de tudo e mais um pouco quando quer.

— Só estou querendo te ver melhor — fala, enfiando a mão dentro da minha blusa. — Quero ver aquele sorriso encantador e provocante nos seus lábios lindos.

— Axl... Obrigada por estar me acolhendo, você está sendo totalmente diferente do que imaginei — confesso. — Quando tivemos nossa primeira vez, eu já estava apaixonada e fiquei amedrontada, temia que você pudesse ter só desejado ir para cama comigo e depois voltaria para aquela mulher.

— Alessa, desde aquela primeira vez em que pus os olhos em você, naquele hospital onde Killz deu entrada por conta do tiro que havia levado, eu me vi encantado pela sua beleza, pelo seu jeito manso e ao mesmo tempo voraz — argumenta. — Você já me tinha e não sabia. Na verdade, eu não deixava esse sentimento transparecer, meu orgulho não deixava.

— A cada dia você me surpreende. Estou começando a achar que meu tio não errou ao te escolher para ser meu marido — brinco, fazendo-o sorrir.

— Acho que não — concorda ele. — Só de imaginar você casada com Spencer dá vontade de socar a cara dele.

— Spencer? Minha nossa, nós dois definitivamente não daríamos certo!

— Fiquei revoltado com a decisão de Killz em querer me casar do nada, então ofereci Spencer para ser seu marido — revela.

— Você me ofereceu para seu irmão? — pergunto, fingindo estar brava. — Pensando bem... Seria interessante Spencer e eu.

— Não fale uma merda dessas, Alessa! — rosna, tirando a mão de dentro da minha blusa. — Você é minha e de mais ninguém, isso é coisa do passado.

— Vai ficar com a cara fechada agora? — indago, sentando-me em cima dele. — Eu estava brincando, seu mal-humorado.

— Não faça mais isso — pede ele. — Imaginar minha mulher com meu irmão traz à tona um monstro que eu prefiro deixar adormecido

— Desculpe, não faço mais isso — peço, beijando seu pescoço.

— Conan nunca falou nada sobre sua mãe? Nenhuma vez ela foi mencionada?

— Não. Eu nunca soube nem a primeira letra do nome dela, parecia que seu nome era proibido em casa. Até tia Celeste se negava a me dizer o nome da minha... O nome da mulher que me deu à luz.

— Alguma vez chegou a receber cartas ou lembranças?

Essa especulação de Axl está me deixando desconfiada.

Será que ele sabe algo sobre Viktoria? Viktoria... Esse nome me dá nojo.

— Por que tantas perguntas? — inquiro, saindo de seu colo e me deitando na cama. — Está sabendo de alguma coisa que eu ainda não sei?

— Não é isso, só curiosidade mesmo — justifica, levantando-se. — Alessa, daqui a dez minutos tenho de me encontrar com Spencer, e quero que você vá ficar com Aubrey, na casa dela. Não quero que fique aqui sozinha.

— Tudo bem... — Hesito. — Seu irmão já encontrou alguma pista do Lucke?

— Ainda não, mas desconfiamos que no meio dos homens do seu tio há traidores que libertaram Lucke e permitiram que matassem Conan.

— É tudo muito estranho. Já descobriram como ele conseguiu algo pontiagudo para matar meu tio? — pergunto, sentindo o ardor na garganta.

— Algum desgraçado lhe entregou o objeto, desconfiamos que seja uma faca, mas não podemos afirmar nada.

※─────※

Diante de mim está tia Celeste, com aquele olhar distante, mas com uma fisionomia de dar inveja. Eu me pergunto como consegue estar tão forte em um momento igual a esse. Eu a admiro.

— Tia, a senhora está bem? — indago, mesmo sabendo que não.

— Não estou, mas devo seguir em frente, foi assim que aprendi desde nova... Seguir em frente mesmo que o mundo esteja de cabeça para baixo.

— Como vai ser agora para a senhora? — inquiro baixinho.

— Vou comandar, sou esposa de Conan, e como ainda estou viva... — murmura ela — Tenho uma missão a cumprir. Sou a chefe da máfia de Chicago.

— Tia, isso é muito perigoso! — exclamo, assustada.

— Você sabia que as mulheres podem ser mais eficientes que os homens dentro de uma organização? — fala, sorrindo fraco. — A maioria dos homens pensa com a cabeça de baixo, e as mulheres não. Elas sabem comandar como grandes rainhas que são.

— Somos a prova viva. Arlyne soube muito bem comandar — falo a contragosto. — Enganou a todos.

— Exatamente. Bem... Amanhã volto para Chicago. Conan deixou algumas pendências por lá que só eu sei...

— Tia, posso perguntar uma coisa? — Engulo em seco.

— Claro!

— O que sabe sobre minha mãe? — indago, tomando coragem para seguir em frente.

— Filha...

— Eu não sou mais criança, tia Celeste. — Tento ser firme. — A senhora e tio Conan me criaram como se fosse uma filha, mas eu tenho direito de saber como meu pai e Viktoria Ivanov se envolveram.

— Como ficou sabendo dessa mulher? — grunhe tia Celeste, com raiva.

— Lucke Ivanov... Meu suposto irmão — argumento

— Parece que as coisas estão sendo reveladas.

— Me diga somente a verdade — peço, praticamente implorando. — Eu mereço saber.

— Você deve saber é que a única coisa que levou sua irmã a querer te matar é porque Viktoria Ivanov te amou muito. Apesar de ela ter sido a

vida toda uma vadia destruidora de casamentos, soube te amar. Naquela época, você era muito pequena, pela primeira vez, eu vi sua mãe quebrada.
— Os olhos de Celeste estão vidrados em algo, ela parece estar desabafando sem nem perceber. — Me lembro dela se ajoelhar aos meus pés e pedir para que eu conversasse com Castiel e Conan para que não te levassem da Rússia para Chicago.

— O que está dizendo é muito grave — sussurro, com os olhos lacrimejando.

— Viktoria tinha uma beleza de dar inveja e usava isso a seu favor. — Assusto-me com sua risada amarga. — Dormiu com quatro homens desse nosso meio, todos os quatro eram amigos.

— Oh, meu Deus!

— Isso mesmo. Ivanov dormiu com Castiel, Conan, Kurtz e Dimitri — revela a mulher, fazendo meu sangue gelar.

— Ela... Ela dormiu com meu tio e meu pai?

— Ela não perdoou nenhum — murmura, trêmula. — Nem o meu marido.

— Tenho nojo dessa mulher. Céus, às vezes eu tinha sonhos quando pequena, eu via uma mulher com cabelo negro enorme — gaguejo, chorando.

— Uma das coisas que fazia a sua irmã te odiar — fala ela, encarando-me. — Você e Viktoria se pareciam bastante.

— Chega! Não quero falar mais sobre essa mulher — aviso, decidida. — Vamos falar de Lis! Como está ela?

— Velha — brinca tia Celeste. — Vou aposentar aquela velha! Ela anda cansada, mas insiste em ficar lá em casa. Agora que Conan se foi...

— Não a mande embora — peço. — Lis trabalha há muitos anos para os Russells. Eu me lembro de chegar e vê-la toda sorridente para mim, enquanto eu ficava atrás de tio Conan... Com medo de tudo ao meu redor.

— Jamais me afastaria dela, aquela velha é um anjo na minha vida.

— O que acha de irmos ver Brey e as crianças? — sugiro, procurando me animar.

— Ótima ideia. Quero ver meus netos antes de partir para Chicago.

✦ ────── ✦

O carro de tia Celeste já está estacionado em frente ao prédio onde Brey está com as crianças. Killz tomou a decisão de morar, finalmente, na mansão Knight.

Quando tia Celeste tira o cinto de segurança, noto que dois carros param a nossa frente, então arregalo os olhos ao perceber que são seguranças que nem tinha visto, somente agora, e Lidewij está entre eles.

— Vamos descer — fala tia Celeste.

— A senhora precisa mesmo ir? — indago.

— Sim, filha, eu tenho de ver como andam as coisas — murmura ela. — Só quero ver meus netos e me despedir da minha Aubrey. Acredito que ao lado do marido ela está segura, assim como você está ao lado do seu.

— Tudo bem, tia...
Meu celular vibra na bolsa, então pego o dispositivo e estranho ao ver um número desconhecido. Apesar da desconfiança, atendo para saber quem é.
— *Alessa, não diga que sou eu. Precisamos conversar.*
Engulo em seco ao ouvir a voz masculina do outro lado da linha. Prontamente tento disfarçar a tensão e sorrio para tia Celeste, que me encara esperando por resposta.
— Mas como assim? Agora não dá — falo, tentando não revelar a pessoa que está do outro lado da linha.
— *É um assunto sério. Me encontre naquele café que você adora, próximo ao centro. Estou te aguardando.*
— Espera — exclamo, mas sou ignorada após ver que ele encerrou a chamada.
— O que está havendo, Alessa? — pergunta Celeste. — Quem era?
— Axl. Ele precisa falar comigo urgentemente, meu marido é assim... — Rio, nervosa, esperando que ela acredite. — Eu já volto.
— Ok, se cuide — pede, tocando em meu braço. — Qualquer coisa é só me ligar.
— Claro — articulo. — Até mais. Eu te amo! — reclamo, saindo apressadamente do carro e tento encontrar um táxi que me leve ao tal café.

※━━━━━━━※

Minhas mãos estão trêmulas, eu já não aguento mais esperar por Enrique no local que pediu para me encontrar. Minha ansiedade começa a me estressar. Para completar a situação, de minutos em minutos a garçonete vem me perguntar se não vou fazer meu pedido, porque não é certo ocupar uma mesa do estabelecimento sem consumir, o que acho um absurdo.
— Moça, eu já disse que não quero nada agora — falo impacientemente. — Não se preocupe, caso eu queira algo, chamo você.
— Sinto muito, mas você terá de sair — fala ela.
— O quê?
— É isso mesmo — rebate a garçonete, colocando a prancheta debaixo do braço. — Acha que aqui é ponto de ônibus?
— Como é? — Rio, levantando-me e fechando os punhos.
— Alessa.
Viro o rosto e vejo Enrique com trajes diferentes, parecendo até um disfarce.
— Oi, Rique — murmuro, desejando dar uns murros na mulher insolente à minha frente.
— Traga dois cafés — fala Enrique asperamente, fazendo a cadela concordar e sair de fininho.
A conversa deve ser séria para ele ter pedido café, não um chá.
— Que roupas são essas, meu amigo? — inquiro, preocupada.
— Disfarce — confirma minha impressão, sentando-se. — Senta aí.

— Como você está? — pergunto, acomodando-me.
— Bem, na medida do possível. — Ele sorri fraco. — Eu vim me despedir.
— Como assim se despedir? — indago tristemente. — Para onde vai?
— Estou indo embora de Londres — confessa, tocando em minhas mãos trêmulas.
— Vai me deixar também? — sussurro, chateada. — Minha tia vai embora, as únicas amigas que eu tinha fizeram o favor de avisar que estão fazendo um curso em Manchester, a milhas e milhas daqui... E você vem com essa de ir embora.
— Preciso resolver alguns assuntos pessoais — revela.
— É tão importante assim que precisa ir, Enrique?
— Sim. É muito importante.
— Tudo bem. — Sorrio. — E quando estará de volta?
— Alessa, estou indo para sempre — justifica meu amigo. — Vou para nunca mais voltar.
— Rique...
— É para nosso próprio bem — murmura, beijando minhas mãos. — Eu te amo! Você é como minha irmãzinha caçula, jamais desejaria seu mal... Então peço que tente conviver com a minha ausência.
— Ei, olhe para mim — peço baixinho. — Se é importante para você, então vá.
— Eu sabia que me apoiaria.
— Estarei sempre te apoiando, não importa a distância — garanto, sentindo as lágrimas descerem. — Eu te amo! Você é o irmão que nunca tive.
— Adeus, Lessa — despede-se Enrique, levantando-se. — Se cuide.
— Você também — peço, chorando. Enquanto o vejo sumir entre as pessoas do estabelecimento, grito: — Tente entrar em contato algum dia!
Mais uma vez, alguém que amo está partindo.

CAPÍTULO 51

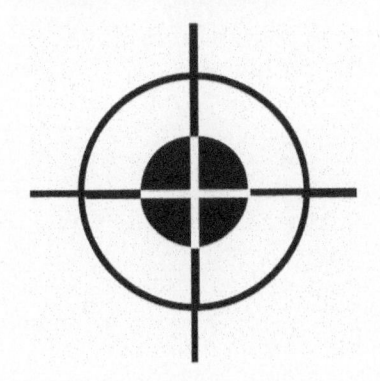

CONAN

Assim que me tiraram do maldito caixão, a primeira coisa que fiz foi respirar com alívio, afinal, o plano era arriscado, mas no fim tudo deu certo. Não teria como não dar, planejei isso desde que recebi a carta de Axl. Aos poucos, tudo está surtindo efeito, brevemente terei o poder.

Por anos eu venho me perguntando o porquê de não ter destruído de uma vez a família Knight e Ivanov, mas daí me lembro de que tenho meus motivos, um deles é Aubrey e Alessa, minhas meninas, que estão entrelaçadas para sempre com os filhos de Kurtz James Knight.

Kurtz era meu melhor amigo, até certo ponto, o maior erro dele foi ter dormido com Viktoria. Esse envolvimento trouxe consequências que odeio me lembrar. Ele atravessou meu caminho e não medi esforços para me livrar dele, repudio quem tenta ser mais esperto que eu.

O fim do meu amigo e a pobre esposa não foi o suficiente, não quando tem cinco malditos herdeiros crescendo. Ele acabou sendo o culpado do seu próprio destino, o único culpado por ter deixado os filhos órfãos de pai e mãe. Posso morrer hoje, mas não me arrependo das mortes que vou levar nas costas. Sei que se eu morrer queimarei no inferno, então que diferença faz se eu matar mais alguém?

Os Knights sabem comandar uma organização, porém são impulsivos demais, às vezes agem sem pensar. O negócio é ser inteligente e não muito apegado à família. Se for possível, deve-se passar por cima do próprio sangue para obter o sucesso. Lembro das vezes que o Knight mais novo aprontava e os retardados mais velhos passavam a mão na cabeça dele, desonrando as próprias leis que criaram. Aos poucos, isso foi os afundando. Não nego que os filhos do meu querido amigo são homens ferozes, sabem proteger a família e têm estratégias boas quando querem.

Há anos, quando contei a Aubrey e Killz sobre serem prometidos, eu não menti. Kurtz e eu selamos um acordo inquebrável, onde nossos herdeiros se casariam, assim como o acordo que fiz depois com ele entre Alessa e o terceiro filho dele, Axl James Knight, por motivos de força maior. Minha sobrinha não poderia se casar com o segundo herdeiro Knight, então a segunda opção era Axl.

— Chefe — fala Flip, aproximando-se. — O que faremos sobre a Ivanov?

Flip é um dos seguidores de Arlyne Ivanov, ele soube rapidamente mudar de lado quando contei a alguns deles sobre minha posição na Rússia. Eu os intimidei falando que deveriam ser inteligentes e ficarem do lado mais forte, porque ficar contra mim seria burrice demais, seria o mesmo que cavar a própria cova.

— Ela já está morta, não serve para mais nada — falo impacientemente. — O nosso foco agora é outro, Flip.

— Sim, senhor. — Ele concorda.

— Onde está Lucke? — pergunto.

Lucke é um cara inteligente, um bom matador e líder, seu único problema foi ter deixado a psicopata da irmã manipulá-lo a vida toda para que fizesse tudo o que ela desejava. Apesar disso, eu ainda o considero como um filho, o filho que sempre quis ter com Viktoria, porém, ela nunca me deu essa oportunidade.

— Ainda não deu sinal, deve estar tentando despistar os Knights — avisa. — Senhor, e com Enrique, o que faremos?

— Deixe-o ir — falo. — Enrique é honesto demais para poder passar para o lado errado, eu sempre soube disso.

— Poderíamos executá-lo, um a menos — sugere Flip.

— Enrique vai permanecer vivo, ninguém tocará nele — ameaço. — Deixe-o decidir qual caminho seguirá.

— Vai deixá-lo ir atrás da família, senhor?

— Vá procurar pelo Lucke — mando. — De Enrique cuido eu.

— Claro, senhor.

— Só volte aqui com novidades! — grito, vendo-o balançar a cabeça e concordar.

Num estalar de dedos, consigo colocar a maioria dos russos em minhas mãos. O único que ainda não está ao meu lado é o neto de Dimitri, Brends — ou Ben para os íntimos —, o filho de Arlyne Ivanov com Blood. O garoto está com dezenove anos, já pode escolher por si só um lado, mas a superproteção de Dimitri, seu avô, não ajuda muito com os planos que tenho para o garoto. Sem contar que ele tem o sangue do homem que por anos esteve falsamente à frente da máfia russa para enganar os Knights; tudo não passou de um jogo. Blood começou a estragar meus planos quando mataram o irmão dele.

❈━━✦━━❈

— Parece que os Knights estão irados com Lucke — fala Apolo, assim que eu pergunto como andam as coisas entre os irmãos. — A sua família está triste, principalmente a mulher de Killz.

— Perfeito! — Exulto ao analisar minhas ações. — Quero saber os movimentos de Alessa e Celeste.

— A sua esposa já partiu para Chicago, ela está no comando, como o senhor determinou.

— Sempre soube que as mulheres da família Lewis tinham fibra, que ela faria como pedi. Não me arrependo pela escolha — falo. — E minha sobrinha?

— A garota também está triste, mas parece ser mais forte que sua filha.

— Ela não nega ter o sangue Ivanov, Apolo — murmuro. — Continue de olho em Alessa, ela é muito inteligente, a qualquer momento pode agir.

— Sim, senhor.

— Sabe algo sobre Enrique? — indago.

— Ele sumiu, mas vou mandar alguns homens à procura dele.

— Não, deixe assim. Não quero ninguém tomando decisões sem minha permissão, Apolo! — vocifero. — Enrique não é uma ameaça.

— Tudo bem, perdão. — É bom sentir o medo nas pessoas. — Qual é o próximo passo?

— Dimitri Ivanov.

O ciclo precisa ser fechado, e para isso é necessário que meu tabuleiro esteja completo.

CAPÍTULO 52

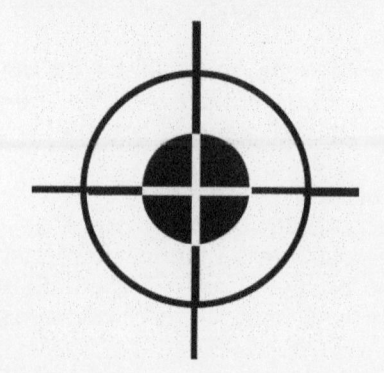

AXL

Há duas horas recebi em meu celular uma mensagem de um número desconhecido. Por pura curiosidade, abri para verificar, mas no momento em que li o texto meu raciocínio foi todo para o inferno. Viktoria Ivanov, ou alguém que esteja se passando por ela, está fazendo o jogo do gato e o rato. No texto diz para pegar uma encomenda destinada para a minha mulher.

— Você está muito quieto — fala Spencer, terminando de tragar o cigarro. — Está preocupado com alguma coisa?

Logo sopra a fumaça no meu rosto.

Estamos no meio de uma pista num lugar ermo, aguardando resposta.

— Eu já te disse para não fumar essa merda — reclamo, mas ele ri.

— Qual é, Axl? Me deixa provar os prazeres da vida. Quando eu morrer não vou poder fazer mais nada disso — retruca, continuando a se intoxicar.

— Deveria ter ficado em casa.

— Para quê? Está entediante ver minha cunhada chorando pela morte do coroa. Aubrey deveria entender que nós não somos como as pessoas que vivem na sociedade. Temos de estar sempre preparados para perder alguém que amamos.

— Tem certeza de que isso aí não é droga? Estou achando você muito solto hoje — comento.

— Prometi a Killz e Ezra que não iria mais usar drogas, mas o cigarro eu não dispenso — revela. — Mas, mudando de assunto, como pretende desvendar o mistério das caixas sem ao menos ter conseguido abrir?

— Simples. Iremos jogar o mesmo jogo da suposta Viktoria Ivanov... Até descobrirmos quem está por trás de tudo — idealizo.

— Agora somos agentes secretos? — inquire, divertido, notando minha expressão séria. — Tudo bem, cara, vou levar a sério essa missão.

— Espero que faça isso. A nossa família vem em primeiro lugar.

— Você está certo — murmura Spencer, livrando-se do cigarro. — Por onde devemos começar?

— Devemos encontrar a localização desta mensagem — afirmo.

Quando Spencer vai sugerir algo, meu celular toca, então o puxo da calça e visualizo o contato. Surpreendo-me por ser mais uma chamada com número privado.

— Desconhecido... — Sem pensar, eu deslizo o dedo na tela e atendo o celular, colocando no viva-voz.

— *Axl James Knight?* — A voz é totalmente irreconhecível, jamais a ouvi antes, porém, não nego ser uma mulher.

— Quem está falando? — pergunto.

— *Preciso ser direta. Quero que me encontre no cemitério particular da família Knight, tenho algo do seu interesse e um segredo sobre Conan Russell que sua família nem sonha* — fala a pessoa, encerrando a ligação.

Tum... Tum...

— Porra! — rosno. — Vamos, temos de ir até o local verificar isso.

— Você vai mesmo nos levar para a cova? — pergunta meu irmão. — Como saberemos se é verdade e se quem ligou era a suposta Viktoria?

— Não importa, Spencer. Quanto antes tivermos a verdade nas mãos, mais cedo tomaremos o território dos russos.

— Espero que tenha trazido suas melhores armas, irmão, porque eu não posso morrer sem ter ao menos conhecido a mulher da minha vida — brinca o idiota, entrando no carro.

— Você nunca perde a oportunidade de ser engraçadinho — resmungo. — Hoje teremos de agir sozinhos, Spencer, faremos isso até que consigamos desvendar esse mistério — comento, conduzindo o carro. — Ter muitos espectadores pode não ser bom para o que pretendemos fazer.

— E o que pretendemos?

— Descobrir como Lucke matou Conan, e saber quem é o último herdeiro dos Ivanov — falo, fazendo a curva estreita da pista de terra. — Mas antes preciso ver se Alessa está bem.

⁂

Quando voltamos para a cidade, largo Spencer na casa de Killz e vou até meu apartamento ver minha mulher. Ao chegar, eu me deparo com ela supervisionando a mesa do jantar, posta para nós dois. Agarro-a por trás e ela se assusta. O som que vem da sala não permitiu que ela percebesse a minha chegada, mas o bom é que ela aprendeu a manter a porta trancada, assim não corre risco algum enquanto estiver dentro de casa; mesmo com toda nossa segurança, é bom se precaver.

— Que susto, amor! — exclama, virando-se de frente para mim e logo em seguida me surpreendendo com um beijo. — Que bom que você já voltou.

— Eu apenas vim te dar um beijo, querida, tenho alguns assuntos pendentes. Preciso encontrar Spencer em alguns minutos para resolvê-los — digo de uma única vez e noto a tristeza estampada no rosto de Alessa.

— Tudo bem. Eu janto sozinha, já estou habituada mesmo, afinal de contas, nossa vida nunca vai ser normal... Nunca chegou a ser.

— Prometo que assim que essa merda toda acabar, faremos uma viagem de lua de mel, precisamos de um momento só nosso. — Tento amenizar o clima.

— Axl, mal temos tempo de jantar juntos, acha que teríamos para outra lua de mel? Claro que não, não é? — argumenta a contragosto.

— Você está ficando atrevida, mulher — afirmo, e ela sorri lindamente.
— Eu amo quando sorri para mim, seu sorriso me faz lembrar que nem tudo na vida é difícil.

Acaricio seu rosto, mas quando estou prestes a beijá-la, meu celular começa a tocar.

— Quem é?
— Spencer. Preciso atender — aviso, afastando-me.
— Tudo bem.

Saio da sala de jantar e vou até a sacada, rapidamente observo o movimento da rua antes de retornar minha atenção para a chamada. Do alto, posso ver meus homens trabalhando muito bem como seguranças.

— *Vai me deixar falando sozinho?* — Spencer fala sem parar, apenas concordo.

Nem sei o que ele falou. Para calá-lo, eu o interrompo, fingindo que ouvi tudo.

— Entendi. Me encontre Brompton, na lápide de Conan — oriento, encerrando a ligação antes que ele volte a tagarelar.

⸻ ⸻

Minha ansiedade faz com que tudo pareça em câmera lenta. Poucos minutos depois de deixar Alessa em casa, chego ao cemitério e, para a minha surpresa, o lugar está muito bonito, porém, uma densa neblina encobre a visão de todo o local. É possível ver apenas as sombras do que parecem ser árvores, apesar da pouca luminosidade. Nunca havia parado para prestar atenção neste lugar, tendo em vista que minhas passagens por aqui sempre foram dolorosas tanto para minha esposa quanto para mim.

Caminho até o local onde foi enterrado meu *sogro* — posso classificá-lo assim, pois Alessa o tinha como pai — e ouço passos vindos em minha direção. Rapidamente olho para trás e vejo a silhueta de um corpo robusto, noto que se aproxima cada vez mais, então coloco a mão na minha Glock e percebo que é Ezra. Alívio e confusão tomam conta de mim. Logo mais atrás, outro corpo robusto e suponho que seja Spencer.

Mas por que Ezra está aqui? Será que Spencer pediu a ajuda dele? Isso não importa, espero que eles se aproximem para seguirmos, então nos entreolhamos com dúvidas pairando em nossas faces, mas não nos questionamos, seguimos juntos lado a lado, sendo o que somos; uma família unida.

Caminhamos uns trezentos metros e à nossa frente vêm duas pessoas, uma mulher e um homem. Reparo que a silhueta da mulher se assemelha a da minha esposa, cabelo negro como a noite, pele alva como a neve. Ela se parece demais com Alessa. Paramos em frente à lápide de Conan enquanto os dois estranhos se aproximam cada vez mais. O homem não me é estranho, mas não me recordo de onde ou em que momento eu o vi.

— Axl, nós vimos esse homem entrando na república, logo depois de levarmos aquela encomenda misteriosa — observa Spencer.

— Que ótimo! Graças à minha impulsividade, apenas servimos de pombo correio — vocifero.

Quando a mulher para a nossa frente, percebo que os olhos, o nariz e os traços dos lábios são muito semelhantes ao de Alessa, a diferença é que a mulher é mais velha, julgo que ela tenha cinquenta e sete, cinquenta e oito anos. Mesmo assim não deixa de ser muito bonita. Por trás de toda a neblina, vem outro homem, prontamente sacamos nossas armas, fazendo com que a mulher solte um grito abafado.

— Meninos, sem violência. Viemos em missão de paz! — ela fala calmamente. — Eu sou Viktoria Ivanov, a verdadeira.

— Nossa preocupação não é você, sim, aquele homem — esclareço, apontando a arma para o cara que se aproxima, então percebo que é Lucke.

— É meu filho. Ele não veio para ferir vocês. Abaixem as armas, por favor! — pede gentilmente Viktoria.

— Quem me garante que você não está armando contra nós? — vocifero, com a arma em punho.

Quando Lucke nota quem somos, ele se assusta e de longe grita:

— Parabéns, Viktoria! Depois de anos você escolhe aparecer para os Knights. Sua dívida está cada vez mais alta, e seu fim, próximo!

— Lucke, venha até aqui. Vamos conversar civilizadamente — implora a mulher.

— Não, mãe.

O desgraçado atira contra nós e sai correndo. Nem nos damos ao trabalho de segui-lo, temos alguém mais importante diante de nós.

— Sempre soube que aquele rato era um fraco. Ah, esqueci... A força dele estava na puta da irmã! — argumenta Spencer.

— Me desculpe por isso, Viktoria, meu irmão gosta de brincar em momentos inoportunos — concluo, e os meus irmãos me olham, não acreditando no que eu disse.

Nem eu acredito, mas sei como é perder alguém amado.

— Tudo bem, querido, estou bem. E entendo a raiva da sua família voltada para a minha menina Arlyne. Ela era uma boa pessoa apesar de tudo, mas sua ganância e sede de vingança fizeram com que perdesse tudo que tinha.

— Certo. Chega dessa palhaçada toda, tenho muita coisa para fazer. Diga por que você me ligou? Até agora não sei como encontrou meu número, não sou amigo dos seus filhos, não faço questão de conhecer uma pessoa como você, tampouco tenho interesse em saber o que você quer falar. Desejo apenas a sua morte, dolorosa e cruel, como merece ter — cospe Ezra de uma única vez, deixando todos nós mudos.

— Meu filho, eu desejaria apenas que você pudesse compreender meus motivos, mas pelo tamanho do seu rancor, vejo que sua irmã criou a pior impressão de mim — fala Viktoria, com toda calma do mundo.

Filho?! Que porra é essa?

— Além de velha é maluca? Eu não tenho irmã alguma, apenas quatro irmãos — rebate Ezra.

— Você tem cinco irmãos e duas irmãs, Ezra. Você nunca soube disso, porque seu pai precisou manter sua segurança, e sua mãe, tão boa pessoa, aceitou cuidar de você como sendo dela. E assim foi feito o pacto.

Suas últimas palavras têm um tom amargo.

— Sobre o que você está falando?! Pare de loucura! Nem a conheço! — urra Ezra, perdendo o controle e indo em direção a Viktoria, mas Spencer o segura pelo braço, contendo-o.

— Calma, Ezra... — pede com uma maturidade que eu desconhecia, mas que cai bem nele. — Deve ser um plano para nos deixar confusos. Eles nos conhecem bem, e vemos que funcionou perfeitamente usar essa mentira. Acalme-se, irmão.

— Viky, você precisa explicar de uma vez tudo isso. Nós precisamos ir embora — Dimitri se pronuncia.

— Claro, farei isso agora se os meninos assim me permitirem — retruca a mulher.

— Diga o que você quer e pare de mentiras — falo.

— Não vou enganá-los, serei direta. — Tomando fôlego, prossegue: — Sou mãe de quatro herdeiros, dois deles vocês já conhecem. A terceira é Alessa Russell, mas para mim é Dillinger Russell Ivanov. E o quarto é Ezra James Knight. Sim, sou sua mãe e sinto por nunca ter lhe dito a verdade, por ter mentido e sumido por tanto tempo. Tudo que fiz foi pela proteção de vocês — revela, trêmula. — Reconheço que brinquei com os sentimentos de quatros amigos, mas hoje vejo que errei, porque muitas consequências surgiram disso. Uma maldita guerra nasceu... E acabou com qualquer ligação de amizade entre os Ivanovs, Knights e Russells.

— Minha mãe sabia de tudo? E nosso pai nunca nos contou nada? — inquiro, com raiva. — Como mamãe se prestou a isso?

— Sim, Axl, todos, menos vocês. Seus pais, Castiel, Conan. Arlyne e Lucke, meus filhos, sabiam que tinham mais irmãos, só não sabiam quem eram eles. Castiel e Conan foram dois vigaristas...

— Não ouse falar mal do meu pai ou do meu tio diante da lápide dele, sua desclassificada. Quem é você para falar uma coisa dessas contra eles? — grita Alessa, surpreendendo-me.

O que ela faz aqui? Ainda por cima armada?

— Alessa, abaixe a arma — peço, aproximando-me dela.

— Não, Axl, ninguém vai falar mal da minha família! — vocifera.

— Minha filha, tenha calma. Abaixe a arma — pede Viktoria passivamente.

— Me dê apenas um motivo para não te matar agora? Eu não sou sua filha! Não ouse me chamar assim novamente, não tenho como ter um sangue tão podre quanto o seu! — esbraveja minha mulher, amarga e cruel.

— Alessa, abaixe a arma. Agora — ordeno de maneira firme e ela obedece, mesmo querendo me ignorar.

Chego junto a ela, que está com olhos cheios de lágrimas, só não consigo decifrar se por medo, dor ou tristeza.

— Dillinger...

— Não me chame assim, meu nome é Alessa, entendeu? Alessa! — berra a plenos pulmões.

Minha mulher fica fora de si, nunca a vi perder o controle.

Eu a abraço forte, contendo a raiva que começa a fazer efeito em seu corpo.

— Tudo bem, me desculpe. Alessa, vim aqui apenas para contar a verdade — tranquilamente fala a mulher. — Como eu dizia, Castiel e Conan foram uns cafajestes comigo...

— Faz-me rir! Você foi uma vagabunda e a culpa é deles? Você se deitou com meu pai, depois com meu tio! Não feliz com isso, se deitou com Kurtz... E era casada com Dimitri, que nem sei quem é, mas deve ser um tremendo babaca também para se render a uma mulher tão de quinta categoria como você. O pior de toda essa história é que você estava casada o todo tempo com Dimitri, e o traía com seus melhores amigos. Acha mesmo que eu não sei quem você é, genitora? — Alessa descarrega toda a sua ira em cima de Viktoria, deixando a mulher completamente estática.

— Mas como você sabe disso? Ah, Celeste deve ter lhe contado — rebate a mulher, sorrindo fraco.

— Cala a boca! — Ordena. — Não fale o nome da minha tia. Você não é digna de pronunciar o nome de uma mulher como igual a ela.

— Alessa, você e seu irmão Ezra, precisarão tomar à frente da máfia russa — diz a mulher sem se importar com as ofensas da filha, pegando-nos de surpresa. — Essas caixas revelam essa informação, porém, só seria possível se todas estivessem juntas. Eu as criei, somente eu sei o que elas contêm.

— Já chega desse show, estou de saída — fala Ezra, áspero.

— Sei que ainda não confia em mim, Ezra, mas a caixa que chegou para você pode provar que sou sua mãe — murmura Viktoria. — Eu tenho muitas provas, mas o foco aqui é o lugar de vocês na Rússia. Vocês sabem que se deixarem de lado suas heranças, quebrarão um protocolo da organização? Deixarão mesmo que outros tomem o poder e que criem novos inimigos? Alessa e Ezra, vocês, a partir de hoje, são os mais novos herdeiros russos, assim, pelo meu reconhecimento, passo para meus filhos o poder de reinar.

— Como é que é? — Alessa e Ezra indagam ao mesmo tempo.

— Você se refere a estas caixas? — Levanto-as em minhas mãos, as que Spencer acabou de me entregar.

— Sim, Axl, cada uma delas contém a informação de um local, o qual o herdeiro foi designado a cuidar. — Tomando fôlego, Viktoria conclui: — A motivação de Arlyne em localizar Alessa era justamente obter a caixa. Deixei para ela e Ezra todo o domínio da minha organização, todo tempo estive exilada... Eu estava controlando cada passo de alguns homens que realmente me prometeram lealdade, porém, minha filha achava que tinha controle sobre eles, e que tinha me afastado de todas as minhas tarefas. Eu sabia que deveria ter sido executada há muito tempo, assim como foram os pais de vocês. Eu quis ter a oportunidade de dizer a vocês, meus filhos, que teriam segurança a vida inteira. Sou muito respeitada, pois sempre fui justa com cada um deles e cruel com quem precisava ser.

— Viktoria, você é tão doente quando Arlyne e Lucke. Você calculou tudo isso desde o princípio? — inquire Ezra, furioso.

— Sim, filho, eu precisava proteger vocês de serem julgados pelos meus pecados. Sempre fui muito bonita, eu me parecia muito mais com Dill... Alessa, sempre chamei a atenção dos homens. Mas meu erro foi ter me apaixonado por seu pai e depois ter me deitado com os amigos dele, Castiel e Conan, por raiva. Isso causou revolta em todos. Seus pais foram executados porque sua mãe não quis deixá-lo. A história que vocês sabem não é a verdade. Eu sei tudo que aconteceu, eu estava lá, tentei intervir, mas fui impedida por Dimitri, que me escondeu por dias em um apartamento por medo de me matarem também. Apesar da traição, ele nunca me virou as costas... Porque apesar das regras desse nosso meio, Dimitri me mostrou que me amava acima de todos os meus erros.

— Então você é a culpada por esses acordos matrimoniais e junção das organizações? — indagada Ezra.

— Sim. Eu sugeri como acordo de paz que minha filha seria esposa de um dos filhos de Kurtz, mas não me deram ouvidos, depois disseram que tiveram essa ideia — conclui, amargamente.

— Por que só agora decidiu voltar? Tem ideia de quantos anos eu passei sem mãe? O tanto que sofri para entender o que poderia ter acontecido com você? — Alessa questiona.

— Filha, em seu aniversário eu enviei um presente na esperança de que abrisse e fosse até mim, mas você nunca abriu. Eu esperava todos os dias que você o fizesse, até descobrir que você corria risco de vida, pois sua irmã estava com o ódio entalado na garganta por perder o posto de rainha da máfia para você, e o homem que ela amava para a Celeste — diz Viktoria com tanta calma que me assusta. — Arlyne não era tão jovem quanto parecia ser. Ela era mais velha que Killz.

— Ela se deitou com meu tio? Que vagabunda! Não posso acreditar que ele traía a tia Celeste! Não, não sou capaz de ouvir mais nada. Axl, me leve daqui! — exclama Alessa, decepcionada.

O meu único foco estava nas últimas palavras da mulher sanguessuga. *Mais velha que Killz.*

— O que tem para dizer sobre Conan? — indago.

— Ele não é o que vocês pensam. Ele é um traidor. Conan Russell há muito tempo comandou a Orekinski — discursa a mãe de Alessa. — O homem foi tão podre ao inventar que Dimitri estava com inveja do poder dele na Rússia, que saiu contando aos quatro ventos que ele o traiu e tomou a organização dele. Mas era tudo mentira. Desde jovens, Dimitri, Kurtz, Castiel e Conan eram melhores amigos, eles tinham sociedade, mas com o passar dos anos todos foram amadurecendo e querendo fazer suas próprias escolhas. Com isso, veio a ganância do seu tio, Alessa. Esse tempo todo ele articulou planos maliciosos, ele sempre quis ter mais poder, e a obsessão por mim o fez querer mais ainda.

— Mentirosa. Mentirosa! — grita minha mulher, correndo para longe da lápide de Conan.

— Vocês não precisam acreditar em mim, porém, estou tentando ajudá-los. Por anos me escondi, mas agora não tenho nada a perder. Os dois filhos que criei viraram as costas para mim, minha menina mais velha morreu... O que mais me resta? Nada — fala Viktoria. — Uma última coisa. Quem está dentro do caixão não é Conan, é o corpo de Arlyne.

— Vocês não vêm? — grito para Ezra e Spencer, sentindo as palavras da mulher pesarem em meus pensamentos.

No fundo, sinto que é tudo verdade, mas há um porém. Em quem acreditar? Apareceram tantas revelações que é bem capaz de ficarmos loucos.

— Estou indo embora — informo, indo até a minha mulher, vendo que está sentada no chão, encostada na roda do carro.

Eu a pego no colo, abro a porta do passageiro e a coloco sentada.

Alessa está em choque. Não é como das vezes em que ela sofria fortes emoções, ela amadureceu, está mais controlada. Diante de mim há uma líder da máfia russa.

— Minha menina, vamos para casa? — pergunto baixinho, acariciando seu rosto e enxugando suas lágrimas. — Nada entre nós mudou, independentemente de sua origem.

— Preciso sair daqui, mas não quero ir para casa. Podemos andar apenas. Preciso ver o movimento da rua, ver gente passando, apenas isso — fala em um fiapo de voz.

Está destruída, nada a deixou tão devastada quanto a verdade jogada em seus braços.

Antes de sair com o carro, vejo meus irmãos se aproximando de nós, indo em direção a seus carros.

— Spencer, acione um de nossos homens para vir buscar o carro de Alessa, preciso tirá-la daqui, ela não está em condições para conduzir — peço, e o vejo concordar com a cabeça.

De longe está Ezra, com as mãos na cabeça e encostado em seu carro. Mesmo com a distância, eu consigo sentir que está tão destruído quanto minha mulher. Ezra é um homem centrado, a única vez que o vi descontrolado foi quando descobriu que Scarlet havia morrido e que a irmã gêmea dela usurpou a identidade da vagabunda que tanto amou, e que agora cuidava de um herdeiro Knight.

Nossa família foi destruída, estou começando a achar que a vida toda fomos marionetes e nada além disso. Nossas ações dentro da Unbreakable só serviram para nos fazer acreditar que somos mafiosos, mas, no final tudo, não passava de um jogo no tabuleiro entre nossos pais e pessoas podres. Tudo está muito claro. Somos muito jovens para estarmos no poder, porém, o que me dá esperança são as palavras do meu pai.

"A idade não importa quando você tem maturidade o suficiente para poder construir reinos e formar ideais. Para saber comandar não é preciso ter uma idade certa, o grande significado do poder vem com os anos e os aprendizados, ninguém nasce sabendo como ser um grande empresário ou criminoso. Acha que aqueles assaltantes profissionais de bancos vão roubar de cara sem saberem como ter acesso aos maiores tesouros, que são os cofres? Não, meus filhos, a grande liderança vem com o tempo, ninguém pode ser rei sem primeiro ter sido treinado. Só o tempo pode nos fazer melhores e mais competentes. Por mais que você saiba um pouco de cada coisa, jamais será o suficiente, porque o correto é estar sempre procurando novas experiências para ser levada para a vida toda."

CAPÍTULO 53

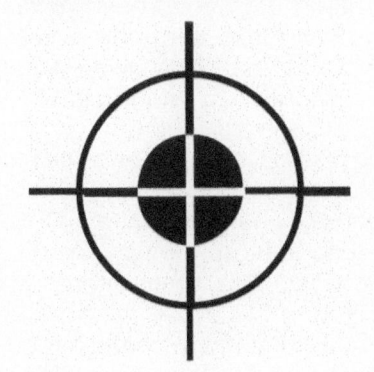

AXL

Passam-se dez dias desde a revelação. Acordamos que Killz só saberia depois, e agora estamos aqui reunidos. Decidimos dessa maneira para permitir que Ezra e Alessa pudessem digerir as informações, ambos estão quebrados, mas meu irmão se quebrou por inteiro. Ele não sabe como reagir, não quando a vida toda passou achando que sua mãe era uma, que amava muito e admirava, para agora descobrir que tudo era mentira.

— Austen, deixe as tranças da sua irmã quieta. A sua mãe vai ficar chateada com você — resmunga Killz.

Meu irmão está impaciente. Apesar de brincar com os gêmeos, conhecendo-o bem, sei que detesta que o deixemos por último em nossos planos, porém, desta vez foi necessário. Convidamos até Celeste para a nossa reunião, mas ela ainda está para chegar por conta de algumas pendências em Chicago. Ela nos ligou mais cedo para dizer que não deixará de vir.

Por fim Ezra chega, e para a nossa surpresa, Hailey e Dylan surgem juntos. Meu sobrinho vai direto abraçar Aubrey e Killz. De uma forma meio confusa, essa cena me comove, um saudosismo enorme me toma e me remete à infância, de como nós fazíamos com nosso pai. Hailey cumprimenta a todos, em seguida abraça Alessa, juntando-se a ela no sofá.

— Bom dia! — cumprimenta Ezra, em tom baixo.

— Agora entendi o motivo da demora. Estava brincando de casinha, Ezra? — solta Spencer, mas dessa vez não rimos das suas palavras, a tensão está grande demais entre Ezra e Hailey para rirmos.

— Então podemos começar a reunião, ou Spencer vai continuar falando merda até o fim do dia? Me avisem, porque se for, estou indo embora agora — avisa Ezra, áspero. — Não me trate como se eu fosse um moleque, irmão.

— Ezra, você está atacando sem ter motivos. Não temos culpa de nada, há quarenta minutos estamos te aguardando e nem por isso o recebemos mal. Sente-se e espere, ainda aguardamos alguém. Só lembrando que você é uma das partes mais interessadas na reunião de hoje — anuncia Killz, desconfiado. — Haja vista que fui convocado por você e Alessa.

— Me desculpe, estou de cabeça quente — murmura, colocando as mãos no rosto. — É tudo muito novo para mim, me sinto... quebrado — confirma ao olhar para Hailey, que agora está com Dylan nos braços.

— O que há? — pergunta Killz, atraindo olhares. — Vocês me escondem alguma merda, posso sentir no ar.

— Realmente. Até eu estou com os pensamentos fora do eixo — fala Spencer.

— Poderíamos começar por onde nos diz respeito, não é, Ezra? — inquire minha mulher, atraindo toda atenção para si.

— Digam logo — incentiva Killz, impaciente. — Estou atarefado, não posso perder tempo.

— Eu não sou um Knight completo — começa meu irmão.

Hailey deixa de dar atenção a Dylan para olhar disfarçadamente para Ezra, que está sentado ao lado de Killz.

— Eu descobri que...

— Viktoria Ivanov é minha mãe tanto quanto dele — acrescenta Alessa. — Ezra e eu somos irmãos, somos meios-irmãos.

— Isso é alguma brincadeira? — o nosso irmão mais velho pergunta, não obtendo resposta. — Spencer, me diga se é alguma brincadeira, porra!

— Killz, as crianças estão presentes, não xingue — pede Aubrey, mesmo sem entender a história. — Eu vou levar os meninos até o jardim.

Logo os chama com um gesto de mão.

— Eu também estou indo, com licença — interfere Hailey, levantando-se. — A conversa é de família, e eu não me encaixo nessa história.

— Você não é da família, portanto, saia — diz Ezra.

Assentindo, a irmã de Scarlet dá um abraço em Alessa e sai, indo atrás da minha cunhada.

— Peço que sejam o mais claro possível — pede Killz, num tom preocupante. — Por que Ezra seria seu meio-irmão, Alessa?

— Vou dar uma saída... — avisa Spencer. — Verei onde Carter se enfiou, ele estava aqui e já sumiu.

— Todos estão fugindo agora? — indaga Killz.

— Não é isso — fala nosso irmão caçula. — Só acho que Ezra e Alessa têm o direito de ficar mais à vontade quando forem revelar o que está acontecendo.

— Estou à porta, se precisarem de mim é só chamar — avisa Alec, manifestando-se. — Me deem licença.

— Acho que as nossas brincadeiras de chamar um ao outro de bastardo tinham fundo de verdade e nem sabíamos — fala Ezra, arrasado, rindo sem humor. — No final, sempre existiu um bastardo.

— Se acalme, meu irmão — peço.

— Não tem como, Axl — murmura Ezra. — Eu não sei como agir e enfrentar essas informações vindas da mulher que supostamente é minha mãe.

— Ele não vai conseguir dizer o que está havendo — articula Alessa. — Killz, Viktoria Ivanov teve um caso com Kurtz, e desse caso nasceu Ezra... Filho da máfia inglesa e da máfia russa, mas evidentemente que Ezra só era reconhecido como um Unbreakable, por ainda não ter sido reconhecido como filho da Orekinski.

— Me conte mais — estimula Killz, atento.

Nada se encaixa, não ainda. É estranho olhar para Ezra e saber que ele, além de meu irmão, é meu cunhado também. Porém, por mais que seja louco, a ideia não parece tão ruim assim. Não me importo se Ezra é filho da Rússia, Itália, México ou sei lá qual país, o que me importa é que ele é o nosso irmão, o nosso companheiro de guerra.

Minha esposa conta calmamente o começo de tudo para Killz, enquanto as lágrimas descem pela sua face.

— A nossa genitora nunca esteve morta, ela simplesmente apareceu com revelações cruéis. Muitas ainda estamos tentando processar. Foi tudo muito rápido, rápido demais. Estou tentando entender os motivos de ela ter desaparecido, ter sumido por anos, e só agora resolveu aparecer e nos contar barbaridades, e ainda exigir que tomemos o nosso posto na Rússia. Viktoria disse que dormiu com seu pai, meu tio, meu pai, mesmo sendo casada... Ela brincou com os sentimentos deles, ela agiu porcamente... Eu a odeio, a odeio por ter mentido ao dizer que tio Conan... Quer dizer, ela não mentiu, merda, é tudo muito novo para mim...

Alessa fica com a voz embargada.

— É difícil aceitar a verdade sobre as pessoas que amamos a vida toda...

Surpreendo-me quando Ezra cria coragem e completa as últimas palavras de Alessa, contando que a Ivanov disse ter provas sobre a falsa morte de Conan, mas que nós ainda estávamos confusos e não sabíamos como tomar à frente.

— Certo. Precisamos confirmar isso. Se Conan for traidor, teremos que agir para contê-lo, e toda essa merda que está nos afetando. — Killz se manifesta, descrente.

— Killz, precisamos de alguém de confiança para fazer essa averiguação.

— Alec! — Killz grita e logo o homem aparece. — Reúna alguns homens e os mandem ir até o túmulo do meu sogro, tire o caixão de lá e veja quem está nele, se é homem ou mulher — ordena nosso líder com firmeza.

Alec concorda, saindo da sala sem dar uma palavra.

— Enquanto eles não retornam, me contem por que vocês fizeram tudo pelas minhas costas? E quem foi o primeiro irmão traidor que falou com essa vagabunda ainda que por mensagem e não me disse nada! — urra Killz.

— Não precisamos de sermão num momento como esse, Killz — eu o lembro.

— Oliver parou de pegar no nosso pé após a morte de Arlyne Ivanov, até os demais do Conselho, mas ao saberem da fuga de Lucke Ivanov, o velho está fazendo questão de tirar minha paz — ele revela.

— Primeiro iremos resolver nossos problemas, e depois veremos como nos livrarmos desse velho intrometido — falo.

— Ele é um dos conselheiros mais importantes — fala Ezra. — Não é fácil tirarmos o idiota do jogo.

※━━━━━━━━━━※

Todos estão reunidos novamente, mas agora não falta nenhum Knight. Ezra está calado. Spencer foi à procura de Carter e o achou, não somente ele, mas também meu amigo que estava distante há muito tempo, Keelan, que é nosso piloto nas entregas de cargas e, por coincidência, hoje veio nos trazer um carregamento e foi convidado para entrar, afinal de contas, amigos sempre são bem-vindos.

Do outro lado está Aubrey e Alessa conversando baixo, a mulher do meu irmão já tem os olhos vermelhos. Ao notar a sensibilidade da esposa, Killz afasta as crianças.

— Me desculpem a demora, tive um imprevisto — fala Celeste, surgindo com Lidewij ao seu lado. — O que vocês têm para me dizer?

— É melhor que se sente, mãe — pede Aubrey, não escondendo a dor. — Temos algo para contar para a senhora.

— Lidewij, me acompanhe — manda a tia de Alessa, acomodando-se. — Podem dizer, eu já estou preparada para qualquer coisa.

— Acredito que para isso não — fala Killz.

— Filho, acredite, eu estou preparada para tudo — rebate a mulher.

— Descobrimos coisas repugnantes sobre Conan — relato.

— Novidade! — ela exclama, sem dar muita importância.

O que havia acontecido com aquela mulher atenciosa e que amava o marido?

— Mãe... A senhora também não nos traiu, não é? — pergunta minha cunhada, assustada.

— Eu sempre soube que Conan era um homem ganancioso, cruel e calculista — conta Celeste, amargurada. — Quando o conheci ele era encantador. Pouco depois, descobri que Castiel e seu pai eram gêmeos, fiquei sem palavras! Primeiro eu fiz amizade com Castiel, antes de namorar Conan, o pai de Alessa era um homem muito lindo, assim como Conan, mas Castiel tinha algo melhor diz, sorrindo. — Ele era do bem, mas também uma pessoa aventureira que amava o perigo.

— Oh... — murmura Alessa, emocionada ao ouvir sobre o pai.

— Minha amizade com Castiel me induziu a engatar um relacionamento com Conan, mas depois nos afastamos porque me casei com seu pai, Aubrey. Eu já era uma mulher casada, não poderia ficar muito próxima de Castiel, naquela época era diferente, as mulheres não tinham muita liberdade de escolha sendo esposas de quem eram — acrescenta. — Desde que me envolvi com Conan, eu sabia que ele era um homem insensível em

algumas questões. As únicas vezes que o vi perder a cabeça foi quando mataram o irmão para afetar vocês, Aubrey e Alessa.
— Sem rodeios, por favor! — pede Ezra. — Seja direta, senhora.
— Tudo bem — a mulher concorda. — Eu sempre soube do amor obsessivo do meu marido por Viktoria Ivanov e também que ele não era um ser tão exemplar, mas em momento algum o apoiei em suas farsas...
— Você sempre soube que Viktoria era minha mãe e de Alessa, não é? — inquire Ezra, duramente. — Por isso me olhava de modo estranho no enterro daquele verme.
— Ezra — Killz o repreende. — Não temos provas ainda, se contenha.
— A única sujeira que eu sei do meu marido era do acordo entre as organizações por causa dos herdeiros que jamais poderiam se casar... — confessa Celeste. — A vida toda soube do amor não correspondido de Conan, mas mesmo tendo essa obsessão por aquela mulher, ele nunca deixou faltar nada em casa... Mesmo sendo quem era, nunca deixou de mostrar o amor que sentia por você, filha, e por você, Alessa.
— Tia, esse tempo todo a senhora sabia que tio Conan forjou sua morte? E que ele agia pelas nossas costas? — investiga Alessa, num fiapo de voz. — Por favor... Não nos decepcione.
— Como assim... Conan está vivo? — pergunta Celeste de olhos arregalados. — Não é possível... Então tudo que obtive de informação é verdade. Eu estava em Chicago por ter recebido uma carta anônima falando sobre ele ter um caso com Arlyne e ter um filho com ela, mas não é possível que eu tenha...
— Tudo é possível quando se trata dele. — Todos nós ficamos surpresos ao ouvir a voz de Oliver.
— O que faz aqui, Oliver? Não me lembro de tê-lo convidado — fala Killz.
— Não pude impedir, ele disse que tinha algo sério para dizer — diz Alec.
— Acredito que não seja preciso um convite para se sentar à mesa quando há um banquete — retruca o homem de idade, rindo e dando continuidade ao que acabou de interromper na fala de Celeste. — Naquela época, eu observava os amigos, porém, o que mais despertava curiosidade era Conan. Nunca fui com a cara dele, mas por ainda ser um conselheiro sem muito valor, decidi ficar no meu canto, só que depois de muitos anos o miserável surge se fazendo de santo... O que ele nunca foi! Vou ser logo direto com vocês, crianças.
— Não venha com sarcasmo para cima de nós — urra Killz. — Conte-nos o que tem para dizer.
— Quem matou seus pais foi Conan. Ele inventou aquela história de ter sido os russos, e realmente foi, afinal de contas, ele é russo — revela Oliver, sério. — Não teria como ter sido Dimitri... Dimitri não mandava em nada, ele nunca mandou, porque quem sempre esteve à frente foi Viktoria. Ela era a chefe da Orekinski. O homem fez uma lavagem cerebral em todos vocês. Claro que cairiam, pois são jovens demais e não lembravam muito de seus pais. Ele criou memórias que não existiam. O primeiro passo para que se aproximasse e apagasse da cabeça de Killz que ele era o culpado

pela morte do pai e da mãe de vocês foi unir sua herdeira a Killz, casando-os o mais rápido possível.

— Cale a boca, seu maldito! — grita Spencer, manifestando-se e logo saindo do cômodo.

Eu não sabia como agir, ninguém sabia, nem mesmo Spencer aguentou. Não teria como aguentar, ele jamais escondeu o quanto amava nossa mãe. O silêncio se tornou insuportável, tanto que vi Ezra pedindo a Hailey para levar as crianças para fora.

— Leve-os para algum lugar afastado daqui, irei ligar para você quando tudo estiver calmo — avisa, fazendo com que a mulher concorde.

— Lidewij, vá com a moça — ordena Celeste. — Leve meus homens com vocês.

— Alec, envie nossos homens também — manda Ezra.

— Bem melhor — fala Oliver. Porco. — São inocentes, não podemos marcar a infância deles com o que está para acontecer.

Killz se mantém calado e observador, tem longe os pensamentos.

— Como pode nos provar que não é mentira? — indago, sentindo o nó se formar na garganta.

— Não sou tão podre quanto Conan — fala o velho. — Logo saberão que não estou mentindo.

— Saia daqui! Agora — ordena Killz, entredentes. — Nunca mais entre na minha propriedade sem ser convidado.

— Não precisa pedir — argumenta Oliver. — Já estou de saída.

Oliver nos dá as costas cantando vitória. Ele conseguiu o que veio procurar aqui, o homem conseguiu nos quebrar mais ainda ao revelar que Conan não passa de um assassino desgraçado. Um manipulador que nos usou esse tempo todo com seus jogos psicopatas. Se Conan estiver realmente vivo, o imundo pode se preparar para visitar um caixão de verdade, porque depois disso ele não terá chance, morrerá e dessa vez ninguém irá chorar pelo seu fim tão merecido.

Horas mais tarde...

— Killz, precisamos conversar a sós — fala Alec.

— O que tiver de dizer pode ser agora, Alec, todos estão cientes dos danos causados pelo traidor — grunhe Killz, deixando Aubrey assustada.

— É pior do que pensavam, no caixão havia apenas...

Alec é interrompido por um pigarrear, nós nos viramos e vemos Conan mais do que vivo. Ele tem a cara de pau de fingir estar assustado, como se fosse a vítima.

— Maldito! O que faz aqui, seu traidor? — Killz esbraveja, sendo contido por Aubrey, que se levanta e vai até seu pai.

— Pai... Eu te enterrei! Chorei dias e noites a sua perda e agora o senhor ressurge das cinzas como se fosse de uma viagem para a Flórida? — indaga Aubrey, trêmula.

— Ainda sou seu pai, Brey — rebate com arrogância.

Killz está se segurando, mas eu sei que ele agirá.

— Meu pai morreu há quase um mês, você é...

— Um bandido, a escória da sociedade, pior que os lixos que os cachorros reviram! — ataca Celeste. — Você realmente me enganou por todos esses anos... Não ficou feliz em se deitar apenas com Viktoria, precisava se deitar com a filha dela? Fora ter feito chantagem com ela, dizendo que roubaria seu filho de Dimitri para torná-lo um ser desprezível como você se tornou. Filho esse que Blood tentou esconder de você por anos e, como sempre, sua maldade o fez achar o filho deles e usar isso como trunfo em seus planos. Torturar as pessoas sempre foi uma arma que você gostava de usar para tê-las como aliadas em seu plano doentio. Eu fui apenas um investimento para você. Sempre soube que queria me usar, mas como uma boba que o amava, por anos eu me deixei levar.

— Meu amor, eu posso explicar...

— Você pode, sim — Celeste o interrompe —, se ajoelhar e aguardar a sentença de Killz, o homem que realmente dita as regras aqui. Hoje você só ouve, Russell. Como já está morto mesmo, não fará diferença se a sentença for sua execução.

Ela aponta uma arma em sua direção, fazendo com que as mulheres se assustem, mas se mantém firme. Num gesto surpreendente, Aubrey corre e abraça a mãe por trás e, de repente, minha cunhada abaixa a arma da mãe enquanto chora por tamanha decepção.

Pelo canto do olho vejo Killz se aproximar de Conan, que está atento a cada passo que damos. Alec entende aos gestos de meu irmão e o revista, tira todas as suas armas e o põe de joelhos à nossa frente.

— Fique no chão, seu verme — diz Alec, com as armas de Conan nas mãos.

— A minha vida toda eu desejei encontrar o desgraçado que nos tirou nossos pais — narra Killz, seus olhos fulminantes. — Eu te dei um voto de confiança, abri a porra das portas da minha casa para você. E o que me dá em troca, seu fodido? — Dessa vez meu irmão grita, amargurado, puxando a Glock e mirando na cabeça do pai de Aubrey.

— Killz... — sussurra Aubrey, rouca de tanto chorar.

— Você traiu meu pai, sua esposa, sua filha. Traiu a todos. Achou mesmo que não seria descoberto? Que ficaria impune o resto da vida? Sua jornada deixou muitas pessoas aborrecidas, sua ganância e má gestão também. Penso que sua volta da terra dos mortos não tenha sido uma escolha sábia, afinal de contas, você sabe como são tratados os traidores, não é mesmo? — Killz faz um breve discurso, ainda apontando a arma para Conan.

— A pessoa sabe quando é seu fim, ela pode sentir, mesmo que não tenha tanta certeza — fala Conan. — Sou velho nessa história, sei onde ela deve encerrar.

— Onde? Nos diga, Russell! — Killz grita, enraivecido, chutando o traidor que começa a rir.

— Me mostre a sua força, James — provoca o outro, cuspindo sangue.

— Killz, você vai matá-lo — interfere Aubrey. — Apesar de tudo, ele é meu pai.

— Filha, esse homem não é seu pai, é um monstro! Vai doer, eu sei, mas passa. Ele merece tudo o que está acontecendo agora — fala Celeste, puxando Aubrey para longe, colocando firmeza na situação. — Vamos sair daqui.

Meu irmão está tão cego, que guarda a arma no cós da calça, e ignora as palavras da mulher amada, seu único foco é o homem no chão que agora ele esmurra com fúria e chuta, liberando todo seu ódio. Já Alessa permanece calada, observando-o chutar o tio.

— Alessa, saia daqui — peço, indo até ela, que está pálida.

— Me deixe! — urra ela, não permitindo que as lágrimas desçam. — Eu quero ver até onde vai o cinismo desse homem... Ele destruiu nossas vidas.

— Eu te amei, Alessa — assegura Conan, gemendo de dor, quando Killz o solta e cospe na sua cara, demonstrando desprezo. — Castiel nunca seria um bom pai... Não me arrependo de tê-lo tirado da sua vida, filha.

— Você matou meu pai também... Como você pôde fazer isso? Você é repulsivo, matou o próprio irmão. O que motivou tudo isso? Você é doente! — grita minha esposa, perdendo a cabeça.

Depois de um bom tempo de espectador, Carter por fim decide agir ao ver Alessa cair e se debater em meus braços. Agarrada à minha camisa, ela chora desesperadamente, seus lábios tremem enquanto olha para o tio, que ri e ao mesmo tempo chora. Louco.

Soluçando, minha mulher me encara e volta a chorar, tão desesperadamente que me deixa com o coração partido.

— Irmão, eu cuido dela — afirma Carter, mantendo-se calmo.

Ele é diferente de todos nós, tanto que não demonstrou nada enquanto ouvia as declarações do assassino.

— Eu te odeio! Odeio! Seu monstro! — grita Alessa, empurrando meu irmão para longe, mas ele é mais firme e a afasta daqui. — Espero que você apodreça no inferno!

— Já estou no inferno — responde Conan, sorrindo diabolicamente sem demonstrar qualquer arrependimento.

Os gritos de minha mulher vão diminuindo a cada passo que Carter dá para fora da sala.

Killz se agacha e segura o desgraçado pelo pescoço, fazendo-o revirar os olhos e sorrir, sedento por sangue, meu irmão saca a arma e enfia na boca do velho, que está suja de sangue.

— Eu poderia agora foder a sua boca em questão de segundos, mas sabe o que me deixa mais feliz ao te olhar nesse chão, Conan? Saber que você vai morrer de qualquer jeito, e que logo vai apodrecer no buraco como um imundo que é.

Killz força a arma na boca do traidor, que se engasga com a pressão que meu irmão está fazendo.

Tomado pelo ódio observo a cena, sem intenção alguma de interferir. Traidores merecem morrer, e Conan já viveu até demais.

— Você não tem mais saída, me diga onde está a porra do Lucke Ivanov — sibila Killz, tirando a arma da boca do velho para que ele possa responder.

— Muito longe daqui, imbecil! — confessa Conan ao tentar se levantar, mas é impedido por um murro que Killz dá nele.

— O seu lugar é no chão, debaixo dos meus pés — cospe Killz. — Era para ter sido assim desde o dia em que te conheci.

— É uma pena que não foi — rebate o velho, rindo alto, provocando.

— Onde está Ivanov? Não vou te perguntar de novo! — grita Killz, enfurecido.

— Bem longe daqui. Ele não foi burro como a irmã que não seguiu as minhas ordens — revela. — Desde o início era para Arlyne conquistar Axl e fazê-lo se autodestruir. O foco era que Axl traísse a própria família ou machucasse minha sobrinha, um desses dois mandaria um Knight para o inferno.

— Filho da puta! — cicio, avançando na direção dele, mas sou impedido por Alec.

— Não dê o que ele quer, caralho! — fala meu amigo, ainda me segurando.

— Me solta, porra! — rosno, com os punhos fechados, mas me contenho ao receber um olhar duro de Killz, como se dissesse "eu faço o serviço".

— Conan, eu poderia te matar agora, sem nem pensar nas consequências, mas te farei um favor — fala Killz, estendendo a Glock dele para o lixo. — Quero que pegue essa arma e se mate. Não demore muito, tenho que reunir o meu pessoal para descobrirmos mais sobre as suas sujeiras, seu verme.

Seu tom é tão natural que me assusta, a Conan também. Creio que ele não esperava essa ordem, tendo em vista o destempero de meu irmão. Eu mesmo o mataria, já aponto minha arma para ele por precaução, mas, como sempre, Killz me surpreende.

— Mas... Não faria isso... Eu não vou me matar — declara o traidor, atropelando-se com as palavras.

Gargalhando assustadoramente, Killz reforça:

— Você se mata agora ou serei bastante gentil em cortar parte a parte do seu corpo, começando a tirar a pele e depois picando cada pedaço até não restar mais nada. A decisão é sua, porque de hoje você não passa, já brincou demais com meu nome e o nome dos meus pais. Agora eu vou fazer com você a brincadeira do gato e do rato, e nessa eu não vou perder, tenha certeza disso, querido sogro — declara Killz sombriamente.

Nunca o vi assim antes, ele jamais foi tão cruel em palavras. Acredito que tenha planejado a sentença para o assassino dos nossos pais há anos, e hoje está de frente com o causador de nossa maior dor. Deve ser mais que devastador para meu irmão, que precisou assumir o posto de líder jovem demais, passou de filho mais velho para pai de quatro irmãos, tudo por conta da ganância desmedida de um homem sujo como Conan.

— Killz, tenha misericórdia... Eu não tenho coragem de fazer isso — implora, desesperado, aos pés de meu irmão. Pela primeira vez depois de fazer resistência, Conan nota que Killz não está de brincadeira. — Só voltei para que pudéssemos conversar. Sou mais velho que você, tenho grandes conhecimentos, poderíamos fazer crescer a organização em poucos meses.

— Não tem coragem? — inquire Killz, rindo. — Você manipulou duas organizações, mais de trinta mil pessoas, entre membros e agregados, enganou sua própria família, justamente a que acreditou em você de olhos fechados por achar que você fosse um bom homem, matou seu próprio irmão, seu melhor amigo! Matou somente pessoas que estavam dispostas a ajudar. Agora você vem me dizer que não tem coragem? Faz-me rir. Se tudo isso que fez até aqui não precisou de coragem, eu nem sei mais o significado da palavra, porque um homem que ousa passar por cima da nossa lei maior, matando a todos que lhe servem fielmente, é extremamente corajoso. E nesse caso tem obrigação de continuar sendo.

Killz toma fôlego e, olhando para o miserável que segura a arma, ordena:

— Aperte logo a porra do gatilho, Conan! Poupe o meu trabalho.

Com as mãos trêmulas, Conan abaixa a cabeça segundos antes de ouvirmos o tiro ser disparado. Todos congelam, porque não esperávamos que ele realmente tirasse a própria vida tão rapidamente. Ele cometeu o ato mais deplorável que um ser humano pode fazer, suicidou-se. Em nosso meio é um ato de fraqueza, porém, ele preferiu se matar a que ser morto pelas nossas mãos.

— Ainda assim não paga o que fez a minha família, seu verme... — Killz está com os olhos focados no corpo estirado na poça de sangue enquanto um misto de emoção passa em seus olhos.

— Acabou, irmão. — Aproximo-me dele, toco em seu braço e não o reconheço, sua face está extremamente transtornada.

— Me dê a sua arma — pede, ignorando-me. Sem questionar, faço o que ele pede, mas me surpreendo quando ele puxa o gatilho e dispara alguns tiros no abdômen e no rosto de Conan, deixando-o irreconhecível. — Agora, sim, acabou.

Ele me devolve a arma.

Todos nós ficamos em silêncio por alguns minutos observando nosso inimigo sem vida, até que Killz se manifesta.

— Findo o ciclo. Tirem o corpo daqui, limpem tudo de forma que não fique nem um vestígio de sangue no chão — ordena meu irmão, saindo da sala e indo em direção ao escritório.

— Killz! — grito sem obter resposta.

Caminho até o escritório e, ao abrir a porta, eu o encontro sentado à sua mesa com a cabeça baixa.

Ligo para Carter, peço que chame os outros e que venham até nós, sem alarmar as mulheres. Desligo o celular e o guardo, sem pensar duas vezes abraço meu irmão, então ele solta um suspiro alto como se tivesse tirado um peso das costas.

Não demora muito para os nossos irmãos entrarem na sala e se juntarem a nós em um abraço de cinco, exatamente como fazíamos quando crianças. Ficamos por uns bons minutos abraçados em silêncio, até que o nosso irmão mais velho decide se manifestar.

— Não há lugar mais fraternal que um abraço, irmãos, mesmo que para muitos esse gesto seja considerado como fraqueza. Passei a minha adolescência desejando vingar nossos pais, e diante do causador da nossa maior dor, não tive coragem de dar fim à vida dele, como ele fez com a nossa vida ao tirar nossos pais. Vê-lo se matar foi o suficiente para mim. Eu não poderia matar aquele homem, por mais que merecesse a minha bala em sua testa.

— Killz, você nunca estará sozinho nessa empreitada, nós somos sua família, sua base, seu porto seguro sempre. Somos irmãos e só nós sabemos o quanto sofremos juntos para chegarmos aqui. Nós iremos permanecer assim por longos anos, ninguém será capaz de acabar com a nossa união — fala Carter ao olhar para cada um de nós.

— Apesar da nossa posição dentro da organização, somos humanos, e falhamos, choramos, rimos e muitas vezes agimos como pessoas cruéis quando é necessário, mas, no final, sempre precisaremos de um abraço fraternal como apoio para lembrarmos onde é nosso lugar, nossa origem e que nunca estamos sozinhos — discursa Killz.

— O sangue Knight corre em nossas veias — falamos todos juntos com cumplicidade. — Ao sangue de Kurtz Knight!

O nosso fim está longe de chegar, ainda teremos muito para contar. Sempre haverá uma nova história para ser contada.

EPÍLOGO

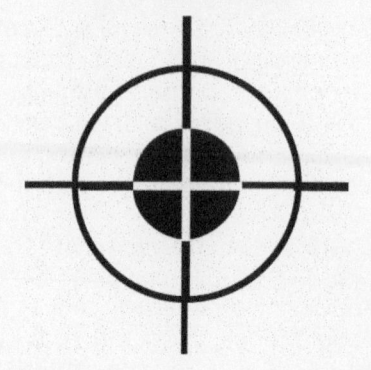

ALESSA

Seis meses depois...

Depois de tantos meses, estou de volta à faculdade, senti saudades dos estudos. Axl continua sendo um ótimo marido, está sempre ao meu lado, até me leva e me busca na universidade. Aliás, ele vendeu o apartamento e comprou a *nossa* casa, e quem sabe daqui a alguns anos, quando eu concluir o curso, tenhamos um filho.

O peitoral do meu marido serve de apoio para minhas costas enquanto me preparo para ler a carta que Viktoria Ivanov me enviou há dois meses. Por vezes tentei ler e só agora tive coragem de abri-la.

Axl e eu estamos sentados na grama do *Regent's Park*, viemos apreciar o local e termos um momento a sós, já que desde o fim trágico de Conan, tudo mudou em nossas vidas, até mesmo a maneira de trabalhar do Knight dentro da organização.

Aubrey e Killz viajaram para o Brasil com as crianças, muito em breve estarão de volta. Apesar da minha prima ainda estar abalada pela perda, ela não deixou de apoiar o esposo, afinal, quem havia tirado a própria vida foi seu pai, não Killz, como imaginávamos que seria. Brey sabe a dor de perder alguém que se ama muito, mas nem por isso se virou contra o marido, minha prima tem consciência das sujeiras que o pai cometeu por todos esses anos, e também por ter tirado a vida do meu pai, que jamais havia feito mal algum para ele.

Castiel errou, sei disso, por fim compreendi, mas o seu maior pecado foi ter se deitado com a mulher causadora de tanto mal. Por conta dela, uma guerra foi iniciada, pessoas amadas e odiadas foram perdidas.

— Não vai ler? — inquire Axl, beijando meu ombro.

— Vou, sim, só preciso de mais alguns minutos.

Olho para o espaço público e começo a analisar as pessoas que passam por nós, sorridentes e animadas, pessoas normais. Não que sejamos diferentes por sermos herdeiros da máfia, mas pelo fato de ter aprendido que não importa a nossa posição ou a nossa origem, o que importa é que somos seres humanos antes de qualquer coisa.

    Há alguns meses, eu me dei conta que esse é o meu destino, meu irmão e eu estamos fadados a isso, e nesse período me perguntei muitas vezes quem sou eu para recusá-lo?

    Durante quatro meses recebi auxílio de tia Celeste, que é chefe em Chicago desde que Conan forjou a própria morte. De lá para cá, aprendi a ter uma mira melhor e ser mais hábil, obtive também outras experiências que levarei para a vida toda. O caminho que trilhei me mostrou o quanto é importante ser quem somos e que não se pode fugir do que está traçado. A lição mais importante foi que "eu sou Alessa Russell Ivanov, filha de duas grandes organizações".

    — Você está bem? — pergunta ele.

    — Sim. Acho que nunca estive tão bem — sussurro, por fim, ao encontrar coragem para saber o que Viktoria me escreveu.

    Abro a carta e vejo a bela caligrafia, que se assemelha a minha, até nisso somos parecidas.

Londres, 05 de julho de 2018...

"Talvez ainda se sinta confusa em relação a história das três famílias e o porquê de você e Ezra estarem envolvidos em algo que nem ao menos fizeram parte. Bem, vou começar pelo início.

Certa noite, estavam todos reunidos: Kurtz, Dimitri, Castiel, Conan e eu. Estávamos em uma sala de reuniões, eu tinha implorado ao pai dos meninos Knights que convencesse os outros homens a termos uma reunião. Sendo assim, consegui convencê-los a selarem um acordo de paz. Mesmo que eles já não estivessem se dando tão bem quanto anos atrás, o acordo foi feito somente por um motivo: vocês, nossos filhos. Sabíamos que nosso fim não demoraria a chegar, ninguém dura para sempre, então o acordo surgiu após eu ter tido minha menina caçula, Dillinger, que foi nomeada como Alessa, por Conan e Castiel. Minha criança, eu tive dois filhos, minha primogênita se chama Arlyne Ivanov, infelizmente ela criou uma obsessão pela sua existência e começou a me odiar pelo fato de eu ter traído Dimitri, pai dela, e a ela e Lucke, meus dois filhos com ele, o homem que me acolheu apesar de tudo que o fiz. Meus outros dois filhos fora do casamento são Ezra e você. Lucke é mais velho que Ezra alguns anos, já você, ah, você foi minha pequena esperança, meu bebê tão lindo, que consegui acompanhá-la por alguns anos, mas creio que não tenha nenhuma lembrança, era tão pequena quando te arrancaram de mim."

    Estou sendo amparada por Axl, que acaricia meu cabelo enquanto eu termino de ler um trecho da tão famosa carta. Minhas mãos tremem, o nervosismo é tão assustador quanto os fatos ocorridos ultimamente. Eu não entendo por que Viktoria Ivanov me causa essa sensação.

— Respire um pouco — pede ele, e eu concordo ao notar que a jornada será longa.

"Arlyne Ivanov, mais conhecida por você e a família Knight como "Melissa", teve um caso com Conan, porém meu neto jamais poderia ser de Conan. Arlyne engravidou muito jovem e foi de Blood, seu namorado de infância, que por muito tempo foi o testa de ferro na Orekinski. Seu sobrinho está entrando na fase adulta, o caso entre seu tio e ela veio logo depois. Conan sempre manipulou a todos, ele usava principalmente a sua irmã para que os planos dele se concretizassem com mais rapidez e sem que os meninos descobrissem a verdade. A minha volta foi uma surpresa para todos, mas era necessário que eu impedisse esse desastre na vida de vocês."

— Maldito, que queime no inferno! — grunhe Axl, assim que comento sobre o que li.
— Meu Deus, isso é coisa de louco... — sussurro.

"Você, minha filha, é a minha escolhida desde que nasceu. Alessa, você tem uma missão dentro da nossa organização. A partir do momento em que eu decretei... Você tem. Minha menina, não há como fugir do que já está determinado. Os dois sobrenomes que carrega te fazem mais do que poderosa em todos os territórios russos, aceite isso, aceite ser a líder dos russos, eu deposito toda a minha confiança no seu irmão e em você. Eu acredito que você pode lapidar o lugar onde um dia eu nasci e reinei. Todas as caixas foram enviadas para Ezra, talvez ele já as tenha aberto ou deixado para que fizessem isso, juntos, mas antes de montar as peças, peço que pense bem em cada palavra escrita nesta carta. As caixas de todos os meus filhos servem como provas da sua origem russa e a de Ezra, além disso, tem também tudo o que precisam para liderar a Orekinski. Abra seu coração e aceite ser Dillinger Ivanov Russell. Eu sei que tem o potencial, o seu sangue não nega, e eu me orgulho disso."

— Acabou? — indaga meu marido, quando paro e dobro o papel ao meio.
— Ainda não. Ela quer que eu seja uma Ivanov...
— Alessa, ser uma Ivanov não quer dizer que você será como os outros — Axl argumenta.
— Viktoria foi embora, só pode ter sido isso — murmuro, olhando para o céu que tem nuvens escuras se formando. — Minha mãe disse que tem orgulho de mim.
— Viu? Não é tão difícil assim. — Sua fala me faz encará-lo. — Você a chamou de mãe e nem percebeu.
— Foi coisa de momento, Axl — esclareço. — Quero terminar de ler logo!
— Como quiser. — Axl ri, ao depositar um beijo no meu ombro. — Mas não demore muito, vai chover.

Desdobro o papel e retomo a leitura.

Em Moscou, deixo a vocês três casas e seis prédios que já estão em seus nomes, e em Vladivostok está a mansão principal dos Ivanovs. Caso queira um dia ir conhecê-la é só procurar Vladimir Smirnov, um amigo de longa data, ele saberá quem é você. A palavra-chave é Dillinger. Na segunda mansão só guardamos os carros e algumas cargas importantes que estão sob proteção de alguns homens de confiança. Existem três galpões em Moscou, todos eles têm armas importadas que um dia irão servir para o que precisarem, já em Vladivostok tem quatro, dois são somente utilizados para treinamentos pesados e os outros dois usamos para eventos importantes.

Cada patrimônio desse pertence a vocês. Mais à frente descobrirão mais do que isso. Essa era a minha última missão antes de dizer adeus, filha. Dimitri, meu neto e eu vamos embora para longe, estamos bem, encontramos nosso lugar. Não se preocupe, eu jamais irei procurá-la novamente. Esta carta é uma despedida definitiva. Só mais uma coisa... Ezra e você precisam aceitar o que herdaram, caso contrário, nosso conselheiro mais velho tomará o que é de vocês.

Com todo meu amor.

Viktoria Ivanov

— O que pensa sobre essa história? Acha correto que eu siga minha linhagem de sangue, me tornando líder da organização com Ezra? Nossa... Nunca vou me acostumar a ele sendo meu irmão e cunhado — concluo com um sorriso nos lábios, aguardando a opinião do meu marido.

— Alessa, você é mais do que capaz de cumprir esse chamado, e é uma Knight agora, aprendeu muito comigo, claro — fala ele, e eu sorrio.

— Ah, sim! O senhor é muito competente, me ensinou tudo mesmo, inclusive acho que podemos fazer uns treinos hoje.

— Como está aplicada essa minha esposa! Acho que sou capaz de lhe ensinar algumas coisas, sim. Vamos para casa?

— Sim, meu amor, vamos. Preciso aprender aqueles movimentos com pernas e braços que só você saber fazer.

Sorrindo, levantamos e nos direcionamos para o carro.

— Querida, preciso passar em um lugar antes. Você me aguarda? Ou prefere ir comigo? — Axl conclui, mas com tom de quem não quer que eu vá com ele.

— Tudo bem, Axl, pode ir. Eu vou ligar para Hailey, quero saber como Dylan e ela estão — digo, entrando no carro e deixando-o ir para sabe-se lá onde.

Não serei eu a impedi-lo de fazer as suas coisas com liberdade, cada um tem de ter a sua individualidade, liberdade de ir e vir. Não acho que casamento seja uma prisão onde só se pode andar acorrentado ao parceiro.

Após ter digitado o número da minha amiga, coloco a chamada em viva-voz e me encosto ao banco despreocupadamente.

— *Alô.*

— Olá. Tudo bem, Hailey? Liguei para saber como vocês estão — falo, feliz ao notar por seu tom que está menos abatida.

— *Dy está brincando com os primos. Eu estou bem, e você... Como está?*

— Estou ótima! Hailey, na verdade, eu gostaria de te fazer uma proposta.

— *E o que seria, Alessa?*

— Pretendo ir à Rússia, estou avaliando tomar à frente, como é o desejo de Viktoria. Segundo ela, o posto de liderança foi designado a mim e... Você aceitaria trabalhar comigo, caso eu faça isso? — pergunto a ela, ansiosa.

— *Você... Você... Vai à Rússia?* — Hailey gagueja.

— Pretendo ir. E se você aceitar ser minha melhor amiga e conselheira, será mais fácil. Preciso de uma pessoa que eu admiro e confio.

— *Obrigada por isso! Saber que você confia em mim me deixa feliz... Mas tenho Dylan e pretendo voltar para a minha casa o quanto antes* — diz as últimas palavras com pesar.

— Voltar para sua casa? Você já está em casa, Hailey, sua casa agora é aqui, conosco. Com meu sobrinho e meu irmão. — Faço uma pausa por não acreditar que saiu tão fácil a palavra irmão dos meus lábios. Logo eu, que mesmo tendo a minha prima, sempre me senti muito sozinha. — Sua morada é em Londres, sua vida está aqui.

— *É estranho ouvir que... Ezra e você são irmãos.*

— Aos poucos estou me adaptando à ideia. — Rio.

— *Faz um tempo que conversei com Ezra e chegamos à conclusão de que assim que Dy estiver mais próximo dele, eu vou embora.*

— Não pode, Hailey, o seu sobrinho precisa de você. Além disso, eu preciso de uma amiga. Hai, você salvou a minha vida, quase morreu por mim.

— *Talvez eu esteja sendo egoísta ao deixar Dy, mas... é horrível conviver com alguém por quem tenho um sentimento platônico e que só me olha com amargura e desprezo, Alessa. Eu me sinto magoada por tudo. Aprendi a amar o ex da minha irmã através de uma mentira, e isso tudo me consome, sabe? Seu irmão me fez apagar aquela visão que eu tinha dele. Eu achava que Ezra era um homem maduro, bem centrado, mas me enganei.*

— Dê uma chance para vocês, nem tudo está perdido, querida.

— *Nunca houve nós, Lessa. Ezra está irreconhecível* — confessa, decepcionada.

— Sabe de uma coisa, aceite minha proposta e logo você mostrará a esse ogro quem manda.

— *Oh, meu Deus! O que houve, Ezra? Quem fez isso?* — Ela parece se esquecer que estou aqui e começa a falar com meu irmão.

— Hailey, fale comigo. O que aconteceu com meu irmão?
A ligação cai e eu não consigo saber o que está acontecendo.

※━━━━━━━━━━━━━※

Há quase meia hora estou com a testa encostada no vidro do carro, pensando nas idas e vindas da vida. Uma delas é Axl e eu. Ninguém imaginaria que hoje estaríamos aqui, juntos e nos amando intensamente. Ter meu marido em minha vida e presenciando suas fases me fez perceber que a pessoa não amadurece do dia para noite, a maturidade vem com o tempo. Foi assim que aprendi a conviver em meio aos Knights.

— Amor, destrava a porta do carro.

Assusto-me com as batidas no vidro. Rapidamente, Axl entra e se senta no banco do motorista. Sem me dar a chance de abrir a boca, ele começa a falar:

— Apesar de o nosso casamento ter sido algo conturbado e o arranjo feito por algumas pessoas cruéis, eu posso dizer a você que não me arrependo do que a minha família passou. Se não houvesse outra maneira de termos nos conhecido, eu daria um jeito de viver tudo novamente só para te conhecer. Alessa, eu nunca vou me arrepender de ter te conhecido, porque querendo ou não, fomos feitos um para o outro — declara ele, tirando uma caixa pequena do bolso.

— O que... O que é isso? — gaguejo, chorosa.

— Isso aqui é um novo significado que quero trazer para a nossa vida — sussurra, abrindo a caixa. — Você é minha mulher, minha amante, meu lar, minha vida... Meu tudo.

— Eu te amo tanto! — exclamo, aproximando-me do seu rosto. — Você não cansa de me surpreender, Sr. Axl James Knight.

— Que graça teria se eu não tentasse impressionar minha mulher a cada dia? — brinca, roçando seu lábio no meu.

— Isso é o que penso que é? — inquiro, sentando-me em seu colo com dificuldade por conta da limitação do espaço no carro.

— Você anda perigosa, Alessa Knight — sussurra Axl, lambendo meus lábios.

— Para você é só Alessa. — Entro em seu jogo ao pegar a aliança da sua mão. — Não vai colocar essa belezura em meu dedo, Sr. Cavalheiro?

— Não precisa nem pedir, docinho.

Sorrio com o novo apelido.

— Seja rápido e me leve logo para a nossa lua de mel — sugiro, animada ao vê-lo deslizar o objeto em meu dedo. — Agora tenho duas alianças.

— Sim — concorda, pegando minhas mãos e as levando até seus lábios para depositar um beijo.

— Agora podemos ir, marido? — Dou ênfase e o provoco com uma rebolada, fazendo com que seu membro fique duro.

— Podemos, mas por que esperar até chegar lá? — indaga, com um tom tão sexy que nem preciso do seu toque para ficar molhada. — Não me recordo de termos inaugurado este carro.

— Você fala demais — provoco e olho para a rua, vendo algumas pessoas conversando distraidamente, enquanto nós dois estamos prestes a fazer sexo dentro de um carro.

Tomo a atitude de beijá-lo com todo ardor que emana do meu corpo. Axl prontamente retribui, apertando um botão e deslizando o banco para trás para que eu possa me posicionar melhor em seu colo.

— Esposa, você está devassa...

Eu o calo com outro beijo e abro o botão da sua calça. Impacientemente ele me ajuda com essa tarefa nada fácil, mas eu tenho pressa e necessidade de fazer isso aqui e agora. Axl me levanta um pouco e abaixa a calça até o joelho, deixado assim as nossas partes íntimas separadas somente pelo tecido da sua boxer e a minha calcinha. No momento em que ele me penetra com os dedos, quase enlouqueço de prazer.

— Por favor, quero você! Quero mais de você, agora — sussurro em seus lábios.

Axl prontamente me atende ao abaixar o encosto do banco e tirar seu membro da cueca, encaixando-me sobre ele. Nem mesmo nos damos ao trabalho de tirar a minha calcinha, ele simplesmente a rasga. Eu me deito sobre o seu corpo e posiciono as pernas para melhor me movimentar, iniciando bem devagar, apenas rebolando com a sua enorme extensão rígida dentro de mim. A sensação é indescritível.

— Alessa, não faça isso, essa tortura é insuportável. Eu não vou aguentar, vou gozar antes de começar — fala ele, absorto de prazer e agarrando forte minha bunda.

— Amor, seu pau está mais delicioso do que de costume. Quero desfrutar de cada centímetro dele, Axl. Ai, eu... Nossa... Axl.

— Isso, amor, mais rápido, quero gozar com você bem gostoso. Alessa... Nossa, que delícia, você está cavalgando assim, não... pare... — ele geme.

— Axl... Axl, cale a boca e me faça gozar que... Oh, meu Deus! Mais forte! — exclamo, agarrando seu cabelo e o beijando com voracidade segundos antes de explodirmos juntos.

— Pequena, você virou uma leoa. Nossa! Que bela estreia teve esse carro — fala Axl, ofegante.

— Cale essa boca! Agora me limpe, estou suja — replico com tom malicioso.

Axl me põe no banco ao lado e dá um sorriso sacana, então deita o encosto do meu banco e o empurra para trás. Com a boca em minha intimidade, Axl lambe o meu orgasmo com voracidade e me penetra com sua língua em movimentos firmes, deixando-me novamente molhada, prestes a ter um novo orgasmo. Não consigo conter tamanho prazer e me contorço, reivindicando espaço, mas Axl me imobiliza, segurando minhas pernas no lugar.

Aceito de bom grado, envolvendo meus dedos em seu cabelo ao sentir um prazer descontrolado. A sensação é inacreditável quando se faz sexo no meio da rua, adrenalina vai além do permitido. Quando estou prestes a estourar e não consigo mais me conter, eu me permito ter um novo orgasmo. Toda minha estrutura treme, e sinto os pelos do meu corpo ficando arrepiados. Só consigo sentir o prazer esvaindo do meu corpo e um gemido saindo de minha garganta.

— Oh... Amor, que foi isso... Quer me matar? Uau!

Não há palavras para descrever este momento.

— Querida, você está impossível. Vamos para casa, preciso cuidar de você, sua safadinha — sussurra, dando-me um beijo.

— Eu amei, mas a ideia foi sua, apenas fui uma boa esposa e aceitei — provoco, sorrindo e colocando o banco na posição correta.

Axl dá a partida no carro e seguimos para casa.

Nossa casa, nosso lar, nossa vida, nosso amor, eternizado duas vezes.

Que esse seja nosso para sempre.

AGRADECIMENTOS

PRIMEIRAMENTE, EU SEMPRE AGRADEÇO A DEUS por cada conquista minha, ter a oportunidade de lançar os irmãos Knight em físico é sensacional. Obrigada por tudo, Deus!

Quero agradecer aos meus leitores, tanto aos que estão comigo desde o primeiro livro (Killz) quanto aos que estão chegando agora. Gratidão pelo carinho. Adoro vocês!

Eu não poderia deixar de agradecer à minha tia Lídia e minha irmã Ana Beatriz, por terem acreditado em meus sonhos desde o princípio. E também à minha mãe e meus irmãos, as maiores inspirações para cada linha escrita por mim.

Por fim, agradeço por ter conseguido passar por altos e baixos, mas mesmo assim permanecer sendo uma menina sonhadora e valente, que, apesar dos apesares, ainda que algumas vezes desanime, não desiste do seu maior sonho: a escrita.

Jessica D. Santos

www.lereditorial.com

@lereditorial